임오군란과 갑신정변

[봉기의 화승총과]
[삼일천하 (상)]

김상락 실록 장편 역사소설

뿌리출판사

(임 오 군 란 과 갑 신 정 변)

봉기의 화승총과 삼일천하 (상)

김상락 실록 장편 역사소설

뿌리출판사

실록 역사소설의 출판을 보면서

독자 여러분, 안녕하십니까? 저는 경기도 군포발전전략연구소장 금병찬입니다. 저는 오늘 김상락이라는 집념과 투혼의 신인 작가를 소개하고자 합니다. 우선 공무원 출신인 김상락은 대학에서 역사학, 국문학을 전공한 석사, 박사도 아니며, 신춘문예나 각종 문학상도 받지 않았고 심지어 등단한 적도 없었으며, 학창시절 문학 소년과도 전혀 상관없는 삶이었습니다.

그러나 김상락은 1995년부터 우리 역사에 지대한 관심을 갖기 시작하면서 전국 역사의 현장을 답사하고 꼼꼼하게 살펴보고 빠짐없이 기록하였고, 지금까지 역사 관련 서적도 수천 권을 탐독하였습니다.

그러한 김상락은 2010년 문화유산, 역사, 관광을 다룬 기행문인 '서울역사여행'을 자비로 출판하여 시중판매는 하지 않았지만 정부와 학교, 관공서 등에 무상 기증하기도 하였습니다. 저자가 형편이 넉넉하여 그렇게 한 것은 아니었으며, 부족한 출판 비용을 충당키 위해 은행 대출까지 받았습니다.

이제 김상락은 구한말 조선 역사상 최초의 정치적 혁명인 갑신정변과 개항 후, 봉건적 착취와 외세에 저항하는 임오군란인 실록 '봉기의 화승총과 삼일천하' 중 상권인 임오군란편인 '봉기의 화승총'을 출판하게 되었으며, 하권 삼일천하편인 '갑신정변'도 곧 출판됩니다.

사실 현대소설보다는 역사소설이 힘들다고 합니다만, 김상락이 역사소설을 뛰어넘어 역사적 사실과 실록에 중점을 둔 '실록 역사소설'을 출판한 것은 역사와 문학의 비전문가인 제가 보아도 그가 얼마나 역사 연구에 몰두하는지를 한 눈에 알 수 있는 대목입니다.

김상락의 하루 일과는 15~16시간 이상을 오로지 초지일관으로 역사와 문학연구 및 집필에 전념하고 있습니다.

군포시청 북카페에 아침 7시에 도착하여 늘, 밤 9~10시까지 집필과 연구에 전념한 것은 많은 사람들의 뇌리에 남아있습니다.

또한 김상락은 조선왕조 519년의 대장정을 '실록 대하장편 역사소설' 50권의 분량으로 이미 오래 전부터 착실하게 준비해 오고 있습니다. 그는 늘 '자신이 죽을 수는 있어도 이것만큼은 완성하겠다는 굳은 의지와 사명감과 열정에 불타 있다'고 말합니다. 이러한 김상락의 원대한 포부는 작가 개인의 역량을 뛰어 넘어 우리나라의 축복이라고 저는 확신하며, 이러한 김상락에게 아낌없는 찬사와 박수를 보내며, 그의 앞날에 축복이 영원하기를 진심으로 바랍니다.

대학의 현직 교수인 문학박사도 김상락의 작품을 읽어보고 '역사적 사실에 중점을 두고자 소설적 구성을 약간 탈피한 작가의 노력이 엿보이며, 독자들이 쉽고 재미있게 읽을 수 있도록 심혈을 기울인 노작'이라는 호평을 했습니다.

존경하는 독자여러분, 김상락이 18년이라는 각고의 노력 끝에 우리가 어렵고 힘들다고 말하는 조선의 근대사로 비로소 우리 독자들 곁으로 친근하게 다가왔습니다. 저는 이 신인 작가 김상락이 초심을 잃지 않고 정열을 불태우며 연구와 집필에 전념할 수 있도록 독자들의 뜨거운 사랑과 관심을 간곡히 호소하는 바입니다.

역사와 문학의 홀로서기로 끝끝내 출판을 이루어 내고, 혜성처럼 등장한 작가는 우리에게 많은 교훈을 주고 있습니다. 학업에 전념하는 학생들에게는 나도 작가가 될 수 있다는 큰 꿈을 키워주고, 독자와 국가에게는 역사를 살찌우고, 문학의 밑거름을 뿌려 뿌리 깊은 초석을 다지고 있는 것입니다.

또한 2012년은 책과 함께 하는 '국민 독서의 해'로 부디 김상락의 실록 역사소설이 국민의 독서 열풍에 조금이라도 보탬이 되었으면 하는 작은 소망과, 다소 침체되었던 독서 열풍이 활화산처럼 되살아나서 독서를 기반으로 하는 선진 일류 국가를 건설하는데 초석이 되기를 진심으로 기원합니다.

광복절에 경영학 박사 금병찬(2012년)

필자가 역사에 관심을 갖기 시작한 것은 어렴풋이 기억나는 유년기였으나 공무원 시절인 1995년 우연찮게 '한국관광' 이라는 책 한권을 사게 되었다. 생애 처음으로 돈을 주고 책을 샀으니 읽어 보지 않을 수 없어서 그 책을 계속 읽게 된 것이었다.

처음에는 관광과 문화유산을 중심으로 책을 읽었으나, 점차 역사 관련의 서적을 읽게 되면서 역사에 더욱 흥미를 느끼고 전국 곳곳을 답사하고 신문에 게재된 역사관련 기사를 스크랩하고, 도서관을 다니면서 역사와 관련된 논문, 연구집을 비롯하여 소설과 역사스페셜 등을 읽으면서 심취하게 되었다.

또한 1972년, 40살의 나이로 하늘나라로 가신 선친의 일대기를 소설로 쓰기 위해서도 이렇게 펜을 잡게 된 것이다. 선친은 사회적으로 유명인은 아니었지만 국가보훈처에서는 상당히 알아주는 국가유공자였다.

그러나 막상 글을 쓰려고 하니 어디에서부터 초안을 잡고 어떻게 줄거리를 잡아야 하는지도 몰라 도서관에서 살다시피 하면서 기라성 같은 작가들이 쓴 책을 보고 또 보고 죽기 살기로 진력했다.

2010년 기행문 '서울역사여행' 을 출판하면서부터 어느 정도 집필에 자신감을 가지면서 평소의 관심 분야인 조선 중에서도 구한말 임오군란과 갑신정변에 초점을 맞추게 된 것이었다.

봉기의 화승총인 임오군란의 원고를 본격적으로 집필한 곳은 군포시청 북카페였는데 군포시청 북카페란, 청사 출입 로비 우측에 미니 도서관이 있었는데 2011년 10월, 좌우와 2층으로 확장·수리한 곳을 말하고, 북 카페 원준호 공익근무요원이 필자를 지극한 정성으로 대해 주어 늘 고맙게 생각하고 있다.

천재비학한 필자는 북카페 오픈 첫 날부터 그곳에서 집필하면서 탈고까지 마치게 되었다.

그리고 이 책을 내면서 필자가 독자들에게 꼭 당부하고 싶은 말은, 실제 임오군란으로 인하여 조선이 멸망하게 되는 중차대한 역사적 사건으로, 군란이 발발하게된 배경을 정확하게 알아보지 않을 수 없게 되었고, 지나온 역사이지만, 그 책임을추궁키 위해서라도 역사와 실록에 치중하여 실록 역사 소설을 집필하게 된 것이다.

또한 통상적으로 임오군란과 갑신정변을 다루기 위해서는 1875년 운양호 사건부터 다루는 것이 보편적이나, 필자는 임오군란이 발발하게 된 역사적 사실을 확실하게 독자들에게 알리기 위해 1852년부터 서막의 부연 설명으로 안동 김씨와 홍선대원군을 간략하게 살펴보았다.

그리고 필자는 필자 나름대로 우리나라의 역사를 왜곡하지 않고 독자들에게 올바른 역사를 전달코자 이 책을 집필하게 되었고, 다시는 이러한 아픈 역사를 되풀이해서는 안되겠다는 간절한 염원도 포함되어 있어 임오군란을 출판하게 된 것이다.

필자가 독자들에게 한 마디 덧붙이면 봉건적 착취와 무지막지한 수탈을 자행한조정 관원과 팔도 수령방백들의 탐학으로 뼈에 사무치고 통한이 서린 백성들의 삶을 알리는데 가장 큰 뜻이 있는 것이다.

그렇다고 해서 이 책의 모든 내용이 역사적 사실과 100% 일치할 수는 없으며,그때그때의 상황과 독자들의 편의를 위하여 실제 역사적 사실과는 조금은 다를수 있지만 큰 테두리에서 보는 역사적 관점은 큰 결함이 없다고 필자는 자부한다.

어려운 출판환경에도 불구하고 흔쾌히 책의 출판을 맡아주신 뿌리출판사 윤현호 사장님께 감사의 말씀을 드린다.

또한 필자에게 정신적 버팀목과 아낌없는 격려와 무한정 성원을 보내주신 금병찬 군포발전전략연구소장에게도 이 지면을 빌려서 다시 한 번 깊은 감사의 말씀을 드린다.

아울러 필자가 글을 쓸 수 있게끔 많은 도움을 준 진윤희 군포시 장애인복지회 고문과, 안양 예술음악문화원장 겸 이화여자대학교 평생교육원 안지연 성악 교수에게도 이 지면을 빌려 감사의 말씀을 드린다.

마지막으로 1972년 6월 5일과, 2011년 2월 21일, 각각 하늘나라로 가신 아버지, 어머니께 이 출판의 모든 기쁨을 드리고, 이 자식에게 글을 쓸 수 있는 재주를 주신 두 분께 진심으로 감사드립니다. 40년 만에 재회한 아버지, 어머니 하늘나라에서 영생복락을 누리십시오. 두 분 너무너무 사랑합니다.

군포시청 북카페에서

저자 김상락 (2012년 5월)

차례

제1부 근대사 서막

홍선대원군과 명성황후

철종(哲宗 조선 25대 임금) 4년 1852년 9월 8일 한양 북촌.

5척 단구의 깡마른 사내는 허름한 도포에 찌그러진 갓을 쓰고 술에 대취해서 몸을 가눌 수 없도록 떡이 되어 비틀거리며, 우참찬(右參贊) 겸 훈련대장의 중책을 맡고 있는 고관대작의 저택인 김좌근(金左根 1797~1869)의 문전에 이르러,

"이리 오너라!"

"이리 오넛꺼라!"

쩌렁쩌렁하게 소리치는 그 사내는 누가 보아도 취객의 객기로 보일 뿐, 별 볼일 없는 사람임에는 분명하게 보였다. 그러나 그 저택의 청지기가 뛰어나와 그에게 허리를 굽신거린다. 그 사내는 다름 아닌 이하응(李昰應 1820~1898)이었다. 먼저 그를 살펴 보면,

이하응은 1820년 남연군 이구(南延君 李球)와 군부인 여흥 민씨의 넷째 아들로 안국동에서 태어났으며 자는 시백(時伯), 호는 석파(石坡)였다. 남연군은 인평대군(麟坪大君 인조의 제3남)의 6대손이었으나, 은신군(恩信君 1756~1771)의 양자로 입양되어 남연군에 피봉되었다. 은신군은 사도세자(思悼世子 1735~1762)의 넷째 아들이다.

이하응은 12세에 어머님이 별세하는 모진 아픔을 겪었고, 아버지로부터 한

학을 배운 뒤 김정희(金正喜 1786~1856)의 문하에서 가르침과 그림을 배웠다. 13세에 여흥부대부인과 혼인한 후 안동 김씨의 세도가 극에 달할 무렵인 1836년 남연군이 별세하자 아버지를 경기도 연천에 뫼시고 눈물과 통한으로 3년간 시묘를 하였다.

1841년에는 흥선정과 흥선도정을 거쳐 1843년에 흥선군(興宣君)에 피봉되었다. 1845년에는 아들 이재면(李載冕 1845~1912)을 낳았으나, 그는 가정을 돌보거나 자식을 훈육하는 따위에는 아랑곳 하지 않고 투전판과 기생집을 드나드는 것을 낙으로 삼고 있었다. 왕족, 종친의 신분이라는 것은 어디 한구석이라도 찾아 볼 수 없는 위인이었다. 종친부에서 지급되는 쌀과 돈은 그날 바로 기생집에 몽땅 갖다 주고 그 돈이 소진될 때까지 그곳에서 기거하기는 보통이었다. 종친의 품위를 손상시킨다는 이유로 권좌를 잡고 있는 안동 김씨들로부터 갖은 멸시와 천대를 받으면서도 오히려 그들에게 쌀과 땔감을 구걸하여 그것으로 기방 출입을 하는 것도 예사였다. 천희연(千喜然), 하정일(河靖一), 장순규(張淳奎), 안필주(安弼周) 즉, 천하장안(千河張安)이라는 네 명의 충복을 거느리고 있었다.

이러한 흥선군이 김좌근의 자택 청지기의 안내로 그의 사랑채에 들어서자 문객들이 기생을 끼고 술판을 벌이며 와자지껄 아무렇게나 마구 지껄이면서 술을 먹고 있었다. 그들의 술상은 취기가 무르 익은 흥선군이 언뜻 보아도 산해진미의 호화판이었다. 지금 백성들은 초근목피로 연명하고 굶어 죽는 자도 속출하고 있는데 이들은 별천지의 세상을 살고 있었다. 흥선군이 사랑채로 들면서 김좌근에게 말하기를,

"대감, 그간 무탈하셨습니까?"

인사를 하자 김좌근이 인사도 받기 전 동지의금부사(同知義禁府事 의금부 종2품) 심의면(沈宜冕 1808~1865)이 흥선군을 위아래로 흘어보면서,

"아니, 궁도령은 궁이나 지키실 일이지 어찌하여 신발을 질질 끌며 남의 재

상집을 기웃거리는 것이오?"

홍선군을 조롱하자, 좌중은 폭소가 터진다. 궁도령이라고 칭하는 것은 철종이나 무능한 임금, 종친을 아주 경멸하는 말로서 적통의 군왕이 다스리는 나라에서는 바로 9족까지 능지처참되고 멸문을 당하고도 남았다.

이윽고 김좌근이 홍선군에게 말하기를,

"그래, 내 집에는 어찌하여 왔소?"

"예, 대감, 제 아내가 곧 아이를 낳게 되었으니 대감께 신세를 지고자 왔습니다. 명색이 서방인데 모처럼 가장 노릇 한 번 해보려고 합니다."

홍선군의 입과 몸에서는 술 냄새가 진동하였다. 얼마나 많이 마셨으면 술판을 벌이고 있는 사람들도 코를 못 내두를 정도였다.

김좌근의 적선으로 수중에 오백 냥의 돈을 넣은 홍선군은 갖은 멸시와 조롱을 당하면서도 김좌근의 집에서 끝까지 기생들과 어울려 희희낙락하며 술을 얻어먹고 그의 집을 나선다.

초가을 노을이 지고 어둠이 깔리는 거리를 홍선군은 술에 취해 자택인 공덕리 구름재로 돌아왔다. 대문과 담벼락이 쓰러져 가는 군저이지만 금줄에 고추가 걸려 있는 것을 이하응은 똑똑히 보았다. 그는 산모인 부인에게 김좌근으로부터 받은 돈 중 절반을 내밀며 모처럼 남편 노릇을 한다. 아들 이재황(李載晃 1852~1919)이 태어난 것이다. 그리고 그는 또 곧장 집을 나가려고 하자 그의 부인이 힘겨운 소리로 말하기를,

"아니, 대감, 아들이 태어났는데 또 어디를 출타하시오?"

"아, 이 사람아, 자네가 대견하게 또 아들을 낳았는데 내 어찌 오늘 그냥 있을 수 있겠는가. 허름한 기생집에라도 가서 마음껏 회포를 풀어야 할 것이네."

"참, 훌륭하시오?"

산모의 힘겨운 목소리를 외면한 채 그는 쓰러져 가는 집을 나서면서 천, 하, 장, 안의 심복들에게 말한다.

"야, 이놈들아! 주둥아리를 뒀다가 뭘 하느냐, 흥선군 대감의 행차를 힘차게 알리지 않고."

"쉬~ 이, 물렀거라! 흥선군 대감의 행차이시다."

심복들의 목청이 고요한 밤하늘을 크게 울리자, 멀리서 컹컹 개짖는 소리만 들린다. 그러나 흥선군은 보름달 같은 웃음으로 단골로 가는 기생집에 들러 흥청망청 마시면서 기생을 껴안고 뒹군다. 이 소식은 바로 김좌근에게도 전해지자 그는 일그러진 얼굴과 배신감을 느끼며 말하기를,

"그렇게 팔푼이, 오입쟁인가?"

이 무렵에는 철종을 옹립(擁立 임금으로 모심)한 안동 김씨들의 세상이었다. 헌종(憲宗1827~1849)이 후사(後嗣 임금의 승계) 없이 붕어하자 4년 전 순원왕후(純元王后 1789~1857 순조의 정비)와 김좌근의 합작품으로 우리에게 강화도령으로 불리는 이원범(李元範 1831~1863)이 조선 제25대 임금이 된 것이었다.

1800년 정조대왕의 붕어와 함께 정순왕후의 수렴청정(垂簾聽政 왕을 대신하여 정무를 맡음)으로 왕권이 유명무실하였고, 그 정순왕후가 홍거함과 동시에 순조의 장인인 김조순이 안동 김씨의 세도정치를 열게 되었다. 그 후 김조순이 죽은 후 그의 아들 김좌근이 세도를 승계받아 조정과 왕실을 좌지우지하고 있었다. 원래의 세도정치는 조광조(趙光祖 1482~1519)의 도학이념인 세도(世道)이었으나 백성을 착취하는 세도(勢道)가 되어 버렸다.

김좌근의 양자 김병기(金炳冀 1818~1875)를 중심으로 김병학(金炳學 1879~1821), 김병국(金炳國 1825~1905), 김흥근(金興根 1796~1870)과 철종의 악장(岳丈 장인) 김문근(金汶根 1801~1863) 등을 포함하여 순원왕후와 기라성 같은 안동 김씨가 조정과 조선 8도를 맹렬하게 흔들고 있었다.

오랜 흉년과 가뭄, 기근 등으로 백성들의 삶은 궁핍하기 이를 데 없었으며 안동 김씨의 매관매직으로 수령방백들의 가렴주구는 날로 기승을 부리고 있었다.

1857년에는 안동 김씨의 세도를 뿌리 내리게 하는데 일등공신인 순원왕후가 붕어하였다. 김좌근, 김병기 등 안동 김씨들의 타격은 상당하게 컸다. 그렇다고 하여 당장 모두가 삭탈관직과 파면, 유배를 당하는 것은 아니지만, 왕실의 가장 웃어른인 순원왕후가 존재하고 있는 것과 존재치 않는 것과는 그들이 세도를 부리는 데에는 천양지차이다. 당장 왕실의 웃어른이 신정왕후(神貞王后1808~1890, 조 대비)에게로 돌아간 것만 보아도 그러하였다.

신정왕후란, 1819년 효명세자(孝明世子 1809~1830)의 세자빈으로 간택되어 세자가 대리청정할 때 22세의 나이로 요절한 후, 구중궁궐 청상과부로 지내면서 시어머님인 순원왕후로부터 구박도 많이 받고 지내왔다. 아들 헌종이 조선 제24대 보위에 오를 때 효명세자가 익종(翼宗)으로 추존되면서 대비가 되었으나 순원왕후의 그늘에 가려 실권은 전혀 없었다.

그러나 안동 김씨들의 세도는 여전하였다. 경원군 이하전(李夏銓 1842~1862)은 안동 김씨들의 전횡을 보고 더 이상 참지 못하여 어전임에도 불구하고 김좌근에게 말하기를,

"대감, 정녕 이 나라가 이씨의 나라입니까? 김씨의 나라입니까?"

말로만 반기를 들었지만, 안동 김씨들은 그에게 역모 혐의를 씌워 국문으로 엄청난 혹형을 가하고 제주목에 유배한 후 사사하였다. 이때가 1862년 8월 20일이었고 그의 나이 21세였다.

안동 김씨들은 왕족으로 조금만 똑똑하고 총명하거나 왕기가 서려 있다고 하는 종친들을 철저하게 감시, 탄압하고 있었다. 이러한 안동 김씨의 감시에서 벗어나기 위하여 이하응은 더욱 파락호의 길을 걷는다.

철종을 앞세운 안동 김씨들의 전횡으로 삼정(三政)이 극도로 문란하였다. 삼정이란, 전정(田政, 토지세), 군정(軍政, 군포), 환곡(還穀, 곡식제도)을 말한다.

1862년 경상도 단성에서 농민봉기를 시발로, 경상병마절도사 백낙신과 진주목사 채병원의 가혹한 수탈에 항거하여 진주 백성들이 대규모로 봉기하여

탐관오리의 간담을 서늘케 하기도 하였다. 진주민란 또는 임술농민항쟁이라 부른다.

병석에 있던 철종이 1863년 12월 8일 붕어하였다. 창덕궁 중희당(重熙堂)에 서 신정왕후는 삼공육경과 대소신료들을 소집하여 중신회의를 주재하고 있 었다. 중희당은 정사를 논하던 곳으로 지금은 사라지고 없다. 그 누구도 후사 를 입에 담지 못하고 있을 때, 고요한 침묵을 깨고 입을 연 신하는 노대신 정 원용(鄭元容 1783~1873)이었다.

"대비마마, 아뢰옵기 황공하오나 후사를 정하시는 국가의 대사는 촌각도 비워 둘 수 없사옵니다. 부디 대비마마의 용단으로 보위를 승계하시옵소서."

신정왕후는 몹시 침통한 어조로 말하기를,

"나 같은 미망인이 이처럼 망극한 일을 당하니 가슴 아픈 것은 참기 힘듭니 다. 그러나 나라에는 한시도 왕위를 비워 둘 수가 없는 일이니 여러 대신들은 종사의 대제를 의정토록 하시오?"

그 누가 왕위의 승계를 함부로 입에 담겠는가. 아무리 나는 새도 떨어뜨린 다고 하는 안동 김씨도 이것만큼은 섣불리 내뱉지 못한다. 또 정원용이 아뢰 기를,

"대비마마, 지금의 대비마마의 명은 어명이나 다름없고 모든 신료들은 마 마의 존명을 수행하여야 할 뿐이옵니다. 마마, 아뢰옵기 황공하오나 마마의 용단으로 시급히 후사를 선포하시어 종사를 보존하옵소서."

"흥선군의 차자 이재황을 익성군(翼成君)에 봉하고 익종의 대통을 승계하시 오!"

대권이 숨죽여 지내던 이하응에게로 돌아갔다. 안동 김씨들은 깜짝 놀라 어 안이 벙벙하였으나 신정왕후의 명을 거역하지는 못하였다. 때를 놓치지 않고 정원용이 빠르게 복명한다.

"예, 대비마마, 마마의 명을 봉행하겠나이다."

그날 오후 홍선군의 사저인 구름재로 어마어마한 봉영행렬이 몰려오고 있었다. 대문은 낡아 삐꺼덕거리고 집 담벼락은 모두 기울어 발로 툭 차면 넘어갈 것 같았다. 지붕은 군데군데 통풍이 잘 되어 있어 비나 눈이 들어오는데 아무런 지장도 없었고 누가 보더라도 사람이 살기에는 좀 힘들어 보이는 집이었다.

'오, 천지신명이시어, …… 이 홍선에게 천운을 주신 천지신명이시어…….'

다짐하는 이하응은 천장을 바라보면서 누워있는데 진눈개비가 이하응의 얼굴에 막 떨어진다.

이러한 홍선군의 차자 이재황이 보위에 오르니 조선 제26대 임금인 고종(高宗)이다. 이하응은 홍선대원군(興宣大院君)에 봉해짐과 동시에 어린 왕을 대신하여 정무를 총괄하는 섭정(攝政)의 자리에 오른다. 구름재인 사저는 벌써 운현궁(雲峴宮)이라고 명칭이 변경되었으며 어마어마한 확장 및 수리, 보수에 들어간다.

홍선대원군은 왕실의 위엄을 세우기 위하여 먼저 임진왜란 때 전소된 경복궁을 재건할 것을 계획한다. 이는 신정왕후의 처지를 생각한 것으로, 익종이 청정을 할 당시 세자는 경복궁의 중건을 계획하였으나, 비용이 만만치 않았고, 그 세자가 일찍이 요절하는 바람에 뜻을 이루지 못하였다.

1865년 4월 2일 시작된 경복궁 재건 공사는 1868년 6월 말에 공사를 마쳐 고종과 중전, 신정왕후를 비롯하여 왕실과 조정이 경복궁으로 이어하여 7월 2일부터 정무를 개시하였다.

물론 경복궁을 재건키 위해 많은 인력과 부역을 동원하여 백성들의 원성을 들었고, 재정 충당의 일환으로 당백전(當百錢 일당 백)과 원납전(願納錢 공사 기부금)을 발행하여 그 원납전이 백성의 원성으로 원납전(怨納錢)이라는 소리도 들었다.

홍선대원군은 안동 김씨의 조정을 몰아내고 인재를 골고루 등용하였고 특히 몰락한 북인과 남인계열의 인재도 등용하였다. 안동 김씨 중에도 김병학, 김병국 등은 흥선대원군이 집권하기 전부터 상당한 호의를 베풀기도 하여, 흥선대원군은 그들을 조정에 계속 중용하면서 예전의 두터운 은혜에도 보답할 겸 국정의 신하로 삼았다.

이장렴(李章濂 1821~?)을 금위대장(禁衛大將 종2품 국왕호위 대장)으로 삼아 궁성 내외를 맡기기도 하였는데 그와 흥선대원군의 일화를 보면, 흥선대원군이 야인시절 기방에 드나들면서 기녀 춘홍이에게 외상술을 먹고 동침까지 청하자 춘홍이 거절하며 싸움이 일어났다. 마침 옆에서 술을 먹고 있던 별장(別將 정7품 무관) 이장렴이 이 모습을 보고 흥선군과 싸움이 벌어졌는데, 결과는 뻔하였다. 무관의 별장을 깡마른 5척 단구가 싸워 이길 수 없었다. 이장렴은 흥선군의 뺨을 계속 때리면서 말하기를,

"종친이라는 신분으로 외상술을 처먹고 그것도 부족하여 계집 타령이냐고!"

그런 이장렴이 운현궁으로 불려 왔다. 운현궁에는 창검을 높이 든 금위영, 어영청 등의 군졸들이 삼엄한 경비를 펼치고 있었다. 흥선대원군과 이장렴은 상하 인사가 끝나자 흥선대원군이 이장렴에게 물어 보기를,

"자네는 내가 춘홍이의 집에서 외상술을 먹고 그 기생을 희롱하면 지금도 나를 무지막지하게 때리겠는가?"

"예, 신은 대감께서 지금도 종친의 신분을 망각하고 개망나니 짓거리를 하면 이번에는 손이 아니라 발길로도 하염없이 걷어 찰 것이옵니다."

이장렴은 어차피 죽을 목숨 시원하게 말이나 하고 죽자는 심정이었다. 그러자 흥선대원군이 푸념처럼 내뱉는다.

"거~ 참, 자네가 겁이 나서 어디 다시 춘홍이라는 기생집에 가고 싶어도 못 가겠구먼. 내가 품어 보지 못한 기생이 없었는데 유독 그 계집하고만 놀아나지를 못하여, 난 아쉬워서 자네와 함께 가보고 싶어 부른 것인데……."

그리고 이제 볼 일을 다 보았으니 그만 돌아갈 것을 명하였다. 식은땀을 줄줄 흘리며 이장렴이 운현궁의 솟을 대문을 막 넘으려고 할 때, 흥선대원군은 운현궁이 떠나가도록 쩌렁쩌렁한 소리로 말하기를,

"금위대장 행차시다. 길을 비켜라!"

이장렴을 평생 충복으로 만들기도 하였다.

철종의 3년 상이 끝나가게 되자 흥선대원군으로서는 국모의 책봉이 문제로 떠올랐다. 일찍부터 안동 김씨의 세도로 쓴 맛을 단단히 보아온 그로서는 외척의 발호를 견제하는 조건으로 국모를 맞이하고 싶었다. 즉, 정권에 뛰어들 지친들이 없고 왕비 역시 국모로서만 역할을 하여 줄 그런 규수가 필요하였으나, 그게 어디 용이한 일이겠는가. 아무리 생각하여 보아도 마땅한 자리가 떠오르지 않고 있는 그에게 부대부인이 말하기를,

"대감, 정 국혼을 할 자리가 마땅치 않으면 우리 민씨와 대혼을 하는 것이 어떻겠소?"

"뭐! 민가하고?"

"아니, 우리 민씨네와는 마땅치가 않다는 말씀이오?"

"민가 셋이 대궐에 들어오면 나라가 망한다고 했는데."

"그야, 장희빈이 국모가 되려고 함부로 지껄인 말이죠."

또한 부대부인의 부연 설명이 이어졌다. 왕비가 될 민자영(閔玆暎 1851~1895)이 고아라는 것을 비롯하여 흥선대원군이 찾고 있는 그런 규수라는 것까지 말하였다. 듣고 있던 흥선대원군에게는 그야말로 안성맞춤이니 바로 결정되었다.

1866년 철종의 3년 상을 마치자 마자 민치록(閔致祿 1799~1858)의 여식 민자영이 3월 20일 창덕궁 인정전에서 고종과 국혼을 치르니 이 중전이 된 여인이 명성황후(明成皇后)이다.

민치록은 숙종의 국구(國舅 장인)이자 인현왕후의 아버지인 민유중(閔維重 1630~1687)의 5대 후손으로, 그는 음서로 출사하여 의금부 도사, 장악원 첨정 (掌樂院 僉正 왕실의 제사, 의례, 악공, 기생 관리 종4품), 덕천군수를 역임하기도 하였다. 본처가 죽은 후 재취한 한산 이씨 부인에게서 1851년 민자영을 낳고 선영을 돌보던 중 1858년 죽었다. 딸의 후광으로 그는 여성부원군과 영의정으로 추증되며, 순간이라는 시호도 하사받는다. 그의 부인도 여흥 부부인으로 추증되었고, 승지를 부원군과 부부인의 묘소에 보내 제를 올리기도 하였다. 또한 계모인 한씨에게도 한창부부인의 작호가 내려졌다.

이 무렵 고종은 이미 귀인 이씨(貴人 李氏 종1품)와 사랑에 빠져 있었으므로 첫날밤 중전인 신부의 방에 들지 않고 오늘도 여느 때와 마찬가지로 이 귀인의 처소에 있었다. 9살 연상으로 성숙한 이 귀인은 사춘기에 있는 임금을 누나처럼, 다정한 연인처럼 포근하게 달래며 능수능란하게 어린 임금의 마음을 흔들며 총애를 독차지 하고 있었다.

외세 격퇴

1866년 7월 21일 평안도 관찰사(平安道 觀察使 종2품) 박규수(朴珪壽 1807~1876)는 모든 관속들을 동헌에 모아 놓고 근엄하게 지시한다.

"저, 이양선(異樣船)을 불태워 버리고 배에 있는 놈들도 모두 사살하라!"

이른바 제너럴서먼호 전소사건이다. 그 사건의 내막은,

7월 11일 평양부 대동강에 미국(미리견) 배 한 척이 나타났다. 조선에서는 그때 모든 외국의 배를 이양선이라고 불렀으며 그들과 접촉하는 것을 국법으로 엄격하게 금지하고 있었다. 평양부의 관원들이 이양선에 가서 속히 본국으로 돌아갈 것을 종용하였다. 그리고 그들도 곧 귀국하겠다고 하면서 약간의 식량을 요청하여 평양부에서 군량을 지원하였다. 제너럴서먼호에는 선장 프레스턴, 영국인 개신교 선교사 로버트 저메인 토머스(Robert Jerrmain Thomas

1840~1866), 말레이시아, 청나라인 등 23명이 승선하고 있었다. 상선이지만 자체 방비로 배 안에는 대포와 소총 등의 무기도 갖추고 있었고, 또한 비단, 천리경, 자명종 등의 매매물품도 가득 실어져 있었다.

그런데 제너럴셔먼호에 있던 선원들이 야간에 상륙하여 조선 백성의 민가로 뛰어 들어 노략질과 부녀자들을 욕보이며 만행을 저질렀다. 분노한 박규수가 평양중군(平壤中軍 정3품) 이현익(李玄益)에게 지시하기를,

"중군은 저 이양선에 가서 저들의 만행을 엄히 추궁하고 신속히 본국으로 돌아가라 하시오!"

이현익은 군관 유순원(兪淳遠), 박치영(朴致永) 등과 군졸들을 거느리고 그들을 문책하자, 제너럴셔먼호의 선원들이 중군 일행을 유인하여 그 배에 감금시켰다. 그리고 그 중군을 인질로 삼아 조선과 통상을 요구하면서 밤에 또 상륙하여 민가를 약탈하였다. 피해를 입은 백성들이 제너럴셔먼호를 향하여 돌을 던지며 항의하자 그 배에서,

"쾅~쾅."

포를 쏘아 백성 7명이 죽고 수십 명이 부상을 입었다. 이때 퇴역한 장교 박춘권(朴春權)이 제너럴셔먼호에 잠입하여 중군을 구출하였으나 유순원, 박치원은 살해되었다. 박규수는 철산부사 백낙연(白樂淵)을 다시 중군에 임명하여 셔먼호를 공격케 하였다. 백낙연은 화공으로 무장한 배와 군졸들을 거느리고 제너럴셔먼호에 근접하여 큰소리로 명령하기를,

"저 이양선에 불화살을 쏴라!"

군졸들이 집중적으로 제너럴셔먼호에 화공을 퍼부어 그 배를 격침시키고, 그들과 치열한 교전 끝에 선원 22명을 사살하였다. 그리고 토머스는 체포하여 대동강 백사장에서 참수로 백성들의 응어리진 한을 풀었으나, 조선측 피해도 13명의 사상자가 발생하였다. 7월 27일 박규수는 홍선대원군에게 제너럴셔먼호의 전말을 상세하게 알리는 장계를 품신하였다. 홍선대원군은 이양

선을 격퇴한 박규수를 크게 치하하였고, 그는 쇄국과 척왜양이를 소리 높인다.

홍선대원군이 내치를 다지며 왕실의 위엄을 세우고 탐관오리를 추방하고 선정을 펼치고 있었으나, 모든 외교는 청나라만을 상국으로 섬기고 조공을 바치며 왕실의 책봉을 받고 있었다. 오로지 양이보국, 척왜양이의 국정으로 일본을 비롯하여 기타 외국과의 교류는 일체 허용하지 않고 조선의 문을 꽁꽁 걸어 잠그는 쇄국정책(鎖國政策)을 펼쳤다. 그리고 이미 조선에서 선교활동을 하고 있는 천주교를 사학(邪學)으로 단정하여 대대적으로 탄압하기도 하였다.

특히 이경하(李景夏 1811~1891)라는 포도대장은 홍선대원군의 철저한 심복으로 천주교인들과 위조화폐 등의 죄수는 자택인 낙동(駱洞)에서 엄히 문초하고 형살하여 그에게는 '낙동의 염라대왕' 이라는 악명이 붙여져 있었다.

홍선대원군은 사학을 일소한다는 명분으로 전국 8도에 체포령을 내려 많은 천주교 신자와 함께 프랑스 신부 12명도 체포하였다. 홍선대원군은 외국과의 문제를 우려하여 프랑스 신부에게는 본국으로 귀환과 개종을 권유하였으나, 그들은 홍선대원군의 제안을 강력하게 거절하며 조선인 천주교 신자 8,000여 명이 죽임을 당할 때, 9명의 프랑스 신부도 함께 순교하였다. 1866년 7월에 발생한 병인사옥(丙寅邪獄)이다. 이때 펠릭스 클레르 리델과 페론, 깔래 등 3명의 신부는 참수되지 않고 석방되었는데 그 중 리델은 텐진으로 가서 프랑스 극동 함대 사령관 피에르 구스타브 로즈 제독에게 밀고하였다.

로즈는 프랑스 황제(나폴레옹 3세)의 명을 받들어 자국의 선교사를 살해한 보복으로 프리깃함 케리애르호를 포함하여 군함 7척과 병력 1,000명을 이끌고 그해 9월 18일 강화도에 침범하였다. 다음날 로즈는 문수산성(文殊山城)과 갑곶진(甲串鎭)을 점령하였고, 19일에는 강화성을 점령하여 조선 정벌의 기세

를 세차게 올렸다. 그리고 강화 백성들에게 통보하기를,

"우리는 자비로운 황제의 명을 받들어 우리 선교사를 살해한 조선 정부를 응징하러 왔을 뿐이니 백성들은 동요치 말고 생업에 종사하시오!"

로즈의 포고문과는 다르게 프랑스군은 많은 부녀자들을 농락하면서 애매한 백성들에게 하여서는 아니 될 졸렬한 짓거리를 하고 있었다.

흥선대원군은 순무영(巡撫營)을 설치하여 대장에 이경하, 중군에 이용희(李容熙 1811~?), 천총(千摠 정3품) 양헌수(梁憲洙 1816~1888)를 임명하여 프랑스 군을 물리치고자 하였다.

양헌수는 포수병 550여 명을 이끌고 그들 모두를 화승총(火繩銃)으로 무장시키고 야밤에 잠도해협으로 강화 정족산성(鼎足山城)에 진입하여 농성을 벌이면서 프랑스 군대와 일전을 준비하였다.

화승총이란, 옛날 임진왜란 때 일본군이 사용한 조총(鳥銃)이었는데, 그 후 훈련도감(訓鍊都監)에서 이 조총을 개조하여 사용한 것이다. 훈련도감은 임진왜란 후 도성을 방어하는 부대로서 5군영 중 가장 먼저 창설되었으며, 훈국(訓局)이라고도 칭하며 지금의 수도방위사령부에 해당된다.

연일 승전으로 조선군을 괴멸시키며 기세를 올린 로즈 제독은 해군대령 올리비에에게 병정 200명을 내어주며 당장에 양헌수를 때려 죽이라고 하였다. 올리비에는 11월 7일 소총만으로 무장한 병정 200명을 거느리고 정족산성을 향하여 진격하였다. 양헌수는 이미 적군의 첩보를 입수하고 산성 요소요소에 매복병을 배치한 후 프랑스 군대를 정족산성 깊은 골짜기까지 유인하였다.

양헌수는 올리비에의 군대를 매복으로 포위한 후 쩌렁쩌렁한 소리로 명령한다.

"조선을 침공한 양코배기 놈들을 한 놈도 살려 두지 마라!"

짧은 거리에서 화승총이 맹렬하게 불을 뿜어 내고 조선군의 전열을 간파하지 못한 프랑스 군대는 공격은 고사하고 방어자세도 취하지 못하였다.

올리비에의 군대는 양헌수의 매복과 기습공격을 받아 병정 7명이 전사하고 70여 명이 부상당하는 처참한 패배를 당하였다. 조선군 화승총의 뜨거운 맛을 단단히 본 올리비에는 혼비백산으로 겨우 목숨을 건져 본영으로 도망가기에 바빴다.

양헌수는 프랑스 군대의 소총을 비롯하여 많은 병장기도 전리품으로 노획하였고 조선군은 경상 1명이었다.

로즈는 올리비에가 패하여 돌아오자 조선군의 전력을 과소평가한 것을 후회하였고, 지금 강화부에 출병한 조선군의 수효가 6,000명이 넘는다는 보고에 황급히 퇴각할 준비를 한다. 로즈는 퇴각하기 전 강화부에 있는 수많은 우리의 문화재를 약탈하여 11월 11일 본국으로 퇴거하였다. 이 사건이 병인양요(丙寅洋擾)이다. 이 전쟁을 계기로 흥선대원군은 조선의 문을 더욱 굳세게 걸어 잠그고 척왜양이를 또 한 번 힘차게 외쳤다.

척왜양이의 확고한 신념이 가득 차 있는 흥선대원군에게 또 다시 청천벽력과 같은 보고가 날아 들었다.

"뭣! 뭣이라고 하셨소!"

어전에서 연신 탁자를 내리치며 분노하는 흥선대원군은 눈썹이 꿈틀거리고 볼이 떨리는 분한 마음을 더 이상 표출할 수 없었다. 기실 흥선대원군만 놀라고 진노하는 것은 아니었다. 고종과 대전에 있는 모든 신료들도 분노하고 있었고, 흥선대원군과 정적관계에 있는 중전, 안동 김씨들을 비롯하여 반 흥선대원군 계열도 진노하였다. 흥선대원군이 붉게 물든 얼굴로 말하기를,

"대체! 어떤 놈이 남연군의 묘소를 도굴하였단 말인가!"

그는 연신 탁자를 내리치면서 흥분을 멈추지 않는다. 이때 좌의정 김병국이 아뢰기를,

"예, 국태공 저하, 아뢰옵기 황공하오나 양이들과 천주학쟁이들의 소행이

라고 하옵니다."

"뭐! 양이와 천주학쟁이, 그래 그 양이와 천주학쟁이 그 놈들이 무엇 때문에 주상의 조부이자 내 아버님의 무덤을 도굴하였단 말이오?"

흥선대원군의 분노는 좀처럼 가라앉지 않는다.

그럼 남연군의 묘소에 대하여 알아 보면,

흥선군은 아버지가 별세하였을 때 경기도 연천에 뫼시었다. 풍수지리를 신봉하는 그는 남연군의 묘소를 이장하여 가문의 번성도 염원하면서, 누구도 모르게 마음 속 깊은 곳에는 대권도 생각하고 있는 흥선군이었다.

그런 이하응이 1845년 남연군의 묘소를 명당으로 이장하기 위하여 이름 있는 지관(地官 풍수지리자)을 데리고 전국을 다니고 있었다. 그들이 충청도 덕산에 있는 대덕사의 일주문을 지나고 있을 때였다. 사찰 한구석에 멍하니 서있는 탑이 하나 있었는데 지관의 눈에 번쩍 스쳤다. 순간 예리하게 지관의 눈을 눈치 챈 흥선군이 지관을 다그친다.

"지관은 바른대로 말하라! 분명 저 탑 주변이 예사로운 곳은 아니지!"

"! ⋯⋯?"

"지관은 내 눈을 속이지 못한다. 바른대로 말하지 아니하였다가는 살아남지 못할 것이야!"

이하응은 지관을 어르고 달래서 그로부터 입을 열게 한다. 그 지관의 말은 저 탑 밑의 자리가 복치형(伏雉形)으로 즉, 꿩이 알을 품는 형국으로 천하의 명당 중에 명당이라고 설명하였지만 지관은 이하응에게 신중하게 말하기를,

"대감, 저곳은 탑신(塔神)이 있는 곳으로 잘 못 건드리면 큰 화를 입게 되고 또한 여기는 경건한 경내라서 주지승의 허락도 심히 의문입니다."

"지관은 그런 것에는 개의치 말라, 이제부터는 내가 알아서 할 터이니 지관을 날 따라 오너라!"

이하응은 대덕사의 주지를 만나 능수능란한 언변과 화술 및 거금 10,000 냥

으로 주지를 매수하였다. 그날 밤 대덕사에는 원인 모를 대화재가 발생하여 사찰 전체가 깡그리 타면서, 중들은 모두 흩어져 버리고 아무도 없었다.

이하응은 주지승과 지관을 데리고 한양 자택으로 빠르게 와서 형님인 흥인 군 이최응(興寅君 李最應 1815~1882)에게 말하기를,

"형님, 아버님의 묘소를 이장하여야 되겠습니다. 그러니 형님께서는 아무 말씀 마시고 10,000 냥만 내십시오."

이최응에게 깊이 설명하지는 않았다. 이하응이 파락호의 생활을 하고 있는 것과, 이최응도 인색하기로 소문이 나 있었지만, 이하응이 부모를 위한 효심 만큼은 각별하여 이최응도 별 수 없이 거금 10,000 냥을 내어 놓았다. 이하응 은 우선 경기도 연천에 있는 아버지의 묘소를 판 후, 이최응, 주지승, 지관과 함께 노복들을 데리고 충청도 대덕사로 갔다. 이최응이 폐허인 절터를 보고 는 눈이 휘둥그레지고 있을 때, 이하응이 그에게 말하기를,

"형님, 저, 탑 밑이 천하의 명당 중에 명당입니다."

"아니, 이 사람, 석파……."

이최응이 뭐라고 말을 하려고 할 때 이하응의 쩌렁쩌렁한 소리가 들린다.

"여봐라! 빨리 저 탑을 무너뜨리고 그 밑에 내 아버님을 뫼시어라!"

하인들이 우르르 달려가서 단번에 그 탑을 허물고 남연군을 깔끔하게 이장 하였다. 그리고 이하응은 타인이 남연군의 묘소를 파헤치고 또 이장하는 것 을 방지하기 위하여 쇳덩어리 수만 근을 사서 녹여 묘소 전체에 뿌리고 정중 하게 예를 올린 후 일행과 함께 도성으로 향하였다. 주지승은 이하응의 집사 로 내정되어 함께 귀경하고 있었다. 이들이 수원의 대포진에서 배를 타고 이 동할 때, 갑자기 주지승이 배안에서 펄쩍펄쩍 뛰면서 말하기를,

"앗, 뜨거, 불이야, 불."

"아이고, 뜨거워, 뜨거워라!"

소리치고 발광하자 배 안에 있는 사람들은 모두 영문을 몰라 어리둥절해 하

였으나, 계속해서 그 중은 이리 뛰고 저리 뛰면서, 말하기를,

"앗, 뜨거, 불이야, 사람 살려."

"아이고 뜨거워, 중 살려."

그 중은 물속으로 풍덩 뛰어 들었는데, 한참이 지나도 그 중은 올라오지 않고 그대로 잠겨버렸다.

이러한 남연군의 묘소를 중국 상해에 본영을 둔 에른스트 야코프 오페르트라는 독일 상인이 남연군의 묘소를 도굴하고자 한 것이었다. 오페르트는 1866년 조선에 통상을 2차례나 요구하였으나 거절당한 바 있다. 반상반도와 같은 그는 아무리 생각하여 보아도 아름다운 금단의 나라 조선에 대하여 미련을 못 버리고 있을 때, 1868년 2월 프랑스인 페론 신부가 찾아와서 오페르트에게 말하기를,

"홍선대원군의 생부인 남연군의 무덤에 있는 소장품만 손에 넣으면 조선과 통상할 수 있을 것이오."

"아니! 이미 죽은 사람의 시신을 가지고 통상이 되겠소이까?"

"아니오, 조선의 풍속과 홍선대원군의 효심은 남다르오."

그리고 페론은 조선의 관습, 미신 등과 같은 것을 포함하여 자신이 알고 있는 조선에 대하여 모두 오페르트에게 설명하였다. 그리고 자신이 직접 그 남연군의 묘소 앞을 지나가기도 하였다고 하면서 묘소의 정확한 위치와 조선 서해안의 밀물과 썰물 등에 대해 그 나름대로는 숙지하고 있었다.

그들은 남연군의 묘를 도굴하기로 하고 우선 자금을 제공할 사업가 젱킨스를 찾아가서 전후 모든 설명을 하자 그도 흔쾌히 동조하였고, 그 셋은 세계사의 만행인 조선 왕실의 무덤을 도굴하는데 의기투합하였다. 젱킨스의 막대한 자금으로 그 날강도들은 680톤 급의 차이나호와 60톤 급인 그레타호 소중기선을 구입하고 중국 군졸 출신 100명도 고용하였다. 오페르트 일행은 도굴에

필요한 장비와 식량, 연료 등 장기 항해에 철저한 준비를 하고 조선 천주교인 최선일(崔善— 1808~1878), 장치선(張致善 ?~1868) 등을 향도로 삼았다. 중국 상해를 출발하여, 일본 나가사키(長崎)로 가서 소총 1백 자루와 러시아 군복 100벌을 구입하여 중국 군졸 출신들을 무장시켰다.

나가사키를 출발한 오페르트는 4월 18일 충청도 아산만(牙山灣)에 닻을 내리고 차이나호를 서해안 깊숙이 숨겨두고 소중기선으로 갈아타고 무장한 병사 100명을 거느리고 구만포(九萬浦)로 상륙하였다. 러시아 군대의 깃발을 휘날리며 덕산관아로 오페르트 일행이 진입하였다는 소문에 관내는 술렁거리기 시작하였다.

덕산 군수 이종신(李鍾信)은 6방 관속과 군졸들에게 동헌을 중심으로 덕산부 내외를 수비케 하였고, 자신은 직접 군졸들을 거느리고 길목을 수직하고 있었다. 이때 오페르트는 당당하게 덕산부에 들이닥치면서 사또를 위협한다.

"우리는 아라사의 군대요! 그러니 사또는 물러서시오. 물러만 서면 우린 그대들을 해치지 않을 것이오?"

"고을 관장이 어찌 왜병들에게 길을 내어 주겠는가!"

군수와 시시비비할 시간적 여유가 없는 오페르트가 부하들에게 지시를 하자 최신식 소총으로 무장한 병사들 100명이 총을 쏘며 조선군을 위협하였다. 겁에 질린 조선 군졸들은 모두 도망가거나 몸을 피하고 만다.

군수가 아무리 독려하여도 한 번 기가 꺾인 군졸들의 사기가 오를 리 없었다. 그 사이 오페르트 일행은 관아를 마음껏 분탕질하고 가동(伽洞)으로 달려가면서 군수에게 충고한다.

"우리의 뒤를 추격하면 그 때는 진짜 죽일 것이오!"

군수가 아무리 생각해 보아도, 이해가 되지 않았다. 그는 혼잣말로 말하기를,

"거~ 참, 이상하다. 어인 일로 저러는가. 가동은 없는 허허벌판인데,"

뭔가를 꼼꼼하게 생각할 때 군수는 무릎을 탁 치면서 놀래기를,

"아~ 차! 남연군의 무덤이다."

스스로 기겁을 한 군수는 큰소리로 말한다.

"아라사의 군대가 남연군의 무덤을 파헤치려고 한다."

그제야 군졸들도 다시 창검과 화승총을 잡고 백성들을 불러 모으고 난리를 친다. 군수는 시급히 홍주목사(洪州牧使 정삼품 병권 겸직) 한응필(韓應弼)과 충청도관찰사 민치상(閔致庠 1825~1888)에게 급보를 올린다. 그리고 군수는 관속들과 백성들을 이끌고 오페르트의 뒤를 추격하기 위하여 가동으로 죽기살리고 달린다. 먼저 남연군 묘소에 도착한 오페르트 일행은 묘지기를 쫓아 내고 남연군의 무덤을 도굴하기 시작하였다.

"서둘러라! 조수 시간에 맞추지 못하면 우리는 여기에서 모두 잡혀 죽는다."

도굴을 독촉하고 있었다. 그러나 그들은 봉분(封墳 무덤) 위에 있는 흙을 겨우 조금 파낸 후 깜짝 놀란다. 그 무덤에는 어마어마한 쇳덩어리를 녹여 부은 것이 선명하게 보였기 때문이었다. 그러니 무덤이 잘 파질 리가 없었고, 무덤 주변의 흙만 파는데도 많은 시간이 소요되었다. 그러자 오페르트가 화가 나서 페론에게 말하기를,

"이런 젠장, 대포를 쏘아도 무덤을 팔 수 없소이다."

왜 그런 정보를 입수하지 못하였느냐 하는 불만의 소리였다. 마침 군수가 관속들을 이끌고 남연군의 묘소로 달려 오자, 오페르트로서는 진퇴양난이었다. 계속 도굴을 할 수도 없고 그렇다고 포기할 수도 없었다. 우선 오페르트는 위협사격으로 조선 군졸들의 진입을 저지시키면서 도굴을 감행하지만 무덤은 끄덕도 하지 않았다. 그러자 페론이 오페르트에게 말하기를,

"이제 빨리 본선인 차이나호로 가지 않으면 서해바다는 갯벌이 되어 우리는 오도 가도 못하는 처지가 되오."

"그럼, 이렇게 큰 준비를 하여 왔는데 그냥 가잔 말이오?"

"아마 지금쯤 홍주목과 충청감영에서 수백 병, 아니 수천 명의 조선군이 이

쪽으로 진격하고 있을 것이오."

페론은 겨우 오페르트를 달래어 철수하기 시작한다. 분을 참지 못하는 오페르트는 공포를 막 쏘면서 퇴각하자, 덕산부 관속들도 달려 들지 못한다. 본선으로 돌아간 오페르트는 페론에게 재차 말하기를,

"그 무덤에 쇳덩이가 녹여져 있는 것을 정녕 몰랐소?"

"그걸 어찌 짐작이나 했겠습니까?"

"정녕 이렇게 빈손으로 가야 한단 말이오?"

"지금은 그것을 따지기 보다는 빨리 이 위험한 곳을 벗어 나야 합니다. 언제 조선 군졸들이 추격해 올지 모르오."

오페르트 일행은 차이나호에 승선한 후, 북상하여 강화도로 뱃머리를 돌렸다.

이때 충청도 관찰사 민치상은 공주 감영의 영장(營將 각 진영의 대장) 조희철(趙羲轍)에게 군졸 200명을 내어 주어 덕산부로 출동시켰고, 모든 관내에 비상경계령을 내려 오페르트 일당을 보는 즉시 사살하라는 지시도 내린다. 남연군의 묘소에 출동한 영장은 묘소를 살펴 본 후, 덕산군수에게 묘소를 엄히 수직케 하고 오페르트 일행을 추격하려고 할 때, 홍주목사가 파병한 군졸 80명도 남연군의 묘소에 도착하였다. 영장은 파발을 띄워 중요 곳곳에 검문을 강화하게 하고 특히 강화부와 영종진영(永宗鎭營)의 방어를 위해서도 빠른 군관을 파견한다. 그리고 영장은 관찰사에게 지금까지의 상황을 품신하고, 홍주목의 군사와 합세하여 오페르트의 뒤를 추격하기 시작한다.

서해 바다를 빠져나가던 오페르트에게 페론이 조언하여 그들은 신속히 경기 연안을 신속히 빠져 나갔다. 경기도는 도성의 길목이라 아무래도 경계가 한 층 강화한 것을 익히 알고 있는 페론이었다. 뒤늦게 보고를 받은 경기관찰사 이의익(李宜翼 1794~?)이 이양선 한 척이 영종진으로 향한다고 조정과 영종진영으로 파발을 띄우기도 하면서 비상령을 내린다.

강화도로 향하던 오페르트는 영종도에 닻을 내리고 그곳에서 페론에게 말하기를,

"거듭 말하지만, 다시 이만한 준비를 하여 오기도 쉽지 않은데 조선 조정과 협상하여 보는 것이 어떻겠소?"

"아니, 뭘, 가지고 협상을 한다는 거요. 무덤의 부장품을 손에 넣었으면 모를까 아마 어림도 없을 것이오?"

"그럼 어찌하였으면 좋겠소?"

"뭘, 어찌하겠단 말씀이오. 도리 없지만 그냥 돌아가는 수 밖에 없어요."

"비록 성사되지 않더라도 마지막으로 홍선대원군과 협상이라도 시도해 보아야 되지 않겠소?"

"자꾸 말하지만, 아마 어림도 없는 소리일 것이오. 협상은 고사하고 홍선대원군이 우릴 잡으면 모두 사지를 찢어 죽일 것이오."

"아이고 나는 협상이고 무엇이고 할 것도 없이 하루속히 고향으로 돌아갔으면 하오."

페론이 말하자 여태까지 침묵하던 젱킨스가 두려움에 떨면서 말하기를,

"아이고 나는 협상이고 무엇이고 할 것도 없이 하루속히 고향으로 돌아갔으면 하오."

제력가인 젱킨스는 두려움에 몸을 사리지만, 오페르트는 끝까지 조선 조정과 협상코자 전령을 홍선대원군에게 보내는데 그 내용은,

"덕산에서 묘를 건드린 것은 우리들의 잘못이오. 그것은 총칼을 맞대지 않고 귀국의 옛 잘못을 꾸짖고자 하였소. 지금이라도 귀 조정은 속히 대관을 보내 우리와 통상하시오. 그렇지 않으면 귀 조정은 곧 위국지난을 당할 것이다."

홍선대원군은 진노하여 몸을 부들부들 떨면서 영종진 수군 첨절제사(水軍僉節制使 종3품 현 해군준장)인 신효철(申孝哲)에게 오페르트 일당을 격퇴할 것을 지시한다.

홍선대원군의 지시를 받은 신효철은 진영의 방비를 더욱 강화하고 오페르트의 준동을 예의주시했다. 그러자 오페르트가 백기를 들고 군영 성 밑으로 와서 외친다.

"영종 첨사는 들으시오! 내 지난번 홍선대원군과 통상하고자 서찰을 보냈는데 왜 여태까지 연락이 없는 것이오? 귀국은 우리와 통상하지 않으면 국가에 큰 화가 미칠 것이오."

"야, 이, 버르장머리 없는 오랑캐 놈아, 개소리 하지 마라! 네놈이 그따위 주둥아리를 함부로 놀리고도 살기를 바라느냐! 네놈이 너의 죄를 뉘우치고 사죄하는 뜻으로 병장기는 우리에게 모두 반납하고 돌아 가거라! 그렇지 않으면 네놈의 목을 두 동강 내어 주겠다."

오페르트는 화가 머리끝까지 치밀어 차이나호로 돌아 가서 영종진영을 공격할 계획을 세운다. 첨사 신효철은 미리 오페르트의 기습에 대비하여 군영 성문 안쪽 곳곳에 매복병을 배치하였다.

분노를 참지 못하던 오페르트는 4월 25일 아침부터 영종진영으로 기습하였으나, 매복에 걸려 힘 한 번 쓰지 못하고 많은 전사자를 내자, 두려움에 떤 오페르트는 상하이로 줄행랑을 쳤다. 신효철은 오페르트의 부하 시신 2구와 함께 홍선대원군에게 승전의 장계를 올린다.

"25일 사시(巳時 오전 9시)에 적선들이 영종진영의 성 밑에까지 와서 총을 쏘고 공격하였으나 신은 군졸들을 거느리고 교전하였습니다. 적들은 쉬지 않고 공격을 하며 우리에게 성문을 열 것을 요구하였으나 신은 죽기를 작정하고 총과 활을 쏘면서 적을 물리쳤사옵니다. 적이 비록 물러갔지만 우리 군졸의 수효는 적고 언제 또 적이 공격할지 모르는 일입니다. 비록 적이 또 공격하면 신은 또 죽기를 각오하고 싸우겠습니다."

신효철의 장계를 홍선대원군이 읽고 있을 때, 충청도관찰사 민치상의 장계도 올라 왔는데, 남연군의 묘소는 봉분 위에 있는 흙만 조금 훼손되었을 뿐 크게 파혜쳐지지 않았다는 것이었다. 그리고 관찰사와 홍주목사가 묘지기들을 동원하여 훼손된 남연군의 묘소를 단정하게 수리하였다는 내용이었다. 동시의 장계를 받은 홍선대원군은 비로소 안심하고 있었다.

그리고 홍선대원군은 신효철을 수사(水使 정3품)로 승급시켰고, 신효철과 함께 열심히 싸운 군졸들도 위로하였다. 특히 신효철은 성품이 충직한 청백리이면서 노모를 극진히 봉양하고 있어 홍선대원군이 그를 더욱 신임하였다.

그런데 이 사건을 두고 주청 미국 공사, 주청 영국 공사 등 외국 공관원들은 오페르트의 만행은 유야무야시키고, 오히려 조선을 비판하는 목소리를 내고 있었다. 홍선대원군은 가일층 쇄국 및 양이를 배척하게 되었다.

그리고 오페르트를 격퇴한 홍선대원군에게는 또 하나의 기쁜 소식이 전해졌다. 그 해 윤 4월 10일 이 귀인이 운현궁에서 아들을 생산한 것이었다. 후손이 귀한 왕실은 모두 기뻐하였다. 홍선대원군은 이 귀인의 아들을 완화군(完和君 1868~1880)에 봉하였고 무척 총애하였다. 대궐에서 완화군의 탄생을 기뻐하지 않는 단 한 사람이 있었는데 그는 다름 아닌 중전이었다.

1871년 2월 중전에게도 기쁨이 찾아 들었다. 조금 전 어의가 다녀갔는데 회임이라고 하였고 아들이라는 말도 분명하게 하였다. 이 소식은 대전에도 품신되어 형식적이지만 정무를 보고 있던 임금이 중궁전으로 뛰어 오기도 하였다. 홍선대원군도 중전의 회임을 기뻐하였고 신정왕후는 물론이고 중신들도 모두 기뻐하였다.

그로부터 1개월 후 3월, 홍선대원군은 어전회의에서 서원에 관하여 말하기를,

"지금 전국 서원 중 47개의 서원만 남기고 모두 혁파하라!"

홍선대원군의 명은 추상과도 같았다. 중신들은 술렁거리기 시작하였다. 서원은 사설교육기관이고 선현에게 제사를 지내는 곳이었으나, 점차 변질되어 탈세, 군역회피, 붕당 등의 비행으로 백성들의 원성이 하늘을 찌르고 있었다.

중신들이 반발하며 흥선대원군에게 주청하자 그가 말하기를,

"이는 공자가 다시 환생하여도 용서할 수 없다."

흥선대원군은 전국 600여 개의 서원을 철폐하자, 그곳의 월권에 핍박받던 백성들은 만세를 불렀고, 유림과 양반들은 반 흥선대원군 기치를 내세웠다. 영조 때에도 우후죽순처럼 서원이 난립하여 왕명으로 철거를 명하였으나 흐지부지되었다.

특히 1592년 임진왜란 때 조선에 구원병을 파병하여 준 신종(神宗 1563~1620)을 추모하기 위하여 설치한 만동묘(萬東廟)는 흥선대원군과도 조금 관계가 있는데, 흥선대원군이 야인시절 충청도 화양계곡과 그곳 경치를 둘러보고 만동묘로 가는데 종복의 부액(扶腋 시중)으로 올라가자,

"에~ 잇, 이런, 무엄한 놈."

묘지기가 사정없이 흥선군을 발로 걷어 차자, 흥선군은 땅바닥에 뒹굴게 되었다. 흥선군이 분노하여,

"네 이놈, 감히 내가 누군데……."

묘지기들이 우르르 몰려와서 흥선군을 걷어차고 멱살을 잡으면서 말하기를,

"네 이놈, 난 네놈이 누군지 알 필요 없다. 이곳에는 그 누구도 부액을 할 수 없는 곳이다!"

그러한 묘지기도 흥선대원군은 섭정의 자리에 올랐지만 그를 죽이지는 않았다.

흥선대원군은 양반의 소매 자락과 담뱃대의 길이도 줄였고, 사치를 막기 위하여 기생의 머리 얹어 주는 비용도 120냥을 넘지 못하게 하였다.

양반들에게도 군역의 대가인 호포제(戶布制)를 실시하여 세금을 징수하여 백성들의 부담을 경감시키기도 하였다. 사창(社倉 양식 대여)을 부활시켰고, 수령방백들이 자신에게 뇌물을 상납하는 것을 엄격히 단속하였다. 또한 도성 4대문을 통과하는 문세를 징수하여 국고를 비축하려고 하였으나 백성들의 반

발이 만만치 않았다. 청전(淸錢 청나라 화폐)을 사용하여 재정을 충당코자 하는 것도 실패하였지만 이 무렵 홍선대원군을 '대원위 대감', '국태공 저하'라고도 부르면서 그의 권력은 막강하였다.

홍선대원군은 1871년 4월 8일 경기감사 박영보(朴永輔 1808~?)와 남양부사 신철구(南陽府使 申轍求 1804~?)로부터 급보를 받는다. 뒤이어 영종 방어사의 다급한 장계도 올라온다. 내용인 즉, 미국은 1866년 자국 상선 제너럴셔먼호의 전소가 조선국의 소행임을 확실하게 잡고 조선에 배상과 통상을 요구하기 위하여 출병하고 있다는 장계였다.

미국 아시아 함대 사령관 존 로저스 제독은 주청 미국공사 프레드딕 로우와 콜로라도호를 비롯하여 5척의 군함과 함포 85문과 최신식으로 무장한 미국 해군 1,230명을 거느리고, 경기도 남양만을 거쳐 강화해협 물치도까지 침범하였다.

론 로저스는 남양부로 사자를 보내 조선 조정과 협상을 원하였으나 홍선대원군은 척왜양이를 외치며 미국과 일전을 준비하였다. 4월 12일 론 로저스는 초지진과 덕진진을 괴멸시키며 조선 정벌의 기세를 세차게 올리며 홍선대원군을 회담장으로 끌어내려고 하였다.

4월 14일 홍선대원군은 진무영(鎭撫營 바다 경계)을 설치하고 어재연(魚在淵 1823~1871) 장군을 진무중군에 임명하여 강화로 출병케 하였다. 그러나 어재연 장군은 광성진에서 미군의 엄청난 화력에 그는 전사하였고 광성진의 수비대 수백 명이 죽거나 부상을 입었다. 강화는 미군의 무법천지가 되면서 부녀자들의 비명소리가 세차게 울려 퍼졌다.

그러나 첨사 이렴(李濂)이 전열을 정비하고 조선군이 죽음을 불사하며 항전하자 미군도 강화를 장기 점령하지 못하고 5월 16일 모든 함대를 거느리고 중국으로 돌아갔다. 신미양요(辛未洋擾)이다. 홍선대원군은 미군을 격퇴한 후 전

국에,

"양이침범 비전즉화 주화매국 계오만년자손 병인작 신미립(洋夷侵犯 非戰則
和 主和賣國, 戒吾萬年子孫 丙寅作 辛未立), 즉 오랑캐가 침입하였는데, 싸우지 않
거나 화친을 주장하는 것은 나라를 팔아먹는 것으로 병인년에 짓고 신미년에
세우다."

군건한 척화비를 세우며 척왜양이를 더욱 힘차게 외쳤다.

신미양요의 아픔도 어느 정도 가라앉고 있을 때 중전은 11월 4일 고대하던
원자(元子)를 낳았다. 그런데 그 원자가 항문불통이었다. 중전은 원자의 통변
을 위해서 쇠붙이를 사용해서라도 관통을 원했고, 홍선대원군은 귀중한 원자
의 몸에 쇠붙이를 댈 수 없다고 하여 산삼을 쓰도록 하였다. 결국 원자는 태어
난지 나흘만에 요절하여 버렸다. 중전의 생각은 완화군이 무럭무럭 자라고
있으니 원자를 죽이려고 홍선대원군이 산삼을 쓴 것으로 생각하고 이때부터
홍선대원군에 대한 분노가 하늘을 찌르고 있었다.

일본과 명치유신

일본은 이 무렵 너구리 영감이라는 노련한 별명이 붙은 도쿠가와 이에야스
(德川家康 1543~1616)가 1603년부터 일본의 쇼군으로 정권을 잡은 후부터 제13
대 쇼군 도쿠가와 이에사다(德川家定 1824~1858)의 막부정권(幕府政權)까지 이
어지고 있었다.

쇼군과 막부란, 쇼군은 일본의 영외관이며 정이대장군(征夷大將軍), 장군으
로 부르며 천황을 대신한 통치권자로서 다이묘(大名 참모 영주, 성주)를 지휘하
며 모든 사무라이들이 충성을 바치고 후손이 승계하고, 막부는 쇼군, 대장군
등이 머무는 곳이며, 흔히 도쿠가와의 시대를 덕천(德川), 에도(江戶)시대라고
부른다.

이때 막부정권은 조선에 깍듯한 예를 갖추었고, 조선과의 모든 교류는 대마도주(對馬島主)가 위임받아 처결하고 있었다. 대마도는 그 지리적 여건이 경상도 계림(鷄林 경주)의 구역에 가까워 대마도주는 경상도관찰사와 예조판서를 직속상관으로 여겼고, 조선 조정에는 번신(藩臣)이라 칭하였다.

대표적으로 1392년 일본이 조선에 사신을 보낼 때 조선 연안을 침입하는 왜구를 엄히 단속하겠다는 약조도 하였다. 세종 때에는 대마도를 정벌하여 왜구의 버르장머리를 고쳐주었는데, 이것이 우리 민족의 제3차 대마도 정벌이며 왜구들은 허리를 숙이며 조선과 계속 교류하기를 청원하면서 도서(圖書)와 인신(印信)을 인각(印刻)하여 주기를 간청하였다. 도서와 인신은 조선의 관인(官印)에 해당된다. 그 도서와 인신으로 일본이 조선에 보내는 서계(書契 국서)에 날인하면 조선에서 확인하였다. 1474(성종 5)년에는 일본의 요청으로 상아부(象牙符 통신부) 10개를 통신부 양면에 '조선통신'과 '성화십년각오'라고 주조하여 하사함으로써 종주국의 위상으로 교류하였다.

또 일본정부가 조선에 국서를 보낼 때에는 꼬박꼬박 상국이라는 문구를 써왔고, 자기네 나라는 일본국왕 누구누구라고만 사용하여 왔다. 단 임진왜란으로 조금 소원하였지만 곧 일본과 국교가 재개되었다.

이러한 막부정권도 조선과 청나라를 제외하고는 모든 외국과 수호를 하지 않고 조선보다 더 강도 높은 쇄국정책을 펼치며 문을 굳세게 걸어 잠그고 있었다. 그러나 일본은 개항과 개화의 물결이 일어나고 있었다.

1853년 6월 미국의 매튜 페리(Matthew Perry 1794~1858) 제독이 군함 6척과 3,000명의 정병을 이끌고 자국의 밀러드 필모어 대통령의 국서를 휴대하고 일본 우라가(浦賀)에 입항하였다. 이미 서양의 군함이 출몰한 것이 어제 오늘의 일이 아닌 일본으로서는 조금 당황하였지만 그렇게 크게 놀라진 않았다. 쇄국을 기치로 내건 막부는 서양 오랑캐인 미국 군함을 격퇴코자 하였으나 막강한 미국을 당해 내기에는 역부족이었다.

　이듬해 3월 31일 일본은 페리 제독이 거느린 군사력에 굴복하여 가나가와
(神奈川)에서 미일화친조약을 체결하면서 막부정권이 흔들리기 시작하였고
일본의 새 시대가 예고되고 있었다.

　그 후 일본은 1858년 영국, 러시아, 네덜란드, 프랑스 등 서구 와 수호통상조
약을 체결하여 일본의 5개 항구가 개항되었다. 그해 도쿠가와 이에사다가 죽
고 도쿠가와 이에모치(德川家茂 1846~1866)가 정권을 잡게 되었다.

　일본이 비록 미국과 서구열강의 무력 앞에 굴복하여 조약 체결과 함께 개항
되었지만, 일본의 지식인과 선각자들은 벌써 오래 전부터 개항을 열망하고
있었을뿐더러 천황이 통치하여야 한다는 주장도 거세게 일어나고 있었다. 막
부정권의 부정부패로 일본 백성들도 이미 막부에 등을 돌리고 있었고 새 시
대를 열망하고 있었다.

　조선은 1811년 김이교(金履喬 1764~1832)를 통신 정사로, 이면구(李勉求)를 부
사로 삼아 도쿠가와 이에나리의 쇼군 취임 축하차 일본에 파견한 후 지금까
지 공식적인 파견은 없었다. 일본에서도 1864년 철종의 조위사(弔慰使)로 사
신이 다녀간 적이 있었을 뿐이다.

　일본은 마지막 쇼군 도쿠가와 요시노부(德川慶喜 1837~1913)가 일본을 통치
하고 있었으나, 이제 쇼군이 백성을 다스릴 능력은 상실하고 있었다. 때를 놓
치지 않고 이토 히로부미(伊藤博文 1841~1909), 이노우에 가오루(井上馨
1836~1915), 오쿠보 도시미치(大久保利通 1830~1878), 사이고 다카모리(西鄕隆盛
1828~1877), 기도 다카요시(木戶孝允 1833~1877) 등이 존왕양이를 기치로 내세워
막부정권을 타도하고 권력을 천황에게 이양하게 하였다. 이로써 260여 년 가
까이 지탱하여 온 도쿠가와, 막부정부를 포함하여 700여 년 동안 유지된 무
가(武家) 정치가 막을 내리는 것이 명치유신(明治維新 메이지 유신), 왕정복고(王

政復古), 대정봉환(大政奉還)이라고도 부른다.

이때 일본은 공교롭게도 1867년 1월 30일 일본 제121대 고메이 천황(孝明天皇 1831~1867)이 붕어하고 그의 아들이 등극하였는데 그가 메이지 천황(明治天皇 1852~1912)이다.

유신 정부는 모든 권력을 천황 중심화하였고, 1868년 9월 29일 히구치 테츠시로(桶口鐵四郎)를 정식 사절단으로 삼아 조선으로 파송하여 서계를 보내 새 정부의 선포를 알렸다.

"우리 일본의 모든 대권이 황실로 귀환되어 봉칙(奉勅 황제가 쓰는 용어)으로 귀국께 통보하니 참고하십시오."

거기에다 일본의 인신은 조선 정부가 제조하여 준 것이 아니고 일본국이 임의로 인각한 것이었다. 또한 소 요시아키라(宗義達)라는 대마도주의 직함이 아니고 좌근위 소장(左近衛少將)이라고 기록되어 있었고, 황상, 봉칙이라는 문구도 눈에 많이 띄고 있었다.

이것을 받아본 동래부 왜학훈도(倭學訓導 정9품 일본 통역) 안동준(安東晙)이 그곳 동래부사 정현덕(鄭顯德)에게 보고하자 부사는 홍선대원군께 품신하였다.

"뭐, 뭣이라고, 봉칙, 황상, …… 이런, 고얀 놈들,…… 무엄 발칙한, …… 쳐죽일 놈들."

분노한 홍선대원군은 일본의 서계를 단호히 물리치라고 지시하였다. 이에 이조판서 홍순목이 아뢰기를,

"저하, 왜놈들의 오만방자한 태도는 단연코 응징하여야 하옵니다. 지난 천년동안 이 나라의 해안을 노략질하던 도적이 아니옵니까, 또한 제깟 놈들이 어찌 감히 황제께서만 쓰시는 글을 함부로 쓸 것입니까. 엄히 응징하여 못된 버릇을 단단히 고쳐주어야 할 것으로 사료되옵니다."

그리고 이와 함께 일본인 하찌노해(八戸順叔)가 외국 유람 중 청나라 광동에

서 발행하는 중외신문에 제보하기를,

"지금 일본은 화륜선(火輪船) 80여 척을 제조하여 곧 조선을 침공할 것."

이는 청나라 예부(禮部)에서 정보를 입수하여 외교의 눈뜬장님인 조선에 알려오자, 조선을 그것을 핑계삼아 일본을 경계하게 되었다. 사실 이것은 일본 정부와는 하등 관계없는 일이었다.

그리고 일본은 이미 본국 주재 모든 공사관은 물론이고 외국에까지 공문을 보내 왕정복고를 통보하였고 그들로부터 명치유신 정부를 인정받고 있었다.

모든 국가가 유신정부를 인정하고 있는데 유독 조선 정부에만 유신정부를 알리는 서계조차 봉납되지 못하고 있었으니 일본정부는 조선을 무력으로 정벌하여 뜨거운 맛을 보여 주자는 정한론(征韓論)이 일어나게 되었다.

정한론을 놓고 일본은 강경파와 온건파로 갈라졌다. 강경파는 지금 즉시 군대를 거느리고 조선으로의 출병을 주장하였고, 온건파는 조선을 공격하기에는 아직 일본의 국력이 미흡하니 내치에 전력한 후 조선의 못된 버르장머리를 고쳐주자고 하였다.

유신 정부는 관리의 임명도 천황이 친히 윤허하였다. 다만 이때 천황의 보령이 유충하여 경험 많고 청백한 관리들이 정무를 대행할 뿐이었고 조선의 원상(院相)과는 엄청난 차이였다.

원상제도란, 보령 어린 임금이 즉위할 때 훈구대신들이 승정원에 입직하여 돌아가면서 정무를 보좌하는 것으로, 신숙주, 한명회, 구치관, 홍윤성, 김질 등이 조선의 대표적 인물이었다.

메이지 정부는 신식군대를 창설하고 장총, 대포, 군함, 전기, 전신, 철도 등의 새로운 문물의 발전으로 하루가 다르게 몰라보게 변모하고 있었다. 또한 국민들의 모든 신분의 차별을 철폐하여 누구나 능력에 따라 그 분야의 고위 관료로도 진출할 수 있게 되었다.

외무성에서는 재차 조선에 사신을 파견하여 수호를 하고자 하였으나, 흥선대원군은 서계의 문구를 수정하고 일본이 번신의 예를 갖추지 않는다는 이유로 일본의 국서조차 접수시키지 못하게 하였다. 또 사신이 서계의 접수도 못하고 귀국하자 일본의 조야는 정한론으로 들끓기 시작하였다.

도쿠가와 요시노부는 권력을 천황에게 이양하였지만 형식적이었고 아직도 그를 지지하는 세력이 만만치 않았다. 그는 1868년 1월 정병을 거느리고 교토(京都)로 진격하였지만, 사이고 다카모리가 이끄는 신정부군에게 교토 외곽인 도바(鳥羽), 후시미(伏見)에서 대패하여 그의 막부정권 탈환은 물거품이 되면서 그는 가택연금이 되었다.

3월 14일에는 천황의 5개조 서문을 발표하면서 신정부의 방침을 밝혔고, 7월 17일에는 에도를 도쿄(東京)로 개칭하면서 명실상부한 황도(皇都)가 되었다. 8월 26일에는 천장절(天長節)을 국경일로 선포하고 다음날 메이지 천황의 즉위식을 성대하게 거행하였다. 9월 8일에는 메이지 연호로 개원하고 일세일원제(一世一元制)로 정하면서 확고한 천황통치의 시대를 열게 되었다.

1869년에는 천황의 정적이자 막부정권의 마지막 충신인 에노모토 다케아키(榎本武揚 1836.10.5~1908.10.26)를 정부군이 맹렬하게 공격하였다.

에노모토 다케아키도 사생결단으로 저항하였으나. 중과부적과 무기의 열세로 천황군에게 항복하였다. 에노모토 다케아키의 항복으로 도쿠가와 요시노부를 추종하는 세력은 완전하게 자취를 감춤과 동시에 사실상 바쿠후 세력은 유신정부에 의하여 완전하게 제거되었다.

유신정부는 에노모토 다케아키가 주군에 대한 충성심을 가상하게 여겨 그를 내각의 중요 요직에 중용하여 막부정권을 포용하였을 뿐만 아니라 연금으로 집행의 날만 기다리는 도쿠가와 요시노부 마저 용서하였다.

도쿠가와 요시노부는 마지막 자신의 영향 하에 있는 사쓰마(薩摩), 조슈(長州), 도사(土佐), 히젠(肥前) 등 4명의 영주가 소유하고 있는 토지와 인민을 모두 천황에게 반환토록 하였다. 이것이 1869년 7월 25일 단행한 판적봉환(版籍奉

還)이다. 그렇게 함으로써 270여 명의 영주는 천황에게 토지와 노비, 관직 등을 반환하였다.

그러나 그들은 지방 장관에 해당되는 지번사로 임명되어 가록(家祿 봉급)을 받고 세습이 허용되었으니 신분에는 큰 변함이 없었고 천황의 직할이 된 것이었다. 다만 천황이 부지번사를 중앙에서 파견하여 조금 견제할 뿐이었다.

그리고 천황과 유신정부는 도쿠가와 요시노부의 집안을 존속시켜주고, 비록 실권 없는 직위이지만 원로로 예우하면서 1902년 일본 최고의 작위인 공작(公爵)으로까지 봉하면서 천황의 자애로움을 한껏 뽐내기도 하였다.

1870년 1월 3일 일본은 신도(神道 정신적 종교)를 국교화하기 위하여 대교선포(大敎宣布)의 조서를 발표하였다.

때를 맞추어 3월, 조선과 수교를 재개코자 사다 하꾸보오(佐田白茅)를 대관에, 모리야마 시게루(森山茂)를 부관으로 삼아 조선에 파견하여 유신정부의 서계를 접수코자 하였으나 차관급인 사다 하꾸보오는 종4품의 동래부사도 만나지 못했을뿐더러 겨우 정9품 안동준에게 저지되어 또 서계의 접수조차 못하였다. 정한론의 강경파인 사다 하꾸보오의 수모는 이만저만이 아니었다. 그는 분노를 참지 못하고 길길이 날뛰었으나, 결국 빈손으로 귀국하였다. 또 일본은 정한론이 분주한 중에 사다 하꾸보오는 조선 정벌의 타당성 6개안을 정부에 강력하게 건의한다.

첫째, 조선이 근래 무관을 중용하고 병제를 개편하여 무기와 병영을 수리하고 여러 도에 미곡, 전포(錢布)를 비축하고 있다. 우리의 서계도 문관은 찬성하는데 무관들이 반대하여 유신정부를 모독하고 있는 것이다.

둘째, 유신정부는 반드시 무력으로 실력행사를 하여 문죄하여야 한다. 조선은 지킬 줄은 알지만 공격할 줄 모르고, 자신은 알고 있지만 상대는 알지 못할뿐더러 알려고도 하지 않는다. 고루하고 교만하여 깨달을 것은 깨닫지 못하고 사나워야 할 것은 사납지 못하므로 단연 군대의 힘으로 침입하지 않고는 성과를 거둘 수 없다. 대원군과는 실로 불구대천(不俱戴天)으로 불가불 정벌하지 않으면 천황폐하의 위엄이 서지 않으니 이는 신하로서 상당한 불충이다. 그러니 신하된 도리를 위해서라도 꼭 조선을 정벌하여야 한다.

셋째, 조선 정벌은 10개 대대 병력으로 가장 먼저 강화도를 지나 도성으로 진격하고, 6개 대대는 경상, 전라, 충청도를 공격하고, 4개 대대는 강원도와 경기도를 측면에서 공격하고, 10개 대대는 압록강에서부터 함경도와 평안도를 공략한 후 황해도를 공격하면 50일 안에 조선을 정벌할 수 있다.

넷째, 조선을 정벌할 때 청국이 개입하면 아예 대륙까지 진출하겠다. 대원군은 지금 프랑스 군대를 물리친 후 지나치게 자존심이 높아져 무비만 장려할 뿐 신중하지 못하고 있다. 백성들에게도 세금을 무겁게 거둬 들여 원성의 소리가 높다. 이때 우리 일본군이 출병하면 대원군의 정권은 바로 와해될 것이며, 대원군은 언제든 칠종칠금할 수 있다.

다섯째, 국제관계로 보아도 조선은 이미 프랑스와 충돌하고 있고, 북쪽의 러시아도 호시탐탐 노리고 있다. 미국도 조선으로의 진군의 기회를 엿보고 있을 때, 우리 일본이 유유부단하여 기회를 놓친다면 끝내 후회하게 된다. 즉, 순망치한으로 조선이 서구열강으로부터 점령당하면 우리에게도 피해가 온다.

여섯째, 재정적인 면에서도 조선 정벌은 우리에게 이익을 줄 뿐 손해를 보는 것은 없는 것이다. 조선 정벌에 얼마의 전쟁비용은 소진되지만 조선에서 나오는 쌀, 보리, 콩, 조, 수수 등의 풍부한 양식을 얻는 것은 실로 금혈(金穴)을 파는 것이다. 그리고 우리 북간도 사업에도 조선에서 나오는 물자를 최대한 활용하면 북간도 사업도 상당히 빠르게 진척될 것이다.”

열변을 토한 사다 하꾸보오는 마지막으로,

“지금 우리 일본은 군대가 많아서 걱정이지 적어서 근심은 아니다. 여러 지방의 군사가 모두 호전적이고 생각하는 것에는 모자람이 있어도 행동은 민첩

하여 혹시 내란을 일으킬지도 모른다. 이때 다행히도 조선을 공격하게 되어 그들을 이용한다면 그들은 평소에 축적된 울분과 기운을 모두 조선 정벌에 진력할 것으로 단번에 조선을 깨뜨릴 수 있다. 우리 군사들에겐 훈련이 되며 또 천황폐하의 위세도 해외까지 빛을 낼 수 있는데 어찌 시급히 조선 정벌을 단행하지 않을 수 있겠는가!"

그야말로 강경 정한론을 주장하기도 하였다. 유신정부는 사다 하꾸보오의 주장을 관철하여 9월 19일 외무성의 관원을 조선에 사신으로 파견하였으나, 역시 홍선대원군이 거절하여 아직 유신정부를 알리는 서계조차 접수되지 못하고 있었다.

유신정부는 날로 발전하여 이듬해 1월 우편제도를 실시하여 국리민복에 기여하였다. 6월에는 조선에 사신을 파견하여 조선과 수호를 재재하고자 하였으나, 이번에는 조선이 미국과 전쟁(신미양요)을 치르고 있었으므로, 일본은 조선과 미국의 분쟁에 휘말리지 않기 위하여 사신들을 황급히 철수시켰다.

7월에는 폐번치현(廢藩置縣)으로 기존 방대한 3부 302현을 3부 72현으로 통합하여 천황 중심의 중앙집권을 더욱 강화하였다.

중앙의 핵심인 태정관을 정원(正院)으로 개칭하여 이곳에서 입법, 사법, 행정을, 좌원(左院)에서는 입법의 자문을, 우원(右院)에서는 각 성의 행정을 감찰하는 3원제의 단행으로 국가통치의 분업화를 이루었다. 9월 13일에는 청일수호통상조약을 체결하였다.

10월 8일에는 우대신 이와쿠라 도모미(岩倉具視 1825~1883)를 특명전권대사로, 오쿠보 도시미치, 기도 다카요시, 이토 히로부미 등을 부관으로 삼아 미국의 샌프란시스코, 워싱턴, 영국, 프랑스, 벨기에, 러시아, 이탈리아, 이집트 등 수십 나라를 시찰, 견학하는 108명의 사절단이 파견되었다. 이와쿠라 사절단이라고도 불렀다.

1872년 일본은 정초 조련장에서 막강한 신식군대의 행군식을 천황이 직접 사열하였고, 그 군대는 천황께 충성을 맹세하였다. 이것이 천황 직할의 최초의 육군이었고, 일본은 육군을 크게 양성하며 동양의 강자로 부상하고 있었다.

또한 학제를 공포하여 국민학교, 중학교, 대학교를 세워 국가 백년지대계(百年之大計)를 구상하였다.

9월에는 요코하마(橫濱)와 신바시(新橋)를 연결하는 철도를 개통하였고 또한 태양력을 사용하여 12월 3일을 명치 6년 1월 1일로 정하면서 외교, 군사 등의 업무가 외국과의 시간차가 나는 것도 방지하였다.

그 전 8월에는 대마도주의 직위를 외무성으로 전환하여 중앙 정부에서 외무성 관원을 파견하기도 하였다.

그리고 같은 달에는 태정대신(太政大臣 총리에 해당)의 지휘로 외무대승 하나부사 요시모또(花房義質 1842~1917)가 부관 모리야마 시게루와 일본 외무성 관리들과 함께 군함을 이끌고 부산에 입항하였다. 동래부사에게 일본의 서계를 봉납하고 조선과 수교를 다시 하기 위해서였다.

동래부 안동준이 하나부사 요시모토 일행을 문정 나가면서 말하기를,

"아니, 왜사(倭使)가 군함을 타고 오다니, 이는 용인할 수 없으므로 부사를 만나게 할 수 없소?"

또 서계의 접수하지 않겠다는 뜻으로 말하자, 하나부사 요시모토는 두 눈을 크게 부릅뜨며 안동준에게 말한다.

"이보시오, 시대가 변하여 군함을 타고 오는 것이오?"

"어찌되었든 서계를 동래부에 봉납하려면 약속대로 목선으로 와야 할 것이오?"

"아니, 이보시오, 훈도 양반, 지금 우리 일본에는 목선은 없고 증기선, 화륜선과 군함뿐이오. 시대가 발전하여 군함을 타고 올 수밖에 없는 것을 어찌 하란 말이오?"

분통을 터트렸지만 하나부사 요시모토는 또 유신정부의 서계도 접수하지 못하였다. 그러나 하나부사 요시모토는 초량왜관(草粱倭館)에 외무성의 관원들을 상주시켜 놓았는데, 하나부사 요시모토로서는 상당한 성과를 올린 것이었다.

초량왜관이란, 조선 초 왜국과의 교류를 위하여 태종, 세종, 예종 때 왜인들이 머무는 숙소를 마련하여 주었는데, 이것을 왜관이라 불렀다. 이 왜관이 변천을 거듭하면서 숙종 때 초량(부산 용두산 공원 일대)으로 이동하여 초량왜관이라 부른다.

1873년 1월에는 국민개병(國民皆兵)에 의하여 징병령을 공포하여 20세 이상 장정은 누구나 3년의 병역의무를 이행케 하여 모든 국민은 평등하다는 것을 인지시켰다. 황실을 제외하고는 귀족, 사족(土族)이 없어졌고 고관과 일반 백성들이 혼인도 하였다. 특히 남녀평등의 일환으로 1872년 11월, 다섯 명의 여학생이 전액 국비로 미국 유학을 가기도 하였다. 이렇듯 일본은 모든 면에서 근대국가로 힘차게 뛰어 나가고 있었다.

조선의 상국 청나라

이 무렵 조선은 청나라에 조공을 바치고 책봉도 받으면서 상국으로 섬기고 있었다. 이는 조선을 창업한 이성계 태조 때부터 명나라 주원장 즉, 홍무제(洪武帝 1328~1398) 훨씬 전인 고려시대부터 행하여 왔던 것이었다. 그 후 명나라를 멸망시키고 청(淸)나라를 건국한 누루하치(愛新覺羅努爾哈赤 1559~1626) 시대를 거쳐 그의 제8남 숭덕제(崇德帝 1592~1643), 즉 홍타이지가 청나라를 통치하게 되었다.

그는 조선이 청나라를 황제국으로 섬기지 않겠다고 하자, 1636년 12월 중순, 13만 대군으로 꽁꽁 얼어붙은 압록강을 건너오면서 조선을 침략하였다. 이것이 병자호란(丙子胡亂)인데 조선 조정은 남한산성으로 몽진하여 45일 동안 버텨보다가 전세가 불리하여지자 인조가 삼전도에서 홍타이지에게 항복하여 확실한 군신이 되었다. 이때부터 조선은 청나라의 눈치를 살피게 되었고, 조선 왕의 등극과 왕비, 세자의 책봉은 조선에서 책봉한 후 청나라에 사신을 보내 황제로부터 책봉의 승인을 윤허 받았다. 병자호란 전까지는 대략 형식적이었으나 이제는 청나라 황제보다는 신료들의 눈치를 보게 되는 형국이었다. 청나라 예부에서나 실세의 승인이면 황제의 윤허는 자동이었기 때문이었다. 그리고 이것은 조선의 외교 업무 중 가장 중차대한 업무였다.

고종과 왕비도 모두 청나라 황제의 책봉을 승인받은 것이었다. 그뿐이 아니라 조선은 청나라 황제의 등극, 황후, 황태자, 황태자빈 등의 책봉과 황제와 황후의 탄신일에도 성절사(聖節使), 진하사(進賀使)를 파송하여 황제께 허리를 숙이고 머리를 조아렸다.

또 동지사, 정조사, 진주사 등 행사 때마다 사신을 파견하기도 하기도 하였고, 이외 많은 행사의 사절단도 있었다. 물론 반대로 황제가 조선에 파견한 사신, 책사, 칙사 등도 있었으며, 이때에는 조정의 2품 이상의 중신이 원접사(遠接使), 선위사(宣慰使)가 되어 국경지대인 의주(義州)에서부터 상국의 사신을 맞이하기도 하였다.

이때 청나라는 제8대 황제인 도광제(道光帝 1782~1850)가 국가를 통치하고 있었다. 또한 영국과의 무역 중 신발의 수출로 큰 수입을 올리고 있었다. 자국의 산업자원이 풍부한 청국은 영국산 방직물을 수입하지 않아도 생산에 차질이 없었고 막대한 수입을 올렸다. 약이 바짝 오른 영국은 청국에 아편을 밀매하며 중국의 신발 대항마로 삼았다.

영국의 아편작전은 유효하기 시작하였다. 청나라는 아편의 영향으로 국민 200백 만 명 이상이 아편에 중독되어, 서양은 중국을 동아병부, 즉 동방의 병든 남자라고 불렀다. 아편은 육체노동자만이 중독된 것이 아니고, 군인, 관원은 물론이고 고관과 부녀자들도 중독되어 청나라는 아편이 심각한 국가문제가 되었다. 청조는 임칙서(林則徐 1785~1850)를 흠차대신(欽差大臣 황명을 띤 파견인)으로 임명하여 광둥(廣東 광저우)에 파견하여 아편문제를 처리토록 하였다. 임칙서는 광저우에서 아편을 조사한 후 영국 상인들로부터 차(茶)와 교환한 아편을 모두 석회를 묻혀 바다에 폐기시켜 버렸다. 영국은 즉각 반발하여 개전할 것처럼 나오자 청조는 임칙서를 해임하였으나 이미 때는 늦었다. 1839년 11월 영국은 아일랜드와 연합으로 청국의 촨비(川鼻)를 공격하면서 선전포고 없이 전쟁이 발발한 것이다. 영국의 공세를 견디지 못한 청나라는 1842년 영국에 광저우를 비롯하여 5개 항구의 개항과 전비 부담 등 엄청나게 불리한 난징조약을 체결하면서 전쟁을 중지시켰다. 제1차 아편전쟁이며 동양의 호랑이로 자처한 청나라의 자존심이 크게 일그러졌다.

아편의 후유증에서 벗어난 청나라는 도광제가 붕어하고 함풍제(咸豊帝 1831~1861)의 등극까지는 여느 왕조나 황실과 별반 차이가 나지 않았다.

그러나 한 인간의 꿈 이야기가 청나라를 뒤흔들고 말았으니 정말 꿈 같은 이야기였다. 얘기인 즉,

빈농의 아들 홍수전(洪秀全 1814~1864)은 과거에도 여러 번 낙방하고 있을 때, 꿈에서 하늘의 계시(啓示)를 받은 자신이 스스로 예수 그리스도의 동생이라고 자처하고 상제회를 만들자 그를 따르는 무리가 늘어났다. 청조 말기로 오면서 황실의 무능과 관료와 방백들의 가렴주구와 수탈이 가혹하여 예수의 근친을 따르는 것도 백성들에게는 무리도 아니었다. 정부는 홍수전을 예의주시하게 되었다.

천왕(天王)으로 자칭한 홍수전은 태평천국(太平天國)의 왕국을 세우고 무장을 갖춘 조직력도 발휘하여, 1853년에는 난징을 점령하고 장강 이남을 장악하였다. 홍수전의 봉기와 백성들은 정부에 등을 돌리고 있는 청나라 조정으로서는 난징조약의 이행도 제대로 못하는 형편이었다. 또한 청조는 해적을

소탕하던 중 우연찮게 애로호 사건에 연루되면서 난국을 맞게 되었다.

애로호 사건이란, 1856년 중국은 광저우 앞 주강에서 자국을 침입하는 해적선을 소탕하고 있을 때였다. 이때 청나라인 소유의 영국 해적선 애로호가 나타나자 청국 군함이 출동하여 애로호에 승선하고 있던 청나라 해적 13명을 체포하였다. 그 해적들은 선장만 영국인이었고, 또한 청나라 관원들을 따돌리기 위하여 영국 국기를 달고 있었다. 이때 선장은 외출 중이므로 체포하지 못하자 청나라 관원들은 애로호에 걸려 있는 영국 국기를 바다에 던져버렸다. 영국은 청나라에 국기를 모독한 죄를 추궁하여 배상을 요구하였으나 청국은 단연 거절하였다. 더구나 영국은 난징조약의 약속을 성실하게 이행하지 않는 청나라를 공격하고 싶어 전단을 모색하는 중이었다.

1856년 영국은 프랑스, 아일랜드, 미국 등과 연합군을 구성하여 청나라의 광저우를 맹폭하면서 러시아와도 합세하여 막강한 화력으로 광저우를 함락시켰다. 그리고 청나라 황도로 진격하면서 살인, 방화, 약탈로 청나라를 공포로 몰아넣었다.

연일 계속되는 연합군의 공세를 견디지 못한 청나라 조정 관료들은 함풍제에게 아뢰기를,

"황제폐하, 아뢰옵기 황공하오나 폐하의 옥체 보존을 위하여서는 지금 즉시 열하 별궁으로 떠나셔야 하옵니다."

"짐은 이곳 황도에서 끝까지 오랑캐들과 싸울 것이오."

"폐하, 황공하오나 신들도 오랑캐들과 죽기를 각오하고 싸울 것이오나, 행여 폐하의 옥체에 누가 될 것이 염려스러워 마음껏 군사들을 지휘할 수 없사옵니다. 폐하 신들의 불충을 용서하여 주십시오."

그리고 환관들에게 명령하기를,

"환관들은 어서 황제폐하를 뫼시어라!"

함풍제는 피눈물을 흘리며 황도를 버리고 열하로 몽진을 떠났다. 청나라 황

제가 외국 군대의 침입으로 몽진을 떠나기는 처음이다. 연합군은 청나라가 자랑하는 황도 근교에 있는 이궁인 원명원(圓明園)으로 쳐들어가 귀중품과 유물은 모두 전리품으로 차지한 후 원명원을 폐허나 다름없게 만들어 버렸다. 이 소식에 함풍제는 병석에 눕고 말았다. 원명원은 조선의 창덕궁 정도로 이해하면 될 것이다.

1860년 청 황조는 연합국인 영국, 프랑스, 미국과 항복에 가까운 텐진조약을 체결하면서 연합군의 공세를 겨우 차단시켰다. 그 대가로 청나라는 막대한 전쟁비용을 연합군에게 지불하였고 10개 항구가 강제로 개항되었다. 그 후유증으로 함풍제가 이듬해 붕어하고, 그의 여섯 살짜리 아들 동치제(同治帝 1856~1875)의 등극으로 청나라도 격동과 파란의 시대를 예고하고 있었다.

거기에다 청나라는 아직까지 진압되지 않고 있는 홍수전으로 인하여 여간 골머리를 앓고 있는 게 아니었다.

그러나 견고하게 보였던 홍수전이 내분으로 크게 흔들리기 시작하면서 세력이 급격하게 약해졌다. 틈새를 노린 청조는 증국번(曾國藩 1811~1872)을 홍수전의 반란을 진압하는 최고 사령관으로 임명하여 난당을 진압케 하였다. 홍수전의 무리는 천경에서 마지막 저항을 하였으나, 1864년 6월 1일 홍수전이 자살하고 그의 부하들은 와해되어 7월 천경이 관군에게 함락되면서 홍수전의 반란은 진압되었다. 홍수전의 무리 20만 명 이상이 학살되었다. 태평천국의 난이라고 부르는 이 사건은 민주주의적 성격을 갖춘 사회운동이라는 점이 주목할 만하다.

잠깐 함풍제와 동치제의 가계와 청나라의 역사를 조금 더 살펴 보아야 한다.

함풍제는 청나라 제8대 황제인 도광제의 넷째 아들로 황태자 시절에 효덕현황후로 추봉된 살극달씨와 혼인하였으나 그녀는 도광제가 등극 전 붕어하였다. 그 후 함풍제는 동태후(東太后)로 불리는 자안황태후(慈安皇太后

1837~1881)와 국혼을 치렀고, 1851년 서태후(西太后)로 불리는 자희황태후(慈禧皇太后 1835~1908)와 국혼을 치러 아들 동치제를 낳았다. 자안황태후는 자택이 황도를 중심으로 동쪽에 있어 동태후(東太后)라고 불렸고, 자희황태후의 자택이 서쪽에 있어 서태후라고 불렸다.

조선의 붕당 시발인 김효원(金孝元 1532~1590)의 자택이 동쪽이어서 동인이 되었고, 심의겸(沈義謙 1535~1587)의 자택이 서쪽에 있어 서인이라 부르는 것과 비슷하였다.

동치제의 보령이 유충하여 동태후와 서태후가 공동으로 섭정을 맡게 되었다. 그리고 도광제의 여섯 번째 아들이자 동치제의 숙부인 공친왕(恭親王 1832~1898)도 정치일선에 뛰어들면서 청나라는 혼란기를 맞고 있었다.

그러나 양무운동(洋務運動)을 내세운 서태후가 정치에 뜻이 별로 없는 동태후와 공친왕을 무력화시키고 황실의 1인자로 통치하면서 청 황조는 저녁노을과 같이 서서히 기울어 가고 있었다.

양무운동이란, 봉건제도를 유지하면서 외국과 교류하고 부국강병을 추구코자 근대 무기와 군사에 관한 개혁으로 애로호 사건 후부터 급속도로 확산된 것을 말한다.

몇 년 후 이홍장(李鴻章 1823.2.15~1901.11.7)이라는 걸출한 관료도 청나라를 좌지우지하게 되니 청 황실과 조정은 자못 엄청난 혼란을 예고하였으나 이홍장은 충실한 실권자로서 황실과 분쟁을 피하며 정치를 하였다. 그는 1847년 진사를 시작으로 판관을 거쳐 1862년에는 장쑤 성의 총독대리가 되었다.

1864년에는 증국번과 함께 태평천국의 난을 진압하면서 그의 시대를 예고하고 있었다. 그는 메이지 유신으로 날로 발전하는 일본을 깊게 관찰하였다. 1868년에는 직례성의 총독 겸 내각대학사로 임명되었고, 2년 후에는 직례 총독 겸 북양대신이 되면서 군사력까지 장악하여 청나라의 실제 통치권자로 등장하였다. 황실의 서태후도 이홍장을 후원하면서 양무운동을 적극 추진하게 되었다. 이홍장은 장수성(張樹聲)과 주복(周馥)이라는 두 측근을 중심으로 청나라 조정을 이끌었고, 그의 대조선 정책은 일본의 조선 침략을 우려하여 조선이 서구 여러 나라와 수호하여 일본의 침략을 이이제이의 전략을 적극 추진하였다.

정권을 잡는 중전

1873년 2월 13일 중전이 고대하던 자식을 낳았는데 공주였다. 흥선대원군과 신정왕후를 비롯한 왕실의 기쁨은 물론이고 조정 대신들도 모두 크게 기뻐하였으나 정작 본인인 중전의 실망은 이만저만이 아니었다.

그러나 중전은 어린 공주를 자신의 품에 앉으며 어미로서 젖을 먹이고 무럭무럭 자라고 재롱을 부리는 공주에게 사랑을 주다 어느새 자신도 모르게 공주를 키우는 일에 솔솔 재미를 붙이고 있었다.

거기에다 중전의 기쁨이 또 하나 있었다. 목멱산(木覓山, 남산)의 신록이 우거진 화사한 봄 4월, 그녀는 또 회임을 하게 되어 고종과 흥선대원군의 총애도 점점 깊어지고 있었다.

신정왕후도 수시로 궁중전으로 왕림하여 중전의 회임을 자랑스럽게 여기며 공주의 재롱에 흐뭇해하자 그녀의 위세는 서서히 하늘을 찌르기 시작하였다.

일본은 조선으로부터 서계조차 접수되지 못하고 망신만 당하자, 8월에는 명치유신의 주역이자 강경 정한론을 주장하는 사이고 다카모리가 태정대신과 외무경 등에게 강력하게 주청하기를,

"존경하는 태정대신 각하! 내 직접 조선의 사신으로 가서 죽음을 무릅쓰고 조선과 단판할 것이오. 내 주장이 과격하여 그들이 날 죽이면 이것을 빌미로 조선을 정벌하시오?"

조선 정벌의 기치를 자신이 살신성인하겠다는 대단한 결기를 보여주며 그는 천황에게까지 윤허를 받았다.

그러나 이때 이와쿠라 도모미, 이토 히로부미 등 2년에 걸친 해외사절단이 외국 시찰을 마치고 귀국하게 되었는데, 이들은 정한론 중에서 일본의 내치를 다진 후 조선의 버르장머리를 고쳐주자는 온건파이다.

온건파의 입김으로 사이고 다가모리의 정한론이 밀리자, 그가 낙향하였는데 그를 따르는 100명의 관료들도 함께 사퇴하였다. 아무튼 홍선대원군으로서는 본인의 의지와 아무런 관계없이 위기를 넘겼다.

다만 조선은 그러한 것을 인지하지도 못할뿐더러 상상조차 않고 있는 것이다. 오직 권좌를 지키고 또 그 권좌를 빼앗는 게 유일한 목표였다.

찬바람이 불면서 9월 28일 공주는 요절하였다. 중전의 서러움은 이만저만이 아니었다. 왕실과 조정의 신하들도 모두 중전을 위로하였으나, 자식을 앞세운 어미의 마음이 중신들의 위로로 달래질 수 있겠는가.

"어찌 이다지도 박복하던가?"

중전은 공주의 극락왕생과 짧게 살다간 여식을 위하여 금강산 1만 2천 봉우리마다 1천 냥의 돈과 쌀 한 석, 비단 한 필 등을 치성(致誠) 예물로 바치면서 공주의 혼을 달랬다. 엄청난 국고를 소진한 보고를 들은 홍선대원군이 말하기를,

"얼마나 마음이 아프시면 저러실까!"

이때까지만 해도 그녀의 사치를 알지 못하였고 오히려 중전을 위로하기도 하였다.

이때 중전은 형조참판 민겸호(閔謙鎬 1838~1882), 병조판서 민승호(閔升鎬 1830~1874), 황해도관찰사 민태호(閔台鎬 1834~1884), 도승지 민규호(閔奎鎬 1836~1876)와 여러 판서를 역임한 민치상 등의 척신과 이조판서 신응조(申應朝 1804~1899)를 비롯하여 중도노선의 대사헌 서당보(徐堂輔 1806~1883) 등 많은 자신의 세력을 대궐 요소요소에 포진시키고 있었다.

그리고 중전은 누가 홍선대원군의 퇴진을 한 번만 주청하면 그의 퇴진은 조정의 공론으로 부각시킬 수 있다는 확신이 서고 있었다. 그녀는 오로지 홍선

대원군의 퇴진을 위하여 측근들을 움직이고 또한 밤이면 밤마다 여성으로서 갖은 아양과 교태로 고종을 구워삶는 일에 최선을 다하고 있었다.

그리고 도승지 민규호로 하여 최익현(崔益鉉 1833~1906)을 만나, 고종의 친정을 의논할 것을 비밀리에 지시하였다. 화서(華西) 이항로(李恒老 1792~1868)의 제자인 최익현은 포천 출신으로 자는 찬겸이며 호는 면암이다. 1855년에 급제하여 사헌부 감찰, 사간원 등에서 주로 언관으로 재직하였다. 이항로가 홍선대원군을 지지하자 처음에는 함께 지지하였으나 스승의 사후에는 홍선대원군을 비판하게 되었다.

최익현은 중전과 민문(閔門)의 정권 야욕과는 아무런 상관 없이 홍선대원군의 퇴진을 아뢰는 상소를 준비하고 있었다.

이러한 사실을 홍선대원군은 알 턱이 없었다. 그해 붉게 물든 오색 단풍이 8도를 뒤덮고, 이제 그 오색찬란함도 끝자락을 지나고 있을 무렵, 10년 섭정의 아성이 무너지기 시작하고 있는 홍선대원군이었지만, 그는 그래도 효심 깊은 국왕이 자신을 밀어 내고 친정을 선포하리라고는 꿈에도 생각조차 하지 않고 있는 그런 그에게,

10월 25일 유림의 영수 최익현이 고종에게 상소를 올린다.

"홍선대원군이 집정한 이래로 구 정치를 모두 개편하고 백성들을 마음대로 다루고 있지만, 중신들은 진실을 밝히려 하지 않고, 대간들 마저 직언치 않는다. 조정은 헛된 논의만 하고 올바른 정치를 하지 못하며, 아첨하고 기만하는 자만이 가득하고 올바른 선비는 칩거하며, 관리들은 백성들의 재물을 마음껏 빼앗아 가므로 그들은 궁핍을 면치 못한다. 윤리와 풍속도 땅에 떨어졌고, 선비의 곧은 기개가 사라진 지는 이미 오래되었다. 일이 이 지경에 이르러 국가를 위하는 사람은 나라에서 멀리하고, 사익을 좇는 자는 바라는 대로 되었다. 부끄러움을 모르는 자는 사익을 얻어 기세가 등등하고, 양심껏 사는 자는 편안하게 죽을 수도 없다. 이 때문에 천재지변과 흉년이 잦아 국력은 쇠퇴하였

고 백성들의 사는 꼴은 말이 아니다. 그런데도 홍선대원군은 거리낌 없이 행차 때마다 거리를 휩쓸며 득의할 뿐 반성하는 빛은 조금도 없다."

상소를 올리자마자 중전의 계획대로 홍선대원군의 퇴진은 조정의 공론으로 떠올랐다. 홍순목, 안기영, 권정호 등은 최익현의 극형을 주청하였고, 성균관이 권당(捲堂 동맹 휴학)으로 맞섰으나 주모자는 정거(停擧 과거시험 자격 정지)와 뜨거운 곤장 맛을 보았고 적극 가담자는 유배하였다. 고종의 강경 방침에도 불구하고 조정과 중신들은 최익현을 이륜(彝倫)의 도를 저버린 자라고 규탄하였다. 이에 최익현은 11월 3일 반박하여 또 상소를 올린다.

"삼가, 전하께 북향사배하고 엎드려 아뢰나이다. 현재 나라의 폐단이 없는 곳이 없으나, 가장 큰 것을 든다면 만동묘의 철거로 군신의 윤리가 무너진 것이옵니다. 또한 서원의 철폐로 사제 간의 의리도 없는 것이요, 죽은 자가 양자 가는 것으로 부자의 의리도 끊어진 것이요, 호전을 사용하여 중화와 오랑캐의 구별이 없사옵니다. 이에 학문하는 유림의 사기를 크게 떨어뜨려 학문이 크게 진작되지 못하고 퇴보하였으며, 국적이 신원되어 충신과 역적이 모호하게 되었나이다. 이는 모두 전하께옵서 하신 일이 아니라 전하의 보령이 유충하여 친정하시기 전의 국사이므로 신하들이 성상의 총명을 가리고 위엄과 복을 마음대로 부린 탓이옵니다. 이제 전하께옵서는 그러한 백관을 진퇴함에 있어서, 그 어떤 자리에 있지 않고 친열에 속한 사람은 그 지위를 높이고 녹을 후하게 하시되 국가의 정무에는 일체 간여하지 말게 하시옵소서."

상소의 마지막 문구 중 친열에 속하는 사람은 정무에 일체 간여치 말라는 문구는 홍선대원군의 퇴진을 말하는 것이다.

이러한 홍선대원군을 탄핵하는 상소를 접한 조정은 홍선대원군 계열과 반 홍선대원군 세력이 이전투구로 얼룩졌다. 고종은 이미 홍선대원군의 퇴진을 알리고 자신의 친정을 준비하기에 이른다. 모두 중전의 대작품이라는 것은 아무도 모른다. 고종은 여론을 무마하고 홍선대원군의 심복에게 살해될 것 같은 최익현을 제주목에 위리안치하였다.

그리고 11월 5일 고종은 삼공육경을 비롯하여 당상관 이상의 중신들이 참석한 어전회의에서 친정을 선포하는데,

"경들은 들으시오! 대왕대비마마께옵서 수렴청정을 철회한 후에 국태공께서 정무를 잘 관장하신 은덕으로 짐이 이제 성년이 되었소. 그간 아버님의 업적을 바탕으로 짐이 친정을 할 것이오. 국태공을 대로에 봉하여 남은 여생을 편케 하고자 하는 것도 자식의 도리라고 생각하오. 그러니 모든 신료들은 그렇게 아시고 내일 아침 조보에 기재하고 중외에 알리도록 하시오. 그리고 지금 즉시 통용문(通用門 대원군이 자유롭게 대궐에 출입키 위해 만든 문)을 폐쇄하시오!"

흥선대원군의 10년 섭정이 종식되고, 고종의 친정시대가 열렸지만, 실제는 중전의 정권이자 민문 척족의 시대가 되면서 흥선대원군의 측근, 심복 등은 모두 파직되거나 축출되고 있었다.

중전은 청전의 사용을 중지하고 서원을 복원하여 반 흥선대원군 정책을 펼친다. 이때의 정책은 오로지 흥선대원군의 흔적을 없게 하는 정책이므로 일본과의 수교도 적극 추진하고 있었다.

1873년 12월 10일 신정왕후가 거처하는 경복궁 자경전에서 화재가 발생하였다. 불길은 삽시간에 자경전, 순희당, 자미당 등 전각 400여 칸을 태워버렸다. 고종은 신정왕후의 안부를 걱정하였고, 중전은 이 자경전의 화재는 운현궁 종복들의 소행이라는 생각으로 흥선대원군을 의심하였다. 회임을 하고 있는 중전은 고종을 졸라 10일 뒤 창덕궁으로 이어하였다.

흥선대원군은 '천하장안'의 종복을 거느리고 덕산 가야산으로 부친인 남연군의 묘소에 참배를 떠난다. 지금까지는 국가의 정무를 직접 처결하느라고 몸소 찾아온 것은 그렇게 많지 않았다. 공식적으로 승지를 보내 묘소를 살피게 하고 술을 따르고 제를 올리며 정성을 다하고 있었다. 뿐만 아니라 충청도

관찰사와 덕산군수에게 수시로 지시하여 묘소를 잘 보살피게 하였다. 물론 자식이 직접 찾아오는 것에 비할 수는 없지만 풍수지리를 신봉하고 부모께 효도하는 그로서는 그 나름대로 효성을 다하고 있었다. 그는 남연군의 봉분을 만지며 서러움에 잠긴다. 양이들에게 이 무덤이 도굴 당할 때 그의 가슴은 갈기갈기 찢겨졌다. 섣달의 뼛속 깊이 파고드는 추위는 가야산도 예외가 아니었다. 흥선대원군은 먼저 남연군께 정중히 절을 올리고 무덤 앞에 무릎 꿇고 술을 따르며 말한다.

"아버님! 이제 야인이 되어 돌아 왔습니다. 그간 자주 문안드리지 못한 소자의 불효를 용서하십시오."

아버지의 무덤 앞에서 통곡하면서 제를 마친 흥선대원군은 심복들을 거느리고 한양으로 가지 않고 양주 직곡산장으로 향하였다. 그곳에서 흥선대원군은 칩거에 들어간다.

1874년 2월 8일 창덕궁 관물헌(觀物軒)에서 중전이 아들 이척(李拓 1874~1926)을 낳았다. 득남을 학수고대하던 중전의 기쁨은 이루 말할 수 없었다.

고종은 바로 대사면을 단행하여 2급 이하의 모든 범인들을 석방하고, 해당되지 않는 1급 죄수들도 감형하였다. 그러나 폐륜을 저지른 죄수들은 감형과 석방에서 제외하였다. 이는 조선왕조가 건국한 이래로 철저하게 지켜온 정책이었다.

중전은 강보에 싸인 원자의 무병장수를 위하여 치성에 들어간다. 금강산 1만 2천 봉우리마다 1천 냥의 돈과 한 섬의 쌀, 한 필의 비단을 치성 예물로 바쳤다. 많은 무당과 판수들을 궐내로 불러 들여 몇 날 며칠을 계속하여 치성을 드렸으니 내탕고의 내탕금(內帑金 대통령 판공비에 해당)은 바로 바닥이 나 버렸다.

중전은 흥선대원군의 흔적을 없애기 위하여 8월 경상도관찰사와 동래부사 박제순, 왜학훈도 현석운, 별차(別差 통역) 등을 교체하였다. 이들의 주 임무는 일본과의 수교를 재개함에 있는 것이었으나, 이들이 어찌 유신정부를 수립한 일본의 외교관들을 당해 내겠는가, 이들은 그저 일본의 사신이 나타나기만을 기다리고 있는 것이다.

이 무렵 일본은 자국민이 대만 생번족(生番族)에게 살해당한 것에 대한 보복으로 근대화된 신식무기를 사용하여 단숨에 대만을 정복하였다. 청나라의 중재로 비록 대만 전도(全島)를 계속 점유하지는 못하였지만, 막대한 전비의 보상과 근대국가의 위력을 유감없이 발휘하였다.

그리고 그와 때를 맞추어 일본 외무성의 모리야마 시게루가 군함과 호위 병력을 이끌고 부산에 입항하였다. 그는 사신의 자격으로 온 것이 아니며 초량 왜관에 있는 외무성 직원들도 만나 볼 겸 흥선대원군이 실각한 후 조선 조정의 실정을 염탐하기 위하여 조선으로 들어 온 것이었다. 그는 군함을 계속 부산 앞바다에 띄우며 수시로 수로를 측량한다는 구실로 은근히 군사력을 과시하고 있었다.

그렇지만 일본과의 교섭 방도를 찾고 있는 동래부사로서는 모리야마 시게루의 내한이 여간 반갑게 여겨지지 않았다. 부사는 훈도와 별차 및 관속들을 거느리고 모리야마 시게루의 노고를 위로하고 그의 수행원들을 동래부로 초청하여 융숭하게 대접하였다.

조정에서도 금위대장 겸 무위도통사(武衛都統使)의 중책을 맡고 있는 조영하(趙寧夏 1845~1884)를 동래부로 급파하여 모리야마 시게루와 면담케 하였다.

조영하는 신정왕후의 5촌 조카이고 자는 기삼(箕三) 호는 혜인(惠人)이다. 1863년 정시문과에 급제하여 규장각 대교와 신정왕후의 후광으로 대사성과 호조판서에 중용되기도 하였다. 흥선대원군을 도와 섭정에 자리에 올리는 공헌을 하였지만 이제는 철저한 반 흥선대원군 계열이다. 그런 조영하에게 모리야마 시게루가 자세를 낮추며 말한다.

"대감, 대감께서 저를 만나기 위하여 도성에서 여기까지 오시니 황공할 따름이옵니다."

"대사, 대사께서 먼 대해를 건너오셨는데 마땅히 우리 조정에서 환영하여야 하는 것은 당연하오."

서로 기본적인 인사가 끝나자 바로 회담하면서 모리야마 시게루가 말하기를,

"귀국은 무엇 때문에 여태까지 우리의 서계를 접수조차 하지 않는 것이오?"

"그야 서계 중 문제된 문구가 있었으니 거부하였던 게 아니오."

"그럼 문제된 그 문구를 수정하면 귀 조정에서는 우리의 서계를 봉납할 수 있겠소?"

"서계의 문구를 확인하여 보아야 알 것이나, 우리는 귀국과 수호하고 교린하기를 바라고 있소."

조영하의 말에 모리야마 시게루는 의아해 하면서 조영하에게 묻기를,

"그럼 귀국은 무엇 때문에 여태까지 서계도 봉납하지 않고 사신도 접대하지 않았소?"

약간의 항변을 한다. 그러나 다음 조영하의 말에 모리야마 시게루는 지금 현재는 물론이고 예전의 일도 단번에 알아차린다. 그러한 조영하가 말하기를,

"그야 홍선대원군이 귀국을 적대시 한 것이오."

민문 정권은 일본에게 바로 비굴한 자세를 취한다. 그들로서는 천신만고 끝에 홍선대원군을 축출하고 잡은 정권이 자칫 일본으로 인하여 문제가 되는 게 싫었고, 무엇보다 반 홍선대원군 정책을 뿌리내리기 위해서라도 일본과의 수교를 적극 추진하였다.

모리야마 시게루는 생각 외로 큰 수확을 얻은 셈이다. 홍선대원군이 실각하자 조선이 이렇게 꼬리를 내릴 줄은 일본도 전혀 예상을 못하고 있었다. 동래부에서는 모리야마 시게루와 그의 수행원들을 위하여 성대한 연회를 열었고, 모리야마 시게루는 동래부사에게 일본국기, 군함기, 상선기 등을 증정하였다. 일개 부사가 어찌 일본의 이러한 것을 알겠는가. 그저 그냥 병기고에 넣어

놓을 뿐이었다.

또한 모리야마 시게루는 일본이 대만을 정복한 사실을 동래부사에게 알리며 그들의 눈치를 살피니 동래부의 관원들은 모두 눈이 휘둥그레 지기도 하였다.

그리고 모리야마 시게루는 동래부의 비장(裨將 외국 사신 담담 무관) 남효원(南孝源)과 통사(通事 통역) 김주복(金珠福)을 큼지막한 황금으로 매수하여 동래부의 모든 비밀을 탐지하였다. 흥선대원군이 실각한 후 불과 1년도 되지 못하여 조선과 일본의 외교는 주객이 완전히 전도되었다.

눈치 빠른 모리야마 시게루는 지금까지 동래부에서 얻은 모든 정보를 외무경에게 보고하자, 일본도 대조선 정책에 큰 변화를 보이며 빠르게 움직인다. 또한 모리야마 시게루는 특히 대만과 관련하여 보고하기를,

"우리 일본이 대만을 정복하여 대승했다는 정보를 들은 조선은 탄식하며 어찌 할 줄 모릅니다. 이제는 그 선입견과 의심을 풀어 주기 위하여 군함 2~3척 정도의 무력은 필요합니다."

그들의 대조선 정책이 급변하게 되었다. 이제 일본은 조선에 어느 정도의 무력이나 회유, 협박으로도 충분히 통할 수 있다고 생각하였고, 계속 조선 내부의 정세를 탐지하면서 엄청난 모의를 획책한다. 그 모의는 크게 힘들이지 않고 조선을 꿀꺽 하는 것이었으나, 조선은 그러한 일본의 밀계를 눈꼽 만큼도 모르고 있었을뿐더러 오직 반대파를 제거하는 일에만 몰두하고 있는 한심한 작태였다.

박규수의 사랑방에서 개화파가 형성되다.

1874년 9월 한양 재동.

우의정을 지낸 박규수의 사저 사랑방에는 오경석, 유대치, 이동인, 김홍집, 유길준, 김옥균, 홍영식, 박영효, 박영교, 다희, 서재필 등 많은 사람들이 모였다.

우선 박규수를 살펴 보면, 그는 북학파의 거두이자 열하일기(熱河日記)의 저

자 연암 박지원(燕巖朴趾源1737~1805)의 손자이고, 박종채의 아들이다.

박지원은 1780년 삼종형인 박명원이 진하사로 청나라 북경으로 갈 때 그는 자제군관의 수행원으로 청나라 황제의 별궁이 있는 열하까지 다녀오기도 하였다. 양반전, 허생전, 연암집, 마장전, 민옹전 등 많은 문학작품도 남겼다.

박규수의 본관은 반남(潘南)이며 자는 환경(桓卿), 호는 환재(桓齋)이다. 그는 15세 때부터 문명을 떨쳤으며 20세에 효명세자에게 주역을 강론하고 국사를 논하였다. 효명세자의 급서와 부모의 죽음으로 그는 20년 가까이 칩거하며 조부의 실학사상을 중점으로 학문에 전념하였다.

그 후 42세인 헌종 14년 1848년에 증광문과로 급제하여 병조정랑, 동부승지와 암행어사로 민정을 시찰하기도 하였다.

특히 1861년 제2차 아편전쟁 후 연합군에게 점령된 중국을 살피는 사신으로 가서 서구 열강으로부터 처참하게 파괴된 청나라의 참상을 보았다. 강대국이라고 자부하여 온 청 황실의 무능함과 관리들의 수탈로 궁핍한 백성들의 허덕이는 모습을 박규수는 똑똑하게 보았다. 귀국 후 도승지, 대제학과 이조참판, 한성부 판윤을 거쳤다.

1862년 임술농민항쟁 때 안핵사(按覈使 지방관아에서 사고 때 수습하는 임시 벼슬)로 파견되어 관원과 농민 등에게 공정하게 업무를 처리하여 진주 백성들에게도 칭송을 듣기도 하였다. 앞에서도 설명되었듯이 1866년 2월 평안도관찰사로 부임하여 제너럴셔먼호를 격침시키기도 한 주인공이다.

1872년에는 오경석, 강문형 등의 수행원을 거느리고 진하사로 중국에 다녀오면서 서양침략에 대항하는 청나라의 양무운동을 목격하고 자주개국의 필요성을 확신하였다. 또한 흥선대원군 섭정시절 우의정을 역임한 박규수는 사임하고 자택 사랑방에서 후학을 지도하고 있다. 그의 우의정 사임의 사유는 많지만 영의정인 이유원(李裕元 1814~1888)과 사이가 좋지 않아서라고 하는데, 하나만 예를 들면,

박규수와 이유원이 고종에게 내일 등청한 후 아뢰기로 하고 서로 뜻을 모았다. 다음날 박규수는 임금의 귀에 거슬리는 말이었지만 충언을 하면서 이유원을 쳐다보니 그는 일신의 안위를 위해 침묵으로 일관할 것 같아 보였다. 그래서 박규수는 어전임에도 불구하고,

"사관은 빨리 와서 내 말을 똑똑히 기록하라! 어제 분명히 영의정과 합의하여 주상께 상주하기로 하였는데, 이유원은 신변이 두려워서 말을 못하는 소인배이다. 사관은 빼먹지 말고 꼭 이유원을 소인배라고 적어 후세에 경계하라!"

쩌렁쩌렁하게 대전이 울리도록 말하자 고종도 박규수의 성품을 알고 어전에서 큰소리친 불경죄도 불문에 붙였다. 우리나라 구한말, 근대사의 개화 선구자이다.

오경석(吳慶錫 1831~1879)은 한학역관으로 지중추부사를 지낸 오응현의 아들이며, 본관은 해주(海州)이고 자는 원거, 호는 역매(亦梅)이다. 또한 그의 아들이 1919년 3·1 만세운동의 한사람인 오세창(吳世昌 1864~1953)이다. 시서와 금석의 대가인 이상적의 문하에서 글을 배웠다. 8대 째 역관을 지낸 부유한 집안으로 1846년에 시행한 잡과에서 역과에 합격하여 출사하게 되었다.

1853년 처음으로 진하 겸 사은사가 청나라로 갈 때 역관의 신분으로 북경에 가서 1년 가까이 체류하면서 중국의 정국과 여러 곳을 살피고 귀국하기도 하였다. 또한 그는 주청 프랑스 공사에게 자신의 초상사진을 찍어 달라고 부탁하여 귀국할 때 가지고 왔는데 우리나라 최초이다. 그 후로도 수차례 청나라를 왕래하면서 청나라 조야의 인사들과 교류하면서 중국의 역사가이자 지리학자인 위원(魏源 1794~1856)이 지은 해국도지(海國圖志)와 청나라 관리이자 지리학자인 서계여의 영환지략(瀛環志略), 박물신편(博物新編) 등의 책을 다량으로 구입하여 귀국하였다.

해국도지는 세계 각국의 산업, 인구, 정치, 종교에 관한 내용으로 대략 60권에서 100권 정도의 분량이고 영환지략은 세계 지리에 관한 서적으로 10권으

로 되어 있고 오경석은 그 외 많은 청나라의 신서들을 구입하기도 하였다. 그 서적들과 밤을 새우며 그는 새로운 세계에 몰두하게 되었다.

1860년에 청나라에 진하 겸 사은 정사 신석우를 수행하며 북경에 다녀오면서 완연히 개화사상에 눈뜨기 시작하였다. 청나라와 서구 열강의 동태를 살피기 위해서 청나라를 자주 왕래하였다. 특히 1872년 박규수가 동지사로 갈 때 수역(首譯 역관 책임자)으로 중국에 다녀 온 뒤부터는 개화파 양성에 주력하였다. 이때까지 그는 청나라를 열 세 번이나 다녀와서 외교통으로 불리기도 하였다.

유홍기(劉鴻基 1831~?)는 역관 집안으로 아버지가 유익소이며 본관은 한양이고 자는 성규(聖逵), 호는 대치(大致)이다. 약국을 운영하고 있으면서 이웃인 오경석과는 아주 각별한 사이이다. 오경석이 청나라에서 사온 영환지략, 해국도지 등의 책을 받아 읽으면서 그는 새로운 세계에 눈을 돌리기 시작하였다. 백의정승(白衣政丞), 산림정승, 유대치, 대치장이라고도 부른다.

이동인(李東仁 ?~1881)은 부산 동래 범어사와 양산 통도사의 승려라는 설이 있는 그는 1860년대부터 한양 봉원사에서 기거하였다. 소탈하고 진취적인 성격에 그는 1870년 우연히 유홍기가 운영하는 약국에 갔다가 그와 친교하게 되었다. 그곳에서 유홍기의 소개로 김옥균과도 교류하였다. 일본어에 능통한 이동인은 일본 혼간사와 부산의 별원을 왕래하면서 개화승이라는 별명이 붙여진 일본통이다.

그리고 위의 세 사람은 박규수의 문하이자 개화 2세대를 가르치고 지도하는 개화 1세대 또는 1·5세대이다.

김홍집(金弘集 1842~1896)은 대사헌을 지낸 김영작의 아들로, 본관은 경주(慶州)이고 자는 경능(敬能), 호는 도원(道園)이며 초명은 굉집(宏集)이다. 1867년 경과정시에 문과로 급제하여 승정원 사변가주서(事變假注書 정7품, 주서 부재 시 임금의 잘못 지적)로 출사하여 박규수를 스승으로 받들고 장래가 촉망되는 개화사상에 눈뜬 신진 관료이다. 그는 박규수의 사랑방에서 술에 취해 횡설수설하는 괴승 이동인을 보았다. 그런데 박규수는 반상을 초월하여 그 중을 예우하는 것을 보고 깜짝 놀란 것을 계기로 이동인과 유홍기, 오경석 등도 스승으로 받들었다. 현재 승문원(承文院 외교 관청) 부정(副正 종3품)에 있다.

유길준(兪吉濬 1856~1914)은 동지중추부사를 역임한 유진수의 아들로 본관은 기계(杞溪)이며, 자는 성무(聖武), 호는 구당(矩堂), 천민(天民)이다. 1870년부터 박규수의 문하생으로 스승의 사랑방을 출입하면서 김옥균, 박영효 등과도 교류하였다. 과거시험에서 수차례 고배를 마셨으나, 뛰어난 두뇌로 박규수가 신임하는 개화파의 젊은 제자이다.

김옥균(金玉均 1851~1894)은 충청도 공주에서 잔반(殘班 몰락한 양반)인 아버지 김병태(金炳台)와 어머니 송씨의 아들로 태어났다. 본관은 안동이고 자는 백온(伯溫), 호는 고균(古筠), 고우(古愚)이다. 그는 여섯 살 때 아버지가 달을 가리켜 시를 지어 보라고 할 때 이렇게 지었다.

"달은 비록 작으나 온 천하를 비춘다."

7세 때 천안에 사는 7촌 당숙인 김병기(金炳基 1814~1890)의 양자로 들어간 후 한양에서 자랐다. 안동김 씨의 김영근의 아들에서 김좌근에게 입양된 그 김병기와는 다른 인물이다.

양부 김병기는 1846년 사마시(司馬試 진사, 생원 선발)에 합격하였으나 대과에는 급제치 못하여 음서로 출사하여, 광릉참봉, 옥과현감, 가평현감, 양양부사를 역임하였다.

김옥균이 11세 때인 1861년 양부가 강릉부사로 승차하여 임지로 떠나자 함께 강릉으로 떠났다. 관동의 수려한 산수와 율곡 이이(栗谷 李珥 1536~1584)의 학풍과 그의 위패를 모신 송담서원에서 16세 때까지 글을 읽으며 호연지기를 키우기도 하였다.

1872년 2월 3일 경복궁 신무문 밖 경무대에서 시행한 알성문과 갑과 1등 즉, 장원으로 급제하였다. 이때 시험관은 영의정 김병학과 우의정이었던 박규수였다. 다음날 바로 김옥균은 성균관 전적(成均館 典籍)으로 출사하였다. 성균관 전적은 정6품으로 서책을 관리하는 직위이다.

보통 무과의 장원급제는 정8품 정도이고 대부분은 종9품 군관의 보임이 보통이다. 문관도 1등에게는 최고가 종6품에 현감으로 나가는 것이 최고의 예우라는 것을 감안하면 파격이다. 또한 문관은 내직으로 종9품인 예문관 검열만 되어도 출세의 지름길이므로 김옥균의 첫 출사는 엄청난 것이었다. 그 후 신병으로 체직을 청하였고, 8월에 사헌부 지평으로 출사하여 1874년 홍문관 교리가 되었다.

홍영식(洪英植 1855~1884)은 영의정을 지낸 홍순목의 아들이다. 우선 홍순목을 살펴 보면, 그는 홍종원의 아들로 본관이 남양(南陽)이고 자는 희세(熙世), 호는 분계(汾溪)이다. 1844년 증광별시에 급제하여 사헌부 지평과 수찬을 거쳐 2년 후에는 초계문신(抄啓文臣)으로 선발되었다.

초계문신이란, 규장각에서 특별히 교육과 연구하는 과정으로 장래가 촉망되는 신임 문신을 양성하는 것이다.

1863년 대사헌을 지냈고, 홍선대원군이 섭정의 자리에 오르자 그의 측근이 되어 위정척사와 양이보국을 신념으로 삼고 있었다. 황해도관찰사, 이조판서를 역임하였고, 1871년 신미양요 때에는 우의정으로 홍선대원군을 받들어 미국 군대와 결사 항전할 것을 주장하였다.

단 홍선대원군의 호포제에만 반대하였을 뿐 그의 충실한 측근으로 1872년 영의정이 되었다. 홍선대원군이 최익현의 상소로 실각할 때 최익현을 격렬하게 탄핵하였고 홍선대원군의 회가를 주청하다가 제주목에 위리안치되었으나, 곧 방면되었다.

홍영식(洪英植 1855~1884)의 자는 중육(仲育), 호는 금석(琴石)이다. 15세 때부터 스승 박규수에게 가르침을 받았으며, 성격이 온순하고 누구와도 친화력이 두텁고 매사에 공명정대하여 스승으로부터 많은 칭찬을 들어오고 있다. 1873년 식년문과에 급제하여 규장각 정자(正字 정9품), 대교(待敎 정8품)에 이르고 있다.

박영효(朴泳孝 1861~1939)는 의금부 도사를 지낸 박원량의 아들이다. 본관은 반남이며 자는 자순(子純), 호는 춘고(春皐), 현현거사(玄玄居士)이다.

박규수와는 척분으로 1870년부터 박규수의 사랑방에 출입한 것이 인연이되어 1872년 4월 13일 우의정인 박규수와 수원유수 신석희(申錫禧 1808~1873)의 천거로 철종의 여식인 영혜 옹주(永惠翁主 1859~1872)와 혼인을 치름으로 부마도위(駙馬都尉)와 함께 정1품 금릉위(錦陵尉)에 봉해졌다. 애석하게도 영혜 옹주는 3개월 뒤인 7월 4일에 홍거하였다. 왕실 법도로 부마는 재혼할 수 없으므로 고종은 부마를 불쌍히 여겨 그에게 가옥 한 채와 정1품 종친의 예로 녹봉을 주었다. 박영효는 해국도지, 영환지략 등을 읽으며 개화사상에 눈뜨고 있었다.

박영교(朴泳敎 1849~1884)는 박영효의 친형으로 박영효를 데리고 박규수의 사랑방에 출입하면서 그곳에서 해국도지와 영환지략을 읽으며 김옥균, 홍영식 등과 스승인 박규수에게 개화사상의 가르침을 받고 있으며 과거준비를 하고 있는 중이다.

다희는 유대치의 약방에서 잔일을 하며 그곳에서 기거하는 여인이었다. 그녀는 영특한 지혜와 차분한 성격으로 유대치의 가르침을 받으면서 박규수의 사랑방에 출입하게 되어 자연적으로 박규수의 가르침도 받게 되었다.

박규수가 평안도 관찰사로 부임하게 되자 그녀는 박규수를 따라 가겠다고 하여 박규수와 함께 평안도로 가기도 하였다. 그곳에서 제너럴셔먼호의 전소를 똑똑히 보았고 박규수의 개국론도 익히 잘 알고 있다.

박규수가 내직으로 기용되자 함께 와서 박규수의 사랑방에서 영환지략 등의 신문물의 서책을 읽으며 박규수를 스승이자, 양부로 받들면서 가르침도 받고 있다. 20대 후반, 30대 초반 정도의 다희는 빼어난 미모와 조순한 행동으로 박규수, 유대치로부터 개화여인이라는 별명을 듣고 있었다. 정확한 출신은 알 수 없지만 반가의 여식인 것은 분명하며 미혼으로 보인다.

서광범(徐光範 1859~1897)은 증조부가 영의정을 역임한 서용보(徐龍輔)이며, 아버지는 이조참판을 지냈던 서상익이다. 본관은 대구(大邱)이며, 자는 서구(敍九), 호는 위산(緯山)이다. 그는 명문가의 자제답게 어려서부터 학문에 열중하였고 박규수의 사랑방에서 오경석이 청나라에서 사온 신 서적을 읽으며 과거준비도 열심히 하고 있는 개화사상에 눈을 뜬 청년이다.

11살인 서재필(徐載弼 1864~1951)의 모습도 보인다. 전남 보성에서 서광언(徐光彦)의 아들로 태어난 그는 어릴 때부터 유난히 총명하여 서광하(徐光夏)라는 친척에게 입양되어 한양으로 올라 왔다. 그는 양모의 친동생인 김성근의 집에서 한학을 배우고 과거준비를 하고 있었다. 김성근의 소개로 박규수의 사랑방에서도 가르침을 받기도 한 소년이지만 총명하기 그지없어 사랑방 출입자들로부터 사랑을 독차지 하고 있다. 특히 다희는 서재필을 가리켜 장차 조선의 미래를 짊어질 인재라고도 칭하면서 어린 서재필을 늘 따뜻하게 대해 주었다.

이곳 사랑방에서는 박규수가 조선의 미래를 짊어질 개화 2세대들이라고 불리는 이들에게 시국의 강연과 앞으로의 나아갈 방향을 지도하기도 하고 있었다. 그리고 오경석, 유대치, 이동인 등에게는 이들 개화 신세대를 잘 이끌어 줄 것을 명하였고, 김옥균, 박영효, 홍영식, 김홍집 등에게는 신분의 상하와 관계없이 스승으로 잘 받들면서 가르침을 받으라고도 하였다. 이른바 조선의 개화세력이 박규수의 사랑방에서 꿈틀거리고 있는 것이다.

민승호의 폭사와 민영익의 등장

1874년 11월 28일. 병조판서 민승호는 오늘이 생일이라 구종별배를 거느리고 유난히도 거드름을 떨면서 일찍이 환저하였다. 그가 대문에 들어서자마자 집사가 민승호에게 아뢴다.

"대감마님, 어떤 선비로 보이는 문객이 대감마님께 드리는 선물이라고 합니다."

민승호의 청지기는 잘 포장된 상자를 내미는데, 그 상자는 누가 보아도 예사 선물이 아닌 것으로 보였다. 민승호 역시 이 상자에 들어있는 선물이 진귀하게 보였으므로 집사에게 말하기를,

"그래, 이것을 보낸 사람이 누구라고는 말하지 않았던가!"

"예, 대감마님, 풀어 보시면 그곳에 보낸 사람의 이름이 있어 알게 된다고 하옵나이다."

이미 민승호의 집에는 지방 수령들을 비롯하여 여기저기에서 많은 뇌물과 선물꾸러미 등이 바리바리 들어오고 있었고, 집사는 그것을 정리하여 장부에 기재하느라고 정신이 없었다. 그러니 민승호로서는 의당 상자를 열어 보면 누가 보낸 것인지 알 것으로 믿었다. 마침 아들을 위해 저녁 불공을 마친 중이 돌아오자 민승호는 그 중에게 선물 받은 상자를 보이면서 공손하게 묻는다.

"대사! 누가 나에게 이런 진귀한 선물을 보냈는데 이것이 과연 무엇이겠소?"

"예, 대감, 이것은 예사 선물이 아니옵고 누군가가 대감을 위하여 극진한 정성을 들인 것으로 아마 진귀하고 영험한 봉물(封物)이니 다른 사람이 보면 부정을 타게 되므로 꼭 대감께서는 밀실에서 문을 굳게 닫고 보아야 할 것으로 생각되옵니다."

봉물이라는 소리에 깜짝 놀라기도 하고 은근히 무엇인가를 기대하는 민승호가 대사에게 말하기를,

"뭐! 봉물, 거 무슨 소리요?"

"예, 대감마님, 이것은 누군가가 대감을 위하여 극진한 정성을 들인 것으로 보옵니다. 아마 진귀하고 영험한 봉물이니 다른 사람이 보면 부정을 타게 되므로 꼭 대감께서는 밀실에서 문을 굳게 닫고 보아야 할 것으로 생각되옵니다."

그리고 그 중은 또 민승호의 아들을 위해 불공을 드린다는 이유로 민승호의 집을 나섰다.

계모 한창부부인을 비롯하여 가족, 축하차 내방한 문객들과 저녁 생일 밥을 먹은 후 모든 손님들이 돌아가자 민승호의 집은 조용하였다. 민승호가 밀실로 들어가자 한창부부인과 열 살 아들도 함께 따라왔다. 민승호는 설마 가족까지는 상관없겠지 하면서 상자를 밀실에서 풀어 보자 네모난 상자였다. 거기에는 열쇠도 달려 있었으며 옆에는 열쇠 구멍이 있었다. 이때 아들이 민승호에게 말하기를,

"아버지, 이 안에 떡이 있는 것이야?"

아들은 떡으로 알고 있었다. 민승호는 아들에게 말하기를,

"아들아, 여기에는 떡이 들어 있는 게 아니고 복이 들어 있단다."

복이라는 소리에 아들이 고개를 갸웃거리며 민승호에게 말하기를,

"아버지, 복은 어떻게 생긴 거야?"

옆에 있던 초로의 한창부부인도 함박웃음의 얼굴로 양자인 민승호에게 말하기를,

"거~ 참, 그 안에 좋은 복이 들어 있겠구먼."

그러면서 모(母), 자(子), 손(孫) 3대가 모두 큰 복을 받는 것으로 알면서 민승호가 열쇠로 함의 구멍에 집어넣어 이렇게도 돌려 보고 저렇게도 돌려 보는 순간,

"콰~ 쾅!"

무서운 굉음을 내며 그 상자가 터진다. 그곳에 든 것은 봉물도 복도 떡도 아니었으며 폭발물이었다. 열쇠를 돌리던 민승호는 엄청난 폭발과 화염에 몸이

천장까지 튀어 올랐다가 떨어지는데, 이미 전신에 불이 붙었고, 파편의 위력으로 몸뚱어리는 만신창이가 되었다. 아들은 폭음과 함께 즉사하였고, 한창부부인도 엄청난 파편을 맞고 온 몸이 너덜너덜하였다.

가노들과 수직하던 군졸들이 몰려 와서 불을 끄고 환자들을 보살피지만 그들은 모두 치명적인 상처를 입었다. 민승호의 자택이 이 폭발로 풍비박산이 났다는 급보가 민겸호에게도 전해지자 그는 바로 하인들을 이끌고 달려 왔지만 아무 소용없었다. 민승호의 집에는 화약 냄새가 진동하여 다치지 않는 사람도 머물기 힘들었다. 군관에게 냄새를 물어 보니 청나라에서 사용하는 자기황이라고 하였다. 형의 비참한 모습을 본 민겸호는 우선 군관과 군졸들을 지휘하여 그 상자를 건넨 중을 포박하라고 말한다.

"그 중놈이 멀리 가지는 못하였을 것이다! 어떠한 일이 있어도 그 중놈을 꼭 잡아야 한다."

그리고는 신체가 너덜너덜하게 되어 버렸고 빈사상태의 민승호를 끌어 안고 통곡하기를,

"흐~ 흐~ 흑."

"형님! 이게 어떻게 된 일입니까?"

민규호를 비롯하여 민승호의 자택에 온 일가친척들이 모두 애통해 하자, 죽어가는 민승호가 있는 힘을 다하여 겨우 말하기를,

"우~ 운현,~ 운현궁이……."

민승호는 운현궁을 손으로 지목하면서 죽었고, 한창부부인도 그 다음날 숨을 거두며 졸지에 3대가 비참한 최후를 맞이한 것이었다. 한창부부인은 민승호와 중전에게는 비록 계모이지만 부모였다. 다행히 민승호의 부인은 외출 중이라서 화를 면하였다.

- 후일담이지만 이 민승호의 부인은 과부가 되었는데도 몇 년 후 자식을 낳

게 되자 중전이 못마땅하여 비난의 소리로 말한다.

"오라버님이 돌아가시고 아니 계시는데, 과부가 어떻게 자식을 낳았소."

"중전마마, 아뢰옵기 황공하오나 꿈속에 서방님께서 나타나서 자식을 낳았소. 그래서 우리 아들의 이름도 몽득이라고 합니다."

그 부인은 마치 자신이 대단한 일을 한 것으로 생각하였다. -

중궁전에서 민승호 일가의 비보를 접한 중전은 분노로 이글거린다. 그녀는 바로 고종에게 아뢰어 범인을 꼭 잡아줄 것을 간청하였고, 고종도 엄명을 내리고 있었다.

운현궁에서도 친정 동생의 죽음을 접한 부대부인 민씨도 서럽게 눈물을 흘린다. 아무리 민치록의 양자로 들어갔지만, 피를 나눈 친 혈육이 아닌가. 그녀는 이 사건을 자신의 남편인 흥선대원군의 종복들의 소행이라며 그를 원망한다.

다음날 29일 사헌부 전 장령 손영로(孫永老)가 흥선대원군을 옹호하는 회가(回鴛)의 상소를 올렸다. 상소를 읽어본 고종은 진노하여 엄한 지시를 내린다.

"방금 전 장령 손영로의 상소문을 보니 임금을 협박하는 말이 구절마다 흉악하다. 이것은 근원을 밝혀내지 않을 수 없으니 의금부로 하여금 그를 포박하고 형구를 채워서 국문케 하고 위관에는 영부사 홍순목을 임명하노라!"

조정은 손영로를 혹독하게 문초하였지만 그가 흥선대원군의 사주를 받았다는 의혹은 밝혀내지 못하였다. 그러나 그는 불경죄와 기군망상 혐의로 금갑도로 위리안치되었다.

12월 14일에는 흥선대원군의 장인이자 민승호의 생부인 민치구(閔致久 1795~1874)가 졸하였다. 쑥덕거리는 말은 아들의 비명횡사가 충격이라지만, 80세의 천수로 와석종신하였다.

기왕지사 죽은 사람은 어쩔 수 없지만 민승호의 가계를 이을 양자가 또 문제가 된 것이다. 여러 민씨 척족 중 결국 중전은 민태호의 12살 된 아들 민영익(閔泳翊 1860~1914)을 지명하였다. 민규호가 적극 추천하여 민영익이 민승호의 양자가 되면 중전의 조카가 되니 민태호로서는 기뻐하여야 되는데, 웬지 모르게 그는 달갑지 않은 반응으로 아직 결정을 내리지 못하고 있었다. 이때 민규호가 민태호에게 말하기를,

"형님, 형님은 무엇 때문에 그 좋은 자리를 마다 하는 것이오?"

"이 사람아, 나는 지금이 좋아."

"형님, 그러다가 어명을 거역한 죄로 참수당하고, 가문이 멸문지화로 풍비박산이 나야 꼭 그렇게 속이 후련하겠소?"

민규호가 민태호의 턱밑까지 주먹을 내밀고 윽박지르면서 말하자 민태호가 말하기를,

"아, 이 사람아 그렇게 좋으면 자네 아들이나 양자로 보내면 될 게 아닌가?"

"아이고 형님, 우리 아들은 가고 싶어도 중전마마께서 싫다고 하시는데 어찌 보내겠어요. 형님은 들어온 복을 발로 차려고 하는 것이오?"

결국 민규호의 적극 설득으로 민태호는 장남 민영익을 민승호의 양자로 입양시켰다.

이척의 세자 책봉과 정한론의 열기

1875년 2월 19일 왕실은 창덕궁 인정전에서 삼공육경과 당상관 이상이 모두 참석한 가운데 이척을 왕세자에 책봉하였다. 중전의 고심을 해결하는 것이었다. 완화군이 자라서 벌써 8살이나 되지 않았던가. 그러나 중전은 이척을 세자에 책봉시키면서 자신의 소생으로 왕통이 승계되도록 하였지만 넘어야 할 고비가 또 하나 있었다. 즉, 청나라 황제의 책봉 승인이다. 조선에서 아무리 책봉하여도 청나라에서 문제를 삼으면 도로아미타불이 되는 것을 모를 리 없는 중전이었다.

이 무렵 청나라에서는 적장자보다는 장자 순서로 조선의 왕세자를 책봉하

여야 한다는 주장도 일어나고 있었다. 그럼 완화군이 세자가 되는 것이다. 중전은 이것이 늘 근심이고 우환덩어리였다. 영의정 이유원을 급히 중궁전으로 들게 하였다.

"중전마마, 신 영의정, 대령이옵니다."

"미안하오, 한 나라의 만인지상이신 영상대감을 이 아녀자가 오시라고 하여서 송구할 따름이오. 대감!"

그리고 중전은 향이 그윽한 차를 영의정에게 대접하면서 계속 말하기를,

"대감, 부디 부산에 머물고 있는 일본 관리들과 논의하여 우리 세자가 청국 황제의 세자 책봉의 윤허를 받을 수 있게끔 힘 좀 써주십시오. 지금 조정에서 대감만큼 대쪽 같은 성품과 우리 세자를 위하여 아껴주는 신하가 누가 있겠소?"

중전은 이유원을 치켜세워주자, 이유원이 고개를 숙이고 아뢰기를,

"중전마마 신을 그렇게까지 염려하여 주시는 마마의 은덕을 어찌 다 갚을 수 있사옵니까?"

"영상대감, 부디 세자를 위하고 조선을 위하는 일이니 대감께서는 사양치 마시고 대임을 완수하여 주시오. 그리고 비용은 얼마가 들든 걱정하지 않으셔도 됩니다."

중전은 황금색 보자기에 싸인 두 개의 봉투를 이유원에게 내밀면서,

"대감, 약소하오나 넣어 두시오. 하나는 일본과 청나라의 관원들에게 사용하시고, 다른 하나는 대감의 용채로 쓰십시오. 그리고 대감, 이 일은 아무도 모르게 은밀히 하시고 지체하여서는 아니 되옵니다."

중전은 이유원이 하루 속히 일본 관원들이 머물고 있는 부산으로 가기를 원한다. 눈치 빠른 이유원이 중전에게 아뢰기를,

"중전마마, 신이 비록 미력하오나 마마의 성지를 받들어 모시겠사옵니다."

이유원은 대궐을 나와 금위영의 군졸들과 종자를 거느리고 일본 관리들이 머물고 있는 동래로 향한다. 중전이 건네준 봉투를 열어 본 이유원은 깜짝 놀

라는데, 그것은 지금의 어음이나 가계수표에 해당되는 돈으로 어마어마한 금액이었다.

이유원이 동래부에 당도하자 동래부사는 물론이고 초량왜관에 있는 하나부사 요시모토를 비롯하여 일본의 관원들이 모두 나와 영의정을 영접하였다. 그러자 이유원은 하나부사 요시모토를 환대하고 또한 그를 융숭하게 대접하면서 조선이 상국으로부터 세자책봉을 승인받는데 주청 일본 공사로 하여 도움을 주면 일본이 조선과 수교하는데 자신도 앞장서겠다고 말하였다. 가만히 듣고 있는 하나부사 요시모토로서는 호박이 넝쿨째 들어오자, 이유원에게 말하기를,

"영상대감, 그 점은 심려치 마시옵소서. 청국 주재 우리 일본 공사는 청나라의 예부를 비롯하여 중요 고관들과 절친하게 지내고 있고 북양대신과도 자주 회동하여 서로 연회도 베풀면서 잦은 교린을 하고 있사옵니다."

이유원의 얼굴이 밝아지면서 하나부사 요시모토를 더욱 융숭하게 대접하였고 조선에 체류하는데 어려움 등은 없는지 물어 보며 두툼한 봉투까지 내민다. 그러자 하나부사 요시모토가 의아해 하며 말하기를,

"영상대감, 이것이 무엇입니까?"

이유원은 얼굴에 미소를 짓고 말하기를,

"공사, 공사께서 우리 조선의 세자책봉을 위하여 상국인 청나라에 진언 드리는데 어찌 중전마마께서 그냥 계실 수 있사옵니까. 이것은 영의정이 주는 것이 아니고 조선의 국모가 주는 것이니 필요한 곳에 쓰시오."

영의정의 말을 들은 하나부사 요시모토는 우쭐대기도 하고 흡족해 하며 말한다.

"우리 정부는 주청 공사에게 전보로 전문이나 훈령을 보내면 즉시 그곳에서 받아 보니 걱정하지 마십시오."

사실 이유원은 전보가 뭣인지는 모르지만, 하나부사 요시모토의 자신만만

한 말을 듣고, 이유원이 즉시 귀경하여 중전께 하나부사 요시모토와의 회동을 상세하게 고하였다. 중전은 고종에게 품신하여 이유원을 진주사 겸 왕세자 책봉사로 삼아 청나라로 떠나게 한다. 이유원이 청나라로 출발할 때에도 중전은 엄청난 금액을 건네주었다.

이유원이 주청 책봉사가 되어 부사 김시연(金始淵 1810~?) 서장관 박주양(朴周陽 1838~1891) 등과 구종별배와 많은 노복들을 거느리고 한 달 보름이 지나 청나라에 당도하였다. 그는 조선의 세자가 황제의 책봉 승인을 받기 위하여 바리바리 선물을 가지고 청나라 예부의 관리들에게 선물을 바친다. 그리고 북양대신 이홍장에게도 깍듯하게 예의를 올리고 그에게도 예물을 바친다.

이유원의 세자책봉 주청을 들은 청나라 황실에서는 바로 이척의 세자책봉을 칙령으로 윤허하였다. 중전은 물론이고 고종도 청나라 황제의 책봉승인을 걱정하였는데 너무 쉽게 승인을 받은 것이었다. 이유원은 자신이 하나부사 요시모토를 잘 설득하였고 특히 청나라 관원들과 이홍장에게 선물한 것이 주효한 것이라고 생각하고 있었다.

그러나 하나부사 요시모토는 주청 주일공사에게 조선의 세자책봉 문제를 가타부타, 일언반구도 하지 않았고, 청나라에서도 이유원이 준 뇌물은 의례상 주는 것으로 생각하고 있었다. 다만 청나라에서 조선의 세자책봉 승인을 청나라가 지금 깊게 관여할 형편이 되지 못하여 조선의 책봉사가 품신하자 청조는 대략 형식적으로 검토하고 그냥 승인한 것이었다.

그러나 이유원은 이척의 왕세자 책봉이 자신의 공로인양 거만을 떨며 귀국 때까지 청국에서 책봉사의 임무는 나태했지만, 유흥과 향락생활에는 충실하고 있었다.

일본은 모리야마 시게루가 1년 전 조선에 다녀간 후부터는 정한론의 열기를 뜨겁게 재현하여 조선 침공의 시나리오를 계획한다. 그리고 3월 일본은 조선에 사신을 보내 조선과 수교코자 하였으나, 준비되지 않는 조선은 아직 일본과 협상을 하지 못하며 차일피일하고 있었다. 그 이유는 막상 흥선대원군을 축출하고 권좌를 잡은 중전의 세력으로는 일본과의 외교가 생각보다 만만치 않았다.

일본은 그 틈을 놓치지 않고 1875년 4월 21일 군함 운양호(雲揚號)를 조선으로 파견하였다. 이 운양호는 영국에서 건조된 245톤 급의 최신예 전함(戰艦)이고, 함장은 이노우에 가오루였다.

증기선(蒸氣船) 한 척 없는 조선으로서는 시커먼 연기를 내뿜으며 운양호가 부산에 입항한 것은 엄청난 것이었다. 물론 그 전에도 몇 번 일본 군함이 조선으로 입항하기도 하였지만······.

동래부 왜학훈도 현석운이 문정 차 나가서 말하기를,

"무엇 때문에 왔는가?"

"예, 훈도 나리, 우리 이사관이 조선 측과의 협상이 지연되어 그들을 문책하러 왔으니 훈도께서는 신경 쓰지 마시오."

다음날에는 일본 군함 춘일(春日)호와 제2정묘(第二丁卯)호가 부산에 입항하고 있었다. 그 두 군함은 조선 연해를 측량한다는 구실로 운양호와 함께 합세하여 부산 앞바다를 종횡무진하면서 함포사격과 군사훈련으로 백성들을 놀라게 한다.

현석운이 18명의 관원들을 거느리고 운양호와 제2정묘호, 춘일호에 관람차 승선하였다. 현석운 이하 관원들은 일본 군함의 내부를 보고는 떡 벌어진 입을 다물지 못한다. 그 내부에는 엄청난 시설과 병영의 지휘부 같은 분위기였다. 또 선내에는 각종 무기와 소총, 대포를 비롯하여 취사도구는 물론이고 함장과 장교들의 숙소까지 있는 것이었다. 그러니 조선 관원이 운양호와 제2정묘호의 내부를 보고 기절초풍할 만도 하였다. 그뿐만 아니라 갑자기 세 군함이 군사연습이라는 명분으로 동시에 엄청난 포를 쏘아댔다.

"쾅~쾅."

천지가 울리고 고막이 찢어지는 듯한 포성이 터진 것이다. 깜짝 놀란 현석운 이하 18명의 관원들은 기겁을 한다. 현석운이 일본 관원에게 큰소리로 말하기를,

"아니, 이보시오, 이 무슨 무례한 행동이오. 당장 포사격을 멈추시오!"

일본 측에 항의를 하였지만, 그들은 군사연습이라고 하면서 별 대수롭지않게 여기고 있었다. 일본군의 어마어마한 포 사격에 기가 질린 조선관원들은 혼비백산하여 동래부로 돌아왔다. 그 군함들은 각각 조선의 연안을 측량하면서 자유롭게 항해를 계속하였다. 특히 이노우에 가오루가 승선하고 있는 운양호는 함경도 영흥만까지 북상하여 수로를 측정하고 영일을 경유하여 본국으로 돌아갔다.

동래부사가 조정에 파발을 띄우며 상세하게 보고를 하였으나, 조정에서는 별 대책이 없는 것이 대책이며, 그저 이양선이 다시 출몰하지 않기만을 바라는 태도였다. 이것이 어찌 한 국가를 다스리는 조정이라 할 수 있으며 왕국이라고 할 수 있겠는가? 아무리 무대책이 대책 중 뛰어난 대책이 될 수 있지만 이는 그것과는 전혀 거리가 먼 것이다. 물론 고종과 중전의 권력은 홍선대원군의 준동을 원천봉쇄하는 것이 급선무였지만 외교문제를 방치하여도 도가 넘게 방치하고 있는 것이 분명했다. 마음껏 유람을 한 운양호가 물러가자, 고종이 말하기를,

"좌상대감, 부산에 머물고 있는 이양선들은 모두 물러갔소이까?"

"예, 전하, 이양선 놈들은 모두 전하의 위엄으로 물러갔나이다."

운명의 운양호 사건

그러한 운양호가 일본으로 귀국하여 당분간 나타나지 않자, 조정은 안도하였다. 그러나 그 안도도 얼마가지 못하였다. 한동안 휴식을 취하였던 운양호는 그해 8월 20일 이노우에 가오루의 지휘로 부산과 서해안을 경유하여 강화

도에까지 입항하였다.

잠깐 이노우에 가오루의 기록을 보면 그는 지금 일본의 해군소좌로 운양함을 끌고 왔지만, 이노우에 가오루는 1863년 1월 이토 히로부미와 주일 영국공사관에 불을 지르고 공격하다가 여의치 않아 이토 히로부미와 함께 영국에 유학을 다녀오기도 하였다. 귀국 후 사카모토 료마(坂本龍馬 1835~1867)의 중개로 사쓰마 번과 연합 동맹하여 제2차 조슈 정벌에 참전하여 도쿠가와 요시노부가 이끄는 막부 군대를 대파하여 일본이 명치유신을 단행하는데 실질적인 공헌을 한 인물이다. 그는 또 일본의 초대, 제5대, 제7대, 제10대 총리대신을 역임한 이토 히로부미와는 죽마고우이자, 참모이고 그가 신임하는 관료이기도 하다.

그런 이노우에 가오루가 강화도까지 입항할 때 운양호는 검문 한 번 받아 보지 않고 유유히 조선의 해협으로 진입하였다. 운양호에는 최신식으로 무장한 일본군이 1백여 명 이상 승선하고 있었고 막강한 함포도 장착되어 있었다. 그러나 조선은 아직도 이 운양호를 비롯하여 일본 등의 군함을 이양선이라고 부르며 이들의 동태도 살피지 못하고 있었다.

운양호가 강화도 동남쪽 난지도(蘭芝島) 근처에 이르자 이노우에 가오루가 명령한다.

"이곳에 닻을 내려라!"

운양호는 난지도에서 정박하고 진을 친 후 소형선을 내려 기십 명을 태우고 초지진으로 진입하였다. 초지진은 한양을 방어하는 조선 수군의 군사적 요새지이자, 병인, 신미양요를 치른 곳으로 조선 군졸들의 경계가 자못 삼엄한 곳이었다. 초지진을 수비하는 군졸들이 살펴 보니 소형선이 자꾸 이곳 초지진영으로 들어오고 있었다. 군졸들은 군관과 만호(萬戶 종4품)에게 보고하였다. 만호와 군관이 보아도 이양선은 빠르게 초지진으로 들어오고 있는 것이었다. 초지진의 수비를 총괄하고 있는 수군만호가 군졸들에게 지시하기를,

"저, 이양선이 무엇 때문에 이곳으로 왔는지 물어 보고 빨리 돌려보내라!"

만호의 지시를 받은 군졸들 10여 명이 우르르 달려가서 이양선에게 묻는다.

"어느 나라 배이며, 여기는 무엇 때문에 왔소. 또한 이곳은 아무나 들어 올수 없으니 속히 돌아가시오!"

그러자 이양선에 있는 그들은 조선 수군의 말을 전혀 못 알아 듣는 척 손으로 물을 떠먹는 시늉을 할 뿐이었다. 군졸들이 다시 큰소리로,

"여기는 물도 없고 이양선이 함부로 들어 올 수 없는 곳이오. 그러니 속히 돌아가시오. 그렇지 않으면 발포할 것이오."

경고를 하였지만 그 이양선에서는 물을 찾는 시늉도 하지만 초지진을 지나 한양으로 가는 방향으로 뱃머리가 움직이고 있었다. 이를 유심히 지켜 보고 있던 만호는 군관과 군사들에게 큰소리로 지시한다.

"저, 이양선이 조금이라도 한양으로 뱃머리를 돌리면 무조건 발포하라!"

그렇지만 이양선은 계속 한양으로 향하려고 하였다. 참다 못한 군졸들이 소리친다.

"야, 이놈들아, 모두 죽고 싶어 환장하였느냐, 얼른 돌아가지 못할까!"

그래도 이양선에 승선한 그들은 들은 척도 하지 않고 계속 한양으로 향하고 있었다. 더 이상 방치할 수 없어서 만호가 군졸들에게 명령하기를,

"발포하라!"

"쾅~쾅."

포성이 울리자 이양선에서도 그들은 숨겨진 소총을 끄집어내어 초지진영에 응전하면서 퇴각하기 시작하였다. 그런데 그들은 퇴각 중 시급하게 황색 깃발 3개를 달았다. 쌍방 총격전을 벌였으나 그 누구도 피해를 입지는 않는 전투였다. 그리고 빠르게 달아난 그들은 난지도 근해에 정박하고 있는 운양호의 함장에게 보고하였다.

"각하, 우리 소형선이 초지진 방향에서 식수가 떨어져 물을 찾고 있는데 조선 수비병이 아무런 경고도 없이 발포하여 부득이 응전하고 왔습니다."

"뭣, 우리 일본국의 국기를 보고도 조선군이 포를 쏘았단 말인가?"

"예, 각하!"

"아군의 피해는 없는가?"

"예, 각하, 놈들의 포가 워낙 시원치 않아 우리 측의 피해는 없습니다."

"알았다. 내일 초지진과 영종진을 공격하여 본때를 보여 주겠다. 귀관들은 각자 휘하 군사들을 잘 점검하여 내일 출병에 차질이 없게 하라!"

다음날 21일 운양호는 아침 일찍부터 난지도를 출발하여 초지진으로 진입하였다. 조선 수비병이 관측하니 어제보다는 훨씬 큰 배가 들어오고 있었다. 군졸들이 군관과 수군만호에게 보고하였다. 만호가 군졸들을 거느리고 성루에서 관측하니 엄청난 배였다. 그런데 그 군함에서는 갑자기,

"쾅~ 쾅."

어마어마한 포탄이 초지진에 날아들기 시작하였다. 불의의 공격을 받은 초지진의 성곽이 파괴되면서 군사들의 전열도 무너지기 시작하였다.

만호가 독려하여 초지진의 포대도 운양호를 향하여 맹렬하게 포를 쏘아 댄다. 막상 포를 쏘아 공격하였지만 운양호의 근처에도 미치지 못하고, 조선군이 포를 쏘는 게 오히려 조선 수군의 은폐, 엄폐된 곳을 가르쳐 주는 꼴이 되어 버렸다. 운양호의 맹렬한 포격에 초지진의 수비대는 한 시간 만에 괴멸되었다. 초지진 수비대의 괴멸은 그 누구의 책임이라고도 할 수 없을 정도로 현 조선의 군사력을 그대로 보여주는 꼴이었다.

초지진을 무너뜨린 이노우에 가오루는 승세를 몰아 곧장 영종진으로 뱃머리를 돌린다. 그리고 이노우에 가오루는 쩌렁쩌렁하게 명령한다.

"영종진으로 가서 그곳 진영을 불바다로 만들어라!"

개선장군의 행렬과 같은 운양호는 빠르게 영종진영으로 향하였다.

초지진이 괴멸된 것을 알 리 없는 영종진 수군첨절제사 이민덕(李敏德)은 초가을의 정취를 느끼며 고요한 서해바다에서 무엇인가를 골똘하게 생각한다.

어떻게 해서라도 내직으로 들어가고 싶었던 것이었다. 지금의 직급으로 입각하여도 승정원의 승지 또는 병조참의는 갈 수 있을 것이라고 생각하면서 그는 경기감사인 민태호에게 뇌물을 쓸 것을 생각하느라고 여념이 없었다. 그런데 이때 군관이 헐레벌떡 달려오면서 급하게 아뢰기를,

"사또, 오늘 아침 일찍이 초지진영에 이름 모를 이양선이 나타나서 초지진을 괴멸시키고 그 이양선이 지금 이곳 영종진영을 향하여 진격하고 있다고 하옵니다."

"뭣, 뭣이라고!"

이민덕은 화들짝 놀란다. 오밤중에 홍두깨라는 말이 이것을 두고 하는 말이던가? 우선 이민덕은 휘하의 모든 군관들을 거느리고 영종진영의 성루에 올라가서 바다를 바라보았다. 수평선 너머로 겨우 가시권에서 보이는 이양선이었지만 그 위용은 엄청난 것이었다. 그 이양선이 빠르게 빠르게 영종진영으로 들어오고 있었다. 이민덕이 군관들과 군졸들에게 전투태세를 갖추라는 명령도 떨어지기 전,

"쾅~ 쾅."

이양선에서 무서운 포환이 날아 들고 있었다. 단번에 영종진영의 군졸들이 피를 흘리고 쓰러지고 군영의 성벽도 허물어지기 시작한다. 계속하여 이양선은 엄청난 포를 쏘면서 영종진영으로 들어오고 있었다.

정체모를 이양선으로부터 무지막지한 포격을 받은 영종진영의 수비대는 전투의 대오를 갖추기는커녕 군졸들 모두 벌벌 떨고 있을 뿐 군인의 기본자세인 방어태세도 취하지 못하고 있었다.

그래도 영종진의 용맹한 군관들은 두려워서 떨고 있는 포병들을 지휘하여 포를 쏘게 한다.

"겁먹지 마라, 저들도 우리를 보고 떨고 있을 것이니 두려워하지 말고 포를 쏴라!"

"쾅~ 쾅!"

영종진영의 포대도 이양선을 향하여 맹렬하게 포를 쏜다. 그러나 영종진영의 포대도 초지진의 포대와 마찬가지로 은폐, 엄폐된 아군의 기지를 적에게 가르쳐 주는 꼴이었다.

110근 및 40 파운드의 최신식 영국제 함재대포를 장착하고 있는 운양호에서 쏘아대는 포의 위력은 무시무시하였다.

반면 영종진영의 포대는 지름 26cm와 길이 65cm인 대완구포(大碗口砲)로서 포탄 1개마다 점화를 하여야 하고, 사정거리 300m도 되지 않았으며 소리만 요란할 뿐 명중률은 없는 것이다. 운양호에 장착된 포와 조선 수군의 포는 10배 이상의 차이가 나고 있는 것이었다.

더 쉽게 말하면 280년 전인 1592년 임진왜란 때 이순신 장군이 지휘하는 조선의 수군보다 더 약한 것이었다.

거기에다 조선 병사들의 포술은 겨우 포를 다루는 정도에 불과하였고, 화승총은 40m의 거리에 있는 적을 맞히지도 못하는 것이었다. 영종진의 수비병 500~600명은 일본군의 파상공세에 맥을 추지 못한다.

운양호의 함장 이노우에 가오루는 영종진영이 무너지는 것을 천리경으로 보고 있을뿐더러 조선군이 힘도 쓰지 못하고 우왕좌왕하는 것도 훤히 꿰뚫고 있었다. 그러자 이노우에 가오루는 쩌렁쩌렁한 소리로 계속 명령한다.

"쏴라! 그리고 저 영종진을 불바다로 만들어라!"

엄청난 공세로 조선 수비대를 몰아붙인다. 반면 두려움에 떨며 군졸들을 지휘하지 못하고 있는 이민덕은 눈앞이 캄캄하였다. 쉬지 않고 날아드는 포탄에 군영의 성벽은 허물어졌고, 이제 포병들은 포에 점화도 못하고 병사들은 아무 곳에나 몸을 숨길뿐이다. 군졸들은 달아나고 싶어도 첨사가 달아나지 않고 있으니 도망가지 못하고 있는 것이다. 때를 맞추어 이노우에 가오루는 지상군을 상륙을 명령한다.

"육전대는 돌격하라!"

"와,~ 와.~"

우렁찬 함성과 함께 육전대 50~60여 명은 날카로운 대검을 착검한 장총을 쏘면서 영종진영으로 달려 들고 있었다. 성루에 있던 조선군들이 추풍낙엽처럼 쓰러지자, 이민덕은 혼비백산하여 명령한다.

"모두 후퇴하여 각자 목숨을 구하라!"

이민덕은 호위군사를 거느리고 줄행랑을 치기에 바쁘고, 군졸들은 앞 다투어 도주하기 시작하자 영종진영은 아수라장이 되었다. 일본군은 도주하는 조선군을 추격하며 마구잡이로 도륙하였다.

이 전투에서 일본군은 조선군 35명을 사살하고, 포로 16명, 대포 36문, 화승총 130정을 탈취하였다. 일본군은 경상 2명뿐이었다. 조선군은 완패 중에도 완패였고, 그것으로 조선군의 패전이 끝나는 것은 아니었다.

그 다음의 패전은 백성들의 톡톡한 몫이었다. 영종진의 수비군이 달아나고 없는 그곳 민가의 백성들은 모두 일본군의 욕정노리개와 전리품이 되었다. 일본군은 무주공산이나 다름없는 민가로 달려 가서 마을 부녀자들을 마음껏 껴안고 신바람 나게 뒹굴면서 환호하였다. 이곳저곳에서 부녀자들의 신음이 영종도를 울리면서 영종도는 일본군의 쾌락장으로 성대한 승전의 잔치가 열렸다. 부인과 딸이 왜놈들에게 윤간 당하자 도끼를 들고 덤비는 남편을 일본군의 소총이 맹렬하게 불을 뿜어 남편이자 아버지인 그의 몸뚱어리를 벌집을 만들기도 하였다. 저항하는 백성들은 모두 날카로운 일본 검에 목이 떨어졌다.

영종진의 백성들은 아비규환의 참상을 맞았다. 일본군의 만행은 그것뿐이 아니었다. 가을 수확철이라 농어민들이 피땀 흘려 지은 농산물과 수산물도 몽땅 빼앗고, 젊은 처녀와 얼굴이 예쁜 아낙들도 모두 운양호에 태워 희희낙락하면서 그들은 신나는 조선 유람을 즐겁게 마치고 8월 30일 유유히 나가사키로 돌아 갔다. 폐허가 된 영종진은 지옥이나 다름없었다.

제2부 개항

무능한 조정

이민덕은 영종진영의 패전을 바로 경기관찰사 민태호에게 보고하지 않고 패전의 문책이 두려워서 3일 후에 보고하였다. 보고를 들은 민태호는 불같이 화를 낸다.

"아니, 첨사는 어찌하여 그같이 엄청난 일을 이제야 보고한단 말인가. 그러고도 첨사는 자신의 직분을 충실하게 수행했다고 할 수 있는가?"

민태호는 이민덕을 포박하여 경기감영 군기고에 수감하였다. 그리고 조정으로 파발을 띄워 초지진과 영종진의 모든 상황을 품신하였다. 조정은 경기감사의 장계를 받고 당혹감을 감추지 못한다. 또한 영종진을 포격한 이 배가 아직까지 어느 나라 배인지 조차도 모르고 있었다.

8월 26일 우의정 김병국이 민태호의 장계를 가지고 대전으로 달렸다. 그곳에는 마침 좌의정에 임명된 이최응이 고종과 이런저런 담소를 나누고 있었다. 지금 조정은 영의정 이유원의 사임으로 공석이 되었으며 좌의정 이최응이 의정부의 수장이나 다름없었다. 김병국은 고종에게 바로 아뢴다.

"전하, 아뢰옵기 황공하오나, 지난 21일 이양선 한 척이 초지진과 영종진에 나타나 그 두 군영을 포격하여 아군의 피해가 막대하였다고 하옵니다."

"아니! 뭣이요?"

"황공하옵나이다."

"아니, 겨우 이양선 한 척에 우리 관군이 그렇게 무너졌다는 말씀이오. 또한 어찌하여 이렇게 중요한 사안을 이제야 보고하는 연유가 무엇이오?"

"예, 전하, 아뢰옵기 황공하오나 영종첨사 이민덕이 패전의 책임이 두려워 영종진의 전황을 사흘 후에 경기감사에게 보고하였다고 하옵나이다."

"그럼 그 이양선이 이제는 물러갔습니까?"

"예, 전하, 아뢰옵기 황공하오나, 신도 지금 전황을 들었으므로 영종진영으로 군관을 파견하였습니다. 그 군관이 영종진에 다녀와 보아야 그곳 상황을 정확하게 알 수 있을 것이옵니다."

"알았소, 우상, 그럼 정녕 그 이양선이 어느 나라 배인지 모른단 말씀이오."

"예, 전하, 황공하옵나이다."

그 배가 어찌 일본의 군함이라는 것을 모르고 있겠는가. 다만 확실한 물증이 없으니 품신은 못 할뿐더러 고종이라고 하여 짐작이 가지 않겠는가. 옆에 있는 이최응이 말하기를,

"전하, 병인년과 신미년에 오랑캐를 물리친 것이 10년이 되었사옵니다. 그리고 그동안 성곽을 수리하고 포대를 증설하고 군사의 수효를 늘리고 군량을 비축하여 양이의 침입에 대비하여 왔는데, 겨우 이양선 한 척에 500~600명의 아병이 무너졌다는 것은 이해가 되지 않사옵니다."

조정은 관군의 수효를 늘리는 것이 전력 보강이라고 믿고 있었다.

경기감사의 장계가 전해지자 형조판서 이주철(李周喆 1806~?), 홍문관 제학 김세균(金世均 1812~1879), 공조판서 김상현(金尙鉉 1811~1890), 대사헌 이승수(李升洙 1804~?), 대사간 이정두(李廷斗), 어영대장 신헌(申櫶 1810~1898), 금위대장 조영하와 무위도통사 민규호, 우부빈객 김보현(右副賓客 金輔鉉 1826~1882), 등의 중신들이 속속 대전으로 들어오고 있었다. 이때 병조판서가 아뢴다.

"전하, 지금 당장 시급한 것은 인천부를 방어영으로 승격하여 그곳 부사 이민중(李敏中)을 방어사에 임명하고 영종진을 복속케 한 후 백성들을 구휼하는

것이 급선무이옵니다. 또한 강화유수 조병식(趙秉式 1832~1907)에게 전하의 교지를 내려 강화를 엄히 경계하여야 하옵니다. 전하, 통촉하여 주시옵소서."

"알았소. 즉시 시행하시오."

어명과 함께 이번에는 김병국이 고종에게 아뢴다.

"전하, 영종진을 방어하지 못한 이민덕과 지휘 책임을 물어 경기감사 민태호를 파직하시옵소서."

고종이 미처 대답할 틈도 주지 않고 이최응이 반론하며 고종에게 아뢴다.

"전하, 아뢰옵기 황공하오나 전하의 성지를 받들지 못한 민태호의 파직은 당연하옵니다. 그러나 이민덕은 그냥 파직만 하여서는 무너진 군율이 서지 않습니다. 그는 무장으로 싸우지도 않았을뿐더러 장계도 늦게 올린 이민덕은 참수하여야 마땅하옵니다, 그러나 지금은 무너진 군율을 세우고 군사들의 사기를 진작시키기 위해서는 이민덕을 한양으로 압송하여 엄히 문초하고 곤장 100대를 때린 후 절해의 고도에 위리안치하여야 하옵니다. 전하, 통촉하여 주시옵소서."

"시행하시오."

그리고 삼군부와 병조에서는 청나라에 영종진의 피격을 품신하는 문제를 놓고 옥신각신 다투고 있었다. 결국 조정은 청나라에 보고하기를,

"대청 황제폐하께 아뢰옵니다. 지난 8월 21일 소방의 나라 초지진영과 영종진영에 정체 모를 이양선 한 척이 나타나 거포로 우리 군영을 포격하고 물러났습니다. 소방의 병영에서도 힘껏 싸웠으나 병영의 성벽은 파괴되었고, 많은 군졸들이 전사하였습니다. 아직 그 이양선이 일본 배인지 어느 나라 군함인지 알 수 없사옵니다."

이런 졸렬한 문구로 청나라 조정을 좌지우지하고 있는 북양대신 이홍장에게 품신하였다.

한편 영종진에서 대승한 운양호는 8월 30일 나가사키에 도착하여 이노우에 가오루가 외무성으로 급보하기를,

"우리 운양호가 황색의 국기 3개를 달고 중국의 우장으로 향하기 위하여 조선 연안을 지나가던 중 식수가 떨어져 물을 찾고 있는데 조선의 수비대가 포격하여 부득이하게 응전만 하고 돌아왔습니다."

운양호의 보고를 들은 일본 조야는 들끓기 시작하였고 잠잠하였던 정한론이 다시 고개를 들기 시작하였다.

"단번에 군대를 거느리고 가서 조선을 무찔러야 한다."

"오늘 밤이라도 당장 군대를 출병시켜서 저 버릇없는 조선 놈들의 오만방자함을 다스려야 합니다."

일본 정부 내에서 또다시 강경의 목소리가 크게 울리고 있었다. 그리고 온건파의 주장도 강경파의 발언을 지지하고 나서기 시작하면서 모처럼 일본은 운양호 사건을 계기로 강경, 온건이 모두 의견이 일치하고 있었다.

태정대신은 외무대신과 궁내부 대신을 거느리고 황성으로 들어가서 천황께 품신하고 조선 정벌의 타당성을 일목요연하게 아뢴 후 천황의 윤허도 받아내었다. 다만 천황과 태정대신의 대조선 응징은 강력한 군사력을 거느리고 외교적으로 응징하되, 만약 조선이 불응하면 대대적인 군사행동을 감행하겠다는 것이었다. 어찌 되었든 조선은 운양호 문제로 일본의 공세를 벗어나지 못하게 됨은 분명하나, 문제는 조선이 그러한 일본의 의도를 전혀 모르고 있다는 것이다.

그리고 일본은 사전 침략의 전단을 구하기 위하여 부산, 동래 등에 자국민들을 내세워 침략의 획책을 꾸민다. 이 흉계는 경상도관찰사 박제인(朴齊寅 1818~1884)이 조정에 장계를 올린 후에도 조정이 대처를 못하는 게 또 문제였다. 그러한 경상도 관찰사가 조정에 보고된 것을 보면 확실하게 알 수 있다.

"전하, 신 경상감사 아뢰옵니다."

"지난 10월 11일 부산 사하 즉, 옛 초량리에서 화륜선에서 내린 배군 7명이 총포로 무장하고 민가에 나타났습니다. 그들은 사냥을 한다는 이유로 조선 백성의 민가로 뛰어 들어 막 행패를 부려 주민들은 공포에 떨고 있었사옵니다. 급보를 받은 부산 첨절제사 임백현(林白鉉)이 군졸들과 관속들을 파견하여 간신히 그들을 진정시켜 왜관으로 돌려보냈습니다.

그런데 다음날 부산 앞바다에는 정박 중인 일본의 군함에서 해군 70여 명이 착검한 소총으로 무장하여 상륙하였사옵니다. 그들은 바로 부산과 동래부 주변을 행진하며 무력시위를 하자, 순식간에 부산과 동래 일대는 무장한 일본군의 출현으로 시내는 공포의 분위기가 되어 버렸습니다. 그들이 처음에는 무장을 하고 행군을 하며 단순하게 백성들을 위협하다가, 갑자기 총을 쏘며 난동을 부리기 시작하였습니다. 더구나 이들의 동태를 살피던 부산첨사 임백현과 동래부사 홍우창(洪祐昌 1819~?)이 군졸들을 동원하여 진무시키고자 하였을 때,

"탕~탕."

총소리에 우리 군졸들은 감히 진무는 고사하고 자신들도 무서워서 벌벌 떨면서 일본군의 행패를 보고만 있었사옵니다. 신이 부산첨사와 동래부사에게 지시하여 관속들을 증원하여 저들의 횡포를 막고자 하였으나 여전히 일본 해군의 위압감에 모두가 속수무책일 뿐 그들의 행패를 저지하지는 못하였사옵니다. 백성들은 벌써부터 모두 도망가고 없었고, 신나게 분탕질을 마친 일본 해군들은 자신들의 군함으로 돌아갔습니다. 첨사와 부사가 초량왜관의 책임자에게 항의하자, 왜관의 책임자가 부사에게 말하기를,"

"일본 해군들의 무례한 행동은 엄히 추궁하여야 하나 그들은 해군성 소속이고 우리는 외무성 소속으로 어떻게 하지를 못합니다."

"전하, 왜인의 준동을 막지 못한 신을 벌하여 주시옵소서."

이러한 경상도 관찰사의 장계가 조정에 품달된 것은 10월 28일이었다. 경상 감사의 장계를 받아 보고도 의정부와 대소신료들은 물론이고 고종으로서도 특별한 대책을 세우지 못하고 모두 가슴만 칠뿐이다.

대비책으로 11월 15일 좌의정 이최응이 일본과의 수호문제를 거론하며 완화책을 주장하며 고종에게 아뢴다.

"전하, 일본의 서계가 전규와 많이 달라서 아직도 갑론을박의 의견이 일치되지 못하고 있사옵니다. 그러나 애당초 정본을 보지 않고 등본만 가지고 가부를 결정하는 것은 현명한 일이 아니옵니다. 서계 가운데 황상, 봉칙이라고 문제된 몇 가지 문구는 자신들의 나라에 그 신하가 자신들의 국왕을 존칭한 것에 불과합니다. 이것은 사실 우리에게는 아무런 손해 따위가 있을 수 없사옵니다. 교린 문자에 겸허와 공경을 갖추지 못한 것이 바르지 못하고 망령된 허물은 그들에게 있는 것이옵니다. 이것을 가지고 몇 해씩 대립하고 있는 것은 도리어 스스로 모욕을 주는 일이 되며 성신을 해치는 것이 되므로, 이제라도 동래부사에게 지시하여 일본의 원본서계를 조정에 봉납하게 한 다음 그 내용에 따라 응답할 것과 거절할 것을 분명하고 정당하게 구분하여 처리하는 것이 사리에 합당할 것이옵니다. 전하, 통촉하여 주시옵소서."

고종도 비답을 내리면서 이최응에게 말하기를,

"이 일로 여태까지 대립하고 있음은 과연 도리가 아니다. 좌상의 말대로 서계를 받아본 후 물리칠 것은 물리치는 것이 옳겠다."

이최응의 주청을 가납하여 동래부사에게 파발을 띄우며 우선 일본의 서계를 받아본 후 처리하겠다고 하였다. 고종은 좌의정의 주청을 가상히 여겨 그를 영의정에 임명하고자 중전과 마주하면서 말하기를,

"중전, 흥인 백부님을 영의정으로 승차시키고자 하는데 중전의 의향은 어떻소?"

단번에 중전은 눈이 휘둥그레진다. 백부이지만 지금 좌의정의 직책 겸 영의정 직무대행도 감지덕지인데 하는 눈치였다. 그래도 중전은 태연스럽게 말하기를,

"예, 전하, 홍인 백부님께서 전하께 충성하고 우리 세자를 끔찍이도 아껴 주시는데 무엇인들 아깝겠사옵니까? 진작 영상으로 승차시켜서 자리를 지키게 하였어야 옳았을 것이옵니다."

중전이 아뢰면서 고종과 눈이 마주치자 왕과 왕비는 오히려 함박웃음을 터트린다. 기실 이최응은 조정에 별 중요하지는 않지만 홍선대원군을 견제하는 일에는 민규호와 함께 그 누구보다도 뛰어났다.

홍선대원군 섭정 10년 동안 홍인군이 푸대접을 받아 온 것은 사실이었다. 그런 그가 좌의정의 중책에 임명될 때에도 이조판서 민승호가 중전에게 아뢰기를,

"홍인군은 무모한 치인입니다. 홍선대원군 시절 그는 부엌 밑에 누워 있던 굶주린 개와 같았습니다. 그러므로 그는 운현궁에 불만이 많았으니 이때에 마마께옵서 조금 관대한 것처럼 성은을 베푸시면 홍인군은 운현궁의 동태를 잘 살필 것이옵니다."

또한 영의정 자리는 실제 명예직에 가까운 것이지, 실세를 하는 직위는 좌의정, 우의정과 육경이다. 이에 중전이 웃음을 멈추지 않고 고종에게 아뢰기를,

"홍인 백부님께서 영의정의 자리는 잘 지킬 것이오니 전하께옵서는 너무 심려치 마시옵소서."

11월 20일 이최응이 만인지상의 자리에 올랐다. 즉각 이최응의 군저에는 구름처럼 많은 사람들이 몰려 들고 이최응은 기뻐서 어찌 할 줄을 모른다.

운현궁에서도 이최응이 영의정으로 승차된 소식이 전하여 지자 홍선대원군이 탄식하기를,

"으~ 음, 나라꼴이 어찌 되려고 이러는지."

흥선대원군은 깊은 시름에 잠긴다. 그래도 그는 피를 나눈 형님께서 일인지하 만인지상에 올랐는데 문안 인사를 드리는 것은 당연하여 운현궁의 솟을대문을 나선다.

일본의 획책은 여기에서 멈추지 않았다. 동래부사 홍우창이 올린 장계에 의하면,

"11월 16일 오시에 화륜선을 타고 온 일본인 두령 1명이 무장한 58명을 거느리고 초량왜관 문을 박살내고 두문포와 개운포로 향하였습니다. 소관이 관속들을 거느리고 쫓아 가서 그들을 타이르자 왜인들이 발악을 하며 우리들에게 총을 쏘고 칼을 막 휘둘러, 우리 관속 12명이 부상을 입었습니다. 부산 첨사 임백현과 합세하여 그 왜인들을 단속하려고 하자, 그들은 하루 종일 난동을 부린 후 왜관으로 들어갔습니다. 저희들이 왜관으로 따라 가서 일본인 난동을 부린 연유를 추궁코자 하였습니다. 그러자 그들은 조선의 경치가 너무 좋아서 유람을 갔다 온 것이라고 말합니다."

"신 등이 왜인의 난동을 막지 못하였으므로 대죄를 청합니다."

이러한 상소가 조정에 품달된 것은 11월 29일이었다. 이는 일본이 운양호 사건을 계기로 조선 침략의 발판을 마련하는데 우선 초량왜관의 왜인을 동원하여 초장부터 부산, 동래의 기세부터 꺾어 놓자는 계략이었다. 단지 이러한 사실을 경상도관찰사와 조정이 전혀 감지하지 못하고 있는 게 큰 문제였다.

일본의 발 빠른 외교 행보

이 무렵 일본의 태정대신은 외무경, 육군경, 해군경 등을 소집하여 각료회의를 주재한다. 안건은 조선으로 파송할 선보사(先報使)와 주청공사 모리 아리노리(森有札 1847~1889)를 북경으로 급파하는 것이었다.

모리 아리노리는 미국 초대 공사를 역임한 외교 전문가이다. 그의 북경 파견은 청국이 조선과의 종속관계를 다시 한 번 확인하기 위해서였다. 모리 아리모리 공사는 청국의 이홍장과 면담을 하면서 이런저런 환담을 나눈 후 이홍장에게 품신하기를,

"존경하는 북양대신 각하, 우리 일본은 조선의 강화도 부근에서 본국 전함 운양호가 조선으로부터 불의의 포격을 당한 것에 대하여 조선 조정에 배상을 요구하고자 합니다. 또한 그러한 불상사의 재발을 막기 위하여 조선과 조약을 체결하려고 하니 고귀하신 각하의 고견을 경청하고자 하옵니다."

모리 아리노리가 이홍장의 응수를 타진하자, 이홍장이 모리 아리노리 주청 공사에게 말하기를,

"공사, 조선이 우리의 속국임에는 틀림없지만 조선국의 내치와 외교를 포함하여 모든 정무는 스스로 처결하니 이 사람에게 알릴 것이 무에 있겠소."

이홍장은 너털웃음으로 넘겨버린다. 이는 중국이 구태여 조선이 일본과 다투는 외교문제에 개입하지 않겠다는 뜻이고, 청나라의 형편도 조선의 처지를 생각하여 줄 형편도 못되었다. 또한 모리 아리노리 공사는 이홍장도 조선이 일본과 화친하기를 바라는 의향까지 눈치채고 있었으므로 일본은 강력한 무력시위를 결행하고자 하는 것이었다.

이홍장의 태도를 확인한 일본은 부이사관인 히로쓰 히로노부를 이사관에 승진시켜 선보사로 임명하여 조선에 파견하였다. 군함과 수송선으로 부산항에 들어온 선보사는 부산 왜학훈도 현석운의 안내로 동래부에 도착하였다. 얼마 전까지만 하여도 일본의 사신이 조선 정부의 허락없이 동래부로 들어온다는 것은 상상도 못하였다.

동래부사 홍우창은 관속들을 거느리고 동헌에서 히로쓰 히로노부를 맞으면서 말하기를,

"어서 오십시오. 대사, 먼 곳에서 오시느라고 고생하시었소."

"예, 모두가 사또 나리의 은덕입니다."

통상적인 인사를 끝내자 홍우창은 히로쓰 히로노부에게 말하기를,

"대사, 우리 조정은 귀국의 서계를 받기로 하였습니다. 서계를 가지고 오셨으면 이곳 동래부에 봉납하시오. 그럼 제가 바로 조정으로 품신하겠소."

홍우창이 직접 일본국의 서계를 접수하겠다는 뜻으로 말하였다. 그러자 히로쓰 히로노부는 홍우창의 그런 말을 이제는 가소롭게 여기며 홍우창을 예리한 눈으로 쳐다보면서 말하기를,

"부사 나리, 이젠 늦었소. 조선 조정이 우리 일본의 서계를 받고 아니 받고하는 따위에는 이제 아무런 문제가 되지 않는 것이오."

"아니, 거, 무슨 말씀이시오. 서계를 받고 아니 받는 것이 문제가 아니면 그럼 무엇이 문제요?"

"아니, 부사께서는 몰라서 물으시오? 지난 가을에 우리 군함 운양호가 중국 우장으로 가기 위하여 귀국의 연해인 초지진을 지나 갈 때 식수가 떨어져서 물을 찾고 있는데 갑자기 조선군이 발포하지 않았소. 그래서 거기에 대한 배상을 요구하기 위하여 우리 일본에서는 대규모의 전권단을 구성하여 조선으로 건너와서 귀 조정에 배상을 요구할 것이오. 그래서 내가 이렇게 와서 미리 부사또에게 통보하는 것이오."

"거, 무슨 당치 않는 소리요, 강화도에서 일본이 무슨 피해를 입었다고 배상을 요구한단 말이오. 피해로 보면 우리 조선이 강화와 영종진에서 엄청난 피해를 입었는데 대사께서는 무슨 소리를 그렇게 하는 것이오."

"여하튼 나는 선보사로서 부사에게 우리 일본의 특사파견에 대하여 모든 통보할 것이니 부사는 알아서 하시오."

그리고 히로쓰 히로노부는 동래부사에게 계속 말한다.

"우리 특파전권변리대사는 구로다 기요타카가 대관입니다. 부관으로는 이노우에 가오루와 많은 관료와 군함과 함께 3000~4000여 명의 호위 병력을 거

느리고 올 것이니 부사께서는 귀국 조정에 보고토록 하시오."

동래부사는 일본이 3,000~4,000의 병력이라는 말에 깜짝 놀라며 말하기를,

"아니, 대사, 회담하려고 오는데 그렇게 많은 병력을 거느리고 와서 뭘 어찌하겠다는 것이오."

"우리 전권대신은 지금 육군중장과 참의개척장관을 겸직하고 있으니, 그정도의 호위 병력을 대동시키는 것은 고관에 대한 예의요."

그는 또 동래부사가 무엇이라고 말하기 전에 또 무슨 말을 하는데,

"그 전권대사는 조선이 우리와 싸우던 270여 년 전 임진년 때 조선 공격의 선봉을 이끌었던 고니시 유키나가(小西行長 1555~1600)와 양대 산맥을 이룬 가토 기요마사(加藤淸正 1562~1611) 장군의 8대손이오."

"?……?"

히로쓰 히로노부는 자신의 임무를 마치고 돌아가려 하자, 부사가 히로쓰 하로노부에게 정중하게 말하기를,

"대사, 대사께서 이렇게 먼 대해를 건너오셨는데 그냥 가시면 이 부사의 체면이 어떻게 되겠습니까. 우리 동래부에서 지금 대사를 위해 조촐하지만 연회를 준비하였습니다. 잠시 후면 연회가 시작되니 이곳에서 여독을 좀 푸십시오."

홍우창이 히로쓰 히로노부를 연회장으로 데리고 가서 일본 정부의 더 많은 정보를 입수하려고 하였으나, 여기에 넘어올 대사가 아니었다. 그는 정중하게 말하기를,

"부사의 성의는 고마우나 이 사람은 빨리 군함으로 가서 병사들을 지휘하여 속히 본국으로 돌아가야 하오."

그는 자신이 데리고 온 수행원들을 모두 데리고 뒤도 돌아보지도 않고 동래부의 정문을 나선다. 그리고 단정을 이용하여 타고온 군함으로 빠르게 달린다. 동래부사도 지금까지 히로쓰 히로노부와의 회담내용을 상세하게 기록한

장계를 작성하여 날렵한 군관을 시켜 조정으로 품신한다. 물론 일본의 특파전권대사가 가토 기요마사의 8대손이라는 것도 적어 보냈다.

동래부사의 급박한 장계를 받은 조정은 어전회의를 하면서 대책을 마련하지만 그 중 일본군의 병력에 대하여는 동래부사의 장계를 모두 반신반의하였다.

구로다 기요타카의 출병

1875년 12월 14일 일본은 태정대신, 좌대신, 우대신, 내무경, 외무경, 육군경을 비롯하여 고위관원들이 참석하는 거국 내각회의가 열리고 있었다. 내일 조선으로 출병하는 구로다 기요타카의 환송행사도 겸하여 시끌벅적하게 회의가 진행되고 있었다. 이미 강경노선과 온건노선 모두 의견이 일치하였으므로 누가 반대하거나 제론을 제기하는 경우가 없는 회의였다. 오직 조선을 강력하게 압박하는 것이 최우선 논의이면서 구로다 기요타카를 응원하는 형태의 관료회의이다. 태정대신은 내일 출정할 구로다 기요다카에게 훈령을 전달한다.

"대사는 조선이 우리 군함 운양호에 가한 포격에 대하여 배상을 요구하돼 우리의 목적은 오로지 조선과 수교에 있으므로 조선이 우리의 요구를 수용하면 배상으로 간주하고, 만약 조선이 우리 일본의 요구를 거절하면 강력한 군사력으로 대처하고 저들이 응분의 대가를 치른다는 것을 꼭 상기시켜 주시오. 그리고 조선에서 예상외의 일이 발생하면 대사께서 유효적절하게 처리하시오."

훈령을 내렸지만 훈령이라기보다는 구로다 기요타카에게 전권을 위임하고 그를 위문하는 것이나 다름없는 회의였다.

다음날 외무경은 시모노세키(下關)까지 나와 조선으로 출병하는 구로다 기요다카를 환송하기에 이른다.

육군중장 겸 참의개척장관 구로다 기요타카가 특파전권변리대신의 자격으로 수송선 현무호에 승선하였다.

구로다 기요타카는 부관으로는 운양호 사건을 일으킨 이노우에 가오루와 군의 보좌관으로는 육군중좌(陸軍中佐 중령) 가바야마 스케노리(樺山資紀 1837~1922), 해군소좌 가사마 고오순(笠間廣盾)와 그리고 외무권대승 모리야마 시게루, 외무대승 미야모토 쇼이치(宮本小一), 이사관 히로쓰 히로노부 등의 기라성 같은 일본정부의 거물들을 거느리고 출발하였다.

또한 6척의 군함에는 250명의 의장대 병력과 육군, 해군 등의 막강한 전투 병력 550명과 함께 함재대포 8문과 야포, 예포 등의 엄청난 중화학 무기를 갖추고 있었다.

이때 주일 미국공사 빙엄은 일본군이 대규모의 병력을 동원하여 은둔의 나라 조선으로 향할 때 외무경에게 묻기를,

"일본은 어찌하여 조선으로 가는데 그렇게 많은 병력과 함포를 거느리고 가는 것이오?"

단번에 외무경은 빙엄을 무시하며 말하기를,

"야, 이놈아, 너희 미국의 매슈 페리 제독이 우리 일본을 개항하였을 때와 똑같은 방법으로 조선을 개항하는 것이다. 그러니 네놈들은 남의 나라 일에 간섭치 마라!"

그 말은 후일 모든 외교관들의 유명한 수사로 남게 되기도 하였다.

구로다 기요타카가 거느린 군함이 시커먼 연기를 내뿜으며 현해탄과 대마도를 지나 부산에 입항하였다. 부산에는 이미 일본의 군함 봉상호와 만주환이 부산에서 거류민 보호의 목적을 구실삼아 시위를 하고 있는 중이었다. 그 두 척의 군함이 구로다 기요타카와 합세를 하니, 부산 앞바다는 온통 일본 군함의 천지가 되고 말았다.

그리고 8척의 군함은 구로다 기요타가에게 해상에서 군례를 올린 후 바로 그들은 군사훈련이라는 명분으로 어마어마한 대포를 쏘아 댄다.

"쾅~ 쾅."

천지가 진동하는 포성이 울리면서 부산은 삽시간에 전쟁의 공포로 변했다. 상인들은 상가를 철시하고 모두 귀가하였으며, 사대부를 포함하여 부유층은 한양 및 안전지대로 피난을 가느라 정신이 없었다. 이에 아랑곳 하지 않고 구로다 기요타가는 계속 일본군들을 지휘하며 무지막지하게 대포를 쏘아댄다.

동래부사 홍우창이 조정에서 파견된 문정관 오경석과 훈도와 별차를 비롯하여 관속들을 거느리고 일본군의 문정에 나선다. 일본군의 막강한 군함에 비해 부사가 탄 목선은 누가 보아도 너무 초라해 보였다. 오히려 히로쓰 히로노부가 동래부사를 맞으니 애초부터 주객이 바뀌었다. 동래부사가 이사관에게 말하기를,

"이보시오, 당장 포 사격을 멈추시오!"

"우리 일본군은 지금 훈련을 하고 있소. 훈련 중에는 그 어떠한 일이 있어도 포 사격을 멈출 수는 없는 것이니 부사께서는 신경쓰지 않아도 될 것이오."

그야말로 이사관의 말은 적반하장이었다. 동래부사가 계속 이사관에게 말하기를,

"이보시오, 여기는 우리 조선 땅이오. 남의 나라에 와서 이 무슨 행패요?"

동래부사가 일본군의 포사격 중지를 요청하였지만 아무런 효과가 없었다.

"쏴라!"

"쾅~ 쾅."

그들은 더욱 맹렬한 대포사격으로 부산과 동래부를 완전하게 공포의 바다로 만든다. 계속해서 동래부사가 항의를 하였지만 그들은 훈련이 끝나고서 곧장 부사에게 말하기를,

"지난번에 통보한 대로 우리 일본국 특파전권변리대사가 강화부로 가서 귀국의 전권대신과 회담할 것인데, 만약 귀국의 대신이 나와서 영접하지 않으면 우리는 바로 한양으로 진입할 것이오. 그러나 마침 풍랑이 심하고 파도가

사나우므로 강화부에 도착하려면 7~8일 후가 될 것이오."

아주 위협적으로 말하는 이사관은 더 이상 동래부사를 상대하여 주지도 않고 바로 돌아서 버린다. 그리고 부사 일행이 돌아가기도 전 히로쓰 히로노부 이사관은 본국의 육군경에게 2개 대대 병력의 증파를 요구한다.

일본국에서는 바로 육군경이 태정대신에게 품신하자 그가 육군경에게 지시하기를,

"육군경은 지금 즉시 시모노세키에서 히로시마(廣島)와 구마모또(熊本)에 있는 두 진영에 병력을 통제하여 언제든지 조선으로 증원군을 파송할 준비를 하라!"

준엄한 태정대신의 지시를 하달받은 육군경은 휘하 참모들을 거느리고 시모노세키로 향한 후 바로 조선을 정벌할 것 같은 위압감으로 쾌속선을 이용하여 이동한다.

일본군의 병력 증파까지 전해 들은 동래부사는 허겁지겁 동래부로 와서 부산 첨사와 경상도 관찰사에게 급보를 넣어 그들과 함께 대책을 마련한다. 또한 동래부사는 시급히 장계를 작성하여 조정으로 파발마를 빠르게 달리게 한다.

붉은 깃발을 맨 전령은 훈련도감의 포수 김춘영(金春永 1844~1885)이다. 그는 오경석이 동래부에 역관으로 파견될 때 그를 호위하며 이곳 동래부로 파견 나온 것이었다.

김춘영은 훈련도감의 군졸인 아버지 김장손(金長孫 1820~1882)과 어머니 서씨 사이에서 장남으로 왕십리에서 태어났고 14년 전부터 아버지와 같은 소속인 훈련도감의 포병으로 근무하고 있었다.

김춘영은 평소에도 과묵하고 충직하여 훈련대장도 신임하고 있는 뛰어난 포수병이었다. 김춘영은 사생결단으로 말을 달리고 또 달려서 다음날 승석 무렵에 도성에 당도하여 곧장 병부로 달려가서 동래부사의 급박한 장계를 올린다. 동래부사가 올린 장계의 출발시점이 어제라는 것을 확인한 병부에서도

깜짝 놀라 김춘영을 치하, 격려하였다. 김춘영은 훈련도감으로 바로 복귀하였다.

동래부에서 장계가 올라온 후 도성의 민심은 매우 흉흉하여 벌써부터 소문은 걷잡을 수 없게 될 뿐만 아니라 피난을 가는 행렬도 보였다. 옛날 임진년처럼 전쟁이 날 것 같은 분위기로 상인들은 상가를 철시하고 일찍 귀가를 서두르기도 할뿐더러 모든 백성들은 일본군의 도성 입성에 촉각을 곤두세우고 있었다.

운현궁의 폭소

한편 운현궁에서는 얼마 전까지 영의정을 역임하다가 판돈령부사로 물러난 홍순목을 비롯하여 홍선대원군의 측근들과 심복들이 모였다. 홍선대원군은 중전의 개항정책을 맹렬히 비판하며 앞으로의 대책을 논의하고 있었다. 그는 먼저 지필묵을 준비하여 개항의 부당성을 강렬하게 성토하여 소를 작성하여 홍순목에게 주면서 말한다.

"영상, 이 상소를 꼭 주상께 품신하여 주시오."

"예, 국태공 저하, 삼가 분부를 받들겠나이다."

홍순목은 의정부 관원을 시켜 홍선대원군의 상소를 승정원으로 올리라고 엄히 지시한다.

비장한 각오로 상소문을 올린 홍선대원군은 운현궁을 내방한 방문객들을 위하여 조촐하지만 주안상을 마련하여 대접한다.

그리고 분위기를 바꾸어 이런저런 이야기를 하면서 시름을 덜고자 친히 내객들에게 술잔을 부어 주며 그들을 위로하고 격려하였다. 모두가 끈 떨어진 사람들이 아닌가. 천, 하, 장, 안에게도 친히 잔을 부어 주며 위로한다. 또한 이번에 전권사신으로 올 구로다 기요타가와 부관 이노우에 가오루를 비롯하여 일본의 군사력과 왜놈들을 성토하기도 하였다. 그러던 중 몇 순의 잔이 돌아

가자 흥선대원군은 이문영이라는 옛 부하에게도 잔을 부어 준 후 그를 쳐다 보는데 흥선대원군의 얼굴에는 이상한 웃음이 흐른다. 그런데 그 웃음이 아리송하게도 교묘한 웃음이니 좌중은 모두 흥선대원군과 이문영을 향하게 되었다. 영문을 모르는 좌중은 물론이고 이문영으로서도 그저 황당할 뿐이다. 이문영이 황공하여 흥선대원군에게 아뢰기를,

"국태공 저하, 소인이 뭘 잘못이라도……."

이문영의 말도 채 듣기 전 흥선대원군은 고개를 절레절레 흔들면서,

"아니, 아니, 아니야."

그러면서도 흥선대원군은 이문영을 쳐다보면서 계속 아리송한 웃음을 짓자 홍순목을 비롯한 좌중에서는 폭소가 터진다. 분명하게 보이는 것은 흥선대원군이 화가 나서 이문영을 대하는 것은 아니었다. 평소에도 흥선대원군은 가끔 농을 잘하여 사람들의 배꼽을 잡게 하는 일이 많았으니 이러한 흥선대원군을 바라 보는 이문영은 흥선대원군이 무엇을 묻기도 전 스스로 머리를 긁으며,

"국태공 저하, 황공하옵나이다."

"아니, 이 사람아, 자네가 황공할 게 무에 있는가!"

이문영을 계속 바라보면서 웃음을 짓자 보다 못한 홍순목이 나서면서 흥선대원군에게 아뢰기를,

"국태공 저하, 이 주부에게 무슨 하실 말씀이라도……."

말끝을 흐린다. 홍순목의 중재에도 한동안 이문영만을 바라보고 있던 흥선대원군이 그에게 말하기를,

"자네는 이번에 전권사신으로 오는 구로다 기요타가라는 놈이 임진왜란 때 조선 공격에 선봉을 맡았던 가토 기요마사의 8대손이라고 하는데, 자네는 민족의 영웅인 이순신(李舜臣 1545~1898) 장군의 8대손으로 저 왜놈들을 격퇴할 계책이 있는가!"

"예, 국태공 저하, 여부가 있겠습니까, 저 왜놈들을 격퇴할 계책은 충분하옵니다."

이문영이 아뢰자 그 소리가 홍선대원군에게는 자신만만한 소리로 들렸다. 이에 홍선대원군은 두 주먹을 불끈 쥐며 힘이 나서 이문영에게 말하기를,

"옳거니, 그래 이 주부, 어떻게 하면 저 왜놈들을 격퇴할 수 있는지 이 주부의 비책을 소상히 말해 보아라!"

"예, 국태공 저하, 소인은 그냥 가만히 있으면 왜놈들이 물러갑니다."

"뭐, 가만히 있으면 왜놈들이 물러간다고, 그래 어찌하여 자네가 가만히 있으면 저절로 왜놈들이 물러간다는 것인가?"

홍선대원군은 힘빠지게 말한다. 뭐 그렇다고 홍선대원군이 이문영을 믿고 그러한 말을 한 것은 아니었다. 그는 배짱도 약하고 대쪽 같은 성품도 아니며 서생에 불과할뿐더러 외양도 누구에게나 믿음이 가는 것은 더욱 아니었다. 다만 이 충무공의 후예이므로 홍선대원군이 물어 본 것뿐이다. 그러한 이문영이 이윽고 말문을 연다. 그것도 가만히 있으면 일본군이 물러간다는 비책의 말이다.

"예, 국태공 저하, 이 충무공의 8대손인 소인이 이렇게 형편없는데, 가토 기요마사의 8대손인 구로다 기요타카라는 놈인들 뭐 별 수 있겠습니까. 아마 그 놈은 소인 보다 더 형편없는 놈 같은데 제깟 놈이 뭘 어찌하겠습니까. 그냥 내버려 두면 제풀에 지쳐서 도망갈 놈입니다."

운현궁 내실에 모인 문객들은 모두 모처럼 한바탕 폭소를 터트리고 말았다.

강화도의 포성

구로다 기요타카는 부산에서 엄청난 무력시위로 부산과 동래부의 전열을 꺾어 놓은 후, 2척의 군함은 부산에 남겨 두고 6척의 군함을 이끌고 서해안을 따라 서서히 북상하였다.

해가 바뀌어 1876년 1월 2일에는 구로다 기요타카가 이끄는 군함이 남양만에 진입하고 있었다. 그곳 부사 강윤(姜潤)이 관속을 거느리고 문정을 나가면서 조정에 급보를 올렸다.

다음날에는 구로다 기요타카가 강화도로 진입하면서 포를 쏘아대기 시작하였다. 엄청난 화력으로 포를 쏘아대니 포성 소리에 놀란 강화부의 백성들은 공포에 떨기 시작하였다. 특히 부녀자들은 일찌감치 집이나 안전한 곳으로 피신하였고 강화에는 바깥에 나다니는 백성이라고는 보이지 않는다. 또한 소문은 금방 퍼지고 퍼져 난리가 났다고 하기도 하고 한양에까지 소문은 빠르게 퍼지고 있었다.

"벌써, 강화도는 왜놈들에게 함락되었다지."

"곧, 왜놈들이 도성으로도 쳐들어 온다네."

"도대체 조정에서는 왜놈을 물리치지 않고 뭘 하고 있는지 나 원 참."

"아니, 이 사람아, 조정에서 뭔 힘이 있다고 왜놈들을 물리치겠는가?"

"그럼 나는 어찌하나 과년한 딸들이 넷인데, 왜놈들이 쳐들어 오면 네 딸들은 위험하지 않을까?"

"그러게 이 사람아, 왜 여태 시집보내지 않고 그 고생을 사서 하는 것인가!"

"딸들도 걱정이지만 우리 마누라도 걱정이네."

"아니, 자네, 부인은 왜 또 걱정인가?"

"아이고, 이 사람아, 그걸 몰라서 하는 소리인가. 우리 마누라는 아직 누가 보아도 탱탱한 처녀로 보이니 하는 말이 아닌가?"

"어~ 허, 이 사람이 이제 정신이 완전히 어떻게 되었구먼, 그래 자식을 여섯이나 낳은 자네 부인이 처녀 같다고……?"

강화 유수 조병식이 판관 박제근과 조정에서 급파된 문정관 오경석 등과 함께 관속들을 거느리고 문정 나간다. 오히려 일본군은 조선의 관원이 당도하자 더 포를 쏘면서 강화부를 공포로 몰아넣는다.

그러나 오경석은 차분하게 일본의 관원들을 설득하여 조선 조정의 허락 없이 일본군이 강화부를 비롯하여 조선 땅 어디에도 상륙하는 것은 오랫동안 이웃으로 지내온 도리가 아니라고 강조하면서 일본군의 상륙을 저지시킨 실제 장본인이다.

그리고 부사는 지금 일본군의 동태와 급박한 상황을 알리는 파발을 수시로 조정에 띄운다. 파발마가 계속 도성과 강화부를 비롯하여 여러 곳에서 한양으로 달려오자 더구나 불안한 백성들은 크게 동요하고 있었다. 한성부에서 주요 곳곳에 방을 붙여 백성들을 안심시키고자 하였으나, 별 효과를 보지 못하였다.

조정은 1월 5일 삼공육경을 비롯하여 중요 대신들이 모두 중희당에 모여 어전회의를 열고 있었다. 바로 일본군이 도성으로 공격하여 올 것 같은 불안한 분위기에서 중희당에서는 중신들의 갑론을박, 설왕설래로 시끌벅적하고 있었다.

"왜놈들과 화친을 할 수는 없소이다."

"그럼 어찌하자는 것이오?"

"어쩌긴 뭘 어쩌겠소. 끝까지 왜놈들과 싸워야지."

"어떻게 무엇으로, 왜놈들과 맞선단 말이오."

"병법에도 있소이다. 아군의 형세가 유리하지 못하면 우선 화친을 도모하는 것도 최선이라고 하였소."

시끌벅적하면서 중신회의를 결론내지 못하고 있을 때 우선 고종이 좌의정 김병국에게 하문한다.

"이보시오 좌상, 이번에 오는 전권대사가 일본의 육군중장이라고 하는데, 그 직급은 지금 우리 조정의 어느 정도의 직급에 해당되는 것이오?"

"예, 전하, 일본의 육군중장은 우리의 어영대장이나 금위대장의 직급보다는 높지 않을 것이옵니다."

"그럼 우리 조정에서는 어느 대감이 일본의 사신을 접견하여야 적임이겠소?"

고종이 조정 중신들의 의향을 살폈지만, 실제 외국과의 조약이나 통상, 수호는 겨우 청나라를 왕래하는 경우가 전부인 조선으로서는 적임자가 없는 것은 당연하였다. 청나라를 상대한 외교도 외교라기보다는 속국의 신하가 상국의 황제께 문안을 드리는 정도의 수준으로 그들과 협상을 한 것은 한 번도 없었다. 또한 일본과는 벌써 10년 가까이 수호를 하지 않았으므로 조정으로서는 전혀 대책이 없는 가운데 일본과의 수교를 눈앞에 두게 되었다.

그나마 조정에서는 박규수가 유일하게 개화에 눈을 뜨고 있었고 청나라에 수차례 다녀오면서 기울어 가는 청나라의 실정도 탐지하였으며, 신흥강국으로 부상한 일본의 정세를 현재 조정에서는 가장 정확하게 꿰뚫어 보고 있는 신하였다. 중신들이 사신의 선임을 놓고 갑론을박, 설왕설래하면서 의견이 분주할 때 박규수가 고종에게 아뢰기를,

"전하, 아뢰옵기 황공하오나 신에게 일본사신을 접견하는 중책을 위임하여 주시면 신이 목숨을 버려서라도 전하의 성지를 받들겠나이다."

"경이 말이오?"

"예, 전하, 아뢰옵기 황공하오나 일본과의 회담은 조선의 문호를 개방하는 중차대한 일이므로, 우리 조선은 자주개국의 자세로 일본과 협상을 하여야 될 것이옵니다. 그래서……."

박규수의 말이 채 끝나기도 전, 단번에 이최응이 박규수의 주청에 반박하며 고종에게 아뢴다.

"전하, 자주개국이라니요, 아니 되옵나이다. 어찌 우리가 왜놈 따위와 통상을 하는데 중신의 입에서 자주개국이라는 말이 나옵니까? 또한 우리 조정에서 정승을 지낸 고관을 접견사신으로 보내는 것은 나라의 체모를 손상시키는 것이옵나이다. 전하, 통촉하여 주시옵소서."

고종은 단번에 박규수의 간청을 무시하고 이최응의 주청을 간압한 것이다. 사실 고종으로서는 일본과의 수교를 대수롭게 여기지 않고 있었고, 뭣보다 골머리 아픈 박규수의 개화와 개국의 주청을 외면하고 싶었던 것이었다. 또한 고종에게 충언을 하는 신하가 없었으니 고종으로서는 외교의 중요함도 모르고 있었던 것도 사실이었다. 그저 그냥 일본이 빨리 협상을 끝내고 물러 가기만을 바라고 있었다. 어찌 이것이 어전회의란 말이던가. 조정의 유일한 개화 선구자 박규수는 결국 분루를 삼키고 말았다.

"그럼 누가 적임이겠소?"

"예, 전하, 일본의 육군 중장의 직급에 맞는 어영대장이 적임일 것이옵고, 또한 어영대장은 강화유수로 재직한 바 있었으므로 무난할 것이옵니다."

"어영대장 신헌 대감을 판중추부사로 승차하여 접견대관으로 삼고, 오위도총부 부총관, 윤자승(尹滋承 1815~?)을 접견부관으로 임명할 것이니 일본의 사신을 접견하시오."

어명과 함께 일본의 사신을 접견할 인선을 마무리하였다. 그리고 예조와 사역원에서는 이번 일본과의 회담의 통역에는 오경석을 당상 역관에 임명하였다.

신헌과 윤자승은 오경석을 비롯하여 관원들을 거느리고 일본 사신을 맞이하기 위하여 강화부로 가서 그곳에서 일본과의 회담을 준비하고 있었다.

그리고 조정의 군사적 대책은 어영중군 양주태와 금위중군 신숙에게 각각 훈국보군과 금영보군 및 표하군 등 230여 명을 거느리고 행주목과 염창목을 방비케 하였다.

열흘 뒤 조정은 조희복을 총융사로 삼아 표하군, 광주 별파진과 각도의 포수병 등 840여 명의 군졸을 차출하여 양화진을 방비케 하였다. 이는 만약에 협상이 결렬되면 일본군의 도성 진입을 저지하여 보겠다는 것으로 병조판서의 주청으로 급히 군사를 징발한 것이었다.

그러나 조선군은 경계에서부터 어려움을 겪고 있었다. 녹슨 화승총과 창검으로는 최신식으로 무장한 일본군의 상대는 아예 안 되었다. 거기에다 눈보라가 몰아치는 혹한에 야영을 하면서 군량과 군수품의 보급조차 제때 이루어지지 못하고 있었다.

포성 속의 제1차 회담

강화 갑곶진에 상륙한 구로다 기요타카는 회담 전부터 무력시위에 들어간다. 군함은 물론 수송선까지 대포를 그려 넣고 색칠로 위장한 후 함포를 마구 쏘아댄다. 또다시 강화 해협은 일본군의 함포사격으로 천지가 진동하고 백성들이 놀라 동요하고 있었다. 이에 신헌이 구로다 기요타카에게 강한 불만의 소리로 말한다.

"장군, 무엇 때문에 또 포를 쏘아 백성들을 놀라게 하는 것이오. 당장 포 사격을 멈추시오."

"대감, 지금 우리 일본군이 쏘는 포는 전투용 포가 아니오. 조선의 고관이 왕림하셨기에 대감을 맞이하기 위하여 축하의 예포를 쏘는 것이오."

구로다 기요타카는 우선 예포의 사격을 멈추게 하여 놓고 때를 놓치지 않고 신헌에게 위협적으로 말한다.

"대감, 우리 일본군의 병력은 4,000명이오. 그 중 400명은 의장대인데, 그들을 한양으로 진입시켜 조선과 일본은 영원한 동맹국이라는 것을 백성들에게 보여 주는 것이 어떻겠소?"

신헌은 화들짝 놀라지만 단호하게 말한다.

"일본군의 도성 입성은 어떠한 일이 있어도 안 될뿐더러 회담 장소 이외의 어느 곳에도 일본 군대를 주둔시킬 수 없는 것이오. 또한 이곳 회담장소에 배치된 400명 이외에는 단 한명도 상륙할 순 없소."

그러자 구로다 기요타카는 태도를 바꾸어 신헌에게 머리를 숙이며 예의 바르게 말한다.

"대감, 대감의 대쪽 같은 성품은 익히 들었사옵니다. 대감께서 그렇게 말씀하시니 우리 일본군은 대감의 의향대로 정해진 곳과 회담에 필요한 경비 병력만 배치하고 잔여 모든 병력은 함선에서 대기하겠습니다."

"고맙소, 장군."

그렇게 하여 구로다 기요타카는 일본군의 병력이 4,000명이라는 것을 조선측에 인지시켰을 뿐더러 충분한 성과를 회담 전부터 거두고 있었다.

반면 신헌은 일본군의 의장대가 무엇을 하는 부대인지도 모르고, 그냥 일본측이 의장대라고 하니 그 무슨 막강한 특전사로 보고 있었고, 자신이 구로다 기요타카를 잘 설득하여 일본군의 대 병력을 강화도 상륙과 도성 진입을 저지하였다고 자부하면서 회담이 진행되기 시작하였다.

1월 17일부터 강화부 연무당에는 최신식 장총으로 무장하고 대검까지 착검한 일본군들과, 낡은 화승총을 들고 있는 조선군들이 일본군의 압도에 밀려 경계를 서고 있었다.

"쾅~ 쾅."

포성이 또 울리자 회담에 임한 조선 측 관료들이 기겁을 하고 신헌이 분노하여 또 구로다 기요타카에게 항의한다.

"장군, 왜 또 포를 쏘는 것이오. 이렇게 무엄할 수 있단 말이오."

"대감, 지금의 포는 우리 일본국의 기원절을 기념하기 위하여 군사들이 이 사람의 명령 없이도 축하의 예포를 쏘게끔 되어 있소. 예포는 그 누구도 멈추게 할 수는 없으며 오로지 천황폐하께서만 예포의 사격을 멈추게 할 수 있을 뿐이오. 그러니 대감께서는 너무 노여워하지 마십시오. 병사들이 축하의 행사가 끝나면 자동으로 멈추게 되어 있소."

그래도 신헌이 큰소리로 말한다.

"이보시오 장군, 여기는 조선 땅이오. 그러니 당장 예포의 사격을 멈추시오.

우리야 모두 알지만 백성들이 얼마나 놀라겠소."

신헌이 분노하는 목소리로 구로다 기요타카에게 항의하지만 포성은 계속 울린다. 이에 구로다 기요타카도 조금도 위축되지 않고 험악한 얼굴로 신헌에게 말한다.

"이보시오 대감, 여기가 아무리 조선 땅이라고 하여도 천황폐하의 명으로 쏘는 예포의 사격은 이 사람이라도 어찌 할 수는 없는 것이오."

구로다 기요타카의 위압감에 신헌은 이렇다 할 목소리를 내지 못한다. 드디어 일본군의 예포사격은 멈추면서 회담 장소에는 일본측, 조선측이 모두 좌정하게 되었다.

사역원 당상으로 임시 임명된 오경석이 양국의 회담 개시를 알리는 힘찬 목소리가 회담장을 울리면서 드디어 조선과 일본의 역사적인 회담이 시작되었다. 구로다 기요타카는 불문곡직 신헌에게 말한다.

"우리 배 운양함이 작년에 중국 우장으로 향하던 중 귀국의 영해를 지나가게 되자 귀국의 수비대가 포격하였다. 이것을 어찌 교린국의 예의라 할 수 있겠는가?"

"불법적인 월경을 금하는 문제는 예기에도 실려 있는 일이다. 지난 해 가을에 온 배는 어느 나라 배이며 무슨 일로 왔는지 사전에 전혀 통고하지 않았고, 우리 수군의 요새지로 곧장 들어왔기 때문에 연안을 방비하고 있는 수비대가 발포한 것은 당연한 처사다."

"무슨 소리요, 우리 운양호가 귀국의 영해를 통과할 때 돛 3개에 모두 우리 일본의 국기를 달아 우리의 배라는 것을 확실하게 표시하였는데 어찌 몰랐다고 잡아떼는가?"

"그 때의 선기는 모두 황색 깃발이어서 타국의 배로 오인한 것 때문이다. 설령 그것이 귀국의 국기라 하여도 수비병이 모를 수 있지 않겠는가?"

궁색한 변명에 구로다 기요타카가 공세로 나오면서,

"우리나라의 깃발이 무슨 색깔이라고 분명하게 통고하였는데, 무엇 때문에 연해 곳곳에 주의시키지 않았는가!"

"보통 일에 강정한 것이 없으므로 또한 자세하게 주의시키지 못하였다. 그 때 영종진 일체를 짓부수고 군수 물자를 탈취하여 간 것은 교린의 예가 아니다. 그러므로 득실을 살펴서 따지기 바란다. 이번만은 동래부를 통하여 먼저 통고하였으므로 빈례로 대하는 것이니 양해하기 바란다. 기타 표류선 같은데 이르러서도 정의와 인정으로 후대한 것이 우리 정부인데 어찌 귀국의 군함을 고의로 포격하겠는가!"

신헌은 영종진을 들먹이며 오히려 구로다 기요타카를 압박하자, 그는 슬쩍 화제를 바꾸어 말하기를,

"이번 사신으로 온 일에 대하여 양국 대신이 화합과 강정만 하면 그 일의 가부를 귀하가 전결할 수 있는가?"

"귀하는 명령을 받들어 먼 곳에서 왔기 때문에 일일이 아뢰어 시행할 수 없으므로 전권의 직책을 위임받고 왔지만, 우리는 국내이므로 전권의 명칭도 없다. 더욱이 경기도의 연해에 위치하고 있으니 문제가 되지 않는다. 단 접견의 의무를 맡아 일에 따라 품달한 후 처분을 기다리는 것이다."

대답이 궁색해진 신헌이 모든 결정을 조정으로 미루자 구로다 기요타가가 신헌에게 말하기를,

"지난 번 히로쓰 히로노부를 통하여 우리나라 전권대신을 보낸다고 통보하였는데 그 통보를 받고 귀하가 이미 접견하게 되었는데도 어찌하여 전결할 수 없다고 말하는가?"

신헌을 압박하여서라도 이곳에서 일본의 요구를 결정할 것으로 나오자 신헌이 구로다 기요타카에게 말하기를,

"우리나라에는 본래 전권의 임명이 없고 또 무슨 사건인지 알지도 못하는 터에 어찌 미리 결론지우고 오겠는가."

신헌은 계속 조정의 품신을 따르겠다고 주장하자, 구로다 기요타카는 다시 이야기를 바꾸면서 말하기를,

"그럼 귀국은 무엇 때문에 우리의 서계를 계속 거절하였는가?"

"거기에는 많은 곡절이 있다. 8년 전 귀국인 하찌노헤가 중국 신문에 발표하기를, 귀국이 군대를 동원하여 우리를 공격한다는 기사를 보도하였다. 그래서 우리는 국방의 방비를 할 뿐만아니라 그래서 귀국의 서계도 거절하여왔다."

신헌은 조선이 일본의 서계를 받지 않았던 것을 일본에 떠넘기려고 하자, 산전수전 다 겪은 구로다 기요타카가 말하기를,

"그 때의 사실은 진위를 가려 우리나라에 탐문해 왔으므로 진실이 아니라고 분명하게 통보하였는데 그것을 지금까지 의심하고 있단 말인가?"

"이미 각국 신문에도 보도된 것이므로 우리 정부는 지금까지 의심하여 왔다. 앞으로는 어떠한 의심스러운 일이 발생하여도 서로 왕래하여 의심을 푸는 것이 좋을 것이다."

"그래 그것은 좋고 지난 번 서로 버티던 일과 연전에 서계를 받지 않았던 일은 진정으로 뉘우치고 있는가!"

구로다 기요타카는 다시 서계 문제로 조선을 힐책하자, 신헌은 계속 응수하여 말하기를,

"여러 말할 것 없이 전날의 일은 모두 얼음 풀리듯이 의심이 풀렸는데 다시 무엇을 말하겠는가?"

신헌은 오로지 구로다 기요타가의 공세를 피하겠다는 의지뿐이다. 이 와중에 시간은 많이 흘러 벌써 저녁이 되고 있었다. 구로다 기요타카가 신헌에게 말하기를,

"이렇게 이야기해서는 끝나지 않겠다. 운양호가 우리 군함인 것을 알고 포격하였는데 그때에 포격한 수비병은 어찌 할 것인가?"

"그것은 알고서 고의로 한 것이 아니므로 그들에게는 불문에 붙이는 일이고 귀국은 거기까지 알 필요가 없지 않는가?"

"오늘은 이미 늦어서 다 말할 수 없으나 대체로 양국이 조약을 강정하여 영구히 시행하기로 한 후에 상호조약을 체결함이 좋을 것이다."

그렇게 하여 일단 양국의 제1차 회담은 그렇게 끝났다.

구로다 기요타카를 녹이는 조선의 기생 옥분이

신헌은 오경석에게 지시하여 일본 사신들에게 우리가 미리 간단하게나마 다과를 준비하였으니 좀 드시라고 권유하였다. 그러나 일본이 거절을 하자 오경석이 신헌을 대신하여 재차 구로다 기요타카에게 말하기를,

"장군! 이미 준비한 음식들이니 우리들의 성의를 보아서라도 받아 주셨으면 하옵니다."

"어~ 허, 귀국에서 이렇게까지 권하시는데 거절하는 것도 교린국의 예의가 아니오."

결국 구로다 기요타카는 수행원들을 거느리고 조선이 베푼 연회에 참석하게 되었다.

연회장에는 조선 기생들이 한복을 곱게 차려 입고 일본과 조선의 사신을 맞이하느라고 여념이 없었고 악공들은 풍악을 울리며 흥을 돋구고 있었다.

연회장에는 잘 차려진 술상과 함께 살을 애는듯한 추위를 녹일 조선의 전통주 인삼주가 구로다 기요타카와 일본 사신들을 대접하기 위하여 기다리고 있었다.

신헌과 윤자승은 오경석을 통역으로 대동시키고 구로다 기요타카와 그 수행원들에게 연신 인삼주를 권하자 그들은 연거푸 마시면서 기뻐하고 있었다. 취기가 오른 구로다 기요타카도 신헌과 윤자승, 오경석 등에게도 잔을 권하며 회담 때와는 사뭇 다른 분위기였다.

이때 매끈한 몸매와 젊고 아름다운 기생이 생글생글 눈웃음을 지으며 구로 다 기요타카에게 다가가서 말하기를,

"장군, 소녀는 옥분이라고 합니다. 소녀가 장군께 한 잔 권해 올릴 수 있는 광영을 주시옵소서."

기생의 촉촉한 입술과 간드러지는 교태를 쳐다보는 구로다 기요타카는 단 번에 그 기생의 애교와 교태에 정신을 잃는다.

"좋소. 한 잔 따라 보시오."

연거푸 옥분이가 따라주는 술잔을 비운 구로다 기요타카는 취기가 더욱 물 씬 오르더니 엉큼한 눈으로 옥분이를 바라 보면서 말하기를,

"낭자도 한잔 하시오."

옥분이에게 술잔을 권한 구로다 기요타카의 양손이 은근슬쩍 옥분이의 젖 무덤과 엉덩이를 스친다.

빠른 뇌리를 스친 옥분이는 구로다 기요타카의 술잔을 받자마자 바로 들이 킨 후 구로다 기요타카에게 다가가서 그의 허리를 껴안고 입을 맞추며 자신 의 입안에 있는 술을 구로다 기요타카에게 먹인다.

옥분이의 향긋한 체취가 구로다 기요타카의 몸속으로 파고들자 순식간에 욕정이 달구어진 구로다 기요타카는 연거푸 옥분이와 잔을 주고 받으며 기뻐 하고 있었다.

조선, 일본의 다른 사신들도 기생들의 간드러진 웃음과 악공들의 풍악소리 에 흥겨워하는 중에 일본 사신을 접견하는 연회는 그렇게 끝이 나고 모두 숙 소로 돌아가게 되었다.

얼큰하게 취기가 오른 구로다 기요타카는 숙소에 들어와서 뭔가 아쉬워하 고 있을 무렵이었는데, 잠시 후 구로다 기요타카와 합석하였던 옥분이가 옷 단장과 분단장을 새롭게 하고 구로다 기요타카의 숙소로 들어왔다. 옥분이가 구로다 기요타카의 숙소에 들어오자 그의 숙소는 조선 여인의 그윽한 향으로

벌써부터 구로다 기요타카를 몹시 흥분시키고 있었다.

연회장에서부터 욕정을 참지 못하였던 구로다 기요타카는 옥분이와 눈인 사만 간단하게 나누고 바로 옥분이의 허리를 껴안고 그녀의 도톰한 입술에 자신의 입술을 포개고 엉덩이를 톡톡 두들기고 젖무덤을 휘저으며 모처럼 조선 여인의 향긋한 체취를 느끼기 시작한다.

구로다 기요타카의 엉큼하게 갈망하는 눈빛을 본 옥분이는 갖은 아양과 교태로 구로다 기요타카를 유혹하면서 그의 욕정을 부채질하고 있었다. 몹시 흥분한 구로다 기요타카는,

"오~, 옥분이. 이렇게 아름답고 향긋할 수 있단 말인가, 이렇게 어여쁜 옥분이를 그냥 두는 것도 예의가 아니지."

몹시 흥분한 구로다 기요타카는 옥분이를 번쩍 앉고 비단 금침 위에 눕힌다. 그리고 그는 신음을 내면서 옥분이의 옷을 벗기고 침을 질질 흘린다.

막상 옥분이도 알몸이 되자 몹시 부끄러운 듯 수줍어 한다. 구로다 기요타카는 수줍어 하는 옥분이의 몸을 으스러지게 껴안고 그녀의 온몸을 파고들면서 옥분이의 촉촉한 입술에 입을 맞추자 옥분이는 살포시 눈을 감고 구로다 기요타카에게 혀를 맡기며 그의 넓은 등을 꼭 껴 앉는다.

구로다 기요타카는 옥분이의 온몸을 뜨겁게 애무하자 옥분이도 부쩍 달아오른 몸으로 그 둘은 누가 먼저랄 것도 없이 자연스럽게 하나가 되었다.

구로다 기요타카를 받아 들인 옥분이도 숨을 헐떡거리며 그와 함께 뜨거운 사랑을 나눈다. 한동안의 사랑이 끝나고 서로 마주보며 꼭 껴안고 있는 그 두 남녀는 서로 흡족한 얼굴이었다.

실오라기 하나 걸치지 않고 누워있는 옥분이를 구로다 기요타가가 또 엉큼한 눈으로 쳐다 보자 옥분이는 뭔가를 갈망하는 눈웃음으로 구로다 기요타가를 유혹한다. 그리고 옥분이의 예쁜 손이 구로다 기요타카의 사타구니를 파고들면서 더욱 그를 유혹한다.

옥분이의 유혹에 구로다 기요타카는 신음을 내며 또 흥분하기 시작하자, 옥분이가 구로다 기요타카를 꼭 껴안으며 애틋한 눈빛으로 바라본다. 옥분이가 구로다 기요다카의 온몸을 애무하며 또 가쁜 숨을 몰아 쉬자 구로다 기요타카도 몹시 흥분하여 씩씩거리며 옥분이의 개미같은 허리를 꼭 껴안고 신음소리를 낸다.

구로다 기요타카의 몸 위에서 옥분이는 그와 입술을 포개며 애틋한 얼굴로 그의 욕정을 돋군다. 옥분이는 구로다 기요타카를 자신의 몸속 깊이 받아 들이며 침실이 울리도록 몸부림을 치자 구로다 기요타카는 이성을 잃고 만다.

옥분이는 구로다 기요타카를 거칠게 다루기도 하고 또는 포근하게 다루면서 그를 완전한 포로로 만들고 있었다. 또 한바탕의 밀물, 썰물이 지나가자 두 남녀가 금침으로 떨어지는데 구로다 기요타카의 얼굴은 기쁨과 환희로 가득하면서 그는 피로에 곯아 바로 떨어진다. 다음날 구로다 기요타카가 눈을 뜨자 옥분이의 모습은 온데간데없었다. 그는 무엇인가 아쉬운 듯 혼자 내뱉기를,

"거~ 참, 아쉽구만……."

그리고 구로다 기요타카는 오늘 조선과의 2일째 회담을 위하여 숙소를 힘차게 나선다.

제2차 회담

1월 18일에는 조선과 일본의 회담이 강화부 진무영 집사청으로 장소가 변경되어 계속 진행되었다.

우선 구로다 기요타카의 태도부터 많이 누그러져 있었는데, 아침에 의례적인 인사지만 그는 조선 관원을 대하는 태도도 많이 공손하였다. 그런 구로다 기요타카가 어제에 이어 계속 신헌에게 말하기를,

"신문 기사 이유를 보고 수백 년 가까이 하여 오던 외교를 단절하고 사신도 접견하지 않고 서계도 수리하지 않는 이유는 무엇인가? 이 때문에 우리 조정

에서는 의견이 분분하여 4대신의 교체와 징계가 있었고 대신 1명은 죽기까지 하였다. 또한 수륙군민 수만 명이 우리 일본 여러 곳에서 떼를 지어 다니며 귀국을 침공하겠다고 비밀리에 결사대를 조직하는 것을 우리 정부가 정보를 입수하여 간신히 진무시켰다. 그 때 보통 힘든 게 아니었다. 귀국은 과거의 일을 거론하지 말자고 하나, 이렇게 하면 우리는 사신의 임무를 마치고 돌아가서 천황께 주상할 말이 없게 된다. 그러니 우리는 귀국이 과오를 뉘우치는지 확실하게 알아서 가야 한다."

"귀국의 여론이 그러하였는데, 군사력을 발하여 진무시킨 것은 대단히 고맙다. 그러나 귀하가 돌아가서 주상할 일에 대해서는 무엇이라고 말할 수 없다. 우리는 다만 접견의 소임만 있을 뿐인데 어찌 언질을 주겠는가. 더욱이 회오(悔悟)의 두 글자는 어제도 말하였지만 사신에게 따질 말이 아니다."

"이제 귀국과 수교를 복구시켜 예전과 다름없이 우호코자 함은 물론이고 실로 양국을 위해 다행한 일이다. 그러나 믿음을 가지고 화목하는데 있어, 별도로 정할 것이 있으니 초록한 조약 13개 항목을 잘 검토하여 귀하가 몸소 조정에 품신하여 주기를 바란다."

"도대체, 귀국이 말하는 조약이란 어떤 것을 말하는가?"

신헌이 이번 회담 중 처음으로 일본 사신에게 묻자, 구로다 기요타카가 말하기를,

"귀국의 땅에 개관을 한 후에 상호 통상을 하는 것이다."

"3백 년 가까이 통상을 하였는데 이제 새삼스럽게 이러한 청을 하는 것은 이해하기 어렵다."

"이것은 오늘날 세계 각국이 다 하는 일이며 이미 각국에 대하여 개관한 일들이 많다."

"우리나라는 바다 한쪽에 궁벽하게 있어 스스로 방어하고 있으므로 각국의 근황이 어떠한지를 잘 알지 못한다. 그러나 양국이 수호하려는 이 마당에 그

영구한 길을 막는 일이 없도록 해야 될 것이다. 우리는 타국과 달라 해안에 갈대가 우거지고 개펄만 있어 재화가 모이는 곳이 한 군데도 없다. 다만 있는 것이라고는 곡식과 목화 정도이고 금은주옥과 같은 보배와 능라금수와 같은 사치품은 찾아 볼 수 없다. 그래서 국가가 풍습이 검소하고 인색하여 옛 풍습을 버리지 못하고 새로운 명령에 따르기를 싫어한다. 비록 조정에서 강제로 지시할지라도 반드시 기쁘게 따르지는 않는다. 이제 만약 재화의 이익을 서로 도모하기 위하여 여러 곳으로 다니게 한다면 아둔한 백성들이 법을 어기는 일이 많을 것으로 염려된다. 오늘의 영구한 수호의 계획이 후일에 가서는 화목을 잃게 될지도 모른다. 따라서 귀국의 이익을 위해서나, 우리로서는 나라를 잃게 될 것이다. 그러므로 앞날의 이해를 살펴 수백 년 행하던 대로 동래의 왜관을 통해 예전과 같이 교역함이 타당하겠다."

"그동안 양국의 사이를 방해하여 서로 갈라져 있게 한 것은 조례가 확실하지 않았기 때문이다. 그러므로 조약을 강정하여 영구히 변하지 않을 것을 장정을 가지고 다시는 서로 엇갈리는 폐단이 없어야 되겠다. 이는 모두 만국공법으로 폐기할 수 없는 일이다. 이 문제는 그렇게 결정함이 좋겠다."

"오늘날 이렇게 개관하여 통상하자는 것은 우리나라로서는 처음 있는 일이며 우리 백성들은 아직까지 듣도 보도 못한 일이다. 그러한 만큼 이러한 큰 일은 백성의 의사도 듣지 않고 어찌 결정할 수 있겠는가, 비록 조정도 함부로 허락하기가 어려운 일인데 나 같은 일개 접견대관이 어떻게 결정하겠는가."

신헌은 말문이 막히거나 불리하면 조정의 품신 등을 말하자, 구로다 기요타카가 말하기를,

"귀하께서 전권하기가 어려우면 대사의 논의와 결정이 지연되니 귀국의 집정대신이 와서 접견한 후에 완전히 정할 수 있을 것이오."

구로다 기요타카는 신헌의 심기를 건드리면서 의향을 물어 본다. 신헌이 진노한 얼굴로 말하기를,

"나 또한 대신인데 이미 대신을 만나보고 또 무슨 다른 대신이 와서 접견하기를 청하는가? 이는 결코 듣거나 행할 일이 되지 못하니 다시는 거론치 말라!"

강한 불만의 목소리로 말하자, 구로다 기요타카가 말하기를,

"그러면 이 일을 어떻게 의정할 것인가?"

"도리 없이 이 연유를 조정에 품달하여 회신을 기다리는 것이 신하된 자의 임무이다."

그리고 신헌은 조정으로 품달하기에 이른다.

다음 날 전령은 신헌의 지시로 일본국의 13항목 조약 내용을 알리는 공문을 복사하여 도성으로 달려가고 있을 뿐 아니라, 지금까지의 회담 내용을 상세하게 기록한 일지도 함께 휴대하고 조정으로 달린다.

강화에서 파발과 장계가 빗발치자 고종은 중신들을 소집하여 중희당에서 어전회의를 주재하였다.

대전에서 양헌수, 이용희, 홍순목, 김병학 등은 척화론을 주장하였고, 민태호, 민겸호, 민규호, 이최응 등 척족들은 외교지식이 전무하지만 반 홍선대원군 정책을 펼칠 뿐이다. 그 중 가장 뛰어난 외교전문가 박규수는 그 전부터 자주개국론을 주장하여 중신들로부터 수구의 높은 벽을 실감하고 있었다.

1월 19일 조선과 일본은 제3차 회담이 진행되기 전, 일본군의 보급 수송선이 강화부에 입항하여, 군수품이 바닥난 군함과 수송선에 군수품을 보급하였다. 군수품의 보급이 끝난 것을 보고받은 구로다 기요타카는 군함에 함포 사격을 지시하자,

"쾅~ 쾅."

다시 강화해협이 진동하도록 일본군의 군함이 맹렬하게 포를 뿜어 댄다.

신헌의 얼굴이 붉으락푸르락하면서 더 이상의 분노를 참지 못하겠다는 뜻으로 구로다 기요타카에게 말하기를,

"장군, 이 또 무슨 무례한 행동이오. 당장 대포사격을 멈추지 못하겠소!"

구로다 기요타카도 지지 않고 탁자를 내리치면서 말하기를,

"대감, 지금 우리 일본에서 회담이 지연된다고 하여 사자를 파견하였소. 10일 이내에 조선과 회담을 결정하지 못하면 본국에서 이 사람을 문책하겠다고 하오."

어림도 없는 소리를 지껄이지만, 문제는 조선이 그것을 모르고 있다는 것이다.

한참의 시시비비를 논한 후 신헌이 구로다 기요타카를 겨우 달래어 제3일의 회담이 개시되었다. 연극도 잘하는 구로다 기요타카가 신헌에게 말하기를,

"귀국 조정에서 이 조약을 체결한다면 모를까, 만약 그렇지 못한다면 다시는 우리가 만날 필요도 없겠다."

구로다 기요타카는 신헌에게 으름장을 놓는다. 변명이 궁색해진 신헌이 말하기를,

"조정에 품달하여 지금 조정의 품신을 기다리고 있는데 어찌 미리 말할 수 있겠는가. 기다려 보면 회신이 올 것이오."

"다시 말하지만 옛날같이 친교, 통상을 서로 잘 지키기 위하여는 이 일이 잘 되지 않으면, 이는 양국의 불행으로 혹 뒤에 가서 후회할 일이 생길지 모른다. 우리나라 군민으로서 떼를 지어 협력하여 귀국에 쳐들어오고자 하는 자들이 아직도 해산하지 않고 있다. 그러므로 만일 화친할 수 없는 지경에 이른다면 우리 군대가 인천이나 부평 등에 상륙하는 불행한 일이 발생할지도 모른다. 따라서 이 점을 미리 살피고 예전같이 변치 않는 우호 관계를 맺기 바란다. 지난 9년 동안 수 없이 모욕받은 일은 다 말할 수 없으나 그때의 잘 잘못을 이미 짐작할 줄 믿는다. 귀국 조정에서 깊이 사죄하고 뉘우치는 기색이 보이면 우리도 당당하게 복명할 수 있다."

"어제 이미 말해 놓고 또 다시 귀국의 군민이 합력하여 쳐들어온다는 말을 꺼내는 것은 무슨 까닭인가. 옛날의 화친을 복구하자는 자리에서 하필 칭병

설을 말하는 것은 교린국의 예의가 아니다. 이는 더불어 친선을 도모하자는 것도 아니며 교린하자는 바른 태도도 아니니 그 손실이 어디로 갈 것인가 회오의 두 글자에 이르러서 수 없이 반박, 질문함은 또한 서로 존경하는 일도 아니다. 또한 귀국 군함의 병정들을 인천과 부평 지역에 상륙시키겠다고 하였으나, 비록 그 말을 전부 믿을 수는 없다고 하여도 어찌 이러한 말을 함부로 경솔하게 하는가. 해안 갯마을에 군대를 주둔시킬 수는 없는 일이며 더욱이 백성들이 보면 놀라서 흩어질 염려가 있다. 거기에다 남의 나라에 들어와서 그 나라에서 금하는 것을 묻지도 않고 스스로 아무렇게나 상륙할 수 있는가. 만약 불미한 일로 상륙하여 수비하는 곳에 접근하였다가 상호 뜻밖의 환난이라도 발생하면 어찌 염려할 일이 아니겠는가. 부디 귀국의 군함이 잘못하지 않기를 진심으로 바라는 바이다."

강화부에서는 일본과 조선이 밀고 밀리는 일진일퇴의 신경전이 펼쳐지고 있었다.

일본과 조선이 협상 막바지로 향하고 있을 무렵 1월 23일 최익현은 경복궁 광화문 앞에 나타났는데, 그는 날이 허연 도끼를 짊어지고 부복하여 상소를 올린다. 즉, 지부상소라는 것이다. 상소가 가납되지 않으면 자신이 갖고 온 도끼로 자신의 등짝을 찍으려는 비장한 각오이다.

"전하, 신 최익현, 전하께 일본과의 수교에 대하여 부당한 다섯 가지를 아뢰오니 깊이 성찰하여 주시옵소서."

최익현은 대궐 앞에 무릎을 꿇고 아뢴다.

"첫째, 겁이 나서 일본과 화친을 하면 화친이 상대편의 구걸에서 나오고 우리에게 힘이 있어 능히 그들을 제압할 수 있어야, 그 화친은 믿을 수 있는 것이고 겁이 나서 화친을 하게 되면 당장은 좀 숨을 돌릴 수 있겠지만 이후 그들의 끝없는 욕심을 채워줄 수 없게 되옵니다."

"둘째, 저들의 물품은 사치품이고 우리의 것은 백성의 목숨이 걸려 있는 생활필수품이기 때문에 통상을 하게 되면 몇 년 가지 않아 나라는 망하게 되옵니다."

"셋째, 왜인은 서양 도적들과 마찬가지이기 때문에 화친이 일단 이루어지면 사학이 만연될 것이옵니다. 왜인들은 서양 옷을 입고 서양 총을 쏘며 서양 배를 타고 다니니 양이들과 동일합니다."

"넷째, 그들이 육지에 올라와 왕래하고 집을 짓고 살게 된다면 재물과 부녀자들을 제 마음대로 취할 수 있게 되옵니다."

"다섯째, 그들은 재물과 여자만 알고 사람의 도리를 전혀 모르는 사람들이옵니다."

상소를 올리자마자 조정은 벌떼처럼 일어나 최익현을 국문할 것을 주청하였다. 어명이 떨어지자 의금부에서 나졸들이 우르르 몰려가 최익현을 금부에 데리고 갔다. 다만 최익현에 대한 심문은 형벌을 가하는 혹형이 아니고 판의금부사의 문답 형태로 진행되고 있었다. 결국 최익현은 1월 27일 전라도 흑산도로 유배되었고 군졸들의 삼엄한 경계로 최익현은 그곳에서 외부와의 교통도 차단되고 있었다.

최익현에 이어 부호군 윤치현(尹致賢)은 일본과의 수교를 주장하는 상소를 올린다.

"서양은 우리나라의 신하와 백성들과는 한 하늘을 두고 살 수 없는 원수이고 근래의 세태를 보면 중앙에서 지방에 이르기까지 의복과 살림도구는 모두 서양에서 들어온 것으로서 이것이 나라를 병들게 하는 원흉인 것입니다. 그러나 일본은 300년 동안 사귀어 온 나라로서 최근 7~8년 동안 서계문제로 연이어 왜관에 사람을 보내어 접수를 간청하여 왔고, 이제 경기 연안에 사신이 와서 머물러 있으니 예의를 갖추어 접대하고 승인할 것은 승인해야 하는 것입니다.…… 그렇지만 지금 옛날처럼 좋은 관계를 맺자고 왔는데…… 우리가 먼저 싸움을 걸 수 없음은 명백합니다. 이른바 조약이라고 하는 것의 좋고 나쁨을 따져 보아야 하겠지만 오직 객사를 설치하고 장사하되 엄한 규정을 세워 어기지 못하게 하기를, 동래의 왜관에 무역시장을 연 것과 같이 하고 서양의 물건만은 우리나라에서 무역하지 못하게 한다면 그들은 그들대로 우리는 우리대로 이웃나라와의 두터운 의리에 손해될 것이 없을 것이며 어리석은 사람들의 뒤숭숭한 생각도 진정시킬 수 있을 것입니다."

고종은 윤치현의 상소를 가납하고 그를 크게 치하하였다.

이때 청나라에 세자책봉 주청사의 사신으로 갔던 이유원이 귀국하여 고종 앞에 복명하기에 이르렀다. 이홍장의 적극 지지로 이척의 세자책봉은 동치제로부터 윤허받았다. 중전은 만사 시름을 덜게 되었고, 고종과 중전은 이유원을 크게 치하하였다.

또한 이유원은 조선이 일본과 수교함이 국제적으로 유리하다는 이홍장의 편지도 함께 가지고 온 것이다. 500년 가까이 상국으로 섬겨 온 청나라 실권 제1인자의 서신을 무시할 수 없는 조선의 형편이었다. 고종과 중전도 이홍장의 편지와 충고를 수용하고 있었고, 중전은 자신의 아들을 세자에 책봉시켜 준 이홍장의 뜻을 무조건 받들고자 하였다.

그리고 중전은 넌지시 이유원의 아들이 아직 과거에 급제치 못하고 있는 것을 알고는 일본과 회담이 마무리되면 경과를 실시하여 이유원의 아들 이수영을 장원으로 낙점하겠다는 언질도 주었다. 어차피 지금의 조정은 중전의 조정이요, 중전의 조선이고, 임금과 삼공육경을 포함하여 대소신료들도 모두 중전의 치마폭에 있는 것은 사실이었다.

결국 1월 24일 갑론을박과 시시비비하던 국론이 이유원의 가세로 단번에 일치되어 고종은 강화부에 있는 접견대관 신헌에게 어명을 내린다.

"우리나라와 일본은 지난 3백 년 동안 서로 사절을 보내고 화목을 가져왔으며, 관을 설치하여 서로 무역을 해 온 터이다. 비록 수년 이래로 서계를 가지고 서로 버티어 왔으나, 이제 계속 수호하는 마당에 있어, 통상을 군이 거절할 필요는 없는 것이다. 그런 만큼 통상 조약 등의 절차를 절충, 확정하여 양국이 서로의 편의를 도모하게 하라!"

고종의 전교를 받은 신헌은 부관 윤자승과 함께 논의한 후 일본의 13개 항목의 요구 중 제1항을 삭제한다는 전제로 조약 비준에 이르게 된다.

조약의 체결과 조약 전문

1876년 2월 2일 강화부 연무당에서는 일본 사신과 조선 사신 모두가 참석한 가운데 당상역관 오경석의 조약체결을 선포하는 소리가 연무당에 퍼지면서 조선은 최초로 일본과 근대적 조약을 체결한다. 조약 전문 내용은 다음과 같다.

제1관 조선국은 자주국이니 일본국과 더불어 평등권을 갖는다. 이후 양국이 화친의 성의를 나타내고자 할 때에는 반드시 상호간에 동등한 예로 상대함은 물론이고, 혹은 침략하거나 시기·혐오하지를 않는다. 예전의 관례에 비추어 수교 우호를 가로막는 모든 환난과 제반 규정을 일체 혁신·배제하고 상호간 일을 처리하는데 있어 너그럽고 폭넓게 하여 이때로부터 양국이 영원한 평화를 누릴 것이다.

제2관 일본 정부는 오늘부터 15개월 뒤에 수시로 사신을 파견하여 귀국 한양에 이르게 하고 예조판서로 하여금 직접 영접하게 하여 협상과 논의를 함으로써 사무를 처리토록 한다. 그 사신의 체류기간은 그 임으로 한다. 또 귀국도 역시 수시로 사신을 파견하여 일본국의 수도인 동경에 이르게 하고 외무경으로 하여금 직접 영접케 하며 협상·논의하고 그 사무를 처리하도록 한다. 그 사신의 체류 기간 또한 그 임기에 맡긴다.

제3관 이후 양국의 오고가는 공문서는 일본은 일본 국어를 쓸 것이며 앞으로 10년 간은 그 한문

번역 한 본을 별도로 첨부하고 귀국은 한문을 쓴다.

제4관 조선국 부산의 초량목에 일본 공사관을 세워 거기에다 영구히 양국 백성의 통상 지구를 만든다. 이제 세견선 따위를 보내던 종전의 관례는 아주 뜯어 고쳐 버리고, 새로운 조관에 준하여 무역 사무만을 구별하여 처리하게 한다. 또 조선국 정부는 반드시 제5관에 기록된대로 2개의 항구를 열어 일본국 백성이 왕래하여 통상하도록 허락한다. 그리고 해당 지역의 땅을 임차하여 터를 잡을 수 있도록 하여 주고 거기에다 가옥을 지어 주거나 또는 일본인이 살 집을 마련해 주어 각기 편의를 제공하여 준다.

제5관 경기, 충청, 전라, 경상, 함경 5도 중 연해에서 편리한 통상 항구 두 곳을 골라 지정하고 항구의 개항 시기는 일본력으로는 메이지 9년 2월부터, 조선력으로는 1876년 2월부터 계산하여 20개월 이내로 한다.

제6관 이후 일본 선박이 조선국 연해에서 태풍에 조난되거나 혹 땔감과 식량이 떨어져 지정된 항구에 이를 수 없게 되면, 곧 그곳에서 가까운 연안의 지항에 들어오게 하여 위험을 피하게 하여 준다. 또 선구를 수선 보완하게 하며 땔감과 식량을 구입할 수 있도록 해준다. 물론 지방에서 공급하는 비용은 반드시 선주가 배상해야 한다. 그리고 보통 이런 따위의 일에 그 지방관의 관민은 반드시 특별한 온정을 갖고 연휼하여 구원에 잘못이 없도록 해야 하고 보급에 인색하지 말아야 한다. 또 양국의 배가 파선하여 그 선원이 표류하면, 근처의 지방 백성이 즉시 구원, 보호하여 그 지방관에 품달해야 한다. 그리고 그 지방관은 선원을 그 본국에 보호·송환하며 혹은 그 근처에 주둔하고 있는 본국 관원에게 인도해야 한다.

제7관 조선국 연해에 있는 도서의 암초는 그 전에는 전혀 조사하지 않아 아주 위험하기 짝이 없으므로 일본국 항해자의 의견을 경청하여 그 위치와 깊이를 조사케 하고 지도를 제작·표시하여 양국 선객으로 하여금 이를 가지고 위험을 피하고 안전하게 해야 한다.

제8관 이후 일본국 정부는 조선국이 지정한 각 항구에 수시로 일본국 상인의 관계관을 파견하여 관리케 하고 양국간의 교섭 안전이 생기면 지방 관찰사 또는 수령은 회담을 통해 분별 처리케 한다.

제9관 양국이 이미 통상 수호함에 있어 상호간의 백성은 각각 스스로 임의 무역하도록 하며 양국 관리들은 조금도 거기에 관여하지 않는다. 물론 제한 금지의 조치도 있을 수 없다. 다만 양국

상인이 속임수로 거래하고 상호간의 의무를 이행치 않을 때에는 양국 관리가 그 상인을 엄중 문책하여 그 책임을 다하게 하고 추방을 명할 수 있다. 단 이때에도 양국 정부는 배상을 대행할 의무를 지지 않는다.

제10관 일본국 백성으로 조선국이 지정한 항구에 있으면서 상기와 같은 범죄가 조선국 백성과 관계되는 일이 있으면, 일본국 관헌이 심문하거나 처벌하게 한다. 그리고 각기 그 나라의 법률에 의거하여 심문 · 처벌하며 추호도 죄를 감추어주거나 묵인하지 아니하고 일을 공평하고 합당하게 처리한다.

제11관 양국이 이미 통상 우호함에 있어 반드시 따로 장정을 맺어 그것을 가지고 양국 상인의 편리를 도모케 한다. 또한 아울러 지금 조약한 조관 가운데 다시 세목을 첨부하여 그것으로 조항을 지키기에 편리하게 한다. 오늘부터 6개월 이내에 양국이 각각 위원을 파견하여 조선국 한양이나 강화부에서 회담하고 이를 확정시킨다.

제12관 위의 11관의 의정 조약은 오늘부터 양국이 서로 믿고 준수 이행하기 시작한다. 양국 정부는 이를 다시 수정하지 않고 영원히 믿고 준수하여 이를 가지고 화친, 수호토록 한다. 그리고 조약문 2통을 작성하여 위임대신이 각각 관인을 날인하고 서로 교부하여 그것을 가지고 믿기로 한다.

라는 12개 항목의 조일수호 조규의 전문이 양국 대표의 날인으로 조선은 근대사의 첫 조약이 체결되었다.

대일본국 기원 2536년 명치 9년 2월 26일

대일본국 특명전권대신 구로다 기요타카

대일본국 특명전권부사 이노우에 가오루

대조선국 개국 485년 병자 2월 2일

대조선국 전권대신 판중추부사 신헌

대조선국 전권부관 오위도총부 부총관 윤자승

그리고 일본이 대일본국이라는 호칭을 쓰게 되자, 신헌이 무엇 때문에 그냥 일본국이라 하지 않고 대일본국이냐고 물어 보자, 구로다 기요타카는 당당하게 말한다.

"우리 대일본은 명치유신을 단행한 후부터는 외교상의 모든 문구는 대일본 국이라고 하오."

이에 신헌이 구로다 기요타카에게 말하기를,

"그러면 우리 조선도 귀국처럼 대조선국이라고 하여도 되겠습니까?"

구로다 기요타가는 별 관심없다는 뜻으로 신헌에게 말하기를,

"뭐, 그것은 알아서 하시오."

이렇게 하여 근대사의 조약은 조선이라는 글자 앞에 '대' 자가 붙게 되었다.

또한 신헌은 불평등 조약을 체결하고도 자신으로 인하여 조선이 대조선국 이 된 것처럼 으스대기도 한다.

이로써 조선과 일본의 조약이 체결되자 그 동안의 험악한 분위기는 모두 사라지고 새삼스럽게 화기가 돌았다. 구로다 기요타가는 신헌에게 말하기를,

"대감, 그동안 노고가 크셨소."

"뭐, 노고랄 게 뭐 있겠소."

신헌이 쓸쓸하게 말하자 구로다 기요타카가 신헌과 윤자승 및 조선의 관원 들에게 말하기를,

"대체로 교린의 길은 풍속을 자세히 관찰한 후에 충분히 의혹을 없앨 수 있을 것이다. 비록 세목 협정을 보기 전이라 하더라도 귀국에서 우선으로 사람을 보내 물정을 상세하게 관찰한다면, 우리 정부가 이번 조약을 위하여 얼마나 심력을 허비하였는지를 잘 알 수 있을 것이며 의심도 풀릴 것이다. 따라서 세목 강정 시에 도움이 될 것 같다. 오늘부터는 귀국 사신의 내왕도 매우 편할 것이므로 화륜선을 이용한다면 부산에서 동경까지는 6~7일이면 도달할 수 있다. 귀국에서 속히 사신을 파송해 준다면 우리나라 백성들도 십분 믿음이 더해지고 귀국으로서도 매우 좋을 듯싶다."

이러한 구로다 기요타카의 말은 조선에서 사신을 파송하게 되면 화륜선도

제공하겠다는 뜻이기도 하며 하루 속히 조선의 사신이 일본으로 건너오기를 바라는 말이었다.

또한 일본은 조약이 조인되자 그들은 미리 준비한, 회선포 1문과 탄약 2천 발, 전거 1량, 육연발 단총 1정과 실탄 100발, 칠연발 단총과 실탄 200발 등 일본의 고급 비단을 포함하여 청우침과 자침 1개씩을 조약 예물로 조정에 보내왔다. 또한 신헌과 윤자승은 물론이고 강화유수, 통역과 수행원 등에게도 총, 칼, 등을 개인 예물로 주었다.

조선 측도 종이 붓, 먹, 옷감 등을 일본 측에 보냈다. 그리고 일본의 사신과 조선의 접견대관을 비롯하여 수행원까지 모두 모여서 거대한 연회가 베풀어진다.

군졸 김춘영

꽃샘추위가 몰아치는 한양의 거리는 추위보다 더 세차게 일본과의 수호조약을 규탄하는 소리가 여기저기에서 들리고 있었다. 이 추위를 헤치고 훈련도감의 포수 김춘영은 기쁜 마음으로 왕십리 집으로 향하고 있었다. 그가 대문에 들어 서자 초로의 여인과 젊은 아낙이 딸아이를 데리고 김춘영을 반갑게 맞이하고 있었다. 그는 초로의 여인을 보자마자 땅바닥에 엎드려 큰 절을 올리며 말한다.

"어머님, 소자 어머님 은혜로 잘 다녀왔습니다."

"그래, 수고했네."

그리고 초로의 여인은 아들을 일으켜 세웠다. 그의 아내도 말하기를,

"여보, 고생하셨어요."

"아버지, 이제 오셔요. 추운데 얼마나 고생하셨어요?"

7살 딸이 김춘영의 품에 안긴다.

"어머님, 들어가시지요. 날씨가 많이 차갑습니다."

초로의 여인 즉, 김춘영의 어머니 서씨는 남편 김장손에게 시집을 온 후 줄 곧 아들 내외와 함께 살면서 며느리와 함께 바느질로 생계를 꾸리고 있었다. 그들이 비록 궁핍한 생활로 살고 있지만, 아들 김춘영은 어머니 서씨를 극진히 섬기는 보기 드문 효자였고, 이 동네에서도 모르는 사람이 없었다.

그의 아버지 김장손도 아들인 김춘영을 대견하게 여겨 오고 있었다. 김장손은 훈련도감의 포수로 35년 째 군졸로 근무하고 있었으며 퇴역이 얼마 남지 않았다. 대를 이어 아들인 김춘영도 훈련도감에서 포수로 15년 째 번을 서고 있었다.

김춘영은 부산과 동래를 다녀온 후 이번에 또 염창목을 방어하는 수비군에 차출되어 갔다가 근 2개월 만에 집에 오니 아내도 기뻐하고 어머님과 딸도 좋아하였다.

김춘영의 어머니 서씨는 비록 반가의 여식은 아니지만, 어릴 때부터 스스로 글을 깨우치고 서책을 가까이 하였고, 남편인 김장손과 혼례를 치른 후에도 틈만 나면 늘 책을 읽으며 살아왔다. 자신의 손녀에게 틈틈이 글을 가르치고 손녀가 무럭무럭 자라는 것과 손주들의 재롱을 즐거움으로 살고 있었다. 서씨는 손녀를 데리고 저잣거리로 나선다. 모처럼 아들이 왔으니 육곳간에 가서 고기라도 좀 사고 아들과 며느리의 시간만을 갖게 하기 위하여 그녀는 손녀의 손을 잡고 싸리문을 나선다.

어머님과 딸이 나가자 김춘영은 우왁스럽게 부인의 허리를 껴안고 그녀에게 입을 맞춘다. 그리고 부인을 번쩍 들어 침상에 눕히고 치마 속의 속곳을 확 들추자, 김춘영의 부인이 깜짝 놀라 말하기를,

"어~머, 왜 이러세요? 이러다가 어머님이 들어오시면 어떻게 하시려고 이러세요."

사랑스러운 부인이 새침을 떨자 김춘영의 거친 손이 부인의 젖무덤과 아랫도리로 향하여 빠르게 전신을 쓰다듬으며 김춘영이 부인과 함께 몸을 포갠

다. 그리고 부인의 몸속 깊이 밀착하면서 말하기를,

"여보, 정말로 보고 싶었소."

상기된 부인도 김춘영의 등을 꼭 껴안고 도톰한 입술로 말한다.

"여보, 정말로 너무너무 보고 싶었어요. 그리고 밤마다 당신 꿈을 꾸었어요."

2월 6일 강화도 조약을 체결한 신헌과 윤자승이 고종 앞에 부복하자, 우선 고종은 신헌과 윤자승을 의례적으로 치하한다.

"대감, 원로에 노구를 이끌고 대임을 완수한 경들의 충정이 하늘에 닿았소."

"왕사가 편치 못한데 어떻게 감히 노고를 말하겠습니까?"

"신 대감의 문답 장계를 보니 대단하였소."

"전하, 신은 전하의 위엄에 의지하고 묘당의 계책에 힘입어 전하를 욕되게 하는 것을 겨우 면하였나이다."

"무슨 소리요, 경의 노고는 짐이 알고 있소."

"예, 전하, 황공하옵나이다."

"그래 일본 군함들은 모두 퇴거하였소."

"예, 전하, 전하의 위엄으로 일본 군함은 모두 퇴거하였나이다."

"예, 원로에 노고가 많았소. 물러가서 편히 쉬도록 하시오."

고종은 누가 보아도 불평등 조약을 체결하고 온 신헌과 윤자승의 노고를 형식으로만 치하하였다.

사랑방의 열기

재동 박규수의 집. 이곳에는 김홍집, 유대치, 이동인, 김옥균, 박영교, 박영효, 홍영식, 서광범, 다희, 서재필 등이 모여 있었다.

오늘의 모임은 일본과 체결한 조약에서 당상 역관으로 활동하였던 오경석이 박규수에게 보고하고 오경석의 노고를 치하하는 것으로 박규수가 마련한 자리였다.

또한 의당 젊은 개화 청년들을 지도하기 위함도 당연히 포함되어 있는 중요한 모임이다. 앞에 놓인 상은 정성스럽게 음식이 담겨져 있었고 사랑방에서 직접 빚은 술향기가 그윽하였다.

이때 바깥에서 추위에 떨고 있는 군졸 한 명이 있었는데, 오경석은 온화한 목소리로,

"이보시게 들어오시게!"

오경석은 박규수의 저택까지 와서 자신을 호위하고 있는 군졸을 방 안으로 데리고 왔다.

내빈들은 모두 놀랐는데, 그는 다름 아닌 김춘영이었다. 오경석이 김춘영에 대하여 차분하게 설명하고 그의 충직함까지 부연 설명을 하자 박규수를 비롯하여 사랑방에 있는 모든 사람들도 김춘영을 내객으로 인정하였다.

반상을 뛰어 넘은 파격에 김춘영이 몸 둘 바를 몰라 하자 오경석이 말한다.

"자네의 충절은 하늘에 닿고도 남음일세. 여기는 반상의 도를 따지는 곳이 아니고 모두가 평등한 사람일세. 판중추부사 대감께만 인사 올리고 편히 앉으시게."

"나리, 황공하옵나이다."

"이 사람아, 황공할 것이 무엇인가, 자네야 말로 이 조선을 지키는 대표적 군사일세. 내 그래서 자네를 이곳으로 오게 한 게야, 조촐하지만 자네와 한 잔 하고 싶었고 자네의 노고를 대감께 알리고도 싶었네. 빨리 대감께 인사 올리시게!"

"예, 나리!"

김춘영이 박규수에게 깍듯하게 예의를 갖추고 절을 올린다. 그리고

"대감! 미천한 소인 놈 김춘영이라고 하옵니다."

"그래, 고생 많이 했네. 편히 앉게나, 그리고 한 잔 받게!"

조선의 정1품 우의정을 지낸 박규수가 직접 김춘영에게 잔을 따라 주려고 하자, 화짝 놀란 김춘영이 무릎을 꿇고 부들부들 떨기만 한다.

"개념치 말고 받게."

온화한 목소리로 오경석이 김춘영에게 말하자, 그는 정중하게 재상의 잔을 받는다.

그리고 박규수가 김춘영을 치하하면서 말한다.

"내, 자네에 대한 소문은 많이 들었네. 부모께 효도하고 훈련도감에서 부친과 함께 대를 이어 번을 서고 있고, 훈련대장과 병조판서 대감께서도 극찬을 아끼지 않는 김춘영이를 내 어찌 모를 수 있겠는가?"

박규수의 치하에 내빈들은 모두 다시 한 번 놀랐고, 김춘영은 고개를 숙인 채,

"대감, 황공하옵나이다."

김춘영은 이번 강화도 조약과 연관되어 박규수의 사랑방의 초청되어 미래의 개화파들과 면면을 익히게 되었고, 김옥균, 박영효, 홍영식, 다희 등도 충직한 김춘영을 환대하였다.

훗날의 이야기이지만 이것이 김춘영은 불귀의 객이 되지만, 남은 처자식을 살리는 계기가 될 줄이랴!

그리고 오경석이 차분하게 사랑방에 모인 내객들에게 이번 강화도 조약의 시작부터 끝나는 시점까지 모두 알아 들을 수 있게끔 쉽게 설명도 하였다. 오경석의 부연 설명 중 사랑방의 내빈들은 탄식을 자아내기도 하였다. 오경석의 설명이 대략 끝나자, 박규수가 말하기를,

"그래, 그간 고생 많이 하셨네."

"시생의 고생이야 뭐, 있겠습니까만, 일본과 너무 불평등하게 조약을 체결한 것이 문제이옵니다."

"그야 어찌 할 수 있는가. 나라에 힘이 없으니 그렇지 아니한가?"

"그래, 그 일본 군함의 위력과 일본군의 정예화된 모습이 대단하지 않던가?"

"예, 대감, 대단하다는 표현만으로는 너무 부족합니다."

오경석이 박규수에게 탄식조로 이야기 할 때 이동인이 계속 술잔을 비운 후 말하기를,

"그렇게 그 일본 군함이 대단하던가. 내 하루속히 일본으로 가서 그까짓 것 군함 한 척 사오면 될 게 아닌가. 나무아미타불 관세음보살, 나무아비…… 관세음보살……."

그리고 이동인은 연거푸 술잔을 비우자, 오경석이 그러한 이동인을 물끄러미 쳐다보면서 말하기를,

"예끼, 이 사람아, 자네처럼 주색잡기에 빠져 있는 땡초의 불공 따위로는 어림도 없는 소리야!"

사랑방은 폭소가 터진다. 이윽고 침착하게 듣고 있던 김옥균이 박규수에게 말하기를,

"대감, 그러면 우리 조선은 앞으로 어떻게 나아가야 하겠습니까?"

"원래 개국이라는 것은 자주개국이어야 되는 것이지만, 우리는 이번에 일본의 강압으로 조약을 체결한 것이지. 지금은 어쩔 수 없는 것이나, 지금부터라도 우리 조선이 힘을 길러서 일본, 중국, 서구열강 등과 동등한 외교를 하여야 하는 게야."

"대감! 그래도 어찌되었든 이제 우리 조선은 닫혔던 쇄국의 문을 열게 된 셈이 아니옵니까?"

김옥균은 비록 일본의 강압에 의해서라도 조선의 문호가 개방된 것에 대해 개화의 시초로 보고 있었다. 그러자 박규수는 준엄한 목소리로 말한다.

"고균, 잘 듣게, 내 조금 전에도 말했지만 개국은 자주개국이어야 국가의 미래를 다질 수 있는 중요한 외교일세. 외세의 강압에 의한 문호 개방은 대원위의 쇄국보다 훨씬 못 한 게야!"

"아니, 대감! 대원군의 쇄국정책보다 말이옵니까?"

"그렇지 암, 그렇고말고 대원위의 쇄국정책이 비록 조선의 문호를 굳게 닫았지만, 내치를 다지고 부국강병의 토대를 마련한 것은 누구도 부인해서는 아니 되는 것이야! 우리는 일본의 군함 한 척에 허무하게 무너지지 않았는가. 대원위의 쇄국도 이렇지는 않았단 말일세."

말을 마친 박규수는 괴로운 듯 연거푸 술잔을 비울 때 다희가 말하기를,

"대감, 우리 조선도 언젠가는 개화의 꽃이 활짝 필 것으로 소녀는 믿습니다. 이곳에 모인 대감의 문하생들이 모두 조선의 미래와 찬란한 개화를 이끄실 분들이 아니옵니까?"

"허나, 개화의 길은 그리 순탄하지만은 않은 것이야. 당장 조정 수구의 벽만 보아도 높고 높게 쳐져 있지 않는가?"

박규수의 걱정이 앞을 스치지만 사랑방은 화기애애한 분위기에서 겨우내 얼어붙었던 추위를 녹이듯이 새로운 봄과 함께 조선 개화세력의 꽃망울이 필 듯 말듯 하고 있었다.

오고가는 수신사

2월 22일 조정은 일본에 파견할 사신 문제를 논의하면서 먼저 고종이 중신들에게 하문한다.

"지금까지 일본국에 사신을 파견할 때에는 통신사라고 불렀는데 이제 파견하는 사신도 통신사라고 불러야 하오?"

"전하, 지금까지는 우리의 사신이 일본에 파견되면 모든 경비는 일본에서 충당하였으나, 이제는 피아가 모든 예폐를 폐지하고 그 곳에서 방세를 지불하고 식사도 자신들이 스스로 해결하여야 하옵니다."

지경연사(知經筵事 경연청의 정2품) 조영하가 예전 통신사와는 구별이 되는 것을 품신하였고 또 아뢰기를,

"전하, 일본 사신이 다녀간 것은 오직 중단되었던 수호를 복구하기 위함이

었고 우리가 선린하는 뜻으로 사신을 전위하여 수신하므로 일본에 파견할 사신의 명칭은 수신사(修信使)라고 부르는 것이 좋을 것이옵니다."

이렇게 하여 통신사의 왕래가 중단된 후 새롭게 파견되는 사신의 이름을 수신사라고 부르게 되었다. 어전회의를 한 결과 일본으로 갈 수신사는 직급이 높지 않는 관료로 결정되면서 예조판서 이근필(李根弼 1816~1882)이 고종에게 아뢰기를,

"전하, 예문관 응교(應敎 정4품) 김기수(金綺秀 1832~?)가 이번 수신사의 적임자입니다. 그를 예조참의로 승차하여 수신사의 대임을 맡기심이 옳을 것으로 사료되옵니다."

고종은 바로 윤허하여 정4품의 김기수가 정3품으로 2계급 승차된 것이었다. 고종의 전교가 떨어지자 파발마는 빠르게 부산으로 달려 동래부사 홍우창에게 하명되자, 동래부사가 초량왜관에 통보하여 그곳 관원들은 쾌속선을 이용하여 바로 본국 정부에 정식으로 조선의 수신사 파견을 보고하였다.

수신정사 김기수는 수신부사 별견 당상 가선대부(別遣堂上 嘉善大夫 임시 종2품) 현석운과 그 이하 수행원으로 장무관(掌務官) 현제순, 건량관 고영희(乾糧官 高永喜), 별견 한학 당상 가의대부 이용숙(別遣漢學堂 上嘉義大夫 李容肅), 화원 부사과(畫員副司果 金鏞元), 서기부사과 박영선(書記副司果 朴永善), 군관 전 낭청 김문식(軍官 前 郎廳 金汶植), 전 동전판관 오현기(東銓判官 吳顯耆)를 비롯하여 화원, 겸인(鞱人), 노자(奴子), 교자꾼, 악공, 나수(兒手), 일산(日傘), 사환까지는 물론이고 그들을 시종할 하인배까지 모두 75명을 거느리고 출발하게 되었다.

도쿠가와 이에야스에서 시작한 조선의 통신사가 260여 년을 왕래하여 오다가 최근 8~9년 간 국교가 단절된 후 새롭게 떠나는 수신사의 규모는 그 종래 20% 정도이다. 뿐만 아니라 조정의 중요 핵심 인물은 보이지 않는다.

수신정사 김기수가 4월 4일 고종에게 하직인사를 하자 고종은 김기수에게

지엄한 어명을 내린다.

"경은 일본인들의 실정을 살피는 것이 중요한 일이니 모름지기 잘 살펴야 할 것이고, 또한 가급적 모든 일들을 빠뜨리지 말고 세세하게 기록하여 가지고 와야 할 것이오. 경의 임무가 막중한 것을 한시도 잊지 말아야 할 것이오."

"예, 전하, 소신이 비록 어리석고 아둔하오나, 대임을 맡겨주신 전하의 성지는 목숨을 버려서라도 봉행하겠나이다."

김기수는 아직까지 머리를 깎고 문신을 그려 넣은 일본인들과, 현해탄의 사납고 거친 파도는 만나지 못하였지만, 근대사의 첫 수신사의 중책을 맡은 그의 각오는 그 누구 보다 비장하였다. 또한 그는 사대부로서 벼슬을 하고, 임금을 섬김으로 임금을 위하여 몸을 버리고 나라를 위해 집을 버린다는 굳은 결의를 다지기도 하였다.

5월 22일 한양을 출발하여 부산에 도착한 수신사 일행들은 일본 증기선 황용환(黃龍丸)에 승선하여 근대사의 첫 수신사가 떠나게 되었다.

요코하마에 도착하자 일본의 외무경을 비롯하여 고관들이 나와 수신사 일행의 방문을 크게 환영하였다. 일본 정부는 수신사를 기선으로 동경까지 이동시키고자 기차역으로 수신사를 모셨다. 수신사들은 기차를 보자마자 입이 딱 벌어진다. 특히 수신사를 태운 기차가 빠르게 동경으로 달려 갈 때 김기수 등은 마치 산이 막 달려 오는 것 같기도 하였다. 동경역에서는 수신정사 김기수에게는 교자를, 수신사 간부급에는 인력거를, 그 이하는 도보로 숙소인 금정여관까지 향하였다. 다음날 수신사는 예조판서의 국서를 외무성에 접수하였고, 궁내성을 방문하여 예물도 전달하면서 수신사의 첫날 일정을 순탄하게 소화하였다.

그런데 외무성과 궁내성에서 연락이 왔는데, 일본 천황이 수신사를 만나 보겠다고 하였다. 그러나 김기수는 일언지하에 거절하면서 말하기를,

"처음부터 국서도 없이 귀국의 황제를 알현하는 것은 예의가 아니오. 또 우리

국왕께서 하명하신 일도 없으므로, 호의는 고마우나 황제를 알현할 수 없소."

정중하게 사의를 표명하였다. 그러자 궁내부 대신은 만면에 웃음을 지으며 말한다.

"허~허, 우리 황제폐하께옵서 수신사가 온다는 말을 듣고 여러 날을 기다렸소. 그래서 며칠 전 수신사가 일본에 도착하였다고 아뢰었더니, 황제께서는 수일 안에 직접 만나 보겠다고 황명을 내리셨소."

그야말로 외교 예의상 특례의 예우를 베푸는 성의에 김기수는 더 이상 거절할 명분이 없어서, 5월 10일 수신사는 적판이궁(赤坂離宮 천황의 별장)에서 황제를 알현하고 융숭한 대접을 받았다. 태정대신을 비롯하여 이토 히로부미, 이노우에 가오루 등 유신 정부의 고관들도 수신사 일행에게 초대연을 베풀며 환심을 사려고 하였다.

이노우에 가오루와 궁내부 대신 등이 수신사들을 육군성, 의사당, 원로원, 해군성, 문부성, 내무성, 경시청 등 근대국가로 변모한 일본 정부를 소개하기도 하였다. 그 외 군사시설과 신식군대의 조련과 함께 근대식으로 훈련을 받는 훈련장도 시찰하게 하였다. 김기수는 근대식으로 훈련을 받는 막강한 군대들을 보고는 온 몸에 전율을 느끼면서 생각하였다.

"아! 이놈들이 이것을 보여 주고 우리 조선을 위협하려고 하는 구나."

그외 공장, 소방시설, 박물관 생활전시관 등을 비롯하여 근대식으로 변천한 현대시설을 견학케 하여 그들의 위용을 과시하기도 하였다.

거의 매일 저녁마다 일본의 고관들이 돌아가면서 수신사 일행에게 성대한 연회를 베풀며 환대하였다. 오늘도 여느 때와 마찬가지로 저녁까지 회동 겸 연회를 마치고 얼큰하게 취한 김기수가 숙소로 돌아오자 숙소에 20대 초반의 처녀가 들어와서 다소곳이 고개를 숙이고 있었다. 김기수는 그 처녀에게 말하기를,

"그대는 누구이며 여기는 어떻게 왔는가?"

김기수는 단번에 그 처녀가 관기나 창기라는 것을 모를 리 없었다. 그렇지만, 그 처녀가 다소곳하게 말하기를,

"예, 수신사님, 소녀는 수신사님을 목욕시켜 드리려고 왔습니다."

처녀는 바로 김기수의 관복을 벗기고 자신은 나비 같은 속옷만 입고 김기수를 욕실로 데리고 가서 말끔히 씻겨 주었다. 욕실에서 나오자 그 처녀는 김기수에게 포도주를 몇 잔 권하였다. 취기가 물씬 오른 김기수의 눈에는 이 처녀가 너무나 아름답게 보였다. 엉큼한 눈으로 김기수가 말한다.

"처녀는 관기요? 규수요?"

"둘 다 아니옵니다."

"?……?"

"정말 이옵니다. 수신사님 믿어 주십시오."

"그럼 곧 시집갈 규수로구나."

김기수가 엉뚱하게 묻자 처녀는 다소 곳이 고개를 숙이면서 수줍어하고 있었다. 속옷만 입은 아름다운 처녀가 옆에 있자 김기수는 욕정이 발동하여 처녀에게 말하기를,

"처녀는 연애를 많이 해보았구나!"

"아니옵니다."

"어~허, 거짓이로다."

"아니옵니다. 소녀는 오늘 수신사님이 처음이옵니다."

그 처녀는 수줍어하고 있었다.

객고를 참지 못한 김기수가 처녀를 꼭 끌어안고 금침에 눕히고 속옷을 살포시 벗기자, 그 처녀는 이제 부끄러움도 없이 김기수를 눈웃음으로 쳐다보면서 애교스러운 교태를 부린다. 김기수가 흥분하여 처녀의 몸속으로 달려들자, 처녀는 김기수의 등을 꼭 껴안고 김기수의 입에 자신의 도톰한 입술을 맞추며 신음 소리를 낸다.

"아,~ 아, 수신사님! 더 이상은 못 참겠어요."

두 남녀가 한 몸이 되자 그 처녀는 김기수의 허리를 더욱 세차게 끌어 않고 가쁜 숨을 몰아쉬며 김기수의 욕정에 더욱 부채질을 하고 있었다. 모처럼 이국녀와 사랑을 나눈 후 김기수는 깜빡 잠들었는데, 새벽에 눈을 떠보니 그 처녀는 온데간데없고 벌써 떠나고 없었다. 김기수로서는 못내 아쉬웠지만 할 수 없었다.

수신사는 일본 고관들과 관원들의 친절한 안내로 명치유신으로 변모한 일본을 시찰하고 일본 외무성의 실무자를 파견한다는 서계를 가지고 2개 월 가량의 일정을 마치고 귀국하여, 6월 1일 수신정사 김기수가 창덕궁에서 고종을 알현하여 복명한다.

"전하, 소신 예조참의 김기수, 전하의 존귀하신 명을 받들어 일본에 무사히 다녀왔나이다."

"오, 먼 길에 다녀오느라고 노고가 많았소."

"예, 전하, 모두가 자애로운 전하의 은택이옵니다."

"전선, 화륜선, 농기계에 대해 들은 것은 없는가? 일본에서는 그 세 가지를 가장 급선무로 여긴다고 하던데 과연 그렇던가?"

"예, 전하, 그렇사옵니다."

"그 기계들은 모두 어디에서 온 것이던가?"

"예, 전하, 수교한 여러 나라에서 구입한 것이라고 하옵니다."

"일본 황제도 만나 보았다던데 그는 어떻던가?"

"예, 전하, 매우 총명해 보였사옵니다."

"그럼 일본의 관리들은 무슨 옷을 입고 살던가?"

"일본의 관원들은 대부분 양복을 입고 있었습니다."

"일본인들은 서양 학문 중 무엇, 무엇을 배우던가?"

"그들은 서양 학문은 무엇이든 배우려고 합니다."

"그들의 풍속은 어떠하던가?"

"예, 전하, 저들의 풍속은 대개 나라를 부강하게 하는데 힘쓰고 있사옵니다."

"그럼, 이번에 일본 사신은 언제 쯤 온다고 하였는가?"

"예, 전하, 아마 이달 10일을 넘기지 않을 것으로 보입니다."

그리고 김기수는 고종에게 일본 체류 동안의 내용과 근대화로 무장된 일본의 군대까지 상세하게 품신하였다.

6월 5일 일본의 이사관 미야모토 쇼이치는 군함 천간(淺間)호를 타고 인천 제물포로 입항하였다. 조선이 수신사를 파견한 것에 대한 답례로 왔지만, 강화도 조약의 부록인 통상 무역에 관하여 세칙을 협정하기 위해서였다. 조선이 건국한 이래 중국 사신을 제외하고 공식적인 사신이 왕도에 들어오기는 처음이다. 조정은 설왕설래하면서 의견이 분주하였다.

"왜놈이 곧 서양 앞잡이인데 어찌 도성에 발을 들여 놓게 할 수 있겠소?"

"어찌 되었든 일본과 수호를 하였으니 그들의 입경을 막는 것도 외교상 예의가 아니오."

"예의는 무슨 얼어 죽을 예의란 말인가. 대원위의 척화비가 서 있는 걸 모른단 말인가?"

"우리도 일본에 가서 대접받지 않았는가?"

"고까짓 알량한 대접!"

결국 미야모토 쇼이치가 6월 10일 수행원을 거느리고 입경하자, 조정은 조인희를 강수관에 임명하여 일본사신을 영접케 하였다. 이때 일본 사신들은 모두 양복을 입고 있었으므로 도성 백성들이 야유를 하기도 하였다.

6월 12일에는 고종도 미야모토 쇼이치 일행을 소견(召見)하고 연회를 베풀어 융숭하게 대접하였다. 그리고 미야모토 쇼이치와 예조참의가 조약의 이행을 놓고 회담하면서 공방전을 펼쳤으나, 외교의 경험이 전무한 조선의 관원들이 노련한 미야모토 쇼이치를 당해 내기에는 힘겨웠다.

7월 6일 일본의 선박이 조선에 입항하여도 세금을 거의 내지 않는 것과 일본인의 치외법권도 어느 정도 인정하는 강화도 조약에 다른 조일 수호 조규 부록을 체결하게 되었다.

큰 성과를 거둔 미야모토 쇼이치는 차제 조선과의 모든 수교는 새로 부임할 하나부사 요시모토 대리 공사가 총괄할 것이라고 통보한 후 그는 수행원을 거느리고 7월 8일 귀국하였다. 조선으로서는 한바탕 태풍이 지나간 것이다.

개화 선구자 박규수의 죽음

1876년 세모(歲暮 연말) 밑에 개화 선구자로 불리는 박규수가 졸하였다. 홍영식, 오경석, 유홍기, 김옥균, 박영효, 서재필, 서광범, 다희 등의 비통과 슬픔은 어디에도 비교할 수 없었다.

고종도 박규수의 죽음에 깊은 조의를 표하고 승지를 보내 가족에게 3년의 녹봉과 함께 전교하기를,

"충직한 공은 도량과 식견이 고명하고 문학이 박식하여 짐이 의지하고 있었는데 그렇게 떠날 줄은 몰랐도다."

박규수의 죽음으로 그의 문하생들은 모두 청계천 유대치의 약국으로 장소가 옮겨지게 되었다. 다희도 박규수의 유지를 받들어 약국으로 가서 그곳에서 개화 2세대를 뒷바라지하는 일에 전력하기 시작한다.

유대치의 부인은 인적사항이 없으며 다희와 비슷한 연배로 그녀는 유대치에게 아주 공손하였고, 유대치를 백의정승이라고 불렀으니, 그녀를 숙부인(淑夫人 정3품)이라고 불렀다. 다희가 온 후부터는 숙부인과 함께 유대치의 문하생들을 위하여 많은 헌신을 하고 있을 때, 30대 초반의 아낙이 급히 약국으로 달려오면서 숨을 헐떡거리고 말하기를,

"의원님, 의원님, 우리 남편 좀 살려주세요!"

유대치가 나와 보니 환자를 데리고 올 수 없는 형편인 것을 직감하여 유대치는 다희와 종자들을 데리고 그 아낙을 따라 그녀의 집으로 가게 되었다. 약국에서 그다지 멀지 않는 아낙의 초가집으로 들어가자 방 안에는 환자가 누워있는데 허리를 많이 다쳐보였다. 유대치가 진맥을 하고 이렇게 된 연유를 묻자, 그 환자는 총융청(摠戎廳)의 김팔석(金八石)이라는 군졸인데 북한산성에서 군사훈련 중 성루에서 떨어져 이렇게 되었다고 말하였다. 목숨에는 지장이 없지만 중환자였다.

그 김팔석은 앞을 보지 못하는 60세 정도의 노모와 5살 여식 그리고 아낙 즉, 이순심(李順心)이라는 부인과 함께 살아오고 있었다. 유대치가 침을 놓고 처방하여 약을 먹였지만 워낙 심하게 다쳐 큰 효과는 없었다. 또한 당장 이들 가족의 생계가 문제되자 다희가 유대치에게 말하기를,

"나리, 저 아낙을 약국에서 일을 하게 하시는 게 어떻습니까?"

다희가 간청하여 이순심은 유대치의 약국에서 낮에는 일하고 밤에는 남편을 간병하게 되었다. 숙부인도 이순심을 좋아하였다. 특히 다희는 이순심을 언니라고 부르며 그를 잘 따르고 따듯하게 대해주었고 이순심이의 딸을 친조카처럼 귀여워 해주면서 이순심의 아픔을 달래주곤 하였다.

약국에서 이것저것 허드렛일을 하는 이순심이지만 미모가 뛰어나고 글을 깨우쳤고, 매사에 신중하고 부지런할뿐더러 몸가짐도 조신하게 처신하여 유대치를 비롯하여 김옥균, 박영효 등도 이순심을 깍듯하게 예우하고 있었다.

이 무렵 일본에서는 사이고 다카모리가 정한론이 좌절된 것에 대한 불만으로 1877년 2월 15일 13,000명의 병력을 거느리고 반 천황 기치를 내걸며 거병하였다. 초반 기세를 올린 사이고 다카모리는 한때 30,000명까지 병력을 증강시키면서 유신 정부를 긴장시켰다.

그러나 전열을 정비한 정부군의 대규모 병력에 차츰 밀린 사이고 다카모리

였으나 처절한 항전으로 정부군과 반군사이에는 전사자가 속출하면서 일본은 유신정부 이후 최대의 위기를 맞고 있었다. 그러나 5월부터는 정부군의 거센 반격으로 사이고 다카모리의 군세는 점차 약화되면서 내전을 종말을 맞게 되었다.

또한 도성에서 치열한 전투를 치르던 사이고 다카모리의 부하 아카쓰카 겐타로가 1개 중대병력을 이끌고 정부군에게 투항하였고 마침 부상을 당한 사이코 다카모리는 깊은 좌절감에 빠졌다.

결국 사이코 다카모리가 9월 24일 자결하면서 난은 평정되었지만, 쌍방 12,000명의 전사자와 20,000명 이상 부상하는 뼈아픈 내전이었다. 이 사이고 다카모리의 반란이 메이지 정부에서 역사상 가장 큰 사무라이의 반란이자 마지막 내전인 이 전쟁을 세이난 전쟁(西南戰爭)이라고 부르며 일본의 조선 침략을 부채질하는데 일조하기도 하였다.

그러나 사이고 다카모리는 사후에 관직이 복원되었고, 도쿄 우에노(上野) 공원에는 그의 동상이 세워졌다.

해가 바뀌어 1878년 10월 15일 중궁전.

"뭐! 뭣이라고, 하셨습니까? 영상 대감께서 돌아 가셨단 말씀이십니까?"

묻고 있는 중전의 눈에는 눈물이 글썽거린다. 지금 영의정이란 예조판서에서 지난 15일 승차한 민규호를 말하는 것이다. 그는 중전을 보필하는 선봉장 역할을 하여 왔음은 물론이고 민문 전체의 수장인 그가 40대 초반의 나이에 병몰하였으니 중전으로서는 애석하기 그지 없었다. 무엇보다 민규호는 운현궁의 동태를 잘 감시하여 중전으로서는 그를 더욱 신임하고 있었던 것이었다. 그것도 영의정의 교지만 받고 입궐도 못하고 죽었으니 중전의 비통함은 이루 말할 수 없었다. 중전이 힘없는 소리로 말하기를,

"그래, 영상대감께서는 평소에도 그렇게 신병이 심하셨단 말씀이던가?"

반면 민규호에 이어 민문에서 차석 행사를 하여 오던 민겸호가 이제 중전의 핵심으로 부상하기 시작하였다. 지삼군부사(知三軍府事)인 그는 무위도통사로 임명되면서 대궐을 방비하는 군권도 장악하고, 그 후로도 민겸호는 중전의 비호 속에 금위대장에 임명되면서 욱일승천하고 있었다.

　이 무렵 김보현도 선혜청 당상과 대제학, 예조판서, 우부빈객 등 조정의 요직을 거쳐 현재 병조판서에 중용되고 있었다.

제3부 이전투구

제2차 수신사 김홍집과 황준헌의 조선책략

1879년 정초에 유대치의 약국에 김옥균, 박영효, 홍영식, 서재필, 다희 등 조선의 개화를 이끌 신세대들이 모여 유대치와 오경석, 이동인으로부터 가르침을 받는다. 마침 술상이 들어오면서 이순심이 수발을 들고 있었다. 이순심도 이제는 약국 일에도 적응하고 무엇보다 개화세력들과도 가까이 지내면서 유대치의 약국에서 다희와 함께 중요한 사람으로 자리 잡고 있었다.

유대치는 이순심에게 품삯도 넉넉하게 쳐주며 남편의 약도 무료로 제공하고 있었다.

유대치의 약국에 모인 모든 사람들도 김팔석이 빨리 병석에서 일어나기를 기원하였다. 그렇지만 김팔석은 완전불구로 몸조리하기에도 힘겨워하고 있었으니 생과부나 다름없는 이순심의 근심은 이만저만이 아니었다.

유대치의 약국에는 새해 모두 얼굴도 볼 겸 무엇보다 이동인의 일본 밀항을 위해서 모인 자리였다. 이동인을 일본에 밀항을 시켜서라도 조선의 자주개국의 개화를 염원하였다.

3월 이동인은 일본으로 밀항키 위해 일본에서 건너와 부산 별원에서 지내고 있는 일본승려 오쿠무라 엔신(奧村圓心 1843~1913)에게 일본어를 배우고 있었다. 박영효, 김옥균도 아낌없이 지원하였다. 결국 이동인은 그해 8월 부산을 출발하여 나가사키를 지나 동본원사(東本願寺)와 천초별원(淺草別院)에 머물면서 근대화된 일본의 문물을 살피고 시작하였다.

1880년 새해 벽두부터 전국에 천연두가 창궐(猖獗)하여 왕실과 조정이 근심을 하고 있었는데 아니다 다를까, 1월 12일 완화군이 천연두로 졸하였다. 그의 생모 이 귀인은 영보당에 봉해진 후 대궐 바깥에서 살고 있었는데 자식의 죽음을 듣고 종신 때까지 실어증으로 살았다. 고종과 흥선대원군의 슬픔은 이루 말할 수 없었지만 여하튼 중전은 또 하나의 시름을 덜게 되었다.

이홍장의 권유와 일본의 정세를 살피기 위하여 조선은 그해 5월 제2차 수신사를 일본에 파견하게 되었다. 수신정사에는 예조참판 김홍집이, 부관에는 별건 한학 당상 이용숙을 비롯하여 절충장군 이종무, 상관사 전봉사 김윤선, 서기 전랑청 강위, 서기 사헌부 감찰 이조연(李祖淵 1843~1884) 등을 포함하여 58명이었다.

김홍집은 58명의 수행원을 거느리고 6월 26일 부산에서 치토 세마루호(千歲丸 우편선)를 타고 출발하여 7월 6일 동경에 도착하였다. 김홍집은 조선을 출발하기 전부터 유대치, 김옥균 등으로부터 일본에서 꼭 이동인을 찾아보라는 당부도 듣고 있었다. 김홍집은 일본에 체류하면서 수소문 끝에 7월 말쯤에 이동인을 만나게 되었다.

김홍집은 이동인의 그간 활약에 입을 다물지 못한다. 밀항한 이동인이 주일 영국 공사관, 미국 공사관 등은 물론이고 일본의 고관과도 수시로 접촉하고 있는 이동인을 본 김홍집은 이동인을 새롭게 바라보게 된다. 특히 이동인에게 한글을 배웠던 영국공사관의 서기관 어니스트 사토(Ernest Satow 1843~1929)와 이동인은 마치 친형제 이상으로 느껴지기도 하였다. 어니스트 사토는 그후 주일 영국 공사가 되었다.

김홍집은 주일 청국 공사관을 왕래하면서 공사인 하여장(何如璋 1838~1891)과 참찬관 황준헌(黃遵憲 1848~1905)과 교류하면서 중국과 조선의 관계도 돈독하게 하고자 힘쓰기도 하였다.

　특히 황준헌은 김홍집에게 급변하는 국제정세를 상세하게 설명하고 자신이 집필한 사의조선책략(私擬朝鮮策略)이라는 서책을 기증하였는데, 흔히 조선책략이라고 부른다. 그 책의 주된 내용은,

　"지구 위에는 막강하고 큰 나라가 있으니 바로 러시아이다. 그 폭의 넓이는 3주에 걸쳐 있고, 육군 정예 병력이 100만이 넘으며, 해군은 거함이 2백 척 넘는다. 그 나라는 북주에 있어 춥고 땅이 거칠어 선왕 때부터 강토를 개척하여 이미 10배에 이르렀고, 현재는 4해를 제압하고 세계를 삼키려 하고 있다. 러시아가 침략하려고 하는 나라는 조선부터 시작될 것이다. 지금 조선의 방어책은 어떤 것인가? 친중국, 결일본, 연미방하여 호시탐탐 조선을 노리는 러시아의 남하를 견제하는 것이 급선무이다."

　황준헌의 말을 들은 김홍집이 깜짝 놀라면서 말하기를,

　"아니! 그렇게 강대하고 큰 나라도 있소이까?"

　"예, 조선은 지금 일본, 중국과 수호를 하고 있으므로 큰 문제는 아니지만 미국과의 수교가 시급하옵니다."

　그리고 황준헌은 미국을 부연 설명하면서 말하기를,

　"그 나라는 본래 영국의 속국이었으나 1백 년 전 조지 워싱턴이라는 사람이 구라파인으로부터 가혹하게 통치받는 것을 원치 않아 분발하여 하나의 국가로 독립시켰소. 그들은 대통령이 국가를 다스리는데 전 대통령 때에도 예의로서 나라를 세우고 남의 나라의 토지와 백성을 탐내지 않으며 타국의 정무에 강제치 않고 있소. 그들은 민주와 공화국으로 나라를 다스리며 항상 약소국을 도와주고 서구인으로 하여금 악행을 못하게 하고 있소. 그들은 조선과 수호관계를 맺기 원하고 있으니 그 미국을 우방의 나라로 삼으면 도움이 있

을 뿐 환란을 막는 길도 될 것이오!"

황준헌은 진심으로 조선을 위하여 김홍집에게 직간, 충언하였다.

김홍집은 수신사의 임무를 마치고 8월 28일 이동인과 함께 귀국 후 고종에게 이 조선책략을 품신하였다. 영의정 이최응을 비롯하여 중신들이 읽어 보면서 소문은 바로 유림에게까지 전파되었다. 전국에서 김홍집을 탄핵하는 목소리가 높아지고 조선 조야가 들끓고 있었다. 그해 10월 1일에는 병조정랑 유원식이 김홍집을 탄핵하는 상소를 올렸으나, 오히려 불경죄로 평안도 철산부로 유배되었다.

이듬해 2월 26일 경상도 예안의 유생 이만손(李晩孫 1811~1891)을 필두로 1만 인이 조선책략과 정부의 무분별한 개화정책을 맹렬하게 비난하는 상소가 조정에 올려졌는데, 영남만인소(嶺南萬人疏)이다.

승정원에서 고종에게 품신하기 전 민태호가 상소문을 살펴 보았는데, 상소문 원본을 품신하기에 거북하여 민태호는 강진규(姜晉奎)와 이만운 등을 회유, 위협, 협박하여 상소문을 대폭수정케 하였다.

강력하게 척사를 부르짖던 이만손의 만인소는 민태호의 농간으로 초심을 망각하여 김홍집만을 탄핵하는 헛 상소가 되어 3월 6일 경리사(經理事) 김홍집의 파면만으로 마무리 짓고자 하였다.

분개한 이만손이 강력한 위정척사를 외치고 조정과 민가 척족들의 비리를 격렬하게 규탄하며 외세의 강압에 의한 개항에 반대하는 상소를 올렸다. 때를 함께하여 전국의 뜻있는 유생들이 개항에 반대하고 조정을 비방하는 상소와 연좌농성으로 격렬하게 맞섰다.

허위 보고를 받은 고종은 전후사정을 알지 못하여 분노한 옥음으로 지시한다.

"상소를 올린 유생 중 우두머리는 엄히 문초하여 원지유배하고 나머지는 모두 해산시켜라!"

고종의 지엄한 명이 떨어지자 금부에서는 이만손과 강진규를 을 포박하여 혹독하게 국문하고, 5월 27일 이만손은 전라도 강진현 신지도(康津縣 薪智島)로, 강진규는 흥양현 녹도(興陽縣 鹿島)로 유배하였다. 그리고 나머지 유생들은 의금부, 한성부, 형조의 나졸들이 매서운 육모방망이를 휘두르며 도성 바깥으로 세차게 내몰았다.

일본 공사관 설치

미야모토 쇼이치의 후임으로 오는 외무대승 하나부사 요시모토의 횡포는 이만저만이 아니었다. 1878년 10월 12일 군함과 무장병력을 이끌고 와서 동래부를 위협하고 수로를 측량한다는 구실로 한양까지 들어 가겠다고 으름장을 놓기고 하였다.

또한 12월 29일에는 경기관찰사 윤자덕에게 서신을 보내, 곧 입경할 것이니 관찰사가 나와서 성대한 연회를 베풀 것을 종용하기도 하였다.

하나부사 요시모토는 이듬해 4월과 5월에는 군함과 화륜선에 이시다 가나미쓰(石田鼎三) 중대장과 무장 병력을 태우고 함경도까지 북상하여 덕원(德源), 문천(文川)까지 올라와서 개항장을 물색하고 있었다.

덕원은 태조대왕의 능침(陵寢)이 있어 조선 정부가 개항을 아주 꺼리기도 하는 곳이면서 조선 수군의 요새지이기도 하다. 이것을 익히 알고 있는 하나부사 요시모토는 홍원(洪原)까지 북상하기도 하여 백성들을 분노케하였다.

함경도의 유림들은 백성들을 동원하여 연일 하나부사 요시모토를 규탄하고 조정의 무능과 무분별한 개화를 성토하며 연좌 농성에 들어 갔다.

함경도 백성들을 분노케 만들어 놓은 하나부사 요시모토는 일본과 조선을 자기집 안방 드나들 듯이 다니고 있었다. 조정과 백성들이 교활한 하나부사 요시모토에게 모두 농락을 당하고 있는 것이었다.

하나부사 요시모토의 방자함을 응징하지 못하는 조정이었다. 일본의 침략 야욕이 종묘사직까지 미치고 있어도 조선 정부는 마치 강건너 불구경이었다.

아직도 흥선대원군의 재집권을 원천봉쇄하는 일에만 몰두하고 있는 조정과 중전이었다.

중전의 입김과 영향으로 그녀의 측근들과 자신에게 상납 잘하는 중신들이 조정의 요직을 차지하기에 바빴다. 기회를 놓치지 않는 하나부사 요시모토로서는 강화도 조약에 따른 세부 부록을 마음대로 떡주무르듯이 주물러 대고 있었다.

하나부사 요시모토가 영리하여 일본국이 좋은 조건으로 협상을 이끄는 것이 아니라 조선 정부의 완벽한 무능에 편승하여 하나부사 요시모토는 더욱 잔꾀를 부리고 어부지리로 힘을 내고 있었다.

8월 7일과 24일에는 충청관찰사 이명응(李明應 1827~?)과 6월 30일 충청수군 절도사가 된 이교복(李敎復)이 하나부사 요시모토의 횡포를 알리는 장계가 조정에 품달되었다.

이명응은 1864년 증광문과에 급제하여 홍문관 교리, 부제학, 이조참판을 역임하면서 지난 3월 12일 충청관찰사로 부임하였다.

하나부사 요시모토는 덕원을 개항시키겠다고 조선 정부를 압박하였으니 조정으로서는 하나부사 요시모토로 인하여 여간 골머리를 앓고 있는 게 아니었다. 하나부사 요시모토는 조선 조정의 난처한 입장에 아랑곳 하지도 않은 채 줄기차게 덕원 개항을 외치고 있었다.

하나부사 요시모토의 횡포를 보다 못 한 백성들이 궐기하여 하나부사 요시모토에게 돌을 던지고 야유를 하며 심지어는 활을 쏘는 백성들도 나오고 있었다. 조정은 급기야 군대를 보내 하나부사 요시모토를 호위케하고 지방관들에게는 하나부사 요시모토가 이동할 때마다 관내를 엄히 호위하라는 공문도 보낸다.

1879년 4월 19일 경기관찰사 조인희의 장계에 의하면, 하나부사 요시모토가 군함 봉상함(鳳翔艦)과 다카오 마루(高雄丸)로 부산, 전라, 충청 연안의 수로를 측량하고 인천과 원산을 개항코자 북상하고 있다는 내용이었다.

4월 24일 그동안 조선과 일본을 오가며 갖은 행패를 부리던 외무대승 하나부사 요시모토는 일본 대리공사의 직함으로 군함 천성호로 무장 수행원 15명, 무장 호위 병력 15명과 종자 등을 거느리고 조선 정부의 허락도 받지 않은 채 경기중군영(京畿中軍營)의 자리인 청수관(淸水館)에 진을 쳤다.

그들 모두는 최신식 소총으로 무장하였고 날이 시퍼런 칼을 소총에 착검하고 있었으므로 굉장히 위협적이었다.

조정에서 항의를 하거나 따지는 관료는 보이지 않을뿐더러 하나부사 요시모토의 거만한 행동은 목불인견이었다. 그리고 하나부사 요시모토는 예조에 일본의 국서를 정납한 후 마치 조선의 공사처럼 설친다.

그리고 계속 덕원과 문천을 개항하겠다고 으름장을 놓으며 조선 조정 중신들을 분노케 한다. 겨우 30~40명의 호위 병력을 거느린 하나부사 요시모토의 횡포에 조정 관원들은 몸을 사릴뿐이다.

겨우 조정의 대책은 덕원과 문천 개항에 반대하여 격렬한 상소를 올린 부호군 김두연(金斗淵)을 형조에서 포박한 후 엄하게 문초하여 먼 곳으로 부처한 것이 유일한 방책이었다.

강화도 조약에 따른 이행으로 7월 13일 예조판서 심순택과 대리공사 하나부사 요시모토와의 원산진(元山鎭)개항에 날인하였다.

하나부사 요시모토는 덕원을 개항하겠다는 압박으로 원산진을 개항시키는 데 성공한 셈이었다. 하나부사 요시모토는 여세를 몰아 인천의 개항도 강력하게 요구하기 시작하였다. 인천은 도성을 방어하는 요새 중에도 요새라는 것을 모를 리 없는 하나부사 요시모토였다.

삼공육경과 시·원임대신들이 모두 인천 개항의 부당성을 아뢰는 상소를 올리면서 조선의 조야는 또 들끓고 있었다.

조선 조야를 충분히 흥분 시켜놓은 하나부사 요시모토는 7월 17일 청수관에 무장 수행원과 경비 병력을 그대로 남겨 둔채로 유유히 본국으로 돌아갔다.

조선 조정만 계속 인천 개항의 부당성을 아뢰는 하릴없는 공무만 보고 있는 것이다. 조선 정부가 일본의 대리공사 한 명을 당해내지 못하는 아주 우스운 꼴이 되어 버렸다.

백성들도 원산진 개항에 이어 인천 개항을 반대하는 목소리를 높이며 하나부사 요시모토와 무능한 조정을 맹렬하게 비난하였다. 그리고 전국의 유생들도 대궐 주변으로 몰려 들어 연좌 농성을 벌이며 조정의 무능을 성토하고 있었다. 조정은 의금부와 한성부의 나졸을 동원하여 유생들을 도성 바깥으로 몰아내기 위해 육모방망이를 힘차게 휘둘렀다.

원산진을 개항시키고 인천 개항의 압박의 수위를 높이며 본국으로 간 하나부사 요시모토는 태정대신과 천황으로부터 열렬한 환대를 받았다. 그리고 바로 조선 주재 판리공사로 승진하였다.

1880년 11월 16일 하나부사 요시모토는 판리공사의 직급으로 군함 천성호로 수행원 4명, 함장과 호위병 22명, 무장 순사 10명을 포함하여 41명의 관원을 거느리고 입경하여 청수관에 진을 치면서 일장기를 펄럭이기 시작하였다. 기존 무장 수행원과 호위 병력까지 청수관에 진을 치고 있으니 청수관은 하나부사 요시모토의 군영이 되었다.

아직까지 조선 정부로부터 조선 주재 공사로 승인 받지 못하였으므로 공사관의 경비 병력과 일장기의 게양은 엄연한 불법이었다.

예조참판 김홍집이 반접관으로 하나부사 요시모토를 접견하고 예조판서 김병시(金炳始 1832~1898)가 외교 관례를 들먹이며 하나부사 요시모토의 직권 남용을 문책했으나 그는 콧방귀도 뀌지 않았다.

하나부사 요시모토는 26일 창덕궁 중희당에서 고종에게 조선 주재 일본 공사관의 승인과 자신의 경성 공사를 통보하는 국서를 고종께 일방적으로 봉납하였다.

조정이 미온적으로 대처할 때 일본 공사관의 한양 상주가 함께 경비 병력과 무장 순사의 주둔이 허용되었고 하나부사 요시모토로서는 큰 힘 들이지 않고 합법적으로 조선 주재 공사가 되어 버렸다.

별기군 창설과 민영익의 승승장구

1880년 12월 21일 조정은 행정제도의 개편으로 의정부가 통리기무아문(統理機務衙門)으로 명칭이 변경되면서 초대 총리대신(總理大臣)에 영의정 이최응이 내정되었다. 이는 청나라의 총리각국사무아문(總理各國事務衙門) 제도를 모방한 것으로 통리기무아문이 신설되면서 그 아래 12사를 두어 국정을 이끌었는데, 그 12사란,

사대사(事大司 청나라 외교 담당), 교린사(交隣司 사신왕래 화친), 군무사(軍務司 군대), 변정사(邊政司 변방), 통상사(通商司 외국과 상거래), 기계사(機械司 기계), 선함사(船艦司 선박), 군물사(軍物司 무기 제작), 기연사(譏沿司 해안과 항구, 배), 어학사(語學司 외국어), 전선사(典選司 인재 등용과 물자조달), 이용사(理用司 재정 사무) 등이다.

또한 이듬해 4월에는 군제개편의 일환으로 의흥삼군부(義興三軍府)를 혁파하였다. 종래 5영의 병영도 해체하면서, 대궐외곽을 방어하는 무위영(武衛營)과 도성, 경기외곽 및 수원 유수부를 수비하는 장어영(壯御營)으로 축소하였다. 종전 5영의 병력이 10,000여 명 정도이었으나, 2영으로 축소되니 군사의 수효도 3분의 1로 줄어들었다. 5영의 병영이란, 훈련도감, 어영청, 수어청(守禦廳 남한산성 방어), 금위영, 총융청을 말한다.

무위대장은 홍선대원군의 심복에서 중전의 심복으로 변신한 이경하가 재수되었고, 장어대장은 강화도 조약 때 조선의 전권을 맡은 신헌의 아들 신정희(申正熙 1833~1895)가 임명되었다.

하나부사 요시모토는 중궁전에 품신하여 무위영 군대 중 일부를 신식군대

로 편성하여 일본 교관을 초청하고, 소총을 비롯하여 제반 군수품을 일본이 제공하고, 훈련도 무상으로 조련하여 주겠다고 말을 하면서 중전의 환심을 사려고 하였다.

중전이 그러면 무엇 때문에 일본이 우리 군대에게 소총을 지급하고 조련까지 무상으로 제공하느냐고 의문을 품자 하나부사 요시모토는 민영익을 거론하며 아뢴다.

"중전마마, 민영익 대감은 앞으로 조선의 미래를 짊어질 인재이옵니다. 대감께 신식군대의 조련 책임을 맡겨 그에게 군사조련의 경륜을 쌓게 하면 국정에 많은 도움이 될 것입니다. 마마, 통촉하여주시옵소서."

하나부사 요시모토의 말을 들은 중전은 이내 고종의 재가를 받아 새로운 군대를 창설하였는데, 이것이 우리나라 최초의 신식군대의 효시가 되는 별기군(別技軍)이다.

별기군은 바로 조직 개편에 착수하였다. 교련소 당상에는 민영익, 정령관(正領官 대령) 한성근(韓聖根), 좌부령관(左副領官 선임 중령) 김노완(金魯完), 우부령관(右副領官 중령) 윤웅렬(尹雄烈 1840~1911), 참령관(參領官 소령) 우범선(禹範善 1857~1903) 등이 임명되었다.

훈련담당 교관에는 일본육군 공병소위 호리모토 레이조(掘本禮造 ?~1882)가 초빙되었고, 그는 일본 순사 몇 명과 통역관, 어학생 다케다를 데리고 다니면서 별기군의 통역을 맡겼다.

별기군의 지휘부가 형성되어 조정과 병부에서 신식군대의 자원자를 선발하는 방을 붙이자, 양반 자제들이 대거 지원하여 간부교련의 100여 명과 일반교련의 400여 명 등이 별기군에 입교하였다.

별기군에게는 제복, 무장, 계급과 실전전투의 교련을 모두 근대화로 하였으며, 그들 복장의 색깔도 기존 군대와의 선을 긋기 위하여 초록색의 군복을 착용하였다. 그리하여 별기군을 초록군, 왜별기라고도 불렀다. 별기군의 조련은 맨 처음 모화관(慕華館 청나라 사신을 맞던 곳)에서 시작하였다가, 그 후 남산 밑에 있는 하도감(下都監 훈련도감의 분영)으로 교련장을 옮겨 그곳에서 엄격한 교련을 하였으며, 별기군은 하루아침에 중전의 직할부대로 급부상하였다.

"차렷!"

"좌향 앞으로 갓!"

"우향 앞으로 갓!"

"뒤로 돌아 갓!"

호리모도 레이조 소위의 날카로운 구령에도 불구하고 훈련병들이 우왕좌왕하며 엉킨다. 아직까지 일본말에 서투른 훈련병과 조선말을 제대로 못하는 호리모도 레이조의 구령으로 가끔 교련장은 폭소를 자아내기도 한다. 호리모도 레이조는 뒤엉킨 10명 모두에게 큰소리로 말하기를,

"뒤엉킨 3분대 모두 뛰어 나와!"

"?……?"

교련생들이 호리모도 레이조의 말을 알아듣지 못하자, 어학생이 빠르게 통역한다. 곧 뒤엉킨 3분대 10명이 우르르 몰려나온다. 나오는 모습이 아직까지는 군인이라고는 할 수 없었다. 그래도 호리모도 레이조는,

"차렷!"

소리와 함께 호리모도 레이조가 잡고 있던 지휘봉이 훈련병들의 몸을 사정없이 후려친다. 그렇다고 하여 맞는 매가 많이 아프다든가 인권의 모욕은 아니었다. 단, 군인의 기본자세를 위반하는 경우에는 매서운 기합이 뒤따르고, 정당한 군령을 이행하지 않으면 별기 당상관에게 보고하여 퇴출당하기까지 하였다.

호리모도 레이조의 구령이 일본어로 지휘를 하니 아직까지 그 구령을 확실하게 알아듣지 못하는 훈련병들이 교관의 질책을 듣고 있지만, 남산 하도감에는 자욱한 먼지를 일으키며 연일 군사훈련이 계속되고 있었다.

그들이 비록 푸른 군복을 입고 군모를 썼으나, 상투를 틀고 있었고 군복 안에는 조선 옷을 입고 있었다. 주변의 백성들이 하도감 내에서 별기군의 훈련을 지켜보면서 그들의 어이없는 행동에 폭소를 자아내기도 하지만, 가끔 별기군의 날카로운 조련 모습을 볼 때에는 환호성을 지르기도 하였다.

별기군의 군사훈련 중 사격 연습은 만만치 않는 것이었다. 일본군의 소총은 반동이 심하여 사격 중 뒤로 넘어지기도 하고 어깨나 얼굴, 목 등을 다치는 자도 속출하였다.

또한 별기군들은 시가행진 중에는 물론이고 외출 때에도 소총을 메고 떼를 지어 다니며 구호를 외치며 줄을 맞추어 다녔다. 특히 구식군대의 부대 앞을 행군할 때에는 그곳 백성들과 군졸들로부터 심한 야유와 조롱을 받기도 하였다.

"나라꼴이 어찌 되려고 이러는지!"

"그러게 말이야, 이제는 총질하는 것도 왜놈들에게 배워야 한단 말인가!"

백성들은 한탄하였고, 무위영 군졸들은 별기군에게 손가락질하며 말하기를,

"야, 이 가짜 서양 오랑캐들아, 나라를 팔아먹는 앞잡이 놈들, 네 놈들 때문에 우리들은 쫄쫄 굶는다."

그렇지만 별기군은 아랑곳하지 않고 호리모도 레이조의 힘찬 구령에 맞추어 씩씩하게 하도감으로 행군하였다.

야유하고 조롱하는 백성들 틈에는 김옥균, 박영효, 서재필도 끼어 있었다. 차분하게 별기군의 행진을 지켜 보던 김옥균이 온화한 얼굴로 박영효를 보면서 말하기를,

"비록 우리가 일본에 의해 강제로 안방 문이 열렸지만 잘만 이용하면 우리도 언젠가는 저들과 어깨를 나란히 할 날이 꼭 올 것이오."

"문제는 모든 백성들이 반일 감정의 깊은 골은 물론이고 개화의 열망을 좋게 보지 않고 있으니 이런 점이 염려스러울 뿐이오."

박영효가 탄식하듯이 내뱉자, 김옥균이 옆에 있는 서재필에게 말하기를,

"송재(松齋 서재필의 호), 자네는 저 별기군들의 조련과 행동을 눈여겨보아야 할 것일세."

"예, 형님!"

"지금의 조정은 문무가 구별되었고, 송재가 문과에 응시한다고 하여도, 군사를 조련하고 그들을 지휘함에 있어서, 송재에게 만큼은 구분이 없어야 하는 게야, 내 말 명심하시게."

김옥균은 서재필이 조선의 문무를 짊어질 인재로 보고 있었다. 그들은 짧은 대화를 나누면서, 별기군이 자욱한 먼지를 일으키며 하도감으로 행군하는 모습을 바라보고는 유홍기의 약국으로 향한다.

민영익이 구종별배를 거느리고 초헌을 타고 교련장인 하도감으로 들어오자, 호리모도 레이조는 우선 교련생들 모두에게 소총을 어깨에 메게 한 후 부동자세로 도열시켜 놓는다. 그리고 통역관, 일본순사와 어학생까지 인솔하여 민영익을 군례로 맞이한다. 그럴 수 밖에 없는 것이다. 교련 당상관이면 지금의 사관학교 학교장에 해당된다. 늠름한 교련생들을 본 민영익은 흐뭇한 마음에 호리모도에게 말하기를,

"오, 호리모도 레이조 소위, 수고가 많네."

"예, 대감, 황공하옵나이다."

"호리모도 레이조 소위, 자네 어깨에 우리 조선 군대의 운명이 달렸네. 부디 우리와 일본은 영원한 동맹이듯 별기군의 조련에 충실하여 주시게나!"

민영익이 근엄하게 말하자, 호리모도 레이조는 상기된 얼굴로 말하기를,

"대감, 저는 저의 맡은 직분을 다할 뿐인데 대감께서 과찬하여 주시니 몸 둘 바를 모르겠습니다."

호리모도 레이조는 숙였던 허리를 펴고 차렷 자세와 함께 거수경례로 민영익의 호의에 보답한다.

조정에서 승승장구하고 있는 민영익이 별기군을 순시하고 척신의 풍모를 갖춘 채 화려한 행렬로 하도감에서 멀어진다.

일본에서 돌아온 이동인은 오경석의 죽음을 알게 되었는데 그의 죽음은 과로사였으나, 조정은 미관말직이라는 이유로 그의 죽음을 대수롭게 여기지 않았다.

이동인은 교련당상 민영익의 저택에 머물면서 그의 보호로 고종과 중전도 알현하고 조선의 개화를 위해 동분서주하고 있었다.

고종은 이동인의 노고를 치하하며 통리기무아문의 참모관에 임명하였는데, 참모관은 무기와 군함의 업무를 담당하는 것이다.

이때까지만 하여도 민영익이 비록 척신이지만 김옥균, 박영효 등과도 가까이 지내면서 조선 미래의 개화를 이끌 주역이었다.

이동인이 비밀리에 대전 출입을 하였지만, 그 보안이 계속 지켜지기는 쉽지 않았다. 조정에서는 왈가왈부하면서 그의 대전 출입을 고깝게 보는 시선들이 많았고, 그 비난의 소리는 고스란히 민영익에게로 돌아갔다. 그리고 어느 때와 같이 이동인은 오늘도 비밀리에 고종을 알현하고 퇴궐하는 중 홀연히 행방을 감추었다. 이때가 1881년 4월이었고 그 후로 이동인을 본 사람은 아무도 없었다.

신사유람단(조사 시찰단)과 영선사 파견

이 무렵 조정은 일본의 신문물을 시찰하고자 신사유람단(紳士遊覽團)을 파견하기로 하였다. 반일 감정의 여론이 높아 이들에게는 동래부 암행어사로 위장하여 그곳으로 집결한 후 도일하게 하였다. 명치유신 이후 날로 발전하는 일본의 근대 문물을 살피는 것이 주목적이었다. 신사유람단을 조사 시찰단(朝士視察團)이라고도 부른다. 이들은 12명의 전문위원이 각 2~4명의 수행원을 거느리며 1개조로 편성하여 총 12개의 반 62명의 사찰단이었다.

대표적 전문위원은 박정양(朴定陽 1841~1904), 어윤중(魚允中 1848~1896), 엄세영(嚴世永 1831~1900), 민종묵(閔種默 1835~1916) 홍영식, 김옥균 등이다. 홍영식은 나이가 가장 어렸고 부사를 역임한 이원회(李元會 1827~?)가 최고령이었다.

시찰단은 4월 10일 한양을 출발하여 부산에서 일본 화륜선 안네이마루(安寧丸)호를 타고 대마도, 고베, 요코하마를 거쳐 4월 28일 동경에 도착하였다.

일본 정부는 태정대신, 좌대신, 우대신 외무경 등의 거물급을 동원하여 이 시찰단을 크게 환영하였다. 또한 조선 주재 하나부사 요시모토 공사를 급거 일본으로 불러 들어 시찰단의 안내를 맡게 하기도 하였다.

일본 주재 청국 공사와 부사 장사계, 참찬관 황준헌 등도 시찰단에게 깊은 관심을 보였다.

일본에 체류하면서 홍영식은 일본의 육군성을, 박정양은 내무성, 어윤중은 대장성, 엄세영은 사법성 등을 중점으로 시찰하였다. 특히 홍영식은 육군성 이외에도 일본의 근대 우편제도에 상당한 관심을 가지고 우편 관계자와도 활발하게 교류하였다.

시찰단은 모든 일정을 마치고 7월 28일 동경을 출발하여 윤7월 2일 부산에 도착하였다. 복귀도 맨 처음처럼 암행어사로 위장하여 역 귀환하였다. 시찰단은 고종에게 자신들의 임무를 복명하였고, 그들 대부분은 조정에 중용되어 개화정책에 일조하였다.

홍영식은 일본육군총제와 일본육군조전을 작성하여 조선의 근대식 군사제도에 상당한 기여를 하여 군무사(軍務司) 부경리사로 총리국을 관장하게 되었다. 홍영식은 부친이 홍선대원군 계열임에도 불구하고 중전이 홍영식을 신임하였다는 것은 그의 청렴함과 인간미를 엿 볼 수 있는 대목이다.

다만 어윤중은 수행원 윤치호와 유길준 등을 일본의 유학생으로 남겨 두면서 9월 청나라 상하이를 거쳐 텐진으로 들어가서 학업을 계속하였다.

이때 총리대신 즉, 영의정에 오른 이최응의 군저는 수령방백들과 조정 중신들의 내왕으로 북새통을 이루고 있었다. 뇌물로 재산 모으는 것이 취미이자 특기인 그로서는 수령들의 뇌물은 물론이고, 매관매직까지 공공연하게 하여도 누구 하나 제지하는 사람이 없었다.

이최응의 군저 집사는 하루종일 뇌물 받은 것을 세세하게 기록하고 곳간에 저장하느라고 눈 코 뜰 새 없이 바쁘다. 그리고 조금만 틀리면 이최응의 손이 집사의 뒤통수를 때리기도 한다. 이최응의 부정에 심지어 중전까지 비호하면서 말하기를,

"뇌물을 챙기면 얼마나 챙기겠는가. 전하께 충성하고 우리 세자를 끔찍이도 여기는 것에 비하면 조족지혈이지."

이최응의 12곳간은 금은보화와 쌀, 쇠고기, 꿩고기, 전복, 사슴고기 등으로 넘치고도 넘쳤다.

이최응은 등청 전 집사와 하인을 불러 12곳간에 있는 재물을 꼭 확인하고 등청하는 것이 즐거움 중에 가장 큰 즐거움이었다. 그는 오늘도 어김없이 집사와 하인들을 호령하기 위하여 설렁줄을 흔든다. 그런데 오늘따라 집사와 하인의 동작이 조금 느려 터지자 이최응은 고래고래 소리 지르기를,

"집사, 네 이놈, 뭘 그렇게 꾸물거리느냐, 냉큼 곳간으로 앞장서지 못할까!"

집사와 가노들을 거느리고 12곳간으로 간 이최응이 쩌렁쩌렁하게 말한다.

"엽전부터 세어라!"

"예~이,"

"백 냥, 이백 냥, 팔백 오십 냥, 이천 오백 냥, 삼만 팔천 육백 오십 냥이옵니다."

"다음 쌀가마니를 세어라!"

"열세 가마, 오십 네 가마, 백오십 가마, 삼백 육십 가마. 사백 삼십 가마이옵

니다."

"쇠고기와 모든 고기를 근으로 달아 보아라!"

"쇠고기 250근, 돼지고기 560근, 사슴고기 400근, 노루고기 350근,"

"생선과 다른 고기의 수를 세어 보아라!"

"꿩 150마리, 전복 800개, 갈치 600마리, 고등어 450마리, 북어 1,200마리, 닭 350마리……."

"다음은 비단과 신발, 옷감과 나머지 품목을 세어 보아라!"

"예~ 이, 대감마님."

"비단이 오십 필,~ 이백 삼십 필,~ 사백 필,~ 육백 필이옵고, 신발이 오십 짝,~ 이백팔십 짝,~ 삼백오십 짝이옵고, 그 다음은 삼베옷이 칠십 벌,~ 일백 사십 오벌,~ 이백 오십 벌 이오며,…… 색동옷이 구십팔 벌,~ 일백 이십 벌,~ 일백 오십 벌이옵고, 기타 등등 이옵니다."

이최웅의 얼굴은 흡족하기만 하다. 흐뭇해하는 이최웅에게 집사가 말하 길,

"대감마님, 모든 품목을 다시 한 번 세어 볼까요?"

"예끼, 이놈아!"

마침 여름이라 많은 생선과 고기가 맛이 조금가면서 냄새가 나고 부패하여 곧 먹을 수 없게 되었다. 집사가 이최웅에게 아뢰기를,

"대감마님, 생선과 육류 중 맛이 가는 것은 하인들에게 잔치를 한 번 베푸시고 그래도 남는 것은 이웃에게 나누어 주시는 것이 어떻사옵나이까?"

이최웅은 허연 도끼눈을 부릅뜨고 말하기를,

"무에야! 네 이놈, 시건방진 소리 하지 마라! 기껏 힘써 모은 재물을 겨우 이웃에게 나누어 주라는 말인가!"

이최웅의 손은 여지없이 집사의 뒤통수를 후려친다. 곳간의 품목을 확인한 이최웅은 곳간 창고 열쇠를 자신의 방 장롱 속에 깊이 숨기고, 또 열쇠로 그곳을 잠그고 그 잠근 열쇠를 가지고 뿌듯한 기분으로 등청한다.

이만손의 상소가 수그러질 무렵, 그해 윤7월 6일 이항로의 문하생인 강원도 유생 홍재학(洪在鶴 1848~1881)이 상소를 올린다.

그는 죽음을 각오한 격렬한 위정척사의 주장과, 정부의 봉건적 착취와 부정부패로 얼룩진 왕실과 중신들의 실정을 날카롭게 질타하는 상소였다. 그 내용은,

1, 서양 오랑캐의 요기가 나라 안에 들어와 전파되어 백성과 나라에 화가되고 흉조가 되었을 때, 선왕이신 정조대왕, 순조대왕과 헌종 때에는 이를 매우 염려하여 단호히 제거하였으므로 종사를 보존하였다. 또한 병인년과 신미년에도 두 오랑캐가 내침하여 오자 우리 백성과 조야들이 결사적으로 싸웠으므로 오랑캐를 격퇴하며 종사를 지켰다.

2, 그러나 이 몇 해 동안은 잘못된 사설들이 종묘에 횡행하고, 사교의 흉언들이 나라 안에 낭자하여 종묘사직이 위태롭게 되었는데도 영남유생들의 상소문에 비답하되 위정척사에 너희들이 말을 기다리겠는가라고 하였으니 과연 상께선 위정척사를 위하여 무엇을 하였는가?

3, 왜놈과 서양놈은 일체이다. 하나부사는 일본의 양인과 같거늘 상께선 어찌 그를 용서하고 그에게 시비를 거는 자는 추방하고 아부하는 자는 작위로서 포상을 하니 공?맹(孔孟 공자, 맹자) 정주(程朱 송나라 유학자 정호, 정이, 주희를 칭함)의 대도(大道)가 하루아침에 망하여 이제는 지탱할 수 없게 되었다. 가문의 윤리는 문란하여 패가망신하게 되었고 사람들은 예의를 망각하여 의를 버리게 되니 상께선 장차 누구와 더불어 국가를 위할 것이오?

4, 양학은 천리를 어지럽히고 인륜을 멸하는 것이며 서양문물은 대부분 음란스럽고 욕정을 불러 일으켜서 인신을 어지럽히고, 천지를 거역하므로 심성을 잃고 악질을 서로 옮기는 것과 다름없는데, 이른바 태서견문 만국공법 등 허다한 이류사서가 나라 안에 충만하여 명사 · 석유(碩儒 학식과 덕망이 높은 학자)라 칭하면서 새로운 기운을 좋아하고 숭상하는 무리들이 한번 들어가면 빠져나올 줄 모르고 서로 찬미하고 있다. 소위 황준헌의 사의 책자도 이에 빠져버린 자가 조정에서 말하기를, 저의 여러 가지 변론들이 나의 생각과 상부한다고 하였으니, 그 이유를 살펴 보면,

사신과 재상이 예수의 심복이며 구라파에 대한 내응이기 때문에 기자(箕子)의 성스러운 삼천리 강토와 오늘날에 이르러 소용없는 천한 것이 되었다.

5, 그러나 고금, 어느 곳을 보아도 도를 지켜 망국한 일은 없다. 상께서 발분하여 용단을 내려 사경에 이른 사직을 지키고, 싸워서 지킬 대책을 결정하여 이 땅에 들어와 있는 외국 물자를 몰수하고 양서(洋書)를 불태우는 동시에 상하를 위협하고 유언비어를 날조하여 혹세무민하는 간신들의 목을 벨 것이오. 동래와 덕원에 관을 설치하고 한양의 성 안팎을 무상 출입하는 양이들도 추방하라!

6, 보국안민하는 방책으로 기무아문을 혁파하고 5영 군제를 부활시키고 내영(內營)의 경비를 할당 분배하여 군졸의 급료를 후하게 할 것이오. 무당과 불상의 기도를 금지하고 광대, 희설을 멀리하여 연회, 일락(逸樂)의 옛 폐단을 없애고 필요 없는 경비를 절약하여 사치를 금지한 다음 언로를 널리 열고 유학을 숭상하고 장려하여 기강을 진작하여 국민의 힘을 기르고 군정을 밝게 하여 국왕과 백성이 티없는 한마음으로 금석같이 길이 지속하게 하라!

7, 그러나 상께서 국정을 친총(親摠)한 이후로 일찍이 단 하루라도 척사, 위정 정치를 해본 적이 있는가? 상께선 한가한 중에라도 다시 생각하고 헤아려 보라! 상께서 사방의 언로를 억누르는데 급박하여 시위 · 지적하는 자가 있으면 벼락 같은 탄압을 가하니 일시적인 좌절은 면할 수 있으나 더욱 격화되는 공의를 무엇으로 금제할 것인가. 상의 전교에서 왜인과 통상하는 것은 교린 수호의 도를 위하는 것이라 하였으나 신들은 매우 의심스럽다. 옛날 호화할 때 과연 일본이 황제라 칭하며 우리에게 무례를 한 적이 있었던가. 또 동래에 저희 가택 수천 호가 맞붙어 거주하게 하고 덕원의 요지를 예약하여 주며 인천의 인후까지 허락하여 준 적이 있었던가. 옛날의 교린이란 천의를 외경함으로써 나라를 지켜 즐기고 천하를 태평하게 하는 것이었으나 오늘날의 교린은 조종의 땅을 베어 주고 생령의 피를 메마르게 하니 슬프고 괴이하다.

8, 이젠 상께서 진실로 정도를 걷고 사교를 물리치고자 한다면 화친을 주장하며 나라를 팔고 상께 아첨하는 간신배를 참수하여 거리에 높이 걸어 놓고, 전날 척사하다가 상께 죄를 지은 자들을 사면하는 동시에 그들의 헌책을 중용하라!

9, 신 등 소수 몇 사람은 상의 힘으로 형벌할 수도 있고 참배할 수도 있으며, 시가에서 참형에 처할 수도 있다. 그러나 8도 만백성이 집집에서 원망하고 노하여 사람마다 분개한다면 맹렬한 불길

이나 성난 조수와 다름없어 상의 힘으로도 제지할 수는 없다.

10, 상께서 전례 없는 과오를 저지르고서도 막연히 깨닫지 못하는 것은 평소에 학문을 하지 않는 탓으로 밝은 이치를 앎이 부족하고 사사로움을 눌러 이길 심력이 부족하여 연회 안락의 독을 달게 여기고 참녕의 꾀임을 즐긴 때문이다. 상이 학문을 못하게 된 것은 재상 이하가 완명 우둔하여 모리(謀利) · 무치(無恥)한 무리들이 성학 · 성덕이 성취되어 어짊을 취하고 간사함을 물리치게 된다면, 무리가 발붙이지 못할 것을 두려워하고 방해한 때문이다. 바라건대 지금부터는 분발하여 성지를 세우고 예학을 면려 · 정진하여 청화(淸化)로서 근본을 삼아라!

이렇게 죽음을 각오한 홍재학의 상소는 조정을 들끓게 만들었고, 고종은 7월 10일 영의정 이최응을 위관으로 삼아 추국케 하였다. 이최응이 홍재학을 심문하기를,

"네 이놈! 네놈은 망령되게도 조정을 기만하고 주상전하께도 불충한 놈이다. 네 놈을 찢어 죽여야 원칙이나 그 전 네놈이 사교, 사도를 언급하였는데 그 소재를 밝혀라!"

위관인 이최응의 호령은 제법 호기있게 보였다. 그러나 홍재학은 이최응을 벌레 보듯이 보면서 말하기를,

"사학이 나라 안에 가득 퍼져 있는데 어찌 일일이 다 지적하겠는가. 이제는 무능과 부정부패로 얼룩진 영상대감만 보아도 머리에서부터 발끝까지 양물뿐이다. 영상대감의 자택에 쌓아둔 재물도 큰 것부터 작은 것에 이르기까지 모두 서양 놈의 재물일 것이다. 앞에서는 양이의 것을 받아들이고 뒤에서는 양이의 것을 보호해 줌이 실로 이러하니 양학을 아니 배우고 어찌 이처럼 될 수 있었겠느냐!"

홍재학의 얼굴에는 조금도 두려워하거나 동요의 빛도 없었다. 판부사와 금부의 관원들이 지켜보고 있는 가운데 이최응의 얼굴은 붉으락푸르락하였지만, 그래도 그는 침착하게 심문한다.

"네 이놈, 그러면 네 놈의 상소 중 참수, 운운하는 것은 누구를 지칭하는 것이냐!"

홍재학은 서슴지 않고 말하기를,

"주상 곁에서 모든 일을 주장하고 좌우하는 것은 영상인데 그대와 같은 위인을 지목하지 않고 누구를 말하겠는가?"

이최응에게 마지막 화살을 쏘자, 이최응은 숨이 막혀 말을 못할 지경이 되었고, 위관을 사임하였고 그 후 영의정까지 사임을 청하였으나, 그것은 고종이 윤허치 않았다.

7월 19일 영돈령부사 홍순목으로 위관이 바뀌면서 홍재학을 심문하자 그는 이제 자신의 발언을 모두 마쳤으므로 전혀 응대치 않고 의금부의 공초에도 순수하게 날인하였다. 다음날 서대문 형장으로 끌려가는 홍재학의 뒤를 백성들이 따르며 통곡하자 그는 오히려 백성들을 위로하며 말한다.

"내 이제 대의를 위해 목숨을 버리는데 무엇이 슬퍼서 눈물을 흘리시오?"

그는 깨끗하게 형장의 이슬로 사라졌고, 그의 가산은 적몰됐다.

그 해 봄에는 가뭄이 극심하여 농사를 망쳤는데, 여름에는 폭우가 멈추지 않아 영남지방에서 가옥 1,500여 채가 유실되었고 인명피해도 140여 명이나 되었다. 농경지 유실과 농작물 피해는 집계가 되지 않고 있었다. 보고를 받은 고종은 탄식하였다. 보릿고개를 넘기지 못하고 아사하는 백성들도 속출하였다. 더구나 일본인들이 질좋은 조선의 쌀을 대량으로 구매하여 본국으로 보내고 있었으니, 조선은 쌀의 품귀 현상으로 물가가 천정부지로 치솟고 있었다. 지방관들의 탐학은 흉년이라고 하여 멈추지 않는 것은 두말할 나위도 없었다.

같은 해 9월 조정은 근대화된 청나라의 병기창을 견학하고 군사훈련과 자

문을 얻기 위하여 영선사(領選使)를 텐진에 파견하게 되었다. 이 논의는 1880
년 4월부터 진행되고 있었으며 규모도 100여 명에 가깝게 준비하고 있었다.
그러나 조정의 재정부족과 하나부사 요시모토의 항의로 직접적인 군사훈련
과 병력증강은 배제되었다.

그 해 9월 26일 영선사 김윤식은 종사관 윤태준(尹泰駿 1839~1884)과 양반자
제의 청년 학도 및 유학생 20명을 포함하여 총 38명을 거느리고 한양을 출발
하여 10월 26일 압록강을 건넜고 11월 17일 북경에 도착하였다. 중국 대륙의
혹한과 생활의 변화 등으로 유학생들은 적응하지 못하며 힘든 여정을 소화하
게 되었다.

이 무렵 중국에 체류 중인 어윤중은 그곳에서 김윤식과 합류하게 되었고,
그는 잠시 귀국하였다가, 문의관의 신분으로 재차 청나라에 들어가서 영선사
와 함께 체류하게 되었다.

김윤식은 북양대신 이홍장과 영선사의 거취문제로 3차례나 회담한 후, 이
듬해 1월 유학생들을 텐진 기기국에 배속시켜 총포, 화약, 탄약의 제조법과
전기, 기계는 물론이고 외국어까지 배우게 하였다. 반상의 자제들이 노동을
하기에는 너무나 힘들었고 조선 정부의 재정지원 부족과 유학생들은 질병,
학습부진 등으로 19명이 5월 귀국하여 버렸다. 나머지 대부분은 청나라의 소
극적인 관심과 본인들의 나태로 크게 효과를 거두지 못한 채 청나라에 머물
면서 생활하고 있었다.

이재선의 역모 사건

1881년 7월 어느 날 승지를 지낸 안기영(安驥泳 1819~1881)의 자택에 권정호
(權鼎鎬)가 찾아오자 그의 애첩 설화가 주안상을 차려 낸다. 몇 순배의 잔이 돌
자 그들만의 모사가 시작되는 음모의 말들이 오고간다. 먼저 권정호가 안기
영에게 말한다.

"영감, 이대로 보고만 있어서야 되겠습니까?"

"이 사람아, 누군들 어디 그냥 있고 싶어서 가만히 있는가!"

"영감, 이제 더 이상 민문의 썩어빠진 개화정책을 좌시하여서는 아니 되옵니다. 영감께서 국태공 저하의 의향을 알아보십시오. 모조리 쓸어 버려야 합니다."

"아, 이 사람아, 국태공 저하의 의향이 문제가 아니라 명분과 우리들의 거사에 동원할 군대가 없지 않는가. 이게 어디 맨주먹으로 되는 것인가?"

"영감, 제가 은밀하게 국태공 저하를 위하여 목숨까지 버릴 수 있는 인사들을 포섭하여 의견을 타진하여 보겠습니다."

"되도록 은밀하게 하시게."

"예, 영감, 여부가 있겠습니까."

그 후 권정호는 수시로 안기영의 자택에서 모의하고 사방팔방으로 동지를 수소문하느라고 분주하게 움직일 때 이조참의를 지낸 채동술(蔡東述 1841~1881)도 이들과 합세하였다.

채동술도 강달선(姜達善)이라는 영남유림과 강화도의 유생 이철구(李哲九), 서리 출신 이두영(李斗榮), 이종학(李鐘學) 등을 포섭하여 밤이면 밤마다 은밀하게 모여 모의를 계속하였다. 또한 시시각각 일어난 모든 상황을 안기영에게 보고하였다. 그야말로 백면서생들의 탁상공론(卓上空論)에 불과한 모의였다. 그래도 안기영이 조용하게 말하기를,

"거사를 일으키려면 군자금이 있어야 하므로 나는 집을 팔았으니 모두 돈을 모을 수 있는데 까지는 끌어 모아야 하오."

또한 안기영은 신식무기가 있어야 하니 별기군의 윤웅렬과 한성근에게 접근하여 신무기의 입수방법을 논의하고, 함경도 급수군을 정점으로 거사에 동원할 군사를 모병해야 한다는 말도 하였다.

안기영이 윤웅렬과 한성근을 만나서 신무기의 구입, 방법 등을 알아보려고

하였으나, 그는 화승총, 창, 칼 한 번 잡아보지 않았던 문관 출신의 안기영이 어찌 신식무기의 구매 방법을 알겠는가, 어디 그 뿐이겠는가, 윤웅렬과 한성근에게는 면담조차 하지 못하고 문전박대를 당하고 보니 모병이라는 것은 더욱 안 되는 것이었다.

그래도 그들은 의논 끝에 8월 21일에 시행하는 경기도 감시의 초시(初試 진사 선발)에 거사 날짜를 잡으면서 계획하기를,

'강달선과 이철구를 유건유복(儒巾儒服)으로 유생들과 함께 있다가, 토왜의 거를 외치며 흥선대원군의 명령이라고 하면 그날 과거장에 온 모든 유생들은 물론이고 주변 백성들도 들고 일어나면 그들을 모두 지휘할 수 있을 것이오.

그렇게 하여 군대를 3개 부대로 편성한다. 제1대는 중군을 지낸 조종호가 이재선을 앞세워 국태공과 함께 요금문으로 입궐하여 국왕을 폐위하고 이재선을 옹립한 후, 왕비는 폐위 사사한다. 제2대는 민문 척족과 부패한 관료들을 처형한다. 제3대는 일본공사관을 공격하여 왜놈들을 주살한다.'

그들 나름대로는 거사의 기치를 내세우고 있었으나, 문제는 거사자금과 군사가 부족한 것이 문제였다. 이때 채동술이 안기영에게 은밀하게 말하기를,

"영감, 실은 저와 광주산성에 별장으로 있는 이풍래(李豊來)와는 막역한 사이입니다. 잘하면 광주의 군대를 쓸 수도 있습니다. 그렇게만 되면 구태여 모병은 하지 않아도 될 것이오나, 문제는 그가 우리들의 거사에 동참을 하느냐가 문제입니다."

"내일 당장 나하고 광주로 가세."

"아니, 영감께서 직접 말씀이십니까?"

다음 날 안기영과 채동술은 남한산성으로 달려가서 이풍래를 만나 은밀하게 현 시국을 논의하여 본다. 이풍래도 안기영과 채동술의 의견에 동조한다. 안기영과 채동술은 이풍래에게 자신들의 거사를 이야기하며 뒤에는 흥선대원군과 그의 서장자 이재선이 있다는 과장된 말도 하였다. 이풍래가 채동술

에게 말하기를,

"이보시게, 그럼 내가 하여야 할 일은 무엇인가?"

"자네는 자네가 지휘할 수 있는 군사를 수시로 점검하여 항상 출동태세를 갖추고 있다가 거사당일에 휘하의 군사를 이끌고 운현궁으로 와서 국태공 저하의 지휘만 받으면 될 것이네."

"알았네."

안기영과 채동술은 이풍래의 가담과 지원군을 약속받았으므로 그들은 빠르게 운현궁을 방문하였다. 홍선대원군은 무료함을 달래느라고 난초를 부지런히 그리고 있었다. 이에 안기영이 홍선대원군에게 아뢴다.

"저하, 소신이 오늘 저하께 목숨을 걸고 진언드리고자 하옵니다."

"?……?"

"저하, 이제 조정과 민문 척족들의 망국적인 행동을 응징할 때가 왔사옵니다."

"!……!"

홍선대원군은 난초를 그리면서 묵묵히 안기영의 말을 듣고 있었다. 안기영은 홍선대원군에게 자신들의 거사를 모두 말하고 이재선을 신왕으로 옹립하는 것까지도 품신하였다. 이재선은 홍선대원군의 소실 계월성의 아들로서 한직인 별군직(別軍職)에 있었다. 그러나 홍선대원군이 조용하게 말하기를,

"자네들의 탁상으로는 어림도 없네. 내, 오늘 이야기는 듣지 않은 것으로 할 걸세. 그러니 물러가게."

안기영과 권정호 등은 홍선대원군의 묵인에 가까운 말은 거사를 일으키라는 암시로 이해하며 운현궁을 나온다.

그런데 거사는 처음부터 차질을 빚고 있었는데, 8월 21일 시행하겠다는 경기도의 초시가 연기되어 버렸다.

다시 안기영의 집에 모인 채동술, 권정호 등은 이런저런 이야기를 나누면서

앞으로의 대책을 의논하지만 별 뾰족한 수는 없었다. 또한 안기영의 애첩 설화는 이 거사에 적극적으로 반대하면서 안기영에게 말한다.

"영감, 제발 나서지 마시오, 그런 사람들과 뭘 하겠다는 것이오. 그런 형편 없는 사람들과……."

그야말로 가당키도 않다는 뜻으로 혀를 차며 비웃고 있었다.

8월 28일 남한산성의 이풍래는 궁금증에 견딜 수 없게 되었다. 거사 날짜가 지났는데도 아무 연락이 없으니 그로서는 몹시 두렵고 공포에 떨게 된다. 잘 못 하였다가는 큰 화를 당하는 것은 불을 보듯이 뻔하였기 때문에 그는 궁리 에 궁리를 생각한다.

'어찌해야 하느냐, 이대로 개죽음을 당하고 가족까지 모두 노예로 전락되 어야 하는가?'

'?……?'

'아니야, 혹 대원군이 재집권을 할지, 그럼 어떻게 되는 거야.'

'아니야, 이제 국태공은 틀렸어. 지금이라도 고변을 하여 최소한 목숨이라 도 보존을…….'

여기까지 생각한 이풍래는 남한산성을 빠져 나와 말머리를 몰아 운종가 육 조 앞까지 단숨에 달려간다. 그리고는 의금부로 바로 달려가서 크게 외친다.

"고변이오, 역모이옵니다."

의금부 판사 서당보가 지사 홍종운과 함께 금부의 관원들을 거느리고 이풍 래를 심문하자, 그는 흥선대원군과 관계된 것만 함구하고 모든 것을 고변하 였다.

다음 날 서당보는 입궐하여 고종에게 품신하려고 하였으나, 고종은 명릉(明 陵 숙종의 묘)과 예릉(睿陵 철종의 묘)을 참배 중이므로 고종이 환궁하기만을 기 다린다. 고종이 환궁하여 이최응과 함께 참배에 관하여 이런저런 이야기를 나누고 있을 때, 서당보는 고종 앞에 부복하여 떨리는 소리로 고한다.

"전하, 아뢰옵기 황공하오나 역모가 일어났사옵니다."

서당보의 말을 들은 고종과 중전, 이최응은 눈이 휘둥그레진다. 단 번에 이최응이 물어보기를,

"이보시오, 판부사 대감, 대체 어떤 놈이 어지신 전하께서 다스리는 이 태평성세에 역모를 도모하였단 말이오?"

고종과 중전에게 아부를 잘하기로 두 번째 가라면 서러워서 눈에 쌍심지를 켜는 그로서는 안성맞춤의 말이었다. 아직까지 고종이 보위에 등극한 후 역모는 한 번도 없었으므로 고종은 깜짝 놀라며 하문한다.

"판부사 대감, 누가 불궤를 도모하였소?"

"예, 전하, 아뢰옵기 황공하오나 전 승지 안기영, 권정호, 채동술 등이 이재선을 추대하여 비밀리에 곧 거병할 것이라고 하였다 하옵니다."

서당보는 이재선의 이름이 거론되었다는 것만으로도 그를 주모자로 연루시켜 아뢴다. 이재선이 거병한다는 말에 고종은 현기증을 느끼며 말한다.

"뭐, 뭣이라고, 형님께서……."

"예, 전하, 지금 남한산성의 별장 이풍래라는 자가 고변을 하여왔사옵니다."

"거~참, 대원위, 그 사람 물러났으면 조용하게 지낼 일이지 왜 자꾸 평지풍파를 일으키는 지 원, 참."

"아니, 홍인 백부님, 아버님이 아니라 이재선이라고 하지 않습니까?"

"전하, 아뢰옵기 황공하오나 이재선이 역모를 하였다는데 대원위의 사주 없이 또는 운현궁이 모른다고 하여서야 말이 되지를 않사옵니다."

고종에게 아뢴 이최응은 약삭빠르게도 중전을 쳐다본다. 옆에서 부들부들 떨면서 듣고 있던 중전이 나선다.

"전하, 아뢰옵기 황공하오나 백부님의 말씀도 일리가 있습니다. 모두가 운현궁을 제집 드나들듯이 드나드는 자들이 아니옵니까?"

다급해진 고종은 판의금부사에게 물어본다.

"판부사 대감, 그 이풍래는 아버님께서도 이 역모를 알고 계신다고 하였습니까?"

"예, 전하, 신이 잠깐 이풍래를 심문하여 보았는데, 그 자의 말은 국태공 저하께서는 물론이고 이재선도 이들이 불궤를 도모한 것 조차도 모르고 계시는 일이라고 하옵니다."

판의금 부사의 보고를 들은 고종의 어심은 조금은 놓인다. 그리고 고종은 환관 유재현에게 명령한다.

"지금 도당에 있는 모든 대소신료들은 대전으로 들라 하라!"

급보를 받은 판돈령부사 홍순목, 총융사 민겸호, 병조판서 조영하, 어영대장 민태호, 이조판서 이재면, 영중추부사 한계원 등이 들어 와서 엎드린다. 어전에 부복한 신료들은 모두가 한목소리를 내며 고종이 하문하기도 전에 고종에게 주청한다.

"전하, 자고로 역모는 빠르게 진압하는 것만이 종묘사직을 지키는 것이옵니다. 시급히 역도들을 포박하여 문초하심이 옳은 것으로 아옵니다. 전하, 통촉하여 주시옵소서."

"알았소. 역도들을 모두 포박하시오."

어명이 떨어지자, 대궐은 비상사태로 돌입하여 어영대장 민태호가 궐내 모든 군사들을 총괄하여 삼엄한 경계망을 펼친다. 그리고 대궐의 상징을 엄하게 하기 위하여 금군장인기(禁軍將認旗)를 대궐 문마다 달아 시뻘건 깃발을 휘날리게 하여 그 누구도 범궐하지 못하게 원천봉쇄하였다.

어명을 받은 내금위의 갑사와 금부의 나졸, 총융청의 군졸들까지 시퍼런 창칼과 화승총으로 무장하여 쏜살같이 대궐을 빠져나간다. 도성은 전시체제를 방불케 하며 군사들은 바로 운현궁으로 달린다. 마침 운현궁에서 흥선대원군을 만나고 나오는 안기영은 평소처럼 천, 하, 장, 안들의 어깨를 두드리며 말한다.

"그래 조금만 더 참게. 그리고 국태공 저하를 잘 모시게. 자네들의 소임이 막중한 것을 한 시도 망각하여서는 아니 되네. 내말 알아듣겠느냐!"

미처 천, 하, 장, 안이 대답도 하기 전 우르르 몰려나온 군졸들이 소리친다.

"저기, 안기영이 있다. 저 놈을 포박하라!"

안기영이 나졸들에게 포박되자 그는 큰 소리로 말한다.

"이놈들, 감히 이게 무슨 짓이냐!"

그러자 금부의 도사가 달려오더니,

"이, 역적 놈이……."

그리고 육모방망이로 안기영을 마구 두들겨 패면서 포박하여 끌고 간다. 깜짝 놀란 천, 하, 장, 안이 자신들이 차고 있던 칼을 뽑아들고 금부도사에게 달려들어 항의하려고 한다. 그러자 금부의 나졸들과 총융청의 군졸들이 천, 하, 장, 안들에게 총검을 겨누고, 총융사의 군관이 험악한 얼굴로 말한다.

"어명을 거역하는 자는 바로 주살할 것이다."

살기 등등한 소리로 말한 군관이 또 말하기를,

"죄인을 압송하고 운현궁을 철저히 지키라!"

쩌렁쩌렁한 군관의 명령이 떨어지자 군졸들이 지체 없이 운현궁을 포위하여 외부와의 교통을 차단한다.

또한 역모에 가담한 자들은 여기저기에서 신속하게 포박되고 있었다. 강달선과 이철구를 포박하기 위하여 날렵한 금부도사가 나졸들을 이끌고 경상도와 강화로 달려가고 있었다.

흥선대원군의 심복들이 포박되어 옥사에서 항쇄와 족쇄를 차고 있고 계속하여 죄인들이 포승에 묶인 채 옥문을 드나들자 금부의 옥사도 술렁거린다.

또한 죄인들이 잡혀 올 때마다 중궁전에 시시각각 알려지고 있었다. 홍 상궁과 내관으로부터 수시로 사건을 전해들은 중전은 이를 뿌득뿌득 갈며 보복할 날만을 기다린다.

역모자들이 포박되어 오는 즉시 모두 의금부 옥사에 수감하고 철통같이 지키게 한 후 대신들은 어전으로 몰려간다.

어전 뜰 주변만 보아도 경비가 삼엄하게 펼쳐지고 있었다. 평소 보다 훨씬 많은 무감들이 창검을 높이 들고 번을 서고 있었을 뿐만 아니라 포수병까지 동원하여 전각 주변에 배치하여 한층 경계를 강화하고 있었다. 고종의 탑전에 부복한 신료들이 서로 앞다투어 고한다.

"전하, 불궤를 모의한 죄인들 중 주모자급들은 모두 포박하여 금부의 옥사에 수감하였고, 나머지 잔당들도 지금 추포를 하고 있사옵니다."

"알았소."

고종이 윤허를 하자 바로 민겸호가 고종에게 아뢴다.

"전하, 지금 당장 역적 놈들을 엄히 국문하심이 옳을 것으로 사료됩니다. 전하, 통촉하여 주시옵소서."

그러자 모두가 일제히

"통촉하여 주시옵소서."

고종은 힘없는 옥음으로 말한다.

"알았소. 판돈령부사 한계원을 위관으로 임명하고, 의금부 판사에 윤자덕을, 형조판서에 이명웅을, 이세재를 사헌부 대사헌에, 심상목을 사간원 대사간에 재수할 것이니 내일 날이 밝는 즉시 국문토록 하시오!"

고종의 전교가 내려지자 어전에 부복한 모든 중신들은,

"성은이 망극하옵나이다."

밤이 되자 운현궁을 감시하는 군사들의 수가 배로 늘어나기 시작하였다. 관솔불이 꺼지지 않고 누구도 운현궁 주변을 얼씬거리지 못하고 군졸들도 모두 침묵으로 지킬 뿐 차갑게 얼어붙은 분위기였다. 마치 섣달의 추위보다 더 차가운 밤공기와도 같았다.

다음날 아침 동트기가 무섭게 의금부 앞에는 임시 추국장이 설치되면서, 창검을 높이 든 갑사들이 삼엄하게 지키고 있을 무렵 죄인들이 속속 끌려나와 사정없이 형틀에 묶이기 시작하였다. 뿐만 아니라 잔당의 연루자들이 계속 포박되어 오니 금부의 나졸들은 죄인들을 형틀에 묶느라고 진땀을 흘린다.

국문장에는 삼공육경을 비롯하여 당상관 이상의 많은 문무백관들이 모여 들었다. 아침부터 시작된 문초는 땅거미가 질 때까지 계속되었다. 밤이 되면 잠시 옥사에 수감하였다가 날이 밝으면 또 끌어 내어 계속 심문과 매질 뿐이다. 벌써 위관도 한계원에서 홍순목으로 교체되어 있었고 판부사의 집요한 심문과 엄청난 매타작에도 죄인들은 오직 부인을 할 뿐이다.

이에 판부사가 금부 낭청들에게 지시한다.

"이풍래를 끌고 오너라!"

홍순목은 이풍래와 안기영을 대질시키며 묻는다.

"안기영 바른대로 말하라, 이풍래를 모른다 하겠는가!"

안기영은 이풍래를 매서운 눈초리로 쳐다보면서,

"더러운 놈. 배신자 네놈을 죽이지 못한 것이 천추의 한이다."

안기영은 이풍래에게 침을 뱉는다.

위관이 안기영을 심문하자 그는 모든 전말을 털어 놓는다. 어차피 죽을 목숨 수하들에게 조금이라도 고통을 덜 주기 위함이었고, 다만 운현궁과 이재 선의 연루는 끝까지 부인한다.

이재선은 자신의 이름이 거론되고 있었으므로 의금부를 찾아가서 자수하 면서 말하기를,

"판부사 대감, 소인이 저들과 역모를 하였다고 공초에 올라온다고 하여 이 렇게 찾아 왔소이다. 또한 소인이 역모의 괴수라니 말이 됩니까. 대감께서도 아시다시피 소인은 인간구실도 못하는 한낱 서출이 아닙니까?"

"하면, 저 죄인들을 알지 못하는 것이오?"

"대감, 어찌 저자들을 소인이 모른다고 할 수가 있습니까, 다만 소인을 추대

하느니 어쩌니 그런 말은 듣도 보도 못하였소?"

홍순목은 어전으로 달려가서 고종에게 이재선이 자수하여 왔고 그의 결백까지 아뢴다. 고종은 이재선을 서간(西間 경미한 죄인을 가두는 곳)에 수감하돼 추국하지 말고 잔당들은 엄히 문초하라고 한다.

그런데 문제가 생긴 것으로 이재선을 서간에 수감한 것에 대해 신료들이 왈가왈부하며 떠들어댄다. 가장 먼저 이최응이 고종에게 고한다.

"전하, 역모의 혐의를 받고 있는 중죄인을 서간에 수감하는 것은 부당하옵니다. 이재선을 남간(南間 중죄인을 수감하는 곳)에 수감하여 엄히 문초함이 옳은 것으로 사료되옵니다. 전하, 통촉하여 주시옵소서."

그러자 어전에 모인 모든 중신들이,

"전하, 통촉하여 주시옵소서."

고종도 더 이상 신료들의 주청을 물리칠 수 없어 이재선을 남간에 수감하고 엄히 문초하라는 어명을 내린다. 그냥 보기에 어명이지 그것이 어찌 고종의 어명이라고 할 수 있겠는가. 중전이 신료들을 부추기고 달달 볶아대니, 모두 그녀의 눈치를 살피며 이재선을 벼랑 끝으로 몰면서 운현궁을 압박하고 있었다.

이재선은 남간과 추국장을 오가며 모진 고문을 받지만 끝까지 혐의를 부인한다. 위관들도 중전의 위협에 못이겨 이재선을 모질게 고문하였지만 그로부터 자백을 받아내지는 못하였다. 그러나 조정은 이재선의 심문만으로 고종에게 품신하기를,

"전하, 이재선이 역모의 수괴이니 그를 사사하여 종사를 보존하시옵소서."

중신들은 이미 안기영 등 역적들을 모두 극형으로 다스린다는 전제 하에 고종에게 품신하는 것이다. 모든 신료들이 이재선의 극형을 주청하고 그 누구도 이재선을 변론하는 사람은 아무도 없었다. 이최응은 물론이고 이재면도 이재선의 처벌을 주청한다. 배후에는 중전이 이재선을 죽이라고 계속 압박하였지만, 자신은 이재선의 옥사에 전혀 관여하지 않는 것으로 비치는 중전이

었다. 그것을 모르는 사람은 아무도 없었는데, 딱 한사람만 모르고 있었는데 그는 바로 고종이다.

10월 10일 결국 어명이 떨어지는데 먼저,

안기영, 권정호, 이철구 등은 대역 부도죄로, 능지처참

이종학, 강달선, 조중호 등은 모반 부도죄로, 거열형

채동술, 이휘정, 임철호 등은 지정 불고죄로 참형.

그리고 별기군의 윤웅렬과 한성근을 비롯하여 5~6명은 무죄 방면되었다. 마지막으로 이재선에게는 고종이 특별히 자수한 점을 감안하여 어명을 내린다.

"죄인 이재선을 제주목에 위리안치하라!"

고종의 전교가 내려지자 어전에 부복한 모든 중신들이,

"성은이 망극 하옵나이다."

우선 제주부로 이재선을 안치한 중전은 의정부, 삼사(三司) 등을 위협하여 이재선의 사사를 암시한다. 중전의 집요한 집착에 중신들은 모두 고종에게 아뢰기를,

"전하, 대역무도한 죄인 30여 명이 처형되었는데 유독 모반의 수괴를 살려 두는 것은 천부당만부당하옵니다. 이재선을 사사하여 종사를 보존하시옵소서."

"전하, 이재선을 사사하여 국본을 바로 하시옵소서."

"전하, 대역죄인 이재선을 사사하시옵소서."

고종은 눈을 감아 버렸다. 오늘도 이재선을 사사하라, 다음 날에도 그를 죽이라, 그것 이외에 고종에게 품신하는 정무는 아무 것도 없었다. 오로지 이재선을 사사하는 3청4계(三請四啓)의 품신뿐이니 고종으로서는 견디기 힘든 나날이었다. 이 역시 중신들은 중전의 눈치로 이재선의 사사를 주청하지만 유독 임금만 모르고 있는 것이다. 중전이 나서면서 고종에게 아뢰기를,

"전하, 아뢰옵기 황공하오나 신첩이 이번 옥사에 관하여 한마디만 진언드리고자 하옵니다." 신료들 모두 이재선의 사사를 주청하고, 또한 전하의 지친

이라 하여도 역모에 가담하였다면 그 죄를 면하기는 어렵사옵니다. 전하, 입에 담기 황공하오나 만약 이재선의 역모를 진압하지 못하였으면 전하와 신첩 또한 우리 세자인들 어찌 무사할 수 있었을 것이옵니까, 전하, 통촉하여 주시옵소서."

고종이 중전을 곁눈질로 보면서 말하기를,

"그럼, 아버님께 불효를 하란 말이오?"

"전하, 아버님께 불효라니요. 모반의 수괴를 국법에 따라 처벌하는 것은 태조 할바마마께서 조선을 창업한 치국의 기본이념이옵니다."

"그러니 어찌하란 말이오?"

"전하, 자식이 아버지를 처벌하는 것은 동서고금에 없는 일이옵니다. 이재선을 사사하고 운현궁에 시정잡배들이나 위험한 인물들의 출입을 통제함으로서 운현궁이 다시는 이와 같은 모반에 휩싸이지 않게 하는 것이 전하께서는 아버님께 효성을 다하는 것이옵니다. 전하, 통촉하여 주시옵소서."

중전의 압박에 고종도 어쩔 수 없이 10월 27일 어명을 내린다.

"제주부에 위리안치된 이재선을 사사하고, 이번 모반을 고변한 이풍래를 광주중군에 제수하시오. 또한 운현궁에 수상한 자들이 출입하지 못하도록 엄히 통제하시오."

고종의 엄명이 떨어지자 어전회의에 참석한 신하들이 부복하여 아뢰기를,

"성은이 망극하옵나이다."

운현궁에서 흥선대원군은 비통한 심정으로 술을 들이 퍼부으며 분노로 얼룩지며 술에 취해 정신없이 혼자 중얼거린다.

'생자필멸이거늘.'

그는 삼고초려의 마음으로 절치부심 재기의 그날만을 노린다.

이 이재선의 역모사건을 토왜반정(討倭反正)이라고도 부른다. 또한 어명과 함께 운현궁을 감시하는 군사의 수효가 늘어나면서 이제는 그 누구도 중전의

허락 없이 운현궁을 출입할 수 없게 되었다. 이른바 국태공을 안전하게 호위한다는 명분의 가택연금.

중전의 사치와 비리로 얼룩진 조정

이재선의 역모사건을 처결한 민문의 정권은 날이 갈수록 사치와 부정부패, 매관매직 등으로 백성들의 고혈을 짜는 나날을 보낸다. 혹한의 매서운 추위가 몰아치고 있는 1881년 섣달의 겨울은 더욱 차갑게만 느껴진다. 많은 인명이 죽거나 다치고 유배를 당하여 정국이 불안하였다. 또한 몇 년에 걸친 흉년과 벼슬아치, 구실아치들의 수탈로 백성들의 궁핍한 생활은 차마 눈뜨고 볼수 없는 형편이었다. 거리에는 동사하는 자와 굶주림에 쓰러져 죽은 자와 유리걸식하며 제대로 먹지를 못하여 누렇게 부황이 든 자들을 도성은 물론이고 전국 각처 어디에서도 쉽게 볼 수 있었다.

그렇지만 왕실은 별천지의 세상으로 세자 이척에게 조그마한 감환이라도 걸리면 중전은 무슨 큰 병에 걸린 것 처럼 호들갑을 떨기 일쑤였다.

세자가 몸이 조금만 불편하다고 하여도 중전은 전국 명산대찰에 기도를 한다는 명분으로 어마어마한 국고를 탕진한다. 어느 누가 자식이 병치레하는 삶을 살아가는 것을 바라는 부모가 있겠느냐마는 그녀의 사치는 필설로 형용하기 힘들다.

세자의 얼굴에 반점이 나고 신열이 조금 오르자, 중전은 또다시 세자의 장수와 무병을 축원하는 치성으로 금강산 1만 2천 봉우리 중, 그 한 봉우리 마다 1천 냥의 돈과 한 석씩의 쌀, 비단 1필 씩을 치성 예물로 국고에서 바치는 것이었다. 어마어마한 국고 탕진에 멋모르는 유생이 중전께 소를 올리며 말하기를,

"중전마마, 국고의 지출은 오직 국가를 위하여 쓰이는 곳에만 사용하여야 되옵니다."

"세자의 일은 국가를 위하는 일이고 국가를 위하여 국고를 쓰는데 웬 말이

많으냐!"

중전은 또한 그 유생에게 말하기를,

"지금은 세자의 환후가 중요하니 내 너를 용서하지만 다음에 또 이렇게 지껄이면 용서하지 않겠다."

그리고 중전은 궁궐 내에서도 무당, 잡배, 복술 등을 불러 들여 굿놀이, 불공놀이, 치성 등이 끊어지는 날이 없을 만큼 사치로 얼룩졌다. 이들 무당, 잡배들에게도 수시로 수천 냥 또는 수만 냥의 돈을 상금으로 내리면서 자신의 위용을 뽐내었다. 물론 세자의 무병장수와 고종의 애민선정을 기원한다는 의미도 포함되어 있지만……

그러므로 중전의 곁에는 장안과 전국에서 특출하다고 하는 무녀와 잡배들이 그녀의 주변을 늘 배회한다. 또한 중전의 권력을 등에 업은 잡배들의 부정과 치부도 만만치 않다는 것을 묵과할 수 없는 것이었다.

뿐만 아니라 중전은 대궐 내에 신당을 지어 놓고 하루가 멀다 하고 수시로 굿판과 푸닥거리와 곡연, 주연을 여니 백성들의 궁핍한 생활은 이루 말할 수 없는 형편이다. 이유인이라는 무당에게는 비단 1백 필과 1만 냥의 상금을 내리면서 무당춤을 추게 하기도 하였다. 그 뿐만 아니라 창우로 유명한 김봉룡에게도 한 번 춤에 수천 냥과 수백 석의 쌀을 내렸다. 다른 무당춤을 잘 추는 자에게도 춤 한 번에 3천 냥, 점 한 번 잘 치면 비단 1백 필과 은자 수천 냥의 상금도 스스럼없이 내리기도 하였다. 물론 이 모든 금액은 그녀 자신이 매관매직과 국고에서 빼어 내서 쓰는 금액과 민문의 척족이 상납하는 돈이다. 이러한 세월은 어제오늘의 일이 아니며 홍선대원군이 실각한 후 즉, 중전이 정권을 잡은 뒤부터는 연례행사인 것처럼 되어 버렸다.

그렇다고 하여 고종이 근검, 절약을 하며 신하와 백성의 모범이 된 것도 아니다. 고종은 중전처럼 무지막지한 국고를 탕진하지는 않았지만 음주, 가무를 즐기며 기생, 배우, 판소리꾼들과 무당이 춤추고 노래하는 것을 신하들과 함께 즐겼으나 군왕으로서의 도를 넘지는 않았다.

과거시험에도 부정이 판을 치다 못해 요동치고 있었다. 과거장에 응시생들이 시험을 치르기 위하여 3~4시간을 기다려도 시험관과 감독관이 나오지 않아 응시생들이 항의를 하자 이러한 말들이 들렸다.

"시관과 감독관이 아직까지 나오지 못한 것은 오늘 과거에 장원급제할 사람을 선발하지 못하였으니 장원을 정할 때까지 조금만 더 기다려라!"

"뭣! 뭣이, 어쩌고 어째."

"이것이 어찌 과거란 말인가?"

시험 성적의 순서대로 관원을 뽑아야 하거늘 하면서 응시생들이 불만의 소리를 한다.

"시험관과 조정이 급제자를 미리 뽑아 놓고 할 바에는 무엇 때문에 과거를 보는가. 천리가 넘는 지방에서 힘들게 여비를 구하여 겨우 올라왔는데, 과거를 본들 뭔 수가 있겠는가."

그 뿐이 아니라 오늘 과거는 영상대감의 자제로 이미 결정되었다는 소문도 파다하였다. 그래도 응시생들은 설마 그렇게까지 하겠느냐 하면서 마지못해 '울며 겨자 먹기' 식으로 일단은 과거를 보았지만 합격자들의 명단을 본 결과 그들은 역시 허탈하였다.

그날 미리 예정한대로 이유원의 아들 이수영이 장원급제를 하게 되었다. 이는 이유원이 세자 책봉의 칙령을 청나라로부터 윤허를 받아오자 경과를 시행하였는데 중전이 이에 보답하기 위하여 이유원의 자제로 미리 낙점한 것이었다.

얼떨결에 장원급제한 이수영이 김병학을 비롯하여 조정의 시·원임대신들에게 인사차 들르자 김병학이 화들짝 놀라며 말한다.

"아니, 오성대감이 어인 일로 납시었소?"

그러자 옆에 있던 모든 관료들이 한목소리로,

"뭐, 오성대감이라니, 대체 돌아가신 오성대감이 어떻게 오신단 말이오?"

"저, 얼굴을 보시오, 완전하게 오성대감이 아니오."

이수영은 이미 얼굴이 다섯 가지의 병색이었다. 과거시험에는 아버지의 후광으로 1등을 하였지만 그는 국왕의 임명장도 받아 보지 못하고 졸하였다.

오성(五星)은 이항복(李恒福 1556~1618)의 호이고 또한 백사(白沙)이며 실제 2년 전인 1874년 5월 증광시에서 이항복의 후손인 이주영(李冑榮 1838~?)이 갑과 장원급제(전체 1등)를 한 적은 있었다. 오성은 임진왜란 때 병조판서를 5회를 역임하기도 하였다.

심순택(沈舜澤 1824~1906)이나 흥인군 이최응이 과거시험의 시관이 되어 웃지 못할 일들도 속출한다. 그 둘은 천자문을 겨우 어깨너머로 배운 수준이라서 노(魯)자와 어(魚)자를 구분하지도 못한다. 그러니 시제 답안지의 내용을 보고 선발하는 것이 아니라 이미 뇌물을 받은 사람의 명단을 찾느라고 진땀을 흘리기도 한다. 간혹 한문으로 된 이름을 잘 몰라 전혀 다른 사람이 뽑히자, 뇌물을 바친 유생이 격렬하게 항의하여 받은 뇌물을 돌려주기도 할뿐더러 취소 · 정정 발표하면서 응시생들의 거센 비난을 받기도 하였다.

매관매직과 부정시험에 이어 매과도 속출하기 시작하였다. 매과는 말 그대로 과거시험의 답안지를 파는 것이다. 외과도 있었다. 즉 과거시험 답안지를 자택에서 미리 작성하는 것으로 이 모든 것은 엄청난 금액을 미리 주고받고 하는 행위였다.

서하(書下)도 있었다. 즉 임금이 관리의 임명을 추천하는 것으로 붉은 천에 기용하고자 하는 관리의 이름을 임금이 써서 이조판서에게 내리면 이조판서가 그 관리를 임금이 원하는 요직에 기용하기도 한다. 임금이 측근과 척신들에게 요직을 주기 위함이었다.

중전의 사치로 흥선대원군이 10년 간 비축하여 둔 내수사의 돈과 호조와 선혜청(宣惠廳 대동미를 포함하여 양곡 총괄)의 창고는 고종의 친정 1년 만에 텅 비었다. 그러한 세월을 벌써 10년 가까이 지나오면서 세월은 또 한해를 넘기고 있었다.

다사다난하였던 1881년이 저물고 새로운 해, 1882년을 맞았다. 정초에는 신정왕후의 75회 탄신이자 관례주갑(冠禮周甲)으로 대궐에서 잔치가 성대하게 열렸다.

관례주갑이란, 관례(冠禮 성년식)를 치르고 61년이 되는 것으로 왕실과 고관대작들의 자녀가 하는 행사를 말한다.

고종과 중전은 영의정 서당보를 비롯하여 만조백관들을 거느리고 중희당에서 신정왕후의 장수를 염원하였다. 고종은 전국에 사형수를 제외한 나머지 모든 죄수들을 방면하여 어머니인 신정왕후의 관례주갑을 더욱 빛내며 그녀의 무병장수를 진심으로 기원하였다. 그리고 고종은 신정왕후에게 아뢴다.

"어마마마, 오래오래 강령하십시오."

신정왕후의 관례주갑잔치를 마치자 중전은 바로 신정황후에게 아뢰기를,

"마마, 세자의 나이 아홉 살이므로 관례식을 하여야 하겠사오니 마마, 윤허하여 주시옵소서."

신정왕후는 만면에 웃음을 띠며,

"어~허, 세자가 벌써 그렇게 되었소. 이 할미가 너무 무심하였구만. 윤허고 무엇이고 할 게 어디 있겠소. 중전께서 알아서 하시오."

"마마, 관례 때 행사의 주인은 흥인 백부께 맡기고자 하옵니다."

"윽, 흥인군이!……."

신정왕후는 파안대소를 터트릴 뻔하였고, 품신을 올린 중전도 말을 마치자 스스로 웃음이 나오는 것을 겨우 참고 있었다. 그러다가 중전과 신정왕후, 두 고부가 서로 눈이 마주치자 결국 그들은 실소를 터트리고 말았다. 세자의 관

례식은 왕실의 종친 중, 인격이 중후하거나 연장자를 우선으로 하는 게 선례이므로 후자로 이최응이 맡게 된 것이다.

신정왕후의 품신을 받아 아홉 살 세자의 관례식을 이최응이 관례의 주인이 되어 거행하였다. 표면상으로는 세자의 관례식이나 여기에서 중전은 척족의 장기집권 계획을 서슴지 않고 획책하고 있었다.

무위영 군졸들에게 지급하여야 할 봉록미가 새해에도 지급되지 않아 벌써 8개월 째 밀리면서 그들의 불만은 계속 커져만 가고 있었다.

반면 신식군대인 별기군에게는 급여가 한 달도 거르는 것이 없을뿐더러 피복과 군수품의 지원이 착착 보급되고 있었다. 명절과 설날을 비롯하여 무슨 날마다 국왕과 중전의 어마어마한 하사품도 지급되고 있었다. 그러니 무위영과 장어영 군졸들의 불평은 대단하였다. 그들은 흥선대원군의 시절을 회상하면서,

"그 때가 좋았지."

"아,~ 그 날이 그립구나."

반면에 민겸호와 그의 척족들을 원망하면서 말하기를,

"죽일 놈들……."

또한 전 선혜청 제조였던 경기관찰사 김보현도 악랄하게 도적질하여 자신의 배를 넉넉하게 채우고 있었다.

그가 선혜청 제조를 맡고 있을 때, 그는 군졸들에게 지급하기 위하여 곡창지대인 전라도에서 양곡을 가득 실은 조운선(漕運船)이 도성으로 올라오자 선혜청 창고로 가지 않고 자신이 몽땅 꿀꺽하였다. 그리고는 그 조운선이 도성에 당도하기도 전 풍랑을 만나 침몰되었다고 보고하기도 하였다. 빼돌린 봉록미의 분량이 너무 많았으므로 김보현은 쌀을 빨리 처분하여 모두 엽전꾸러미로 자신의 집에 차곡차곡 재어 놓기도 하였다. 그러니 김보현의 전원과 별장은 윤기가 흐르고 누각과 정자와 토지는 점점 방대해져 풍류와 유흥으로

흥거운 나날을 보낸다. 김보현의 봉건적 착취와 수탈에 치를 떠는 군졸들은
모두가 한마디씩 한다.

"사지를 찢어 죽일 놈."

"간을 씹어 삼킬 놈."

"육시(戮屍 죽이고 또 목을 벰)를 할 놈."

선혜청 제조 민겸호도 군졸들에게 지급될 녹봉을 횡령하여 자신의 곳간을
가득 채우고, 중전의 사치생활의 뒤치다꺼리를 하느라고 병조판서의 겸직도
소홀히 하고 있었다.

중전은 우선 국고와 자신의 용채가 비었으니 또다시 벼슬을 팔기 시작한다.
그전부터 중전은 사치생활을 하기 위하여 척족 민규호에게 전국 수령방백의
관직 값을 정하여 품신하라고 하였다. 차마 민규호는 양심에 걸려 수령 자리
를 금액으로 사려고 하는 지원자를 없게 하기 위하여 2배의 가격으로 품신하
였다. 그러나 이 내밀한 금액이 정해지자 의외로 지원자가 많아 중전은 매관
매직을 서슴없이 행하였다.

병마절도사와 관찰사, 유수는 10만 냥, 수사, 목사와 첨절제시는 8만 냥, 부
사는 5만 냥, 현령과 군수, 현감 등은 3만 냥의 뇌물로 관직을 산다. 어디 그뿐
이랴 판관, 찰방 등도 3만 냥이면 부임할 수 있었다. 명예직인 참봉의 자리도
거의 1만 냥이다. 돈을 주고 관직을 산 삼천리 8도 360 주·군·현에 악랄한
탐관오리들이 무고한 백성을 수탈하느라고 정신이 없을 정도였다. 백성들이
고통을 받는 것 따위에는 조금도 생각하지 않는 중전과 관료였다.

대궐에 이어 지방 고을 관장들이 관례에 따라 기우제를 지내는 일에도 백성
들을 수탈하여, 소와 돼지를 잡고 술을 싣고 양쪽에 기생을 끼고 산사에 들어
가서 신나는 놀이를 벌이기도 하였다.

어느 정도 자금을 마련한 중전은 빠르게 민태호를 중궁전으로 불러들인다.
민태호가 입시하여 중전에게 예를 표하고 좌정하자 그녀는 민태호를 은은한

눈빛으로 보면서 말한다.

"대감, 대감의 여식이 올 해 몇이오."

"예, 마마, 소신의 여식은 열한 살이옵니다만……?"

"예, 아주 잘되었어요."

"마마, 황공하오나 무슨 분부이신지……."

"예, 대감, 대감의 여식을 우리 세자에게 주시오."

듣고 있던 민태호는 입이 떡 벌어지고 만다. 그러나 그는 차분하게 중전에게 말한다.

"중전마마, 신의 여식은 불민하고 아둔하여 세자빈의 재목이 아니옵니다. 행여 세자빈이 되어 왕실에 누를 끼치면 주상전하의 성덕에도 누가 될 것이옵니다. 마마, 통촉하여 주시옵소서."

"대감, 안동 김씨는 3대에 걸쳐 왕비를 배출하였소. 지금 여러모로 보나 어려울 때 대감께서 세자를 잘 보살펴 주시구려. 언제 또 운현궁이 준동할지 모르지 않소. 그리고 이 일은 입 밖에 내어서는 아니 되오."

이에 민태호도 못 이기는 척하면서,

"예, 마마, 마마의 성지를 받들겠나이다."

곧바로 중전은 고종과 신정왕후의 윤허를 받아 내어 세자빈의 간택을 서두른다. 이른바 장기 집권의 비책.

조선 8도는 간택령이 내려지고 사대부는 물론이고 잔반, 향반까지도 세자빈의 부푼 꿈을 안고 여식들을 예쁘게 치장하느라 난리를 친다.

간택은 빠르게 시행되어 초간택과 재간택을 지나 1882년 2월 19일 인정전에서 책빈례를 거행하면서 민태호의 여식이 세자빈이 되었다. 이 분이 순명효황후(純明孝皇后 1872~1904)로 추봉된 여인이다. 행여나 세자빈을 꿈꾸었던 사대부들과 지방 토호들을 비롯하여 일반 백성에 이르기까지 모두 허탈하여 한마디씩 한다.

"이미 정해 놓은 혼사인 걸……."

"그걸 기대하는 놈이 미쳤지……."

창덕궁에서 국혼이 시작되자 중전은 어마어마한 금액을 쏟아붓는다. 내탕고가 텅 비었으므로 예조에서도 보통 때와는 달리 많은 금액을 지원하였다.

어디 그 뿐이랴, 중전의 비호로 벼슬살이를 하는 대신과 지방관들도 앞다투어 그녀에게 두툼한 은자를 내어 놓는다. 민겸호 역시 선혜청 재물을 한 묶음 뚝 떼어 중전의 잔치 비용으로 바치는데 그 군량은 무위영 군졸들에게 지급하여야 할 군료였다.

비단결 이불이 근 600채가 마련되고, 비취, 진옥, 산호와 잠이 120개, 지환 150쌍, 밀라, 비취옥, 자만호, 가자가 60개, 비취옥뭉치 37개, 밀라 대삼작 뭉이 30 대대진주 50, 대진주 3백, 중소진주 5천, 옥첩과 보옥향낭 칠보패를 비롯하여 추가 진주향낭…… 기타 등등……."

수백 건의 물품이 걸쳐 있었다. 대부분의 품목들은 중국에서 수입한 것들로 과히 상상을 초월하는 사치품이었다. 그리고 실제 기록은 이 보다 더 하면 더 하였지 부족하지는 않았던 것이었고, 이는 또한 왕실의 전무후무한 기록 경신이었다.

일본은 세자빈의 간택을 기회로 국서와 함께 군함 봉상호를 거느리고 제물포로 들어와 백성들이 놀라든 말든 축하의 예포를 마구 쏘았다. 그리고 소증기선 1척과 산포 2문을 빈궁간택의 축하 예물로 보낸다. 예물을 받은 왕실과 조정은 일본에 호의를 표시하지만 보수 세력과 유림들은 오히려 이를 시의하여 불안해 하기도 하였다.

국고가 바닥이 난 지 이미 옛날이 되어 버린 속에서 하루하루 혼탁하여지고 있는 격동기의 세월이지만 중전의 사치는 극에 달하고 있었다.

여기에서 우리는 역사의 기록을 확인하여 볼 필요가 있는 대목이 있다.

순종황제가 될 이척의 혼례는 조선 역사상 최연소 나이로 혼례를 치렀고,

이척은 2살로 세자에 책봉되었으니 이 역시 조선 왕조 역사 중 최연소이다.

그 전까지의 기록은, 우리에게 사도세자로 알려진, 즉 장헌세자 또는 장조로 불리는 그가 2살에 세자에 책봉되었다. 10세에 혜경궁 홍씨(惠慶宮 洪氏 1735~1815)로 알려진 경의왕후와 혼례를 치름으로써 세자 책봉과 세자의 최연소 혼례의 기록이었으나, 척이 단 숨에 그 기록을 깨어 버렸다.

또한 장조는 영조의 후궁 소생이었고, 보위에 오르지 못하고 죽은 것과, 척은 정비의 적통으로 조선왕조 마지막 군왕이지만 용상에 올랐다는 것을 감안하면 척의 기록이 역사적 뜻이 훨씬 더 깊다.

이러한 아홉 살 세자와 열한 살 세자빈이 소꿉놀이 같은 세월을 창덕궁에서 보내고 있을 때…….

암투

정동 어느 박수(남자 무당)의 집 신당에서는 무당들이 벽화를 그려 놓고 그 벽화의 얼굴에 활을 쏘고 창으로 찌르고 칼로 베는 무섭고도 살벌한 푸닥거리가 신나게 행하여지고 있었다. 신당 바람벽의 초상화에 무수한 화살이 꽂히자 그 무당은 저주의 기도를 한다.

"자비로우신 옥황상제님, 대자대비하신 염라대왕님, 변성대왕님, 무술이 뛰어난 저승 차사님! 그리고 이 세상의 모든 신령님, 저 더러운 흉적을 지금 바로 뜨거운 불구덩이 지옥으로 보내주는 큰 자비를 베푸소서."

푸닥거리를 하는 사람은 박수 이당주이다. 그는 기골이 장대하고 건장한 30대의 사내로서 창덕궁 중궁전을 수시로 들락날락거리며 중전의 비호를 받음은 물론이고 그녀의 총애 또한 남달랐다. 술과 계집을 좋아하여 애첩도 3명이며, 그의 집은 고대광실 고관대작의 집을 뺨친다.

반대로 그 초상화에 그려져 무수한 화살과 창에 찔리고 칼에 베이는 사람의 초상화 밑에는 '흥선군 이하응' 이라는 이름이 붉게 새겨져 있었다.

또한 이 엄청난 푸닥거리를 이당주의 신당 후미진 담벼락에 숨어서 숨죽이며 지켜보는 사람도 있었다. 그는 다름 아닌 홍선대원군의 심복 한석호였다. 운현궁으로 돌아온 한석호는 부들부들 떨리는 가슴으로 밤을 뒤척이다가 다음날 아침 홍선대원군에게 낱낱이 보고한다.

한석호의 보고를 들은 홍선대원군은 입을 굳게 다물고 있을 뿐 아무런 말이 없었다. 한석호가 비장한 얼굴로 홍선대원군에게 아뢴다.

"국태공 저하, 그런 괘심한 무당 놈을 살려 둘 수는 없는 일이 아니옵니까?"

"아니, 그럼 그런 병신 장님을 살려 두지 않으면 뭘 어찌 하겠다는 것이냐?"

오히려 홍선대원군이 더욱 냉정하게 말한다. 그러자 한석호는 분을 이기지 못하여 홍선대원군에게 아뢴다.

"국태공 저하, 오늘 제가 그 찢어 죽일 이가 놈을 잡아 올 것이오니 장사 10명만 지원하여 주십시오."

"……."

한석호의 충언을 듣던 홍선대원군은 한동안 아무런 말없이 가만히 있다가 무엇인가를 골똘하게 생각한 후 한석호에게 말하기를,

"알았다."

해질 무렵 한석호는 장사 10명과 함께 보고까지 가지고 이당주의 집으로 향한다. 이당주의 집으로 들어간 한석호는 이당주에게 정중히 인사를 올리며 말한다.

"주인 양반 처음 뵙겠습니다. 저는 운현궁에서 온 한석호라고 합니다."

이당주는 정신이 번쩍 든다. 한석호라면 홍선대원군의 심복이라는 것을 알지 못하는 사람이 없기 때문이었다.

"아니, 존귀하신 국태공 저하의 사저에서 무엇 때문에 이 누거에 오시었소."

벌써부터 이당주는 무엇인가 캥기는 사람처럼 안절부절 못하고 있었다. 한석호는 예를 지키면서 말하기를,

"국태공 저하께서 박수 나으리를 정중하게 모셔오라고 하셨으므로 이렇게 제가 왔습니다."

"아니, 국태공 저하께서 무슨 일로 보잘 것 없는 소인을 보자고 하십니까."

"그런 것을 어찌 제가 알겠습니까,"

그리고 한석호는 장사들에게 명령하기를,

"여봐라, 박수 어른을 정중하게 뫼시어라!"

장사들이 이당주를 붙잡아 가마에 태우려고 우르르 달려가서 그를 끌고 가려고 하자 이당주가 소리치며 말한다.

"아이고 집사 나리, 국태공 대감께 가기 전에 소인은 대궐로 가야 합니다. 조금 전 대궐에서 급히 입궐하라고 어명이 내려 왔습니다."

이당주로서는 운현궁에 끌려가면 살아나오기 힘들다는 것을 스스로 알고 있었기 때문에 어명을 빙자하여 대궐로 들어가서 중전의 보호를 받으려고 하였다. 한석호가 준엄하게 말한다.

"부자간이 똑같은데 의당 아버지의 지시를 먼저 따르는 것이 우선이오."

또 장사들이 우르르 달려들어 이당주를 가마에 태우려고 하자, 이번에는 이당주의 하인들이 나서서 말린다. 한석호는 허리에 차고 있던 칼을 뽑아 들고 머슴의 목에 겨누면서 말하기를,

"물러서라 이놈들아, 감히 머슴 놈들이 국태공 저하의 명을 어기고도 살기를 바라느냐!"

머슴들은 바로 물러선다. 그래도 이당주는 잡혀 가지 않으려고 발버둥을 치지만 10여 명이 되는 장사들의 힘을 견디지 못하고 운현궁으로 끌려간다. 운현궁의 솟을 대문 주변에는 중전이 보낸 군사들이 운현궁을 감시하고 있었으니, 이것을 모를 리 없는 이당주는 단 번에 가마 안에서 군사들에게 큰소리로 말한다.

"나는 중전마마의 부르심을 받고 입궐하여야 하는데 이 사람들이 나를 이

곳으로 강제로 끌고 왔소. 일이 이렇게 되었으니 누가 빨리 중궁전으로 가서 이 사람의 지금 처한 입장을 중전마마께 아뢰어 주시오. 아뢴 자는 큰 상금도 내릴 것이며 군관으로도 임명할 것이오."

다급하게 큰소리로 말하는 이당주의 목소리는 애원에 가까웠다. 실은 그랬다. 이당주가 중전에게 한마디만하면 군졸을 군관으로 올릴 수 있는 것은 식은 죽 먹기이다. 어디 그 뿐이랴 당상관인들 못시켜 주겠는가. 이에 군사들은 아예 이당주를 호위하여 대궐로 데리고 가겠다고 한석호가 거느린 장사 10명을 비롯하여 운현궁의 심복들과 옥신각신하고 있었다. 이때 천, 하, 장, 안의 심복을 거느린 홍선대원군이 직접 대문으로 나와 수문장에게 말한다.

"내가 이당주에게 할 말을 마치고 대궐로 보내주겠는데, 당장 물러서지 못할까!"

홍선대원군의 쩌렁쩌렁한 호령이 울리자 수문장도 별 수 없이 국태공의 지시를 따를 수 밖에 없었다. 수문장은 이곳의 사정을 중궁전에 고하기 위하여 휘하 군관을 빠르게 중궁전으로 보낸다.

이당주가 운현궁에 잡혀 들어오자 홍선대원군은 한석호에게 차분한 소리로 말한다.

"자네는 저 박수를 별당에 모시고 음식도 융숭하게 대접하며 저자와 함께 이틀 동안 기거하라!"

"?……?"

이당주는 별당에서 푸짐한 음식과 융숭한 대접을 받으며 한석호와 함께 지낸다. 아무리 이당주가 한석호에게 무엇인가를 물어 보지만 한석호도 영문을 모르니 무슨 말을 못하며 그저 푸짐한 술상과 음식을 먹으며 호화롭게 지낼 뿐이다. 하루 지나고 이틀이 지나도 역시 그 생활이었다. 이당주로서는 생각하기를,

'아무리 국태공 저하이지만 내가 중전의 비호를 받고 있는데 어찌 마음대

로 할 수 있겠는가.'

대문 밖에는 이제나저제나 이당주가 풀려 나오기만을 믿고 군사들과 그의 하인들이 운현궁 안쪽만을 눈이 빠지게 쳐다보고 있었다. 물론 중궁전에서도 수시로 연통을 넣으며 운현궁의 동태를 예의주시하며 살피고 있었다.

또 하루가 지나자 흥선대원군이 한석호를 불러 명령한다.

"오늘 이당주를 보내 주어 대궐로 들어가게 하라!"

"?……?"

한석호로서는 도저히 이해가 되지 않는 것이다. 그러나 감히 국태공의 명령을 거역하거나 따질 수는 없는 것으로 한석호는 분통이 터지지만 어쩔 수 없이 이당주를 풀어 주었다.

이당주가 운현궁을 나오자 그의 하인들과 군사들뿐만 아니라 대궐에서 나온 내관, 상궁까지도 모두 기뻐하였다. 그만큼 이당주의 위세가 하늘을 찌르고 있었다. 또한 이것은, 현 정권이 부패할대로 부패하여 더 이상 부패할 사정이 되지 못하고 있을 뿐이다. 이당주를 태운 가마는 군졸들의 삼엄한 호위를 받으며 대궐로 들어가서 바로 중궁전으로 향한다.

이당주가 운현궁을 출발하였다는 보고를 받은 중전은 내전에서 눈이 빠지도록 기다린다. 운현궁과 창덕궁의 내전까지는 불과 30여 분 정도 걸리지만, 그녀에게는 그 촌각이 마치 '일일이 여삼추' 같은 시각이었다. 내실에 들어온 이당주를 본 중전은 깜짝 놀란다. 이당주가 심하게 고문을 받아 몸이 망신창이가 된 것으로 생각하여 내의원에 지시하여 의원과 의녀들을 준비하고 있었기 때문이었다. 좌우를 모두 물리치고 잡인의 출입을 엄금한 중전이 이당주의 몸을 이리저리 만져보면서 그의 손을 꼭 잡으며 말한다.

"나는 네가 운현궁에 붙들려 간 뒤에 네가 죽는 줄로만 알고 노심초사하였느니라. 그런데 이렇게 상처하나 입지 않고 내 곁에 왔으니 이는 천지신명의 보살핌이니라."

중전은 이당주의 어깨를 툭툭 두드리며 위로한다. 그러자 이당주도 목이 메인 소리로 중전에게 고한다.

"중전마마, 소인이 운현궁에서 죽는 것은 두렵지 않았사오나, 마마의 음성을 한 번만이라도 듣고 죽었으면 여한이 없다고 다짐하면서 천지신명께 빌고 또 빌고 빌었사옵니다."

"오~ 호, 네가 그렇게까지 나를 생각하고 있는 줄은 몰랐다. 기특한 지고……. 이제는 너를 그러한 곳으로 붙잡혀 가지 않게 할 것이며 너의 신변을 보호하기 위하여 군사 10명을 호위병으로 주겠노라!"

"중전마마, 소인은 이제 죽는다하여도 여한이 없사옵니다."

"무슨 소리를 하는가. 자네가 죽는다는 것이 말이 되는가. 걱정 말게, 그래 그건 그렇고 운현궁에서 너를 문초하지는 않았지만, 무엇무엇을 물어 보았느냐!"

이당주는 3일 동안 운현궁에서 융숭한 대접을 받은 것 이외에는 아무 것도 없었을뿐더러 국태공도 한 번 만나지 못하였다고 말을 하자, 중전은 얼굴색이 변하면서 잡고 있던 이당주의 손을 슬그머니 놓고 얼른 보료로 물러 나서면서 말한다.

"아니, 뭐, 운현궁에서 너에게 아무런 말도 없이 너를 3일 동안 융숭하게 대접만 하였다는 것이 말이 된다고 하느냐!"

"중전마마, 사실이옵니다."

"그럼 운현궁에서 뭐가 급하여 네가 어명으로 입궐하는 것을 뻔히 알고도 그렇게 하였느냐! 너를 3일 동안 융숭하게 대접하기 위하여 지엄한 어명도 거역하고 너를 데리고 갔단 말인가?"

"?……?"

"괜찮으니 바른대로 말하라. 여기에는 너의 일을 운현궁에 고자질할 사람은 아무도 없느니라."

"예, 마마, 소인이 어찌 그것을 모르겠나이까."

"그래 네가 운현궁으로부터 어떠한 이야기나 제의를 받았는지 솔직하게 말을 하라! 너도 어쩔 수 없는 일이 아니었는가?"

"중전마마, 아마 운현궁에서는 중전마마가 계시는데 어찌 소인에게 위해를 가하겠습니까, 소인도 아무리 생각하여 보아도 그것 이외에는 할 말이 없습니다. 믿어 주시옵소서."

"네가 끝까지 나를 속이려고 하는가?"

"중전마마, 소인이 어찌 마마를 속이겠나이까. 마마, 통촉하여 주시옵소서."

"어~허, 어찌하여 아직도 운현궁이 두려워 말을 못하느냐!"

이당주로서는 아무리 사실을 말하여도 중전은 중전 나름대로 믿을 수 없는 말이 되어 버렸다. 중전은 마지막으로 싸늘하게 말한다.

"이당주, 너는 지금이라도 사실을 말하라! 물론 운현궁의 능수능란한 감언이설과 강압으로 이곳의 사정은 물론이며 대궐의 모든 사정을 낱낱이 일러바쳤을 것을 나는 이해한다. 그러나 지금이라도 나에게 사실을 말하면 정상을 참작하여 너를 특별히 용서하고 멀리 하지 않을 것이다. 만약 끝까지 나를 속이려 한다면 살려 둘 수가 없다. 바른대로 말을 하겠는가! 아니면 죽음을 택하겠는가!"

이당주로서는 사태가 험악하여지며 자신의 목숨이 위태롭게 되자 그는 사지를 벌벌 떨면서 간곡하게 아뢴다.

"중전마마, 소인이 마마의 하늘 보다 높은 은총을 입었사온데 어찌 감히 마마를 배신하겠나이까? 또한 마마, 아뢰옵기 황공하오나 마마께서도 생각하여 보십시오. 누구에게 물어 보아도 마마와 운현궁 중 하나를 택하라면 운현궁을 선택할 천치 바보가 어디에 있겠사옵니까. 마마, 굽어 살펴 주시옵소서."

"네 이놈, 네 놈이 끝까지 운현궁과 밀계하여 나를 속이려 하는구나."

결국 중전의 입에서 이놈 저놈의 놈 자가 나오니 분위기는 더욱 험악하여진다. 그래도 이당주로서는 끝까지 사실을 고한다.

"마마, 사실이옵니다."

이당주의 배신에 분노한 중전은 큰소리로 명령한다.

"여봐라! 별감들은 들어 와서 저 이당주 놈을 끌어내어 포도청에 넘겨 곤장 100대를 쳐라!"

즉시 무감들이 우르르 몰려와서 이당주를 끌고 나간다. 이당주는 바로 곤장 100대를 맞고 너덜너덜한 몸으로 정동 자택으로 향하지만 이것도 쉽지 않았다. 그의 앞에 창검을 들이댄 군졸들이 달려들어 빈사상태나 다름없는 이당주를 어디론가 개처럼 질질 끌고 간다. 그는 곧 시신도 알아 볼 수 없을 만큼 난자를 당하여 주검으로 변하였다.

이당주의 죽음을 들은 중전은 만감이 교차하는 심성으로 혼자 말한다.

'내 너를 그렇게 총애해 주었는데, 어찌 단 3일 만에 운현궁과 모의하여 나를 배신하는가. 세상에 믿을 수 없다는 말이 있는데 이것을 두고 하는 말인가?'

운현궁에서도 이당주의 죽음을 알자 한석호는 도저히 궁금증을 참지 못하여 오히려 홍선대원군에게 아뢰기를,

"국태공 저하, 아뢰옵기 황공하오나 그 이당주 놈은 왜 죽었습니까?"

홍선대원군이 아재당으로 들어가면서 한석호에게 말한다."

"이 놈아, 내가 그것을 알면 너를 수하로 데리고 있겠느냐!"

"?……?"

제4부 구식 군대의 거대한 분노

도봉소 사건

인천 앞바다에 정박하고 있는 미국 군함 스와타라호에서 축하의 예포 21발이 쏟아지는 가운데 조선은 1882년 4월 6일 미국과 역사적인 조약을 체결하게 되는데,

-대조선국과 미합중국은 양국 국민 사이에 영원한 친선과 우호의 관계가 확립되기를 충심으로 열망하여 이를 실현하기 위하여 대조선국 군주가 특파한 신헌 전권대관과 미합중국 대통령이 특파한 전권대신 수사 총병 로버트 월슨 슈벨트는 상호 전권위임장을 제시하여 합법적으로 조문을 협정하였다.-

이른바 '조미조약'의 체결이다. 조선은 일본의 강압에 의한 강화도 조약을 체결한 후 6년 만에 서구열강과 최초로 조약을 체결하게 되었다.

또한 22일에는 영국사신과의 회담을 마치고 청나라에 자문을 보내기도 하면서 수교에 임박하게 되었다.

5월 15일에는 독일 사신과의 회담을 마치고 곧 그들과도 수교를 목전에 두면서 북경 정부의 예부에 자문을 구하기도 하였다.

서구열강과의 수호나 조약 체결을 위한 예비회담은 모두 이홍장이 주선한 것으로 청나라는 무엇보다 조선이 서구세력으로 하여 일본의 세력을 견제키 위한 이이제이의 전략이었다.

"잘한다, 잘해. 왜놈 끌어 들이고, 영길리(영국)와 사귀고 미리견과 놀아나

고,"

백성들이 떠들어 대자, 옆에 있는 사람이 말하기를,

"이 사람아, 덕국(독일) 놈 이야기는 왜 빼는 것이야?"

"그래 어쩌자고 이러는 건지."

"아,~ 홍선대원군 때에는 모두 물리쳤는데."

"아, 이 사람아, 지금이 그때하고 같은가. 정신 차리시게."

"이제 조선은 어느 놈이 먹어도 단단히 집어 삼킬 것이야. 아주 단단히 말이야!"

백성들은 조정의 대책 없는 개화정책을 비판하기도 하였다. 여름이지만 가뭄이 극심하여 농민들이 애간장을 태우자, 조정과 왕실에서도 비를 염원하는 기우제를 자주 지내면서 천심을 살폈다.

그리고 무엇보다 대궐 외곽을 경비하는 무위영 군졸들에게 봉록미(俸祿米)가 벌써 13개월이나 밀리게 되어 그들의 불만은 이루 표현할 수 없었다. 무위영 군졸들은 초근목피로 연명하며 가족들 얼굴 볼 면목조차 없었다. 굶주린 군졸들은 몰려다니면서 조정과 민겸호, 심순택, 김보현 등을 비방하고 다녔다.

대궐에서는 백성들과 군졸들이 굶주리든, 먹지 못하든 그런 것 따위에는 아랑곳하지 않고 오늘도 흥겨운 풍악소리와 무당들의 굿판소리가 요란하게 울리고 있었다. 대궐 외곽을 수비하던 무위영 군사들이 의례적으로 말하기를,

"씨부럴 것들,~ 또, 지랄발광하는 구나!"

"우리를 이렇게 쫄쫄 굶기고 저렇게 할 수 있는가."

"아! 씨부럴 무당이 부럽네, 부러워."

"이제 저 소리도 지겹다 지겨워."

군사들의 피맺힌 원성에도 아랑곳 하지 않고 대궐에서는 여느 때와 마찬가지로 어마어마한 국고를 탕진하고 대궐 밖에서도 치성놀이, 굿놀이 등의 시

설을 만들어 박수와 엉큼한 무당들의 놀이가 계속되고 있었다.

　유교정치를 숭상하는 조선의 법도가 상실된 것은 이미 오래 전의 일이었고, 누구 하나 작금의 현실이 부당하다고 아뢰는 중신도 없었다.

　김춘영은 굶주리고 지친 군졸들과 함께 운현궁을 방문하여 흥선대원군에게도 억울함을 호소하기도 한다.

　"국태공 저하, 아무리 소인들이 보잘 것 없는 군인이라고 하여도 밥은 먹어야 나라를 지키든 오랑캐나 왜놈들을 때려잡든 할 게 아니옵니까?"

　"그래 참으로 안타까운 일이 아니던가. 그래도 너희 상전인 민겸호 대감께 사정하여 보아야 되지 않겠느냐!"

　"아이고 국태공 저하, 그 놈이 우리들의 군료를 몽땅 꿀꺽 하고 내어 놓지 않는데 그 버러지 같은 놈에게 사정을 한들 뭔 수가 있겠습니까?"

　무위영 군졸들은 이제 중전과 민가 일족에게 원한이 쌓일 만큼 맺히고 있었음과 동시에 차츰 조정에도 불만이 싸이기 시작하였다.

　조정도 굶주린 군졸들의 동태가 심상치가 않다는 보고가 수시로 들어오므로 할 수 없이 임시방편의 조처라도 취하에 된다.

　1882년 6월 4일 선혜청 도봉소 창고 앞에는 한 장의 방이 붙었다.

　'명일 무위영 소속 훈련도감 군졸들에게 우선 한 달분 급료를 지급한다.'

　무위영 소속 군사들의 원성이 하늘을 찌르니 조정에서도 더 이상 방치할 수 없어서 곡창지대인 전라도 조미를 반입하여 우선 밀린 급료 중 한 달 치라도 지급하기로 하였다. 중신들의 반대에도 불구하고 영의정 홍순목의 주청으로 이루어진 것이었다.

　방이 붙자 굶주린 군사들에게 소문이 금방 퍼지면서 도봉소 창고 앞에는 군사들이 하나 둘씩 모이면서 술렁거리기 시작하였다.

"제기랄, 그래, 열석 달 만에 겨우 한 달 치를 주는 거야!"

"아, 이 사람아, 어쩔 수 있나 한 달 치라도 주니 오뉴월 삼복더위에 굶어 죽진 않게 생겼군."

"자식새낀 배고파 죽는다고 아우성이지."

"늙으신 부모님께서 굶주리고 있는 모습은 차마 눈뜨고 볼 수 없는 것이여."

모두가 한목소리를 내면서 줄줄 흐르는 땀 닦으며 자신들의 집으로 향한다.

운명과도 같은 역사의 날, 6월 5일 아침.

왕십리에 사는 김춘영의 집에서도 그는 아침을 먹는 둥 마는 둥 한 후 어머님 서씨에게 인사를 한다.

"어머님, 오늘 선혜청에서 밀린 급료 한 달 치라도 지급한다고 하니 얼른 가서 받아 오겠사오니 조금만 기다리십시오. 그 쌀로 허연 쌀밥을 지어 어머님께 배가 터지도록 먹여 드리고 싶습니다."

"이 사람아, 이 늙고 병든 애미가 배가 터지도록 먹어서 무엇 하겠는가?"

"또한 쌀 절반으로 의원을 한 번 불러서 어머님의 진맥을 해 보려고 합니다."

"쓸데없는 소리, 내 병은 내가 알고 있는데, 목숨보다 소중한 양식을 없애서야 되겠는가? 나라 지키는 자네가 든든히 먹어야 할 것일세."

"어머님! 저는 어머님께서 잘 드실 때가 가장 기쁘고 즐겁습니다. 어머님, 다녀오겠습니다."

서씨는 아들의 극진하고도 지극한 효심에 감복하여 눈시울을 적신다. 김춘영의 어머니는 건강하게 지내왔으나, 세월의 흐름 앞에 이제는 늙고 병든 몸으로 잔병치레를 자주하고 있었는데, 얼마 전 중풍을 심하게 맞아 이제는 거동이 불편하여 외부 출입을 못하고 집에서 몸조리하며 지내고 있었다.

김춘영은 그러한 노모를 바라 볼 때마다 흉부를 도려내는 비통한 심정이었고, 그래도 김춘영은 어머니께서 완쾌하시기를 천지신명께 빌고 또 빌며 어머니의 간병에도 소홀하지 않는다.

누스레한 군복을 걸친 김춘영의 얼굴은 웃음꽃이 활짝 피면서 허름한 포대기를 들고 낡은 초가집을 나선다.

하늘은 금방 비가 뿌릴 것 같이 잔뜩 흐려지고 먹구름이 몰려오며 뇌성벽력을 치고 있었다. 오랜 가뭄으로 왕실과 백성들은 모두 단비를 기다리고 있었다.

김춘영이 도봉소 앞에 당도하자 아침 새벽부터 도봉소 앞에는 허름한 군복을 걸친 군사들이 빈 자루와 포대기를 들고 끝이 아니 보일 만큼 긴 줄을 서고 있었다. 진짜 누가 보아도 허름한 행렬이었다. 긴 줄을 늘어 선 군사들은 이제나저제나 창고 문이 열리기만을 목을 빼놓고 기다리고 있었다.

"아이고, 도대체 언제나 쌀을 줄려고 이러는지."

"이러다가 자식새끼 배고파 죽겠네!"

모두가 불만에 찬 목소리로 고직(庫直 창고 관리, 또는 고지기)이 나타나기만을 애타게 기다리고 있었다. 한참을 지나서야 도봉소의 고직들과 민겸호의 가노들이 무위영 군졸들에게 쌀을 배급하기 위하여 느릿느릿하게 걸어나오고 있었다. 그리고 곳간 앞에 선 고직과 가노들은 다짜고짜 말하기를,

"자,~ 자,~ 조용히들 하고 차례로 줄을 서게!"

"!……!"

단번에 고직들이 군사들에게 반말을 하자 군졸들은 기분이 나빴지만 그래도 참고 있었다. 이에 아랑곳 하지 않고 고직들은 위세와 허세로 당당하게 지껄인다.

"이렇게 마구 떠들어대면 곳간 문을 도로 닫을 것이야!"

"뭐! 저놈들이 지 쌀을 그냥 주냐!"

"저놈들이 뭔데 감히 반말이야!"

그러면서도 무위영 군사들은 쌀을 받는 기쁨으로 참고 줄을 서서 기다린다.

쌀의 배급이 시작되자마자 앞줄에서 쌀을 배급받은 5~6명의 군사들의 얼굴은 바로 험악하여진다. 그리고 분노하여 침을 퉤~퉤 뱉으며 말하기를,

"뭐! 이것이 한 달 치냐. 반도 안 된다."

"반은 모래와 돌이다."

"으~ 아, 문내!"

"와,~ 이것을 사람이 먹으라고 주는 것이냐!"

"어느 놈의 농간이냐!"

쌀을 배급받은 군사들의 쌀이 정양에 미치지 못할뿐더러 반은 썩었으므로 모두가 불만을 표출하자, 뒤에서 줄을 서고 있던 군사들까지 웅성거리기 시작하였다.

그렇지만 이에 아랑곳 하지 않고 고직과 가노들은며 거드름을 떨면서 말한다.

"자,~ 자, 조용히들 해라. 쌀이 전라도에서 급하게 배로 올라오느라고 습기가 조금 찼을 뿐이다. 집에 가서 하루만 볕에 말리면 말짱하여진다."

"뭐, 하루만 말리면 말짱하여진다고!"

군사들이 지금 받아야 할 정량을 달라고 소리소리 지른다. 그러자 고직과 민겸호의 가노들은,

"아니, 뭐야, 이 자식들, 감히 형편없는 놈들 주제에 웬 개소리냐!"

내용인 즉, 무위영 군사들에게 지급된 쌀은 상당히 오래되었고 물기가 많아 먹는데 좀 불편하였다. 그래도 무위영 군사들은 이것도 고맙게 생각하여 집에 가서 잘 손질하면 그런대로 먹을 수가 있을 것 같아서 참고 있었다. 그런데 문제는 오래된 쌀이 아니라 쌀에는 반 이상이 모래요 자갈과 문내였다. 그러니 무위영 군사들이 고지기에게 항의하는 것은 당연한 일이었다.

민겸호는 선혜청의 군량을 착복하여 중전의 향락과 사치비용으로 충당을

하였고, 권문세도가의 권력을 믿은 고직과 민겸호의 가노들도 선혜청의 봉록미를 한 묶음 뚝 횡령하여 자신들의 배를 채웠으니 쌀이 부족하지 않을래야 부족하지 않을 수가 없는 것이었다.

그리고 고직들이 민겸호의 가노들과 공모하여 쌀에 돌과 모래를 섞었고 며칠 전에 올라온 쌀은 다른 창고에 보관하여 빼돌렸다. 그리고 수년이 지난 쌀을 군사들에게 지급하니 이런 사단이 벌어진 것이었다. 그렇지만 고지기와 가노들은 계속 으스대며 마음대로 지껄이기를,

"야, 이놈들아, 무슨 말들이 그렇게 많으냐! 네놈들이 아직까지 배때기가 덜 고팠구나. 그냥 주면 잔소리 말고 받아가서 처 먹을 일이지."

그야말로 고직과 가노들은 무위영 군사들을 마치 짐승과 같이 대하고 있었다.

참다 못한 김춘영, 유복만(柳卜萬 1850~1882), 정의길(鄭義吉 ?~1882), 강명준(姜命俊) 등이 앞장서서 고직에게로 다가선다. 그리고 이미 지급된 쌀을 보며 고직들에게 큰 소리로 말하기를,

"이보시오. 썩지 않는 쌀과 모래와 돌을 빼고 정량의 쌀을 주시오."

그러면서 고직과 가노들을 험악한 눈으로 바라본다. 그러자 그 4명을 바라보는 고직과 가노들은 가당치도 않다는 뜻으로 말하기를,

"우리가 지급한 쌀은 정량이다. 조금 전에도 말을 했지만, 배편으로 올라오느라고 습기가 조금 찼을 뿐이다. 볕에 하루만 말리면 말짱하여 진다."

고직과 가노들은 정량의 쌀을 지급할 것 같지 않아 보였다. 이에 김춘영이 고직과 가노에게 가슴팍을 내밀면서 말하기를,

"뭐, 하루만 말리면 말짱해진다고. 그래 이놈들아, 네 놈들은 썩은 쌀을 처 먹느냐!"

소리 지르자 분개한 고직 한 명이 김춘영의 가슴을 세차게 밀치니 김춘영은 뒤로 벌러덩 넘어진다. 김춘영은 바로 일어나서 큼지막한 주먹으로 그 고직

의 얼굴을 강타한다. 그러자 이번에는 고직이,

"쿼,~ 꿱"

하고 쓰러지는데 그 고직의 코에서 피가 막 쏟아진다. 이것을 본 고지기와 가노들이 들고 일어나 말하기를,

"어라, 이놈들 봐라. 인간 같지 않은 놈들이 사람을 치네!"

그리고 김춘영의 뺨을 후려치고 고지기와 민겸호의 가노들 모두가 앞장선 4명의 군사들을 후려치고 때리면서 행패를 부리기 시작하였다. 김춘영, 유복만 등도 고직과 가노들을 주먹으로 때리고 발로 힘차게 걸어 차면서 싸움이 벌어졌다.

이에 질세라 도봉소 창고 앞에 줄을 선 무위영 군사들이 떼거지로 달려들어 큰 패싸움이 벌어졌다. 싸움의 결과는 뻔하였다. 가노와 고직은 쪽수에서 밀릴뿐더러 대궐외곽을 방어하는 군졸들의 상대가 될 턱이 없었다. 고직과 가노들은 실컷 얻어터져서 눈탱이가 밤탱이가 되고 쌍코피를 흘리며 간신히 안국동 민겸호의 집으로 달아나기에 바빴다.

고직들이 달아나자 도봉소의 창고는 군사들이 달려들어 쌀을 마구 풀어헤쳐서 땅바닥에 뿌려 문지르며 마음껏 분풀이를 하였다. 순식간에 도봉소 창고는 고직과 가노들이 흘린 피와 함께 아수라장이 되었다.

무위영 군졸들에게 무수히 얻어터진 고직과 가노들의 분노도 대단하였다. 명색이 권문세도가의 하인들로 누구에게 한 번도 봉변을 당하지 않았으므로 그들은 더욱 분기탱천하였다. 그런 고직과 가노들이 민겸호의 자택으로 도망 와서 집사에게 말한다.

"집사 어른, 큰일 났사옵니다. 무위영 군졸놈들이 우리들을 마구 때리고 도봉소 창고를 파괴하였소."

물론 자신들의 비리로 도봉소가 노략질당하였다는 말은 일체 하지 않고 말하였다. 이에 고직과 가노들의 얻어터진 얼굴을 본 집사는 펄펄 뛰며 말한다.

"아니, 이런 무위영 군졸 놈들이……."

그 집사는 이빨을 뿌득뿌득 갈면서 민경호의 자택을 수직하고 있는 군관에게 말하여 빨리 궁궐로 들어가서 현재의 상황을 민겸호 대감께 보고하라고 말하자, 그 군관은 급히 궁으로 향한다.

포박되는 김춘영과 무위영 군졸들

마침 창덕궁에서는 올 봄부터 가뭄이 극심하여 행여 백성들의 원성이 두려워, 임금과 예조 및 내수사(內需司 왕실의 물품 및 재정 관리)를 비롯하여 관련 아문에서 기우제를 지내고 있었다.

민겸호는 기우제의 비용을 충당하는 선혜청 당상과 병조판서로 국왕의 호위를 책임지고 있는 것은 두말 할 나위도 없었다. 자주 시행하는 기우제이므로 임금이 친히 복장과 격식을 갖추지 않고 승정원의 승지와 내관들이 번갈아 가면서 대행하였다. 대리 기우제이므로 무엇보다 보안의 유지가 필요하니 군졸들이 삼엄한 경비를 펼친다. 마침 그곳에서 자택을 수직하는 군관의 보고를 받은 민겸호는,

"뭐, 뭣이라고. 무위영 그 군졸놈들이 감히 도봉소 창고에서 분탕질을 하였다고……."

민겸호는 전후사정을 알아보려고 하지도 않은 채 길길이 날뛰며 분노하고 있었다. 치밀어 오르는 분을 겨우 참으며 기우제를 지내는 민겸호로서는 빨리 기우제가 마치기만을 기다렸다. 아무리 척족이지만 임금이 주재하는 기우제를 팽개치고 나올 수 없었으므로 그는 기우제를 마치자마자 병조의 군관들을 데리고 포도청으로 달려간다. 민겸호는 좌·우포도대장에게 지휘체계의 양해도 구하지 않은 채 제 멋대로 포도청의 포교와 포졸들을 동원하기 시작하였다.

포도청의 종사관이 엄청난 포졸들을 거느리고 무위영 군사들이 많이 살고

있는 이태원과 청량리, 왕십리 일대를 수색하기 시작하였다. 관솔불이 어른 거리며 그곳 일대는 마치 계엄령을 선포한 것처럼 적막과 창검이 난무하였다. 즉, 지금으로 말하면 군인들을 체포하기 위하여 경찰력이 동원된 것이었다. 지금도 그렇지만 경찰병력이 육·해·공군 중 어느 정규군도 당해 내지 못한다.

그러나 포도청의 포졸들이 떼를 지어 다니며 옛 훈련도감의 군사들을 검거하기 위하여 매서운 육모방망이를 마구 휘둘러 댄다. 무방비나 다름없이 모여 있던 무위영 군사들은 포졸들의 공세에 이리저리 얻어맞고 터지면서 집으로 달아나거나 가까운 은신처로 피신하면서 해산되었다.

마침 집으로 도망쳐 온 김춘영은 쌀도 받지 못하여 노모를 뵈올 면목이 없어서 허탈하여 집에서 있는 중, 자택으로 포도청의 포교와 포졸 수십 명이 들이닥치면서,

"네 이놈, 김춘영은 얼른 나와서 오라를 받아라!"

쩌렁쩌렁하게 외치는 포교의 소리는 마치 듣는 사람에게는 저승사자와도 같았다.

아버지 김장손과 함께 중풍으로 고생하는 어머님을 돌보고 있는 김춘영은 어느 정도 준비를 하고 있었다. 김춘영이 순수하게 나가서 포교들의 수사에 응하려고 방문을 열고 나가자, 포교와 포졸들이 벌떼처럼 달려들면서 마구 두들겨 팬다.

"퍽~ 퍽."

"억~ 으~ 윽."

바로 김춘영이 비틀거리며 피를 흘리고 쓰러지자 아버지 김장손이 나서면서 분노하여 말하기를,

"아니, 어찌 이러시오?"

"노인장은 나서지 마시오! 여봐라, 저 못 된 김춘영 놈을 포박하라!"

포교가 포졸들에게 소리로 지시하자, 선혈이 낭자한 김춘영은 서슬퍼런 포졸들에게 포박된다.

방안에서 자식이 포교와 포졸들에게 얻어터지고, 포박에 묶여 개처럼 질질 끌려 갈 것 같은 것을 본 김춘영의 어머니 서씨는 사력을 다하여 방에서 엉금엉금 기어 나오면서 말하기를,

"이보시오, 나리, 도대체 내 아들이 무엇을 잘못하였다고 이러시오?"

그리고 포교의 옷자락을 잡고 늘어진다. 이 모습을 본 김장손과 김춘영이 깜짝 놀라서 말한다.

"아니, 여보!"

"아니, 어머님!"

병치레로 평소에는 남편과 아들이 부축하여야 겨우 일어나는 정도였던 어머님이 아니었던가, 그러한 내막을 알 턱이 없는 포교가 말하기를,

"이것, 놓으시오. 우리는 공무를 집행하고 있소."

그리고 포교는 서씨를 힘차게 밀어 버린다.

"으~윽~꿱."

서씨가 쓰러진다. 이를 본 김장손이 달려들어 아내를 부축하였고, 포박에 묶인 김춘영이 절규하는 소리로 울부짖는다.

"어머님, 어머님!"

김춘영의 절규에도 아랑곳 하지 않고 포교는 포졸들에게 명령한다.

"죄인을 끌고 가라!"

포졸들은 달려드는 김장손을 밀치고 김춘영을 개끌듯이 끌고 그의 집을 나선다. 쓰러져 가면서도 자식이 끌려가는 모습을 본 서씨는 절규하는 목소리로,

"춘영아! 춘영아!"

결국 서씨는 축 늘어진다. 김장손이 며느리와 함께 부인을 방으로 들어 눕혔지만 서씨는 의식은 없지만 계속 외치기를,

"춘영아!"

"춘영아, 불쌍한 내 아들 춘영아!"

그리고 민겸호가 포교들을 닦달하자, 그들은 도봉소 약탈 사건의 주동자 유복만, 강명준, 정의길과 적극 가담자들을 체포하여 바로 좌·우포도청으로 압송하고 있었다.

김춘영이 먼저 포도청의 옥사에 수감되면서 그에게는 대역 죄인들이 쓰는 큰 칼과 항쇄가 채워졌다. 뿐만 아니라 김춘영은 이미 포박되어 끌려오면서 많이 얻어터져서 그는 벌써부터 그런 몸으로는 옥살이를 하기에는 힘에 겨워 보였다. 때마침 여름이라 포도청의 옥사는 수감된 죄수들이 흘린 피와 제대로 씻지 못하여 나는 썩은 냄새는 정말로 견디기 힘든 형국이었다.

포도청의 포교와 형리들은 구금자들을 심문한다는 이유로 그들을 가혹하게 고문하였다. 말이 좋아 심문이지 심문을 핑계로 무자비한 매질과 형벌을 가하는 것이었다. 그리고 하루 이틀이 지나도 이들이 석방될 기미는 전혀 없어 보였다.

무위영 군사들은 포도청의 포교들과 옥사를 지키는 옥졸들에게 뇌물을 써서 김춘영, 유복만 등의 수감된 동료들의 향후 거취를 알아보았는데, 너무나 가혹한 조치였다.

주범 김춘영과 유복만은 곤장 200대를 때리고 형살(刑殺)로 다스리고, 그들보다 죄질이 조금 약한 정의길, 강명준은 곤장 200대를 친 후 변방에 부처하여 종신토록 축성과 노역에 종사케 한다고 하였다.

이들은 이미 무수한 매를 얻어맞아서 형살이고 축성이고 할 것 없이 곤장 200대는 고사하고 앞으로 70~80대의 곤장도 견디지 못하고 장살할 것으로 보였다.

이러한 소문은 삽시간에 동별영 전체에 퍼지면서 군사들이 술렁거리기 했을 뿐만 아니라, 무위영 군사들 모두도 포박하여 죽인다는 말까지 나돌았다.

그러자 분노한 군사들이 시퍼런 칼과 창을 땅에 꽂으면서 말한다.

"뭐! 우리 모두를 죽인다고. 이런 젠장, 굶어 죽으나 법에 얽혀 죽으나 죽는 것은 마찬가지다. 일이 이렇게 된 바에야 악독한 탐관오리 놈들을 모두 때려 죽이고 한 번 분이나 시원하게 풀어 보는 것이 좋지 않겠는가!"

군졸들이 눈에 혈안이 되어 몰려다니고 민겸호와 김보현에 대한 원성이 하늘을 찔렀다.

"이놈들, 모두 때려죽이리라!"

"민가 놈들은 모두 씨를 말려야 할 것이야!"

누가 보더라도 곧 무슨 심상치 않은 사태가 터질 것 같았다. 이 같은 소문은 대궐에까지 퍼져 어전회의에서 이최응이 고종에게 주청하기를,

"전하, 아뢰옵기 황공하오나 지난번 도봉소에서 난동을 부린 흉측한 놈들이 무리를 지어 다니면서 조정을 비방하고 있사옵니다. 그놈들은 별파진(別破陣 화기부대)을 동원하여 못된 버릇을 단단히 고쳐 주어야 하옵니다."

이 최응의 주청에 무위영 군졸들을 질타하는 소리가 여기저기에서 터져 나왔고 그 누구도 무위영 군졸들의 억울함을 아뢰는 관료는 한 사람도 없었다.

그러니 고종으로서는 도봉소 사건을 무위영 군졸들의 단순한 항명으로 알고 있었다.

이최응의 주청은 무위영 군사들에게 바로 전파되어 군졸들이 더욱 분노하여 말하기를,

"이런, 쳐 죽일 놈!"

"발기발기 찢어 죽일 놈!"

"이놈, 반드시 때려죽이리라!"

군졸들이 분노하였지만, 그들은 실력행사를 하지 않고 우선 수감된 동료들을 합법적인 절차로 구명하는데 뜻을 모았다.

김춘영의 아버지 김장손과 유복만의 동생 유춘만(柳春萬) 등이 주동이 되어

포도청에 수감된 아들과 형님을 구하고자 군사들의 결집을 촉구하였다.

특히 김춘영은 무위영의 포수로서 한 가정의 아버지이자 지아비이며 노모를 봉양하고, 낡은 화승총이지만 조선을 지키는 군인이라는 자부심이 아주 강하였다. 그는 중풍으로 거동이 불편한 노모를 위하여 자신의 살점도 떼어 줄 만큼 효심이 갸륵한 아들이었다. 군영에서 지급되는 주먹밥을 먹지 않고 고이고이 간직하여 집으로 가지고 와서 하루 종일 병마와 굶주림에 고생하는 노모에게 직접 떠먹이면서 말한다.

"어머님, 불효한 이 자식을 용서하여 주십시오. 어머님께 고깃국 한번 해드리지 못하고, 이렇게 몸이 불편하여도 의원에게 한 번 보이지 못한 불효막심한 저를 용서하십시오."

이러한 아들의 극진한 효심을 모를 리 없는 그 노모도 포도청에 수감된 아들이 지금 혹독한 고문을 받고 그것도 부족하여 곤장 200대를 더 맞고 사형에 처해 진다는 말을 듣고는 식음을 전폐하며 몸져눕고 말았다.

노모는 의식이 없는 상태에서도 소중하게 여겨 온 108 번뇌의 염주를 굳게 잡고,

"대자대비하신 부처님, 대자대비하신 부처님!"

아주 힘겹게만 부르고 있었다.

무위영 군졸들의 봉기

김장손은 훈련도감의 포수로서 근 40년을 근무하다가 최근에 퇴역을 한 후 아내를 간병하며 부역에도 종사하며 그럭저럭 지내왔다.

그러한 김장손이 유춘만과 함께 민겸호에게 선처를 호소하고자 무위영 군사들에게 통문을 돌리기 시작하였다. 6월 9일에는 동별영(東別營 훈련도감 본영)의 무위영 군사 모여서 등소를 올리면서 앞으로의 대책을 의논하였다.

그들은 의논 끝에 김장손과 유춘만을 중심으로 대표를 구성하여 이경하 무

위대장에게 달려가 선처를 호소하여, 무위대장이 나서서 원만한 해결을 해주기를 간청하였다. 시급한 것은 구금자들의 석방과 정상을 참작하여 불문에 붙이고 다시 군막으로 복귀하여 본연의 임무로 돌아가고자 하는 것이었다.

그러나 세상은 항상 그렇듯이 약자의 말에 눈과 귀를 기울이지 않는 것이다. 무위영 군사들은 모두가 하층민이고 권력의 연결도 없었으므로 세상이 그들의 기대대로 돌아갈지가 의문이었다.

김장손과 유춘만이 무위영의 군졸 수십 명을 거느리고 낙동에 있는 무위대장에게 찾아가서 직속상관인 무위대장이 나서서 사태를 해결하여 줄 것을 호소할 수밖에 없었다.

무위대장 이경하는 자신을 찾아온 김장손, 유춘만 등 대표 군졸들을 집안으로 들인 후 근엄한 목소리로 말하기를,

"어쩌자고 그렇게 난동을 부렸는가?"

"……"

"그래, 앞으로 어찌 할 것인가?"

"?……?"

"아, 이 사람들아, 상대를 봐 가면서 난동을 부리든지 말든지 해야지. 나는 새도 떨어뜨린다는 민 대감께 난동을 부리고도 살기를 바라는가!"

무위대장의 하문에 별 뾰족한 수가 없어 대표인 김장손이 머리를 조아리며 무위대장에게 간절하게 아뢴다.

"대감, 송구하오나, 대감께서 나서서 사태를 원만하게 잘 수습하여 주시기만을 바랄 뿐입니다."

"어허, 이 사람들이 무슨 소리를 하고 있는가. 나도 나의 부하들의 일을 힘껏 돕고 싶지만 내가 나선다고 무슨 뾰족한 수가 있겠는가!"

이경하는 자신이 직접 나서는 것을 꺼리지만, 김장손과 유춘만 등은 이경하에게 또 간청한다.

"대감, 대감께서는 민겸호 대감과 의사소통은 되질 않사옵니까? 저희들이 백 마디 천 마디 한들 무슨 소용이 있겠습니까만, 그래도 대감께서 선처를 바란다고 하시면 민 대감이 그냥 모른 척이야 하겠습니까? 대감, 살려주십시오!"

"어~허, 이 사람들아, 자네들도 알지만 내가 무슨 힘이 있는가. 그리고 나는 또한 군졸들의 군료문제를 용훼(容喙, 참견)할 직급도 아니지 않는가!"

이경하는 신정왕후와는 인척이고, 흥선대원군 집권 시절 훈련대장, 포도대장, 금위대장 등의 군권의 요직을 맡으며 나는 새도 떨어뜨리는 세도가였다. 민문으로 말을 바꾸어 타서 그나마 무위대장을 맡고 있었지만, 자신은 항상 민문과는 껄끄러운 상대였고 또한 자신이 이 문제에 나서 보았자 민겸호에게 우스운 꼴이 되는 것은 분명하였다. 그러니 그는 자신의 부하 일을 돕고 싶어도 사실 도울만한 형편이 되지 못한 것이 사실이었다. 알고 보면 이경하의 입장도 난처한 것이 분명하였다. 이러한 내막을 전혀 모르는 군졸들은 아니지만 그래도 무위영 군사들은 이경하에게 아뢰기를,

"대감, 그러면 대감께서 민겸호 선혜청 제조 대감께 우리들의 어려운 처지를 잘 봐달라는 서찰이라도 한 통 좀 써 주십시오."

무위대장은 속으로 은근히 기뻐하고 있었다. 서찰 한 통을 써주고 빨리 이 사건에서 자신은 빠지고 싶었다. 이경하는 사건의 경위와 민겸호에게 선처를 바라는 변백구해의 서찰을 간략하게 써준다. 무위대장의 서찰을 받아든 군사들은 그래도 기쁨의 표정으로 무위대장에게 군례를 올리고 그의 집을 나선다. 최선은 아니지만 차선이라는 생각에 무위대장의 서찰을 가지고 낙동에서 안국동으로 달려가는 군사들의 발걸음은 한층 가벼웠다.

그러나 막상 민겸호의 집 앞에 도착하자 그들은 어려움에 봉착하게 되었다. 민겸호 집의 솟을 대문은 굳게 잠기어져 있었고 바깥에서 아무리 소리쳐도 그곳의 가노들은 대문을 열어주지 않았다. 한식경, 두식경이 지나도 민겸호 집 대문은 열리지 않았다. 다만 사태의 추이를 지켜보고 있던 무위영 군사들

이 민겸호의 집 앞으로 하나 둘씩 모이기 시작하여 수백 명의 군사들이 모여들면서 민겸호의 집 주변은 시끌벅적하였다. 분노한 군사들은 또다시 웅성거리며 떠들기 시작한다.

'사람을 이렇게 대해도 되는 것이야!'

'개도 이렇게 대하지는 않는다.'

그들의 분노가 하늘을 찔렀다. 김장손이 민겸호의 대문을 향하여 큰소리로 말한다.

"이보시오, 우리는 무위대장께서 병조판서 대감께 전해줄 서찰을 가지고 왔을 뿐이오. 그러니 빨리 문을 좀 열어주시오. 우리들은 무위대장의 서찰만 전해주고 돌아가겠소."

그러자 민겸호의 솟을 대문의 한 쪽 문이 반쯤 삐꺽 열리면서 민겸호의 가노들이 바깥의 동정을 보고는 황급하게 문을 닫는다.

군졸들이 그들의 얼굴을 가만히 기억하여 보니 지난번 도봉소에서 패싸움하였던 고직들도 있었다. 이제 무위영 군사들이 그 고지기를 물고 늘어진다.

"네 이놈, 게 서지 못하겠느냐. 네놈들이 여기에 숨어 있었구나. 네놈들이 작당하여 빼돌린 쌀을 내놓아라!"

차마 민겸호의 가노들에게 달려들지 못하고 고지기에게 달려들면서 말로라도 분풀이를 하고 있었다. 그러자 가노들과 고직들은 세도가 민겸호의 위세를 믿고 마구 지껄여댄다.

"야, 이놈들아, 여기가 어디인지 알고 와서 지랄하느냐. 네놈들이 아직까지 포도청의 곤장 맛을 제대로 보지 못했구나. 떼거지를 지어 몰려오면 누가 눈이나 하나 깜빡할 줄 아느냐 이 버러지 같은 놈들아!"

고직과 가노들은 지난 번 엄청나게 얻어터진 복수를 말로서라도 하고자 하였다. 그래도 여기가 천하 최고의 권문세도가 민겸호의 자택이니 아무리 무식한 무위영 군사들이라고 하여도 집으로 들어와서 난동을 부리지 못한다는 정도는 익히 알고 있었다.

그렇지만 무위영 군사들도 무위대장의 서찰을 굳게 믿고 있었으므로 가노와 고직들에게 악다구니를 쓰면서 달려든다.

"야, 이 무식한 종놈들아, 지난번에 그렇게 얻어터지고도 아직까지 정신 차리지 못하였느냐. 어디 오늘 한 번 혼쭐이 더 나 보아야 하겠느냐."

고직과 가노들에게 욕설을 하여 그들이 흥분하게끔 약을 올린다. 그렇게 해서라도 무위영 군사들은 민겸호의 솟을대문을 열려고 하였다.

화가 머리끝까지 치밀어 오른 고직과 가노들은 대문과 담벼락 위로 올라가서 기왓장과 돌멩이를 마구 던지며 지난번의 분풀이를 하고 있었다.

"앗~ 윽."

"으~ 악."

기왓장과 돌멩이에 맞은 군사들은 얼굴과 머리에서 피를 흘리며 쓰러지고 있었다. 이 모습을 본 무위영 군사들의 분노가 또다시 폭발하여 모두가 동시에 말하기를,

"저놈들을 때려 죽여라!"

"죽여라!"

함성과 함께 수백 명의 군사들이 달려들어 민겸호의 솟을대문을 부수고 또다른 군사들은 담벼락을 넘으며 민겸호의 집으로 돌진하였다.

설마 저놈들이 여기까지 범할 줄은 모르고 방심하던 민겸호의 가노들과 고직들은 당황해 하면서 도망친다. 그러나 뛰어보았자 '부처님 손바닥' 이라는 말이 있듯이 그들은 무위영 군사들에게 붙잡혀서 이리 터지고 저리 터지면서 또 한 번 실컷 얻어터진다. 며칠 전 도봉소 앞에서 보다 훨씬 얻어터지고 있었다. 다급해진 고직과 가노들은,

"사,~ 살려줍쇼."

"모,~ 목숨만 살려줍쇼."

고직과 민겸호의 가노들이 땅에 무릎을 꿇고 손발이 땅에 닿도록 빈다.

이들이 무위영 군사들에게 얻어터지고 싹싹 빌고 있을 무렵, 민겸호의 식솔들과 문객을 비롯한 하복들은 혼비백산하여 뒷문으로 빠져나가 화를 면하였다. 안채에 있던 아녀자들도 두려움과 공포에 떨며 집사의 도움으로 황급히 뒷문으로 도망쳤다. 그리고 그들은 사람을 빨리 대궐에 보내 민겸호에게 이 사실을 알렸다.

무릎을 꿇고 빌고 있는 가노들과 고직에게 군사들이 말하기를,

"네 이놈, 주인대감은 어디에 있느냐!"

그러자 조금 전까지만 하여도 기세를 펼치던 고직과 가노들의 당당함은 온데간데없고 기어들어가는 목소리로 말한다.

"예, 대감마님은 지금 입궐하고 아니 계시오."

"틀림없는 사실이렷다!"

큰 소리로 고직들의 기를 죽이고 군사들 일부는 민겸호의 집을 둘러보았으나 그는 보이지 않았다. 군사들이 고직과 가노들을 발길로 걷어차면서 말한다.

"네 이놈, 우리에게 주어야 할을 네놈들이 빼돌렸느냐!"

"사,~ 살려줍쇼. 난 병조판서 대감께서 시키는대로만 하였을 뿐이오."

"이 또한 틀림없는 사실이렷다."

"예."

'이제야 알았다. 이 모두가 민가 놈의 수작이다.'

군사들 모두가 한결같은 목소리를 낸다.

'민가 놈이 우리들의 고혈을 짜서 호의호식을 하고 있다. 탐관오리의 집을 박살내자.'

분기탱천한 군사들은 민겸호의 으리으리한 집과 창고를 마구 부수고 뒤지자, 그의 집은 금은보화를 비롯하여 진귀한 물건들이 엄청나게 쌓여 있었다.

또한 군사들은 눈에 보이는 것은 가차 없이 두들기고, 발길에 걸리는 것은 뭐든지 걷어차고 문지르고 민겸호의 집을 벌집 쑤시듯이 마구 쑤셔댔다. 곳간 문을 부수자 쌀가마니가 태산을 이루었고, 쇠고기, 꿩고기, 해삼과 전복을 비롯하여 귀중한 물건이 우르르 쏟아져 나왔다.

광을 부수자 비단을 비롯하여 인삼, 녹용, 침향 등이 산더미처럼 차곡차곡 쌓여있었다. 또 다른 곳간 문을 때려 부수자 몇 십만 냥의 엽전꾸러미가 주르르 흘러나왔다. 뿐만 아니라 엽전 속에는 쇠말뚝만한 금괴가 가득 쌓여 있었고, 은자도 수십 만 냥이 차곡차곡 숨겨져 있었다. 그야말로 민겸호가 초호화 생활을 하고 있다는 것을 한 눈에 알 수 있었다. 군사들은 기가 차서 처음에는 말이 나오지 않았다.

"!……!"

"이런, 쳐 죽일 놈."

"우리들의 피고름을 짠 놈."

"지 배때기만 채우는 놈."

"퉤~ 퉤, 더러운 놈."

모두가 분해하고 이를 뿌득뿌득 갈면서 분풀이를 마음껏 하고 있었다.

또한 무위영 군사들이 민겸호의 재물 중 손쉽게 착용이 가능한 물건과 진귀한 물건들을 서로 챙기려고 아우성을 치며 더욱 날뛰고 있었다. 이를 가만히 지켜보고 있던 김장손은 군사들에게 큰 소리로 명령한다.

"소중한 물건들을 약탈하지 마라. 우리는 도적이 아니니라, 물건을 가지고 가면 우리도 민가 놈과 다를 바 없는 개망나니 흉적이다. 그러니 모두 불태워 버려라!"

불을 지르자 비단, 삼, 녹용, 침향 등이 불에 타면서 메케한 냄새로 주변이 진동하였고 특히 중국산 침향이 불에 타는 냄새는 모두에게 코를 찌르기도 하였다. 처음에는 중국산 침향이 타는 냄새가 메케하였는데 그런데 자꾸 그

냄새를 맡다 보니 뭔가 모르게 이상하게 느껴졌다. 군사들이 고개를 갸웃거리며 말하기를,

"도대체, 이 냄새는 제삿날 피우는 것인가?"

그 중 나이든 군졸이 말하기를,

"이 놈들아, 이것은 민가 놈이 계집질할 때 쓰기 위하여 피우는 냄새다. 이런 무식한 놈들아!"

군사들이 폭소를 터트렸지만, 금방 냉정을 찾고 말한다.

"아니, 이놈은 우리들의 고혈을 짜서 호의호식도 모자라 계집질을 하기 위해서도 우리를 착취한단 말인가!"

무위영 군사들의 난동은 극에 달하였다. 백주대낮에 고관대작의 집이 불에 타면서 연기와 불길은 하늘 높게 치솟았다. 근처에 살던 백성들은 민겸호의 집이 불에 타고 민겸호의 가족들 모두가 허겁지겁 도망갔다는 말에 환호성을 질렀다.

"와,~ 민가 놈의 집이 불탄다."

"그 놈은 천벌을 받아야 해."

백성들도 통쾌하게 여겼다. 특히 무위영의 군사들이 민겸호의 귀중한 재물을 탈취하지 않고 불로 태우자 백성들이 그들에게 동조하고 민초들이 가담하는 시초가 되었다.

민겸호의 자택을 완전하게 파괴시키고 무위영 군사들이 승리의 도취감에서 깨어나서 정신을 차렸을 때에는 이미 뒷수습을 못하게 되었다. 최고 세도가 민겸호의 자택을 전소시키고 그의 재물 모두를 불태웠으니 이제 이들의 안전은 보장받을 수 없게 되었음은 불을 보듯이 뻔하였다. 그야말로 돌이킬 수 없는 엎질러진 물이 되어 버렸다. 이때 군졸들이 불안한 목소리로 말한다.

'이제 어찌 하였으면 좋겠소?'

"?……!"

정신을 차린 군사들이 근심어린 눈빛으로 막 떠들어대자, 대표인 김장손이 침착학고 차분한 목소리로 말한다.

　"여러분, 우리가 그냥 이대로 있으면 우리 훈련도감의 1,800명은 좌우포도청의 곤장과 개처럼 날뛰는 민겸호의 창검에 모두 개죽음을 당할 것은 자명하고, 식솔들도 모두 무사하지 못할 것이오."

　그러자 군졸들이 더욱 웅성거리며 앞다투어 말하기를,

　"그러니 어찌하였으면 좋겠소?"

　이에 김장손이 비장한 각오로 말하기를,

　"여러분, 우리가 살길은 오로지 '대원위 대감' 을 받드는 길만이 사는 길이오. 운현궁으로 가서 국태공 저하께 우리들의 억울함을 호소하고 대원위 대감을 뫼시고 세상을 바꿉시다."

　"와,~ 와, 옳소."

　"운현궁으로 가서 세상을 바꿉시다."

　"와,~ 와,"

　누가 먼저랄 것도 없이 여기저기에서 한목소리가 계속 터져 나온다.

　"우리가 살길은 운현궁뿐이오."

　"그렇소, 이제 우리는 죽으나 사나 국태공 대감께 호소하는 길밖에 없소"

　그리고 김장손은 군사들에게 또다시 명령을 한다.

　"우리가 운현궁으로 가서 국태공 저하를 뫼시고 세상을 바꾸기 전, 한 명의 이탈자도 있어서는 아니 될 것이오. 우리 모두는 살아도 함께 살아야 하고, 죽어도 함께 죽어야 합니다. 흩어지면 우리는 반드시 개죽음을 당할 것이오. 그러니 이 점을 꼭 명심하여야 하시오."

　김장손은 모든 군졸들의 단결을 촉구한다. 우발적인 도봉소 사건을 계기로 드디어 반봉건적 착취와 수탈에 저항하는 임오군변의 도화선이 시작된 것이었다. 김장손의 지휘로 수백 명의 군사들이 무서운 함성을 지르며 운현궁으로 달려가는 모습은 이제 그 누구도 제지할 수 없게 보였다.

지도자를 찾고 있는 무위영 군졸들

한편 흥선대원군은 섭정에서 밀려나 운현궁에서 정국의 동태를 살피고 있었다. 이 얼마나 절치부심의 세월이었던가. 양주 직곡 산장과 운현궁을 왕래하며 가택연금과 민문으로부터의 탄압 등을 이겨내며 재집권을 향한 절치부심의 몸부림을 친지 약 9년의 세월이 흐르지 않았던가, 이미 천, 하, 장, 안의 심복들로부터 군졸들의 사생결단을 전하여 들은 흥선대원군의 분노와 재집권욕은 활화산처럼 타오르고 있었다. 그는 의대를 정리하고 조용하게 생각하여 본다.

'오, 천지신명은 이 흥선을 버리지 않는구나, 얼마나 오랜 세월을 참고 살았는가, 내 다시 이 나라 조선을 호령하는 섭정의 자리에 오르면 다시는 실각하지 않고 민가 놈들과 나라를 망친 척족들을 주살할 것이다.'

흥선대원군이 두 주먹을 굳게 쥐고 있을 때,

"와,~ 국태공 저하!"

"와,~ 대원위 대감!"

환호와 울분의 함성을 외치며 운현궁으로 들어오는 군졸들을 바라보는 흥선대원군의 감회는 남달랐다. 섭정의 권좌에 올라 안동 김씨들의 권좌를 붕괴시켰을 때보다도 훨씬 고무되어 있었다. 그러나 그는 서두르지 않으며 의연한 자세로 분노한 군졸들을 맞는다.

민겸호의 자택을 전소시키며 기세를 올렸으나 선후책을 강구하지 못하여 당황한 군졸들이었지만, 막상 흥선대원군을 대하자 그들은 힘을 내며 더욱 흥분하기 시작하였다. 그 중 김장손이 군사들을 진정시키고 흥선대원군에게 아뢴다.

"국태공 저하, 소인은 훈련도감에서 군졸을 지낸 김장손이라고 합니다."

평소부터 김장손을 알고 있는 흥선대원군은 그를 온화하게 대한다. 김장손이 비록 군졸 출신이지만 그가 군졸들로부터 신망을 받고 있고 군졸들도 그를 따르고 있다는 것도 잘 알고 있는 흥선대원군이었다. 이러한 김장손이 흥선대원군에게 계속 아뢴다.

"국태공 저하, 소인은 50년 간 훈련도감에서 잔뼈가 굵었사옵니다. 소인뿐만 아니라 여기 모인 모든 군사들도 마찬가지입니다. 그렇지만 민가들은 우리를 굶기고 착취하여 그것도 부족하여 우리 모두를 죽인다고 해서 이제는 더 이상 좌시하여서는 아니 되므로 오늘 이렇게 부득이하게 봉기하였습니다. 국태공 저하, 이 부패한 나라를 바로 잡을 수 있는 지도자는 오직 대원위 대감뿐입니다. 국태공 저하께서 나라를 바로 잡아 주시고 무지한 소인들의 목숨도 살려 주십시오."

김장손의 쩌렁쩌렁한 소리에 군졸들 모두가 환호하기를,

"국태공 저하, 만세!"

"대원위 대감, 만세!"

모든 군졸들이 흥선대원군을 열렬히 지지한다. 환호하는 군사들을 바라보는 흥선대원군의 마음에는 재집권욕이 활화산처럼 타오르고 있었다. 군사들이 흥선대원군을 바라보며 열화와 같은 환호 중에도 김장손은 계속하여 흥선대원군에게 아뢴다.

"국태공 저하, 소인들은 저하의 존귀한 명을 받아 부패한 민가 정권을 무너뜨리고 새로운 시대를 만들고자 하옵니다. 저하, 대의를 위해 봉기한 소인들을 저하의 탁월하신 지도력으로 잘 이끌어 주시옵소서."

김장손의 말을 듣고 있던 흥선대원군은 김장손을 비롯하여 모든 군졸들에게 말하기를,

"내, 여러분의 뜻은 충분하게 알지만, 나는 섭정의 자리에서 물러난 일개 야인이니라, 내게 무슨 힘이 있어 나라를 바로 잡고 군사들을 지휘하겠는가. 특

히 그대들은 조정에서 부리는 관군들이 아닌가?"

홍선대원군은 군졸들의 의향도 타진할 겸 자신은 직접 나서지 않겠다는 뜻을 비치자, 군졸들이 웅성거리면서 말하기를,

"관군은 무슨 얼어 죽을 관군입니까. 봉급도 13개월 동안 주지 않고 민가 놈들이 몽땅 해 처먹고 동료를 수감시키고 우리 모두를 죽인다고 하여, 우리들은 선제공격으로 지금 막 민겸호 놈의 집을 완전 초토화시키고 왔습니다. 그 놈이 집구석에 있었으면 그 역적 놈의 대갈통을 아주 박살내었을 것입니다."

군졸들은 창검을 뽑아 들고 당장 옆에 민겸호가 옆에 있으면 난자할 것 같은 험악한 얼굴들이었다. 분노하는 군졸들을 바라보며 홍선대원군은 자못 근엄하게 말하기를,

"어~허, 아무리 화가 나고 울분을 참지 못해도 난동을 부려서야 되겠는가?"

오히려 은근하게 군졸들의 봉기를 부추기자, 군졸들은 더욱 흥분하여 창검을 마구 뒤흔들며 말하기를,

"저하, 저하께서 섭정의 자리에 계실 때에는 오랑캐가 이 땅에 발을 붙이지 못하였고, 우리 군졸들의 봉록미가 하루도 밀린 적이 없었습니다."

군졸들은 모두가 홍선대원군을 바라보며 일제히 외쳐댄다.

"국태공 저하, 만세!"

"국태공 저하, 만세!"

소리 높여 함성 지르는 군졸들은 마치 홍선대원군을 섭정의 자리로 받든 것처럼 환호한다. 그리고 열광하는 군졸들의 눈빛은 이제 모두 홍선대원군에게 생사여탈을 맡기는 상황이었다. 또한 어차피 군졸들은 홍선대원군이 거두어 주지 않으면 그들은 하루도 목숨을 부지할 수 없는 것이 사실이었다.

이러한 군졸들을 바라보는 홍선대원군은 이들을 확실하게 지휘할 수 있다는 소신이 섰지만 섣불리 앞장서지 않는다. 그는 먼저 운현궁에 재직하고 있는 무위영 군졸 장순길에게 명하여 군졸들의 밀린 봉록미를 해결하여 주겠다

고 말한 후 군졸들의 자진해산을 권한다. 이에 무위영 군사들이 벌떼처럼 들고 일어나 흥선대원군에게 말하기를,

"국태공 저하, 아뢰옵기 황공하오나 소인들에게 해산하라는 것은 우리 모두에게 죽으라는 것이옵니다. 우리가 지금 해산하면 저 민가 놈들이 우리를 그냥 가만히 놓아두겠습니까, 저 민가 놈들의 손에 개죽음을 당하느니, 차라리 대원위 대감 손에 떳떳하게 죽겠습니다."

그리고 군졸들 모두가 한목소리로 말하기를,

"대원위 대감, 우리 모두를 죽여 주시옵소서!"

"모두 죽여 주시옵소서!"

군졸의 대표인 김장손은 흥선대원군에게 비장한 각오로 아뢴다.

"국태공 저하, 이제 저하께옵서 우리들을 지휘하지 않으면 우리 모두는 죽은 목숨이나 다름없사옵니다. 소인들은 국태공 저하의 지휘를 받으며 탐관오리를 척살하고 나라를 망친 불여우 계집년과 그 척족들을 주살하여 도탄에 빠진 나라를 구하고자 하옵니다. 저하, 통촉하여 주시옵소서."

김장손에 뒤를 이어 모든 군졸들이 하나 같이,

"저하, 통촉하여 주시옵소서."

흥선대원군은 김장손의 주청과 군사들의 의견을 듣고는 무위영 군졸들을 지휘하여 권토중래를 결심한다. 그러나 그는 신중한 성격의 소유자로서 당장 자신이 표면적으로 나서지 않으면서 말하기를,

"내, 여러분의 간청을 수용하여 내가 유능한 지도자를 구해주겠다. 부디 그 지도자를 중심으로 일사불란하게 움직이고 의롭고 정당한 행동을 하라! 그러나 무고한 인명을 살상하거나 난동을 부린다면 내가 용서치 않겠다."

"예, 저하, 저하의 명을 목숨처럼 따르겠나이다."

흥선대원군은 심복인 허욱(許煜 1827~1883)에게 말하기를,

"자네는 김장손과 유춘만을 데리고 아재당으로 들어오너라!"

홍선대원군이 아재당으로 들어가자, 뒤따라 허욱이 김장손, 유춘만을 거느리고 아재당으로 들어간다. 아재당에 있는 홍선대원군의 얼굴은 붉게 물들어 있었다. 이 군사들로 하여 자신이 재집권을 할지 모르는 운명에 놓인 홍선대원군의 각오도 비장하였다. 그러한 홍선대원군이 허욱에게 말하기를,

"네가 구군복으로 갈아 입고 저들을 잘 지휘하라, 저 몽매한 것들을 그냥 두면 모두 억울한 죽임만 당할 것이니라!"

"예, 저하!"

그리고 홍선대원군은 옆에 있는 김장손과 유춘만을 가리키며 말하기를,

"김장손과 유춘만은 충직한 군인이다. 군사들을 지휘하는데 많은 도움이 될 것이니 너의 향도로 삼아라!"

"예, 저하, 저하의 분부를 목숨처럼 받들겠나이다."

그리고 허욱은 홍선대원군이 뭣이라고도 말하기 전 아뢰기를,

"저하, 지금 즉시 동별영으로 가서 군사들을 무장시킨 후 대궐로 쳐들어가서 나라를 망친 왕비를 폐립할 것이며, 또한 악랄한 민가 척족 일파를 주살할 것이고, 왜놈 공사관과 하도감을 공격하여 왜놈들을 추방하겠습니다."

당당하게 아뢰는 허욱을 홍선대원군은 뜨거운 눈으로 바라본다. 이에 홍선대원군이 아무런 말을 하지 않고 있자, 허욱이 또 한마디 아뢰기를,

"저하, 아무리 군졸들이 총검으로 무장하여도 무고한 인명을 해치지는 않겠습니다."

홍선대원군이 가타부타 말하기도 전에 허욱은 김장손과 유춘만을 데리고 아재당에서 나온다.

허욱이 밀화패영의 구군복 차림으로 큰 칼을 차고 김장손, 유춘만과 함께 나오자 바깥에서 기다리고 있던 무위영 군사들의 기세는 하늘을 찌르고도 남는다. 군졸들은 모두가 한목소리로 외쳐댄다.

"와,~ 와,~ 대원위 대감, 만세!"

"와,~ 와,~ 국태공 저하, 만세!"

그 기세에 용기백배하여 허욱과 함께 나온 김장손, 유춘만이 허욱의 손을 잡고 큰소리로 군졸들에게 말한다.

"여러분, 우리들의 뒤에는 대원위대감이 계십니다. 우리는 오로지 저하의 명령만 따르면 됩니다."

이 한마디에 무위영 군사들은, 허욱은 물론이고 김장손, 유춘만의 명령도 목숨처럼 따르기로 한다.

유학자 출신이지만 허욱은 흥선대원군 집권시절 선전관을 역임하였으나, 그의 실각과 함께 파면당하여 흥선대원군과 함께 권토중래의 날을 기다리고 있었다. 그러한 그가 명령한다.

"동별영으로 가자! 그곳으로 가서 무장을 하여야 한다. 명색이 군인인데 무장을 하지 않고서야 진정한 군인이라고 할 수 있겠느냐!"

큰 칼을 뽑아 든 허욱의 쩌렁쩌렁한 목소리는 군사들에게 큰 힘이 되었다.

동별영으로 수백 명의 군사들이 들이닥치자 군영을 지키던 군사들 대부분은 함께 합세하기도 하였고 다른 일부는 달아나기에 정신이 없었다. 군졸들은 구태여 달아나는 동별영의 군사들을 추격하여 죽이지는 않았다. 그들은 단번에 무기고를 활짝 열어 모두가 창검과 화승총으로 무장하였다.

"탕~ 탕."

"와~ 와."

이제 무위영 군졸들의 사기는 하늘을 찔렀다. 이를 두고 하는 말이었던가!

'아무리 오합지졸의 군졸도 용장을 만나면 강병'이 된다는 말이 실감나고 있는 것이었다. 화승총을 쏘아대고 창검을 높이 들며 기세를 올리고 있는 무위영 군사들에게 허욱은 또다시 명령한다.

"포도청으로 가자! 그곳으로 가서 억울하게 구금된 동료들을 구하자."

군사들의 살기등등한 기세를 바라본 허욱은 종로의 포도청 앞에서 군사들에게 큰 소리로 말한다.

"저항하는 포교와 포졸들은 무조건 참하라!"

"와,~ 와."

함성과 함께 동쪽 정선방에 있는 좌변포도청과 서쪽의 서린방에 있는 우변 포도청으로 군사들이 돌격을 하자 양포도청의 포교들과 포졸들은 모두가 무기를 버리고 줄행랑을 치고 말았다.

군사들이 옥사로 달려가서 단번에 옥문을 때려 부수고 구금 중인 김춘영과 유복만, 정의길, 강명준의 목에 걸린 칼과 항쇄를 풀고 그들을 구한다. 그리고 그 옥사에 수감된 다른 모든 죄수들도 모두 방면하였다. 옥사에서 나오는 김춘영과 유복만의 모습은 누가 보아도 지독한 혹형의 흔적이 역력하였다. 군사들은 분노로 이글거리고 치를 떨면서 말한다.

"이런, 죽일 놈들!"

"사람을 이렇게 만들다니!"

"이놈들, 사지를 발기발기 찢어 죽일 것이다!"

김춘영과 유복만은 각각 아버지와 동생이 무장한 군사들을 대동하여 자신들을 구해내자 무슨 영문인지 몰라 어리둥절해 한다. 어떻든 그 둘은 저승 문턱까지 갔다 온 셈이니 혹형의 고통쯤은 참고 단번에 묻는다.

"아버님, 대체 이것이 어찌 된 일입니까?"

"이보시게, 아우, 어떻게 된 일인가?"

그러자 유춘만이 김춘영과 유복만에게 말하기를,

"형님들 얼마나 고생하셨소. 지금은 모든 것을 말하기 어려우니 일단 나갑시다. 천천히 말씀을 드릴게요. 우리들의 뒤에는 국태공 저하가 계십니다. 그러니 형님들께서는 아무런 걱정 말고 나오십시오."

어느 정도 사태를 직감한 김춘영과 유복만도 화승총을 굳게 잡고 동료들과 함께 합세하기 전 김춘영이 아버지 김장손에게 물어 보기를,

"아버님, 어머님은 좀 어떠십니까?"

"너무 걱정하지 마라. 설마 뭔 일이 일어나겠느냐!"

자신의 몸은 만신창이가 되어도 먼저 병든 노모를 걱정하는 김춘영의 효심에 김장손은 물론이고 군사들 모두 숙연하였다.

포도청에서 동료들을 구출한 군사들의 사기가 점점 높아지자, 허욱은 때를 놓치지 않고 군사들을 일사분란하게 지휘하여 10년 통한의 한을 풀고자 한다.

무위(無爲) 대장 이경하

한편 운현궁에서도 무위영 군졸들의 봉기가 수시로 연통이 들어가면서 아직까지 동태를 관망하던 군졸들이 대거 합세하여 운현궁 주변에는 군졸의 수효가 2천 여 명에 이르렀다. 군졸들의 수효가 늘어나고 무위영 군사들의 행보에 아무런 장애물도 없이 장안을 휩쓸고 다닌다는 소식에 운현궁에 있는 홍선대원군은 두 주먹을 불끈 쥔다.

눈치 빠른 천, 하, 장, 안들은 운현궁 주변에 집결한 군졸들을 위하여 엄청난 엽전을 풀고 음식과 여러 물품을 제공하며 그들의 사기를 높이는데 힘을 들인다.

마침 대궐에서 무위영 군사들의 봉기를 접한 고종은 무위대장 이경하를 파견하여 군사들을 진무시키려고 하고 있었다. 고종은 이번 군변이 단순한 폭동으로 알고 있었지만 무위대장 이경하는 이 폭동이 쉽게 진압되지 않는 다는 것을 어느 정도 알고 있었다. 어전에 부복한 이경하는 송구하여 고개를 들지 못하자, 고종이 무위대장에게 지시하기를,

"경은 지금 동별영으로 가서 군사들의 폭동을 멈추게 하고 폭동에 적극 가담한 자들은 포박하여 포도청에 넘기고 단순 가담자들은 모두 불문에 붙이라!"

"……"

어명이 떨어졌는데도 불구하고 이경하는 어명을 수행하지 않고 계속해서 고종 앞에 부복하여 있자, 고종이 말하기를,

"무위대장은 짐의 명을 듣지 못하였소?"

"전하, 아뢰옵기 황공하오나 굶주린 군졸들이 신의 명령을 들을지 그것이 염려스럽사옵나이다."

이경하가 머리를 조아리자, 고종이 의아해 하면서 말한다.

"아니, 무위대장은 어전에서 무슨 소리를 그렇게 하는가? 짐이 지시하고 무위대장이 진무하는데 군졸들이 듣지 않는 것은 무엇이며, 또 굶주린 군졸들이란 무슨 소리인가, 무위대장은 짐이 쉽게 알아듣게끔 소상히 고하라!"

"……"

이경하의 침묵에 고종의 쩌렁쩌렁한 들린다.

"지금 무위대장은 기군망상을 하려고 하는가. 사실대로 아뢰지 못할까!"

고종의 독촉에 이경하는 어쩔 수 없이 그 간의 모든 사실을 아뢰었다. 무위대장으로부터 모든 전말을 전해들은 고종은 진노하여 말하기를,

"뭣, 뭣이라고 하셨소. 군졸들의 봉급이 13개월이나 밀렸고 그나마 한 달 치 봉급을 지급하는 과정에서 또 착복하여 지금의 폭동이 일어났단 말이오?"

고종의 용안은 붉으락푸르락하면서 진노가 극에 달하였고, 지난번 이최응과 중신들의 주청이 완벽한 허위 보고라는 것을 인지하게 되었다. 또한 민문들의 가렴주구와 착취가 그렇게까지 가혹한 줄은 모르고 있었던 고종이었다.

부복한 이경하가 고개를 들지 못하고 있자, 고종이 이경하에게 새롭게 지시하기를,

"무위대장은 지금 동별영으로 가서 군졸들에게 짐의 뜻을 전하고, 지금까지의 모든 행동을 불문에 붙일 것이니 모두 자진하여 해산하라고 이르시오!"

명을 받은 무위대장이 대전 문간을 넘으려고 할 때,

"어명을 거역한 자는 지위고하를 막론하고 엄히 죄를 물을 것이오."

고종은 무위영 군사들이 자진하여 해산한 후에 혹 피해를 입은 중신들이 그들을 함부로 처벌하지 못하도록 조취를 취하고자 한 것이다.

어전에서 물러 나온 이경하는 직속으로 거느리고 있는 수행 군관과 군졸 10여 명을 거느리고 동별영으로 향한다. 더 이상 군졸을 동원하려고 하여도 군졸이 없는 것이었다. 10여 명의 군졸을 거느리고 동별영으로 가는 이경하의 발걸음은 아주 무거웠다.

동별영에 도착하자 군졸들은 이미 통제가 불가능하여 보였고 무장한 군졸들이 자신을 빤히 쳐다보고 있을 뿐, 그 누구도 대장에게 군례를 올리는 사람은 아무도 없었다. 이에 수행군관이 군졸들에게 큰소리로 말하기를,

"무엇들을 하고 있는가! 무위대장께서 행차하셨는데 군례를 올리지 않고……."

자못 위엄을 갖추며 말하자 그제야 군졸들이 느긋느긋 하게 일어나면서 말하기를,

"대감, 오시었소?"

시큰둥하게 말한다. 이경하가 군졸들에게 말하기를,

"잘, 들어라! 어명이다. 주상 전하께옵서는 여러분의 심정을 십분 이해하여 지금까지의 모든 죄를 불문에 붙이시고 해산을 명하였다. 지금부터라도 어명을 따르는 자들은 차후 모든 일을 묻지 않겠다. 그러니 지금 즉시 해산하라!"

"뭐! 어명, 어명은 무슨 놈의 얼어 죽을 어명이오?"

이제는 무위대장의 말을 우습게 안다. 평소에 그런 말을 하였다가는 3족은 고사하고 죄 없는 9족까지도 멸문을 당하는 말이었다. 이경하의 얼굴도 붉어지면서 말하기를,

"네 이놈들 감히 어명을 거역하고 살기를 바라느냐!"

"우리는 어명을 받지 않소. 또한 우리는 오직 국태공 저하의 명을 따를 뿐이

오. 임금이 우리에게 군료도 주지 못하는데 우리가 무엇 때문에 그 힘없는 어명을 따르겠소. 그러니 대감이나 그 어명을 열심히 잘 따르시오."

이경하의 수행군관이 군졸들에게 한마디 한다.

"이 놈들, 어명을 거역하고도 살기를 바라느냐! 또한 대감께 이 무슨 무례한 짓이냐!"

그리고 자신이 차고 있던 칼을 뽑아 들자, 이를 보고 있던 군졸 20여 명도 바로 칼을 뽑고 험악한 얼굴로 우르르 달려들면서 이경하에게 말하기를,

"대감, 황공하오나 저 부관 놈은 우리가 원래 죽이지는 않고 버릇만 좀 고쳐 주려고 하였는데, 오늘 저 놈이 스스로 명을 단축하니 저 놈의 소원대로 죽여 주겠소!"

"뭐야, 이놈들아!"

이경하가 뭐라고 말하기도 전 군졸들 모두가 한목소리로 말하기를,

"저 놈, 죽여라!"

군졸 20여 명이 창검을 뽑아 들고 이경하와 그의 부하들이 개입하기도 전 눈 깜짝 할 사이에 부관을 창으로 찌르고 칼로 베어 도륙하여 버린다.

"으~악"

한마디의 비명을 지르며 죽어 가는 그 부관의 몸에서 검붉은 피가 솟구치면서 이경하의 융복에도 마구 튀었다. 그 부관은 평소에도 군졸들의 원성을 사고 있었으므로 어차피 살해대상에 포함되어 있었다. 이를 본 이경하가 겁이 나서 부들부들 떨고 있을 때, 어느 군사가 말한다.

"대감! 대감은 그래도 우리를 가혹하게 대하지 않았소. 그러니 대감은 살려 줄 것이니 빨리 돌아가시오. 그렇지 않으면 화를 당해도 우리는 모르겠소."

자신에게는 위해를 가하지 않는다는 것을 인지한 이경하는 자못 위엄을 갖추며 말하기를,

"이,~ 이, 사람들아, 아무리 화가 나도 그렇지 무위대장인 내 앞에서 꼭 이

렇게 부관을 죽여야 하는 것인가!"

부관의 죽음보다 불안하였던 자신을 안정시키고 있는 이경하였다. 이 와중에도 군졸들의 목소리가 여기저기에서 터져 나오면서 말하기를,

"대감, 대감은 빨리 돌아가시오!"

"속히 돌아가시오!"

이경하도 별 수 없이 벌벌 떨고 있는 군졸 10여 명과 대궐로 돌아간다. 사실 겁에 질려 도망가는 이경하의 모습을 쳐다보는 군졸들은 모두가 한바탕 크게 웃음을 터트리면서 말하기를,

"푸~ 하~하하하, 저런, 저런, 저런, 무위(武威)대장이 아니라 무위(無爲)대장이로다."

의로운 봉기가 군변으로

한편 포도청을 공격하여 동료들을 구출하고 사기가 오른 군졸들을 허욱은 계속 지휘하며 위세를 올린다. 이 와중에도 군졸들과 일반 백성들이 크게 호응하여 운현궁과 동별영에서도 군사들의 수효는 점점 늘어 나고 있었다. 그 군사들의 사기에 편승한 허욱은,

"의금부로 가자!"

쩌렁쩌렁한 목소리로 군사들을 호령하자 의금부를 향하여 무섭게 돌격하는 군졸들의 모습은 마치 사나운 맹수 때와도 같았다.

의금부 역시 무위영 군사들이 물밀듯이 공격하여 오자 나졸들 모두가 포도청의 포졸들과 마찬가지로 혼비백산하여 도망친다. 금부의 나장들과 나졸들이 모두 도망치고 없는 옥사 문은 바로 박살이 났다.

금부 남간에는 지난 5월 4일 남산에서 봉화를 피우며 격렬한 위정척사의 상소를 올린 충청도 유생 백낙관(白樂寬 1846~1883)이 큰 칼을 목에 걸고 몸에는 항쇄가 겹겹이 묶인 채 수감되어 있었다. 군사들은 백낙관의 목에 차인 칼과

항쇄를 풀어주고 그를 석방시킨다. 백낙관의 석방은 부패할대로 부패한 현 정권에 대한 정면적인 도전이며 반봉건적 착취와 수탈에 항거하는 증표이기도 하다.

백낙관은 무위영 군사들뿐만 아니라 백성들로부터도 '백 충신'으로 불리기도 하였다. 이에 백낙관이 옥문에서 나오자 군사들 모두가,

"백 충신, 나오셨다."

"백 충신, 만세!"

"만세, 백 충신!"

소리 높여 외치는 군사들의 사기는 하늘을 찔렀다. 백낙관을 임의로 석방시킨 군졸들의 행동은 단순한 급료문제로 야기된 군변이 정변으로 치닫고 있다는 역사의 흐름이기도 하다.

그 사이 모든 무위영의 군사들과 장어영의 군졸, 그리고 도성 주변의 하급 군졸들과 장사치, 수공인 천민들도 흥선대원군을 지지하며 이들과 합세하였다. 이제 그 수효는 수천 명이 넘었다. 단순한 군료문제가 정치적 쟁점으로 떠오르기 시작하면서 일반 하층민까지의 가세로 무위영 군사들의 사기는 하늘을 찌르고도 남았다.

이제 허욱은 군사들을 3개 부대로 나눈다. 제1부대는 자신이 직접 지휘하고, 제2부대는 김장손과 유복만에게 맡기며, 제3부대는 김춘영과 유춘만을 각각 대장과 부대장으로 삼았다.

물론 중간 중간에 흥선대원군의 심복들이 암암리에 지휘를 하고 허욱이 총괄하지만, 명분상은 무위영 군졸들을 간부로 삼으면서 공동 지휘부를 형성하였다.

군제가 3개 부대로 편성되자, 한 부대는 민씨 세도가들의 집을 공격하고, 다른 한 부대는 서대문 밖에 있는 경기감영을 공격하고자 하였다. 경기감영은 도성에서 지척이므로 조정에서 언제든지 지방의 군사를 출병시킬 수 있는 곳

이었다. 그러니 무위영 군사들의 눈에는 공격의 대상이었음은 물론이고, 악랄한 탐관오리인 경기관찰사 김보현을 주살하여야 함도 포함되어 있기 때문이었다. 또 다른 부대는 하도감을 습격하고 별기군과 일본 공사관의 공격을 목표로 하였다.

이때 마침 경기감영에서 군변의 추이를 지켜보고 있던 경기관찰사 김보현은 사태의 심각성을 느끼고 대궐이 가장 안전할 것으로 생각하여 아무도 모르게 창덕궁으로 줄행랑을 친다. 마침 그가 대궐에 이르렀을 때 승지인 조카 김영덕을 만났다. 김영덕은 김보현이 신변의 위협을 느껴 대궐로 도망쳐 온 것을 단번에 알고는 김보현에게 말한다.

"숙부, 지금 군변의 사태가 어떻게 될지 모르는 일이오. 그러니 숙부께서는 궐내로 들어오지 마시고 우선 먼 곳이나 조용한 곳으로 피하십시오."

김영덕도 김보현의 비리와 부정부패를 너무나 잘 알고 있었으므로 척분으로서 걱정이 되어 진실로 충고한 말이었다. 그러나 김보현은 조카의 충정을 무시하며 말하기를,

"내가 재상의 지위만 차지하고 책무를 다하지 못하였고, 또 방백까지 맡고 있는 중직의 몸으로 어찌 가만히 있겠는가. 이제 국가에 변란이 일어났는데 내 한 목숨 바쳐 종사를 구할 것이다."

무위영 군사들은 경기감영을 공격하기 전 김보현을 때려잡기 위하여 순청골 그의 집으로 몰려갔다. 대문이고 곳간이고 창고가 남아있을리 만무하였다. 김보현의 집을 부수고 뒤지자 그의 집도 민겸호와 다를 바 없이 엄청난 재물이 곳간과 광에 차곡차곡 쌓여있었다. 김보현의 집을 쑥대밭으로 만들면서 군졸들은 김보현을 찾고 있었다.

"네 이놈, 김보현, 어디 숨었느냐!"

"썩 나오지 못하겠느냐!"

"얼른 나와서 칼을 받아라!"

마침 김보현은 대궐로 피신하기 위하여 입궐하고 없었으므로 그는 일단 목숨은 건졌다. 김보현을 찾아 죽이지 못한 군사들은 분을 참지 못하여 이리 뛰고 저리 날뛰며 분풀이를 할 때 김장손이 큰 소리로 말한다.

"경기감영으로 가자!"

군사들이 질풍노도와 같이 경기감영을 향하여 달리고 있을 때, 분노한 군사들의 뒤에는 불길이 충천처럼 타올랐다. 이미 폐허가 된 김보현의 집이지만 악랄한 탐관오리의 저택을 그냥 두고 갈 리 없었기 때문이었다.

"와,~ 와.~"

함성과 함께 질풍노도로 군사들이 경기감영으로 달려가고 있었다. 감영을 지키던 수문장들과 군졸들 일부는 무위영 군사들과 합세를 하기도 하였다. 그러나 뒤가 개운하지 못한 군교들은 걸음아 나살려라 하고 달아나버린다. 경기감영은 단숨에 무위영 군사들이 점거하였다. 감영을 휘젓는 군사들은 또 경기감사 김보현을 찾고 있었다.

"이놈, 김보현, 어디에 숨었느냐!"

"썩 나오지 못하겠느냐!"

"이놈, 잘도 숨는구나?"

"한 매에 때려죽이겠다."

분노한 군사들이 경기감영을 휘저으며 김보현의 행방을 찾고 있을 무렵, 그래도 도망가지 않고 남아있는 속리들에게 김보현의 행방을 물어본다.

"감사 놈은 지금 어디에 숨었느냐!"

"관찰사 영감께서는 오전에 대궐로 들어갔습니다."

"아니! 이런 악랄한 놈이,"

"틀림없는 사실인가?"

"예."

그들은 바로 감영의 군기고를 박살내고 모든 무기를 탈취하였다. 무위영 군사들이 경기감영을 빠져 나올 때에도 김보현의 집처럼 경기감영이 화염에 휩싸이기 시작하였다.

"하도감으로 가자!"

또 하도감에 있는 별기군을 공격하기 위해 화승총을 마구 쏘면서 서대문 밖으로 진격하였다. 이때 별기군은 훈련을 받고 있었으므로 무위영 군사들이 공격하여 오자 방어태세를 취하지 못하고 모두 달아나고 흩어지기에 바빴다. 일부 별기군 군사들이 무위영 군사들과 합세를 하자 하도감은 순식간에 무위영 군사들의 천지가 되었다.

별기군을 훈련시키고 있던 호리모도 레이조는 당황하여 통역을 맡고 있던 일본 순사들과 유학생 다케다와 함께 하도감 뒷문으로 도망치기 시작하였다. 이에 별기군 소속이었던 군사들이 모두가 한 목소리를 내며 말한다.

"저기, 호리모도 왜놈이 도망친다."

"저 놈, 잡아 죽여라!"

단번에 군사들이 달려가서 호리모도 레이조에게 칼부림을 하자 그는 한마디 비명도 못 지르고 절명한다.

또한 누가 보아도 일본 순사라는 것이 확인된 그들도 그 자리에서 바로 참변을 당하였고, 옆에 있던 유학생 다케다는 공포와 겁에 질려 부들부들 떨고 있었다. 그는 누가 보아도 앳된 얼굴이었다.

이때 김장손이 다케다에게 물어 본다.

"넌, 누구인데, 여기 있느냐!"

그러나 유학생 다케다는 공포에 질려 말을 못한다. 그러자 별기군의 군사들이 몰려와서 대신 말한다.

"이 사람은 일본에서 온 유학생이오. 뭔 죄가 있겠소? 그냥 보내 드립시다."

김장손이 다케다에게 순한 어조로 말한다.

"너까지 죽이지는 않는다. 빨리 이곳을 떠나거라!"

다케다는 김장손의 말을 듣고는 빠르게 구리재 방향으로 뛰어간다. 그러나,

"탕~ 탕."

"으~ 윽."

다케다는 쓰러지면서 17세의 어린 나이에 피어보지도 못한 인생이 허무하게 끝났다. 김장손은 다케다를 죽이지 않으려고 하였으나, 흥분한 군졸들이 달아나는 그를 사살하여 버렸다.

무위영 군사들이 봉기하기 며칠 전 6월 2일에는 창덕궁에서 마입궁중(馬入宮中)이 일어났다. 즉 말이 궁중으로 뛰어 들면 불길한 징조가 일어난다는 뜻이다. 한림학사(翰林學士) 김승규가 창덕궁에 입궐하기 위하여 금호문 밖에서 하인에게 명하여 말을 잘 지키라고 하였는데, 그만 하인이 깜빡 할 사이 말의 고삐를 놓쳐 버렸다. 평소에는 말의 고삐를 놓쳐도 별 문제가 되지 않았는데, 오늘은 고삐 풀린 말이 마침 경비가 허술한 단봉문(丹鳳門)으로 뛰어들어 이리 뛰고 저리 뛰면서 궁궐에서 한바탕 소란을 일으켰다. 갑사들 수십 명이 달려들어 간신히 말을 잡아 난동은 멈추었다. 창졸간에 김승규는 몸 둘 바를 몰랐고 그 하인은 유배를 보내고 마무리지었지만 뭔가 불길한 징조였다.

또한 1877년 8월 10일에도 훈련도감의 군졸들이 방료를 지급하지 않는다고 거리에 방문을 내붙이기도 하여 품신하였는데,

"훈련도감의 군사 중에 난역의 무리 몇 명이 군료를 지급하지 않는다는 연유로 방을 붙였으니 듣기에 경악스럽습니다. 진상을 조사하여 보았더니, 좌초군 양용범(左哨軍 梁用凡)의 주도로 전초군 김한문(前哨軍 金漢文)이 글을 썼고 우초군 주양승(右哨軍 朱陽昇), 후초군 최준홍(後哨軍 崔俊弘)과 전초군 이갑용(李甲用)이 모의하여 방을 붙였습니다. 난패한 군졸들이 사람들을 선동하는 것에 대한 군율이 본래 있으니 군민을 모아 놓고 모두

효수하여 후일을 경계하십시오."

고종이 비답하기를,

"이들은 난병들이니 군율을 적용해야 마땅하나 방을 붙인 것은 이들이 무지몽매하여 그런 것이다. 그러니 그들의 정상을 참작하여 곤장으로 다스리고 원악도로 부처하라!"

그때 난군들이 형살될 뻔 하였으나 그들은 그렇게 목숨을 부지하기도 하였다.

일본 공사관 공격

분노한 군민들은 오후부터 청수관에 있는 일본공사관을 포위하여 공격하려고 하였다. 조정에서 정보를 입수하여 대책을 마련하지만 군대가 없으니 무대책이나 다름없었다. 하는 수 없이 병조판서 조영하의 주청에 따라 별기군 정령관 윤웅렬을 일본 공사관으로 보내는 수 밖에 없었다. 공사관에 도착한 윤웅렬이라고 하여 대책이 있는 것은 전혀 아니었다. 다만 윤웅렬이 일본 공사에게 말하기를,

"지금 현재 난군들의 폭동으로 도성 곳곳에서 충돌이 일어나 사태가 위험하니 공사께서는 자체적으로 방비를 철저히 하시고, 만약 폭도들이 공사관을 공격하면 병기를 사용하여서라도 환란에 대처하시오."

조정의 명만 전하고 윤웅렬은 바로 떠난다. 조선 조정으로서는 그 이상의 다른 대책은 없을뿐더러 차후에 외교적인 문제가 된다고 하였을 때 최소한의 변명거리는 마련하려는 아주 얕은 속셈이었다. 조선 조정의 예측대로 윤웅렬이 떠나고 해질 무렵부터 군졸들과 백성들이 청수관으로 몰려들어 일본 공사관을 공격하기 시작하였다.

"왜놈을 죽여라!"

순식간에 청수관 앞에는 군졸들과 백성들이 모이기 시작하여 그 수효는 수

백 명이 넘었다.

처음에는 군졸들과 백성들이 일본 관원을 추방하기 위하여 농성으로 시위를 하였다. 그러나 일본 공사관 측에서 불안하여 공포사격으로 군졸과 백성들이 부상을 입었다. 이에 군졸들과 백성들이 분노하여 화승총을 쏘며 화살을 날리고 돌멩이를 던지며 쌍방 접전이 벌어지기 시작하였다. 공사관 앞에서 총성이 울리면서 서로 접전이 펼쳐지자 조선군과 백성들의 수효는 점점 늘어났다. 부상당한 군졸들과 백성을 본 모든 사람들은 공사관을 향하여 소리 지른다.

"왜놈들을 죽여라!"

"모두 죽여라!"

공사관을 향하여 공격을 하고 불화살도 날리자 공사관의 부속 건물은 화염에 휩싸인다. 수많은 군중 속에 포위된 일본공사관의 수비병들은 단번에 중과부적이라는 것을 모두 느끼며 불안과 공포에 떨게 되었다.

공사관이 포위되어 공격을 받자 하나부사 요시모토는 응전을 하면서 가장 우선적으로 모든 문서의 소각을 명령한다.

"모든 문서를 불태워라!"

공사관 앞마당에 산더미 같은 문서를 쌓아놓고 불을 지르자 어둠이 스며들고 있는 시간에 공사관 주변은 대낮 같이 밝았다. 하나부사 요시모토는 경기 감영의 군대나 별기군이 출동하여 자신들을 구원해 줄 것으로 생각하였으나, 이미 경기감영과 별기군이 무위영 군사들의 공격으로 전투수행 능력이 없다는 보고를 받자 얼굴이 백지장처럼 야위었다. 그로서는 까딱 잘 못 하였다가는 타향 땅에서 불귀지객이 될 위기에 놓이게 되었다.

조선 백성들과 군졸들은 공사관을 향하여 돌과 기왓장을 던지고 화승총과 화살을 쏘아대며 거칠게 공격하였다.

"와,~ 와, 왜놈들을 죽여라!"

"모두 죽여라!"

공사관 경비병들의 응수도 만만치 않았다. 공관원과 순사들이 뿜어내는 소총 앞에 조선 백성들과 군졸들도 수없이 죽고 다쳤다. 아무리 백성들과 군졸들이 분노하여 공사관을 공격하여도 공사관 지척에까지 가서 공격하지는 못하였다. 사정거리가 짧은 화승총과 돌팔매질로는 치명적인 타격을 주지 못하고 있었다. 그러니 공사관이 오후 5시부터 저녁 늦게까지 조선 백성들과 군졸들에게 겹겹이 포위당하여 거센 공격을 받았지만 괴멸적인 피해를 당하지는 않고 있었던 것이었다.

일본 공사관의 공격을 지휘하는 김춘영과 유춘만은 공사관의 점령이 어렵게 됨을 느끼자 유춘만이 김춘영에게 말한다.

"형님, 형님은 아무 소리 마시고 군졸 50명을 거느리고 지금 즉시 집에 잠깐 다녀오시오. 그때까지 저 왜놈들은 이곳을 빠져나가지 못합니다."

김춘영이 머뭇거리자, 유춘만은 계속하여 말하기를,

"형님, 형님의 성품으로는 죽는 한이 있어도 군영을 이탈하지 않습니다. 그러나 형님은 이탈자가 아닙니다. 옥사에서 나왔으니 부모님께 문안을 드리는 것이 자식의 도리입니다."

김춘영이 뭐라고 말하기도 전에 유춘만은 미리 준비하여 둔 군졸 50명에게 큰소리로 말한다.

"뭣들 하는 있는 겐가, 빨리 대장을 모시고 왕십리에 다녀오지 않고."

유춘만의 지극한 정성에 김춘영도 할 수 없이,

"그러면 내 금방 다녀옴세."

김춘영은 비호처럼 왕십리 자택으로 달린다. 단숨에 자택에 도착한 김춘영은 대문에 들어서자마자,

"어머님! 어머님!"

절규의 목소리로 외치면서 늙고 병든 어머니의 방으로 뛰어 든다.

그러자 서씨도 아들의 목소리를 듣고는 눈을 크게 뜨고 아들을 맞이한다. 그러나 어머님 서씨는 말을 하지 못하고 아들의 손을 꼭 잡는다.

김춘영은 바로 노모를 끌어안고 목이 메어 흐느낀다.

"아! 어머님께서 말문이 막혀 버렸구나!"

말문이 막혀 말을 하지 못하는 노모는 희미한 손짓과 눈짓으로 말한다. 김춘영이 포박되어 끌려간 후부터는 물 한 모금 마시지 못하였으므로 서씨는 부쩍 야위었고 약간의 정신분열증까지 겹쳤으니 누가 보아도 생의 마지막 길목이었다.

서씨는 정신력이 워낙 강한 여인으로 사리분별은 확실하게 하고 있었으나, 자식의 불행 앞에 이제 그 강한 정신력 마저도 흐트려져 버리고 말았다. 이러한 서씨가 아들의 손을 잡고는 눈물을 흘린다. 살아생전에 다시는 못 볼 것 같은 아들이었는데, 아들이 이렇게 살아왔으니 이 얼마나 기쁘지 않은가.

이러한 어머님을 바라 보는 김춘영은 통한의 눈물을 흘린다.

"흐,~ 흑, 불쌍한 우리 어머님!"

흐느끼는 아들을 바라보는 어머니 서씨는 오히려 아들의 눈물을 닦아주면서 온화한 얼굴로 아들의 몸 전체를 쓰다듬며 어렴풋한 눈짓으로 말한다.

"춘영아, 내 아들 춘영아, 이제 너를 보았으니 내 이제 죽는다 하여도 아무런 여한은 없다."

김춘영은 어머니와 함께 밤이라도 새우면서 많은 이야기도 하고 싶었으나, 군변이 봉기한 이상 더 지체하지 못하고 노모에게 인사한다.

"어머님, 잠시 군영에 갔다가 빨리 돌아오겠습니다."

김춘영이 방을 나서자 초췌해진 노모는 잘 다녀오라는 식으로 손을 앞 뒤로 흔든다. 언제 운명할지 모르는 노모를 남겨 두고 군영으로 달려가는 김춘영의 가슴은 갈기갈기 찢어진다. 특히 죽음이 임박한 노모에게 의원 한 번 불러주지 못하고, 약 한 첩 달여 주지 못한 김춘영으로서는 뼛속 깊이 파고드는 피눈물을 참기 위해서라도 죽기살기의 심정으로 공사관으로 달렸다. 김춘영은 일본 공사관을 공격하는 군졸들과 합세를 한다.

유춘만이 김춘영에게 짧게 말한다.

"형님, 벌써 다녀오셨습니까?"

유춘만으로서는 노모의 병세를 알고 있었으니 더 이상 입을 열수가 없었다. 홍선대원군의 심복들도 김춘영의 어깨를 두드리며 진심으로 위로한다.

"이 사람아, 너무 걱정하지 마시게. 인명은 재천이라고 하지 않았는가. 자네의 효심은 하늘도 감복하여 자당께서는 툭툭 털고 일어날 것일세."

아직도 일본 공사관은 조선 군졸들과 백성들의 거센 공격을 받고 있었다.

악전고투로 공사관을 방어하고 있는 하나부사 요시모토와 공관원들은 그래도 조선의 관군들이 달려와서 자신들을 구해줄 것을 염원하였으나, 그러한 일은 벌어지지 않고 있었다. 오히려 밤이 깊어지자 분노한 조선 백성들과 군졸들의 수효가 점차 늘어나면서 하나부사 요시모토도 더 이상 공사관 방어에 한계를 느꼈다.

하나부사 요시모토는 공사관의 서기관인 곤도 모토스케(近藤眞鋤)에게 물어본다.

"이봐, 서기관, 군변이 수습될 기미는 전혀 없겠는가?"

"예, 각하, 아무래도 군변이 쉽게 수습될 것 같지는 않습니다."

"조선 조정에서 구원병을 보내주지 않을 것으로 보이는가?"

"예, 각하, 조선 조정에서 구원병을 보낼수는 없는 것으로 아옵니다. 대궐도 자체 방비를 하기에는 군사들이 턱없이 모자랄 것입니다."

"아니! 조선조정이 이렇게 무능하단 말인가?"

"예, 각하, 지금으로서는 빨리 공사관을 빠져나가는 것만이 최선입니다."

그러자 옆에 있던 다른 공관원은 하나부사 요시모토에게 다급한 소리로 말한다.

"아닙니다. 각하, 보십시오. 지금 나갔다가는 우리 모두 몰살을 할 것입니다. 그래도 조선조정이 구원병을 보낼 때까지 죽기 살기로 공사관을 방어하면서 기다려야 합니다."

공관원 28명이었지만 의견이 통일되지 않아 우왕좌왕하고 있었다. 이 와중에도 조선 백성들의 공격은 멈추지 않고 계속되었다. 불길이 공사관 창문 근처에까지 번지고 있자 공관원들은 불을 끄랴, 조선 군졸들과 백성들의 공격을 방어하랴, 이래저래 정신이 없는 것이었다.

이미 공사관의 반접관 출장소는 전소되었고 차비관의 숙소까지 화염에 휩싸이자 하나부사 요시모토는 공관원 전원을 본관으로 이동시키면서 악전고투로 버틴다. 하나부사 요시모토는 곤도 모토스케와 공사관 무관 육군보병대위와 해군군의관 카와무라 스미요시(川村純義) 등과 공사관을 퇴각하는 방향을 의논한다.

"서기관, 그러면 우리는 어느 방향으로 퇴각하여야 안전하겠는가?"

"예, 각하, 공사관을 탈출하면서 바로 산을 넘어 양화진으로 가는 것이 대책이옵니다."

그러자 또 한 명의 공관원이 다급하게 말한다.

"각하, 산을 넘어 양화진으로 가는 것은 매우 위험합니다. 산까지 폭도 놈들이 추격하여 오면 우리는 지형 지리에 익숙하지 않으므로 놈들의 공격을 벗어나기 힘듭니다. 그러니 죽기 살기로 포위망을 뚫고 숭례문으로 가서 조선정부의 보호를 받는 것이 유일한 대책이옵니다."

공관원들의 의견을 들은 하나부사 요시모토는 우왕좌왕하면서 어찌 할 바를 모르고 있는 공관원들을 격려하며 공사관을 탈출하기 전 마지막으로 주변을 살펴보고는 비장한 얼굴로 명령한다.

"공사관에 기름을 뿌려라!"

그리고 하나부사 요시모토는 공사관의 책임자답게 큰 소리로 명령하기를,

"공사관에 불을 지름과 동시에 공관원 모두는 전투 대오와 거총자세로 나를 따르라! 그리고 특히 여 공관원들을 안쪽에서 호위하라!"

공사의 명령이 떨어지자 공사관의 순사들과 경호원 28명 모두는 거총 자세로 응수할뿐더러, 여 공관원들도 육혈포를 굳게 결사적으로 공사관에서 튀어나온다.

갑자기 일본 공사관이 화염에 휩싸이고, 공관원들이 소총과 권총을 쏘아대며 전투자세로 나오자 조선 군졸들과 백성들도 움찔하며 공격을 하지 못한다. 틈새를 확인한 하나부사 요시모토는 일장기를 앞세우고 쏜살같이 공사관을 벗어난다. 그제야 군졸들과 백성들이 공관원들이 빠져나가는 것을 알게 되자,

"왜놈을 죽여라!"

"모두 죽여라!"

노도의 함성으로 군졸들과 백성들이 공관원들을 추격하기 시작한다.

마침 하늘에서는 아침부터 내리쬐이던 태양이 사라지고 오후부터 먹구름이 몰려 와서 뇌성벽력을 치고 있었는데, 밤이 되자 하늘에서는 폭우를 쏟아붓고 있었다. 이에 무위영 군졸들은 하늘과 쏟아지는 비를 보면서 모두 환호성으로 말하기를,

"하늘이 어찌 무심하겠는가. 하늘도 우리를 동정하여 단비를 내리게 하신다."

또한 군사들은 모두 화승총과 창검을 굳게 잡고 말하기를,

"기왕지사 큰일을 시작하였으니 이제는 반드시 끝장을 보고 말자."

외치면서 공관원들을 추격하였다. 한 치 앞도 보이지 않는 칠흑 같은 어두운 밤과 폭우에 아랑곳 하지 않고 하나부사 요시모토 일행은 죽음을 각오한 탈출을 하고 있었다. 그리고 하나부사 요시모토는 공관원들에게 계속 명령한다.

"일장기를 버리고 대오를 흩트리지 말고 숭례문으로 가자!"

하나부사 요시모토의 지휘대로 그들은 숭례문으로 향하였다. 그곳으로 들어가서 조선조정의 보호를 받으려고 하였다. 그러나 숭례문은 굳게 잠겨 있었고 어디를 살펴보아도 자신들을 구해줄 조선군은 눈을 씻고 찾아도 보이지 않았다. 여기에서 더 시간을 지체하였다가는 군졸들과 백성들의 공격에 모두가 떼죽음을 당할 것 같았다. 이 와중에 조선 군사들과 백성들의 추격은 멈추지 않고 계속 되고 있었다.

"와,~ 왜놈들을 죽여라!"

하나부사 요시모토 일행은 대오를 흩트리지 않고 계속 조선군의 추격을 피하며 필사의 탈출을 시도하고 있었다.

이미 조선군과 백성들도 일본군의 소총과 권총에서 뿜어내는 화력과 예리한 일본 검에 30~40여 명이 죽었으며 부상자도 근 100여 명이 되었다.

일본 공사관 측의 공관원들도 부상자는 3명이나 되었지만 그들은 경상이었다. 다시 하나부사 요시모토는 공관원에게 큰 소리로 명령한다.

"부상자들과 여 공관원들을 안쪽으로 보호하고 양화진으로 간다. 우리 모두는 이곳에서 죽을지언정 부상자들을 낙오시켜서는 절대로 아니 된다."

양화진으로 향하는 공관원들의 앞길은 순탄하지 않았다. 칠흑 같은 어두운 밤에 분노한 군중들과 군사들이 그들에게 돌을 던지고 화살을 쏘며 악착같이 추격하고 있었다.

그렇지만 하나부사 요시모토는 끝까지 침착성을 잃지 않고 인천으로 달아나면서 자신들의 앞길을 막는 조선 백성들 수십 명도 또 죽였다.

필사의 탈출

필사의 탈출로 하나부사 요시모토와 공관원들이 인천부에 도착하자 아직까지 한양의 소식을 모르고 있던 인천부사 정지용(鄭志鎔)과 착비역관(着備譯官) 고영희(高永喜)는 하나부사 요시모토 일행을 환대하였다.

인천부사와 관속들은 하나부사 요시모토와 공관원들이 실전을 방불케하는 군사훈련을 하는 것으로 오인하고 있었다. 그들의 행색을 보아서는 그 누구도 그렇게 보고 믿을 수 밖에 없는 것이었다.

정지용은 하나부사 요시모토에게 말하기를,

"공사, 공사께서 공관원들을 거느리고 군사훈련을 하느라고 얼마나 노고가 많습니까? 공사께서는 정당에서 휴식을 취하시고, 공관원들은 관사에서 휴식하게 하여 주시오."

"부사, 고맙소."

인천부에서 휴식을 취하는 하나부사 요시모토는 가장 먼저 부상자들을 살폈는데 다행이 큰 부상이 아니라서 그는 어느 정도 안심하였다.

한편 하나부사 요시모토가 인천 방면으로 도망갔다는 소식을 접한 흥선대원군은 진노한 소리로,

"뭐야! 그 간악한 왜놈이 인천으로 도망갔단 말인가!"

부복하고 있던 정의길이 분노하여 말한다.

"예, 저하, 그 때려 죽여도 시원치 않는 쥐새끼 같은 놈이 미꾸라지처럼 빠져 나갔습니다."

흥선대원군이 정의길에게 지시한다.

"자네는 지금 즉시 날랜 군사 100명을 거느리고 인천부로 달려가서 그곳 부사에게 나의 뜻을 전하고 인천부병 군사들과 합세하여 그 교활한 하나부사 요시모토와 왜놈 공관원 놈들을 모두 죽여라!"

더구나 하나부사 요시모토라는 왜놈을 자근자근 씹어 삼켜도 분이 풀리지 않는 정의길이 분노하여 화승총으로 무장한 군졸 100명을 거느리고 인천부를 향하여 질풍노도와 같이 달려간다.

영특하고 교활한 하나부사 요시모토는 행여나 무위영 군사들의 추격이 염려되어 그 대비책으로 공관원들이 많이 지쳐 있었지만, 그들에게 특별경계를

내려 2개조로 나누어 경계를 세웠다. 즉, 1개조는 경계근무에, 다른 1개조는 무장을 풀지 않고 휴식과 수면을 취하게 하였다. 이 문구를 군사용어로는 가면이라고 한다.

정의길이 인천부에 당도하여 비밀리에 인천부사에게 흥선대원군의 밀명을 전하자 인천부의 모든 군졸들이 충돌하여 전투태세를 취하였다. 이에 정의길이 거느리고 온 무위영 군졸들 100명과 인천부의 관군들이 하나부사 요시모토 일행의 숙소를 포위하였다.

그러나 하나부사 요시모토는 이미 조선 군사들의 동태를 파악하고 있었다. 고요히 자고 있는 공관원들을 조용하게 깨운 후 그는 모든 공관원들에게 비장한 각오로 말한다.

"지금 난동을 부린 군병 놈들이 여기까지 쫓아 와서 인천부의 관군들과 합세하여 우리 숙소를 포위하였다!"

"!······!"

하나부사 요시모토 공사의 말을 들은 공관원 28명의 얼굴은 하얗게 질리고 있었다. 그렇지만 하나부사 요시모토는 침착하게 말한다.

"우리를 추격하여 온 조선 놈들과 인천부의 관군들은 수적으로만 많을 뿐 모두 오합지졸이다. 그러니 겁내지 말고 전투태세를 갖추어라!"

하나부사 요시모토의 명령으로 공관원 28명 모두는 비장한 각오로 전투태세를 갖춘다. 전투준비를 마친 공관원들을 쳐다보면서 하나부사 요시모토는 근엄하게 명령한다.

"저 놈들은 아직까지 여기의 상황을 모르고 있다. 그러니 우리가 먼저 놈들을 공격하고 이 인천부를 탈출한다. 절대로 겁내지 마라! 조선 놈들의 낡은 화승총이 우리들의 앞길을 절대로 막지는 못한다."

인천부를 포위하고 있는 정의길과 인천부사는 실제로 하나부사 요시모토 일행이 선제공격으로 나올 것이라는 것은 꿈에도 생각하지 못하고 있었다.

다만 언제 어떻게 공격하여야 한꺼번에 놈들을 소탕할까를 생각하고 있었다.

이때 인천부 관사 안에서는 하나부사 요시모토가 비장하게 명령한다.

"쏴라!"

"탕,~ 탕,~ 탕."

고요한 적막을 깨며 일본군의 소총과 권총이 불을 뿜어내자 무위영 군사들과 인천부의 관군들이 쓰러지기 시작한다. 이에 정의길과 인천부사는 응전을 지시한다.

"왜놈들을 죽여라!"

"쏴라!"

"겁내지 마라! 왜놈들은 독안에 든 쥐다. 그리고 저 왜놈들은 몇 놈 안 된다."

하나부사 요시모토의 선제공격으로 관군들의 전투 대오는 일순간에 무너져 버렸다. 정의길과 인천부사가 아무리 독려하여도 한 번 사기가 꺾인 관군들은 총소리에 놀라고 무서워 응전조차 못하고 있었다.

이 틈을 탄 하나부사 요시모토는 공관원들을 지휘하여 포위망을 뚫고 인천부의 청사를 빠져나간다.

일본군이 인천부를 빠져나가고 정의길이 관군들을 악착같이 독려하자 이제서나마 화승총을 쏘면서 추격전과 함께 쌍방 치열한 접전을 펼친다.

아무리 하나부사 요시모토가 계략이 뛰어나다고 하여도 수백 명의 군사들이 포위한 포위망을 뚫기는 쉽지 않았다. 비록 위력없는 화승총이지만 워낙 많은 군사들이 총과 활을 쏘아대니 일본 공관원들도 총과 화살에 맞아 쓰러지는 자가 나온다.

"윽,~ 억."

쓰러지는 공관원들을 본 하나부사 요시모토는 이를 악물고 계속 명령을 한다.

"부상자들을 호위하고 대오를 유지하며 응전하라! 그리고 제물포로 가자."

삼라만상이 고요한 새벽, 인천부에서도 쌍방 처절한 전투가 먼동이 틀 때까지 벌어졌다. 일본공사관 측의 전사자는 6명, 부상자 5명을 내며, 하나부사 요시모토 일행은 험난한 포위망을 뚫고 제물포로 탈출하였다.

정의길이 군사들을 수습하여 하나부사 요시모토를 추격하려고 하였으나, 무위영과 인천부의 전사자와 부상병의 수효가 100여 명이 훨씬 넘었으므로, 정의길과 인천부사는 더 이상 하나부사 요시모토를 추격하지 못하고 대궐로 돌아갔다.

이빨을 뿌득뿌득 갈면서 제물포로 탈출한 하나부사 요시모토는 거기에서 출장 중인 본국의 육군 중위와 외무성의 관원들과 합류하였다. 여기에서도 하나부사 요시모토 일행과 무위영 군사들의 관계를 알지 못하는 제물포별장이 공관원들을 안전하게 월미도로 달아나게 하였다.

월미도에 도착한 하나부사 요시모토 일행은 혹시라도 무위영과 인천부의 군졸들이 전열을 정비하여 공격하여 올 것 같아 불안하였다. 그들은 또 어선을 탈취하여 남양만으로 향하여 거기에서도 초조한 마음으로 모두가 철통같이 경계를 서며 그야말로 1박을 뜬눈으로 보냈다.

다음 날 하나부사 요시모토 일행은 월미도로 들어와서 조선군의 동태를 살폈다. 이때 마침 인천 앞바다에 정박 중인 영국의 조선 해안 측량선인 플라잉 피시호가 월미도를 지나가고 있었다. 하나부사 요시모토 일행은 구세주를 만나는 기쁨으로 플라잉 피시호를 향하여 죽을힘을 다하여 소리소리 지르고 심지어는 총을 쏘면서 구조를 요청하였다.

플라잉 피시호의 함장인 해군대위 리차드 호스킨은 일본 공사관 일행이 조난된 것으로 알고 그들을 구조하였다. 리차드 호스킨의 배려로 하나부사 요시모토 일행은 6월 15일 나가사키로 건너가면서 귀중한 목숨을 건졌다.

이최응의 죽음과 도망치는 민영익

한편 6월 10일 아침 무위영 군사들은 대원군의 친형이고 고종의 백부인 가렴주구와 탐관오리의 달인이자 중전의 추종세력인 전 영의정 이최응의 군저가 있는 사동으로 달려갔다.

군졸들이 새까맣게 몰려가는데 노상에서 중전의 후광으로 성균관 대사성을 역임한 호군 민창식(閔昌植 1842~1882)을 발견하였다. 이를 본 군사들이 민창식이 도망가거나 뭐라고 어떻게 할 겨를도 없이 바로 달려들어 민창식의 몸뚱어리를 창칼로 마구 찌르고 찍으면서 소리친다.

"역적, 민가 놈들은 무조건 난도질하라!"

민창식이 비명도 질러 보지도 못하고 절명하면서 시신은 너덜너덜하게 걸레처럼 되어버린다. 민창식을 때려죽인 군졸들의 사기는 하늘을 찌르며 사동으로 매섭게 달려간다.

불안한 이최응은 자택에서 전전긍긍하면서 밤잠을 설치다가 새벽녘에야 겨우 잠이 들었는데, 군사들의 함성에 깨어나 어찌 할 줄을 모른다. 군사들이 대문을 부수고 들어올 것 같은 위급이 닥치자 이최응은 황급히 뒷문으로 달려가서 담벼락을 넘어 도망가려고 하였다.

그의 집은 7년 전 방화를 당해 저택은 물론이고 곳간에 쌓아둔 엄청난 재물까지 몽땅 타버렸다. 시커멓게 그을린 이최응은 나라 잃은 서러움만큼 가슴을 치며 통곡하였다. 그는 그 과욕을 버리지 못하고 으리으리한 가옥과 12곳간의 창고마다 산더미 같은 재물을 쌓아 놓고 매일 청지기와 가노들을 거느리고 날마다 이것을 확인하는 즐거움으로 나날을 보내고 있었다. 행여 도적이 들어 애지중지한 재물을 훔쳐 갈 것 같은 불안한 마음에 그의 집 담벼락은 높게 높게 지어져 있었지만, 항상 그의 눈에는 그 담벼락이 낮게 보여 왔다. 그런데 오늘따라 이최응의 눈에는 그 담벼락이 한없이 높게 보인다. 그는 다급하여 집사에게 말하기를,

"집사, 빨리 엎드려라. 내가 담벼락을 타고 집사의 등을 넘어야겠다."

가만히 듣고 있던 집사가 말하기를,

"아이고, 대감마님, 아무리 급하여도 그렇지요. 담벼락을 타고 사람의 등을 넘을 수 있습니까? 소인의 등을 타고 담벼락을 넘어야 하질 않습니까?"

그제야 정신이 번쩍 드는 이최응은 다시 집사에게 말하기를,

"집사! 잠깐만 있어 보아라! 곳간 열쇠 꾸러미를 챙기지 못하였다. 집사가 빨리 가서 가져오너라!"

"대감! 사태가 지금 급박한데 곳간 열쇠꾸러미를 가지고 간들 무슨 소용이 있겠습니까?"

"아니, 무에야 이놈아! 그럼 애써 모은 재물을 그냥 두고 가란 말이냐!"

"대감! 그런 것이 아니라 곳간의 열쇠만 가지고 가면 무엇 하겠습니까? 그렇다고 창고의 재물이 따라갈 수가 없으니 말씀드립니다."

집사의 말을 들은 이최응은 그래도 창고의 열쇠를 가지고 오라고 말하자 마지 못해 집사가 한마디 한다.

"대감마님, 그러면 사태가 아무리 위험하여도 소인이 곳간 열쇠를 가지고 올 때까지 이곳에서 꼭 기다려야 하옵니다."

이제야 사태의 심각성을 깨닫고 이최응이 집사에게 얼른 말한다.

"이놈, 빨리 엎드리지 않고 뭘 하느냐!"

이최응이 집사의 등을 밟고 담벼락에 오르면서 일단 화를 피하려고 안간힘을 쓰고 있었다. 이때 군졸들이 뒷문으로 들이닥쳐 담벼락을 막 넘으려는 이최응을 발견하였다. 군사들이 동시에 말하기를,

"저놈, 역적 놈, 이최응을 죽여라!"

"이놈, 어디를 도망가느냐!"

"이 악랄한 도척 놈!"

군사들이 달려들어 이최응을 바로 때려죽일 것 같은 험악한 분위기였다. 아

직까지 담벼락을 넘지 못하고 있는 이최응의 발 하나는 담벼락에 걸쳐져 있었고, 또 다른 발 하나는 집사의 등에 있었다. 이미 정신이 나간 그는 그래도 군졸들에게 한마디 한다.

"네 이놈, 감히 여기가 어디라고 와서 행패냐, 내가 대원위의 친형이니라!"

그래도 군졸들이 흥선대원군의 명을 따르고 그를 받들고 있으니 그의 이름을 팔면 행여 목숨을 건질 것 같은 처절한 몸부림이었다.

이에 아랑곳 하지 않고 담벼락에 걸쳐져 있는 이최응을 군졸들이 창검을 휘두르며 엉덩이와 허벅지를 마구 찔러대니 이최응의 엉덩이와 허벅지에서 피가 철철 흐르면서 그는 '꿱' 하고 담벼락에서 떨어졌다. 마침 떨어지면서 그는 국부가 파열되기도 하였다. 이미 빈사상태에 있는 이최응을 군졸들이 너나 나나 할 것 없이 달려들어 그의 몸을 걸레짝처럼 만들어 버린다. 그렇지만 벌벌 떨고 있는 집사와 남편의 죽음을 바라보고 있는 그의 군부인은 죽이지 않았다. 그러나 이최응의 집도 모두 깨부수고 곳간에 차곡차곡 쌓인 재물은 물론이고 그의 집도 화염에 휩싸였다. 이최응을 응징한 군졸들은 장안을 휩쓸며 척족들을 공격한다.

먼저 민태호를 죽이려고 하였으나 그는 강화유수로 외직에 나가 있어서 화를 면하였지만, 그의 집은 쑥대밭이 되었다. 민치상, 민영주, 민영준, 민영소, 민영익 등 민씨 일파는 물론이고 김홍집, 윤웅렬, 한성근, 윤자덕, 홍완, 이민하 등 탐관오리의 40여 저택이 무위영 군사들의 분풀이 상대로 파괴되었다. 그 여파로 장안은 하루 종일 화마가 치솟고 고약한 냄새가 진동하여 사람들이 코를 들고 다니기도 힘들 정도였다.

군변 후 이최응의 죽음을 전해들은 흥선대원군은 고종으로 하여 그에게 추모의 교지를 내리게 한다.

"흥인 백부님, 평소와 같이 정숙하고 단아한 모습과 인자하고 후덕한 성품으로 이 세상을 하직하시기 바랍니다."

고종은 이최응의 장례를 후하게 지내준 후, 녹봉 3년 치를 하사하였으나, 가족은 고인의 유지라는 명목으로 녹봉은 거절하기도 하였다.

물론 이최응의 장례는 흥선대원군이 형제지간에 골육상잔을 하지 않고 있다는 것을 백성들에게 보여 주기 위하여 최대한의 예로서 지내 주었다.

이 때 흥인군 이최응과 민창식이 살해되었고 척족들이 몰살당할 것 같은 험악한 분위기를 인지한 교련 당상 민영익은 벌벌 떨면서 허둥지둥댄다. 그러나 그는 살겠다는 지혜를 발휘하여 짧은 시간에 머리를 깎고 승립을 쓰고 짚신을 질질 끌며 걸음아 나 살려라 하고 양근(楊根 지금의 양평)으로 달아나기 시작한다.

한양에서 80여 리나 되는 양근으로 달아난 그는 수중에 한 푼의 돈도 없었으니 그의 행색은 말이 아니었다. 그렇다고 한양에 연락을 할 수는 더더욱 없는 형편이었다. 마침 민영익의 집에서 식객 노릇을 하였던 김 오위장(五衛將)이 양근에 산다는 말을 들은 민영익은 수소문 끝에 그를 만나게 되었다. 오위장의 벼슬은 명예직이고 그는 그 지역에서 보부상을 관리하는 책임자로 겨우 가정을 지키며 입에 풀칠하는 정도였다. 이런 김 오위장이 민영익의 행색을 보고는 깜짝 놀라 말한다.

"아니, 대감! 대감께서 언제부터 관직을 버리시고 이렇게 입산수도하는 스님이 되셨습니까?"

"아, 이 사람아, 그런 것이 아니고 지금 한양에서 흉선군(凶鮮君 흥선대원군을 깎아 내리는 말)이란 놈이 반란을 일으키고 지랄발광을 하여서 내 잠시 피신을 왔다네."

벌써부터 한양의 군변 소식을 알고 있는 김 오위장이 시치미를 뚝 떼고 깜짝 놀란 척하며 민영익에게 물어 본다.

"아니, 대감, 그러면 흥선대원군께서 아드님이신 주상 전하를 밀어 내고 보위를 찬탈하였습니까?"

"아니야, 그런 것은 아니고 사태를 좀 더 지켜보아야 하네. 복잡한 일이니 차근차근 말해 줌세."

"예, 대감, 아무튼 잘 오셨습니다."

"그래, 그건 그렇고, 그간 잘 지내셨는가?"

"예, 대감, 시생이야 대감의 은덕으로 잘 지내 왔습니다. 늘 대감마님께 감사하다는 생각을 하고 있습니다."

"뭐, 이 사람아, 내가 자네에게 해 준 게 뭐가 있다고 그러는가? 어떻든 자네 집에서 신세 좀 지면서 한양의 동태를 살펴야 할 것이야!"

"예, 대감, 소인의 우거는 누추하오나 신변은 안전할 것이니 군변이 안정될 때까지 편히 쉬십시오."

그러면서 김 오위장은 민영익을 깍듯이 맞이한다. 그리고 김 오위장은 변란이 일어나게 된 경위와 지금의 상황과 앞으로의 일들을 물어 보았으나, 민영익은 별 관심이 없을 뿐 축 늘어진다. 이를 본 김 오위장이 민영익에게 말하기를,

"아니! 대감, 어디 불편한 곳이라도……."

김 오위장의 말이 채 끝이 나기도 전에 민영익이 말한다.

"아이고, 이 사람아, 80여 리를 쫄쫄 굶고 와서 당장에 배가 고파서 죽겠으니 제발 아무 소리 말고 빨리 밥상이나 좀 차려 오시면 고맙겠네."

"아이고, 대감마님! 황송하옵나이다. 용서하여 주십시오. 소인은 그런 것도 모르고."

김 오위장이 자신의 내자에게 눈짓을 하자 황급히 밥상을 차려왔는데, 밥이라고 하여 보았자 꽁보리밥에 된장국뿐이었다.

"대감, 황공하오나 소인의 삶이 변변치 않아서 약소하지만 우선 허기라도 면하십시오."

"어~허, 이 사람, 김 오위장, 내가 지금 찬 타령을 할 땐가!"

민영익은 꽁보리밥과 된장국을 무슨 바람에 개 눈 감추듯이 싹 비운다. 그리고는 김 오위장에게 말하기를,

"김 오위장, 정말로 잘 먹었네."

"아이고, 대감마님, 이 난리통이 아니면 언제 대감께서 꽁보리밥을 드시겠습니까. 조금만 기다려 주십시오. 그래도 대감마님께서 소인의 집에 왕림하시었는데 어찌 주안상이 없겠습니까. 소인이 내자에게 말하였습니다. 이제 허기를 면하셨으니 조촐하지만 주안상을 올리겠습니다."

김 오위장이 밥상을 물리자, 민영익은 근엄한 목소리로 김 오위장에게 말하기를,

"자네가 지금 이 양근 주변에서 보부상들을 얼마나 동원할 수가 있는가?"

김 오위장은 이미 민영익의 뜻을 짐작하고 있지만 전혀 모른 척 하며 어리둥절한 표정으로 말하기를,

"예, 대감, 황공하오나 그 천한 놈들은 무엇 때문에 그러시는 지……."

"아, 이 사람아, 흥선군 놈을 때려죽이든, 대궐에서 추방하든 뭐든지 하려면 군사가 있어야 할 것이 아닌가!"

"예, 대감, 황송하오나 그들을 동원하려면 자금이 있어야 하옵니다. 자금만 넉넉하면 소인 휘하의 보부상 500~600여 명은 물론이고 그 주변과 연합하면 대략 1천 여 명 정도는 동원이 가능합니다. 또한 그들 모두를 무장도 시킬 수 있지만 하오나 문제는 자금이……."

김 오위장은 말끝을 흐린다. 그러자 민영익이 김 오위장에게 말한다.

"우선 자네가 그 자금을 융통할 수 있겠는가. 내 그러면 한양에 간 후 곱절로 정산하여 주겠네."

듣고 있던 김 오위장으로서는 조금 위험한 일이지만 그래도 한 번 해 보고 싶은 충동을 느낀 것이다. 이 민영익이야 말로 당대 최고의 세도가이며 중전

의 측근 중에 측근이 아니겠는가. 잘만 하면 한 밑천도 잡을 수 있을뿐더러 벼락출세도 가능하지 않는가. 어찌 보면 김 오위장으로서는 호박이 넝쿨 째 들어 온 셈이었다. 이를 놓칠 리 없는 김 오위장은 신중하게 말한다.

"예, 대감, 늘 대감의 은혜를 갚고자 하였으나 그 길이 없었는데 비록 대감을 비롯하여 국난을 당하였지만, 이제 미력한 소인이 대감께 조금이나마 보탬이 된다고 하니 소인이 어찌 죽음인들 두려워하겠습니까. 최대한 자금을 모으는데 까지는 모아 보겠으나, 다만 흉년에 인심까지 흉흉하고 모두들 어려우므로……."

"알았네. 정말 고마우이. 내 자네 공로는 잊지 않겠네. 힘들지만 좀 서둘러 주시게. 그리고 자네 휘하에 발이 빠르고 무술이 뛰어난 믿을만한 사람 몇 명을 나에게 소개시켜 줄 수 있겠나. 한양의 동태를 살펴야 할 게 아닌가?"

"예, 대감, 여부가 있겠습니까?"

영리한 민영익은 양근에서 한양의 동정을 살피면서 앞으로의 향배를 생각한다. 김 오위장의 수하들이 한양에서 얻은 정보는, 민씨네 모두가 무지막지하게 난타당했다는 소식과 도성은 무위영 군사들의 무법천지로 고관대작들의 가옥이 파괴되었고 예상대로 자신의 집도 파괴당했다는 씁쓸한 연통도 받는다.

그 뿐만 아니라 궁궐 내외에서 중전이 치성하던 곳과 굿놀이, 불공놀이를 하던 사찰, 불각 등의 시설이 모조리 파괴되어 보기에도 흉물스럽다는 말도 전해 들었다. 아울러 당분간 이 군변이 쉽게 진정되지 않는다는 견해를 들은 민영익의 얼굴은 근심으로 가득하였다.

범궐하는 군졸들

한편 흥인군 이최응을 척살한 군졸들은 이제 궁궐을 공격하여 마지막으로 중전을 제거하려고 하였다. 이때에는 이미 장어영의 군대와 별기군은 물론이고 도성 내의 모든 군졸들과 하층민을 포함하여 대략 1만여 명이 합세를 하였다. 즉, 모든 군대와 백성이 현 정권에 등을 돌리고 있었다. 대궐을 방비하는 군졸들도 모두 도망가거나 무위영 군졸들과 합세를 하고 싶어도 차마 대궐을 빠져 나올 수 없어서 그냥 대궐을 방비하고 있는 것이다. 경기 외곽의 수령들도 군대를 이끌고 도성으로 진입하려고 하였으나, 구태여 출병하지 않아도 현 정권이 붕괴되는 것은 자명한 이치로 보고 있었다. 그야말로 창덕궁 돈화문 앞을 중심으로 그 주변은 사나운 파도가 몰아칠 것 같은 험악한 분위기였다.

중희당에서는 영의정 홍순목, 봉조하 강노, 판중추부사 김병국, 병조판서 민겸호, 경기관찰사 김보현, 강찬, 이호익 등의 시·원임대신이 참석하는 어전회의가 열리고 있었다. 침통한 분위기에서 홍순목이 고종에게 아뢴다.

"전하, 아뢰옵기 황공하오나 오늘 사단이 발생한 것은 신 등이 전하를 바로 보필치 못하여 일어난 변고이옵니다. 전하, 신들을 모두 죽여 주시옵소서."

"과인의 부덕한 소치요."

김병국이 고종에게 비통한 심정으로 아뢴다.

"전하, 아뢰옵기 황공하오나 지금 궐 바깥에서는 난군에 의하여 흥인군 이최응을 비롯하여 조정 중신들이 무지막지하게 살해를 당하고 있사옵니다. 또한 지금 도성 곳곳에는 난군들의 방화로 화염이 용솟음치고 중신들의 저택도 모두 파괴되었으며, 난군들이 곧 범궐하려고 하옵니다. 이 난국을 수습하실 분은 오로지 국태공 저하뿐이옵니다. 운현궁으로 승지를 보내 대원위 대감을 입궁케 하여 누란에 처한 종사를 구원하여야 하옵니다. 전하, 통촉하여 주시옵소서."

민겸호가 격앙된 소리로 김병국에게 말하기를,

"판중추부사는 거 무슨 소리를 그렇게 하는 것이오! 지금 난군들은 모두 운현궁의 지시를 받고 있는데, 그 군졸들을 지휘하는 국태공이 입궐하면 우릴 살려 주겠소?"

"그러면 조정 중신이라는 중책의 신분으로 죽는 것이 두려워 나라와 종묘사직을 누란지계에 빠뜨리고 자신 혼자만 살겠다는 것이오?"

김병국이 강력하게 반발하자, 이번에는 김보현이 말하기를,

"판중추부사는 어디 혼자 충신인 채 하지 마시오. 지금까지 안동 김씨가 나라를 망친 장본인인데 그 따위 망발을 늘어 놓을 수 있단 말이오."

"뭐, 뭣이라고! 경기감사는 말을 삼가라. 신변이 두려워서 관찰사의 감영도 버리고 대궐로 도망쳐온 처지에 뭔 말을 그따위로 하는가!"

듣고 있던 고종은 탁자를 치면서 말한다.

"그만들 하시오!"

이에 홍순목이 고종에게 아뢴다.

"전하, 부하 장졸들을 제대로 통제하지 못한 무위대장과 군사들의 원성을 듣고 있는 자들을 파직하여 울분에 싸인 군졸들을 회유하시옵소서."

"알았소. 무위대장 이경하, 병조판서 민겸호, 도봉소 당상 심순택을 파직하여 유배토록 하시오. 그리고 신임 무위대장에는 이재면을 임명하노라!"

곧 도승지와 이재면이 무위영 군사들에게 달려가서 조정의 인사이동을 통보하며 해산을 종용하였으나, 이제 이 정도로 진화될 사태는 전혀 아니었다.

중신들의 의견이 분주하여 조정은 대책을 세우지 못하고 있는 와중에 어전회의의 내용은 속속 중궁전에도 전달되면서 그곳 홍 상궁은 시시각각 중전에게 보고하기를,

"중전마마, 아뢰옵기 황공하오나 홍인군과 민창식 대감이 조금 전 난군들에 의하여 피살되었고 민영익 대감도 생사를 모른다고 하옵나이다."

중전은 얼굴이 하얗게 질려 말하기를,

"지금 어전에서 중신들은 어떻게 하고 있는 것인가?"

"예, 마마, 의견만 분주할 뿐 별 대책은 없고 오로지 국태공 저하의 입궐만이 대책이라고 전하께 아뢰고 있는 것으로 알고 있사옵니다."

"그럼 저 난군들이 범궐할 것으로 보는가?"

"마마, 망극하옵나이다."

운현궁에서는 허욱이 군졸들을 장악하여 철통같은 경계망을 펼치며 비상 대기하고 있었다. 그는 누구보다도 흥선대원군의 뜻을 잘 알고 있었으므로 곧 흥선대원군이 입궐할 것을 예측하고 있었다. 그런 그가 흥선대원군에게 아뢰기를,

"국태공 저하, 이제 바야흐로 때가 온 것이옵니다. 지금 군졸들과 도성의 모든 백성들이 저하를 따르고 있사옵니다. 곧 입궐하시어 나라를 망친 척족들을 주살하고 오랑캐를 몰아내어 만기를 친재하시어 도탄에 빠진 백성을 구하고 종사를 보존하옵소서."

창덕궁 돈화문 앞에는 1만여 명의 군졸과 백성들이 바로 범궐하여 창덕궁을 불바다로 만들 것 같은 태세를 취하고 있었다. 특히 중전의 비호를 받고 있는 별기군도 가세되어 있었다는 것은 역사적으로 의미심장한 사실이다.

김장손이 큰 칼을 빼어들고 돈화문 앞에서 군졸들에게 큰 소리로 말하기를,

"여러분, 궐문을 박살내고 들어가서 나라를 망친 불여우 계집년과 우리들의 피고름을 갈취한 민가 척족과 악랄한 탐관오리 놈들을 모두 때려 죽여야 합니다. 그러나 창검을 버린 군졸들과 무고한 인명을 해치는 자는 이 화승총이 용서하지 않을 것이다."

"탕,~ 탕."

"옳소, 옳소."

"중전을 죽여야 한다."

"민가 년을 죽여야 하오."

"탐관오리 놈들도 모두 죽여야 하오."

대궐 내를 방비하고 있던 내금위(內禁衛, 같은 말 금군청·禁軍廳, 용호영·龍 虎營)의 군졸들도 모두 도망갈 준비에 들어갔다. 군졸들이 범궐하면 그들은 모

두 창검을 버리기로 무위영 군졸들에게 연통을 넣고 있었다. 기실 내금위의 군졸들도 모두 무위영 소속으로 편제되어 있었고, 단 그들은 대궐 내를 방어하는 임무였다. 이제 조선의 군졸 중 왕과 왕비를 위해서 목숨을 버릴 군사는 아무도 없는 것이었다.

드디어 김장손이 공격을 명한다.

"대궐을 돌파하라!"

"와,~ 와!"

"죽여라!"

노도의 함성과 함께 군졸들이 창덕궁 돈화문과 대궐 담벼락에 사다리를 걸고 기어오르면서 단숨에 범궐하여 돈화문이 활짝 열렸다. 거센 파도 줄기처럼 울분의 함성으로 군졸들이 대궐로 들이닥치기 시작하였다. 분노한 군졸들의 범궐은 마치 굶주린 이리떼나 사나운 맹수와도 같았다. 그리고 그들은 당당한 소리로 외치기를,

"중전을 죽여라!"

"불여우 잡년을 죽여라!"

내관들과 상궁들이 뛰어 나와 군졸들을 저지코자 한다. 케케한 목소리의 내관이 말하기를,

"무엄하다, 이놈들아, 여기가 감히 어디라고 와서 행패를 부리느냐!"

군졸들이 우르르 달려들어 무서움을 모르고 지껄이는 내관의 몸뚱어리를 난자하였다. 그리고 내관, 상궁들은 족치면서 중전의 행방을 추궁한다.

이때 대궐 동정을 살피던 영의정 홍순목이 허겁지겁 맨발로 어전으로 달려와서 고종에게 아뢴다.

"전하, 아뢰옵기 황공하오나 저 무도한 폭도들이 범궐을 하였습니다. 또한 내금위의 갑사들도 모두 도망치고 없사옵나이다. 전하, 신들을 모두 죽여주시옵소서."

고종도 탄식하며 중신들에게 묻는다.

"그럼, 지금의 사태를 어떻게 해결해야 하오?"

계속하여 홍순목이 고종에게 아뢴다.

"전하, 아뢰옵기 황공하오나 지금의 사태를 해결할 수 있는 유일한 길은 국태공 저하의 입궐 밖에 없사옵니다. 전하, 도승지와 무위대장을 운현궁으로 보내 대원위 대감을 속히 입궐케 하여야 하옵니다. 지금도 수많은 사람들이 죽어나가고 있사옵니다. 전하, 통촉하여 주시옵소서."

어전회의가 계속 열리고 있는 중에도 범궐한 군사들의 폭동은 멈추지 않고 있었다. 중희당까지도 죽어가는 사람들의 비명과 군사들의 원한 소리가 들리고 있었다.

"으~ 아,~ 전하, 살려주시옵소서!"

"중전을 죽여야 한다."

홍순목이 다급하게 아뢴다.

"전하, 속히 대원위 대감을 대궐로 뫼시는 것만이 종묘사직을 보존할 수 있사옵니다. 촌각도 지체할 수 없는 일이옵니다. 전하, 통촉하여 주시옵소서."

고종의 전교가 내려진다.

"도승지는 지금 즉시 무위대장과 함께 운현궁으로 가서 국태공을 뫼시고 입궐하시오!"

어명과 함께 도승지와 무위대장이 부리나케 운현궁을 방문하고 있었다. 그 둘은 흥선대원군에게 절을 올린 후 아뢴다.

"아버님, 주상 전하의 전교를 뫼시어 소자와 도승지가 이렇게 왔사옵니다. 속히 입궐하시어 이 어지러운 난국을 수습하여 주시옵소서."

"일개 야인인 내가 뭔 힘이 있다고 이 어려운 난국을 수습하겠는가. 가서 주상께 품신하라! 이 애비를 찾아주는 주상의 은혜는 고마우나 난 이제 늙은 몸이라고,"

홍선대원군이 아재당으로 들어가자 무위대장과 도승지가 뒤따라 들어가서 호소하기를,

"국태공 저하, 속히 입궐하시어 쓰러져가는 종묘사직을 구하여 주시옵소서. 이 난국을 수습하실 분은 오직 국태공 저하뿐입니다. 지금도 대궐에서는 많은 사람들이 죽어 가고 있사옵니다. 저하, 통촉하여 주시옵소서."

무위대장과 도승지의 간청에 홍선대원군은 못 이기는 척 입궐 준비를 하자, 이때 허욱이 큰소리로 말한다.

"국태공 저하께서 입궐하신다. 차비를 서둘러라!"

홍선대원군이 실각한 지 만 9년 만의 입궐이었다. 물론 2년 전 홍선대원군의 생일 때 잠시 대궐에서 고종과 짧게 환담을 나눈 적은 있었다. 얼마나 절치부심의 세월을 기다렸던가. 천, 하, 장, 안들의 큰소리가 운현궁의 솟을 대문을 힘차게 울린다.

"물럿거라! 국태공 저하의 입궐이시다."

이 또한 얼마나 외쳐보고 싶었던 소리였던가. 군사들의 삼엄한 호위를 받으며 입궐하는 홍선대원군의 행렬은 마치 제왕의 행렬과도 같았다. 부대부인 민씨도 가마를 타고 홍선대원군의 뒤를 따르고 있었다. 수백 명의 호위병을 거느린 홍선대원군이 창덕궁 돈화문 앞에 이르자, 범궐한 군졸들이 모두 나와 화승총을 마구 쏘면서 홍선대원군을 열렬히 환호한다.

"대원위 대감, 만세!"

"국태공 저하, 만세!"

홍선대원군의 행차가 창덕궁 안으로 들어서자, 기세가 오를대로 오른 허욱이 쩌렁쩌렁한 소리로 명령한다.

"후방을 호위하고 궐문을 닫아라!"

육중한 소리와 함께 돈화문이 굳게 잠기고 시퍼런 창칼을 높이 든 200~300여 명의 군졸들의 호위를 받으며 중희당으로 향하는 홍선대원군이었다.

보복과 흥선대원군의 재집권

무위영 군사들이 대궐에 난입하여 마구잡이로 대궐을 휘젓고 있을 때, 포도청 옥에서 구출된 김춘영, 유복만 등이 마침 대궐 내의 동태를 살피고 있는 민겸호를 발견하였다.

"저기, 민겸호 놈이 있다."

"저놈, 잡아라!"

"저 놈을 잡아 사지를 찢어 죽이자."

군사들의 한결같은 원한 맺힌 목소리였다. 화들짝 놀란 민겸호는 마침 입궐하여 중희당 방향으로 지나가고 있는 흥선대원군을 보고는 구세주를 만난 심정으로 그의 의대를 붙잡고 애원한다.

"국태공 대감! 제발 날 좀, 살려주시오?"

흥선대원군이 민겸호를 물끄러미 보면서 차갑게 말하기를,

"내가 어찌 나는 새도 떨어뜨리는 천하의 세도가인 대감을 죽고 살리게 할 수 있겠소. 지체 높으신 대감께서 알아서 한 번 살아 보시구려?"

그러자 민겸호는 애원의 목소리로,

"국태공 대감!"

흥선대원군은 민겸호의 절규를 들은 척도 하지 않고 휘하 군사들의 호위를 받으며 위풍당당하게 중희당으로 빠르게 향한다.

이제 민겸호는 체면이고 무엇이고 할 것 없이 재빠르게 도망을 가지만 모두가 무위영 소속의 군사들이었다. 도망가는 민겸호는 군사들에게 붙잡혀 왔는데 선혜청 제조와 병조판서의 벼슬이 아까울 정도로 비굴하게 살려 달라고 애원하였다.

"이,~ 이보시게들, 왜, 이,~ 이러시는가?"

"모,~ 목숨만,~ 살려 주시게."

"사,~ 살려,~ 주,~ 주시게."

불문곡직 김춘영이 가장 먼저 민겸호의 얼굴을 무지막지하게 발로 힘차게 걷어차고 지근지근 밟아버린다.

"어~ 억."

"으~ 윽."

뒤이어 유복만이 쓰러져 있는 민겸호의 몸뚱어리 아무 곳에나 육모방망이로 마구 두들긴다. 민겸호는 선혈이 낭자하고 정신이 혼미하였지만 끝까지 살겠다는 굳은 일념으로 고통을 참으면서까지 목숨을 빌고 있었다. 누가 보아도 그는 인간으로서 가장 불쌍하게 목숨을 애걸하고 있었다.

"이보시게, 모, 목숨만 살려주시면 내 무엇이든 시키는 대로 다하겠네."

민겸호는 무위영 군졸들에게 벌벌 떤다. 이를 지켜본 군사들은,

"에~잇, 네 이놈, 역적 민겸호야! 네 놈이 우리의 피를 빨아먹고 착취하고 그것도 부족해서 우리를 가혹한 매질로 대하지 않았느냐. 우리는 주린 배를 움켜잡고 초근목피로 목숨을 부지하면서 나라를 지켜왔다. 하늘이 무섭지도 않느냐! 이놈 민겸호야 목숨이 그렇게도 소중하냐."

군졸들이 말할 때 쓰러져 있는 민겸호가 반 쯤 일어 나자, 김장손이 칼을 뽑아 들고 칼 등으로 민겸호의 목줄기를 있는 힘을 다하여 후려친다.

"얏!"

"으~ 악."

비명을 지르며 민겸호가 쓰러지는데, 얼마나 고통이 심하였는지 민겸호의 몸뚱어리가 막 뛰었다. 김춘영, 유복만 등이 민겸호의 몸을 발로 지근지근 밟으면서 창칼로 아무렇게나 찌르기 시작한다. 그 뒤를 이어 누가 먼저랄 것도 없이 50여 명의 군사들이 우르르 달려들어 무자비한 칼부림을 하였다. 찰나에 민겸호는 시신도 없어질 정도로 난자를 당하였고 그나마 걸레처럼 된 시체도 금천교에 버려졌다. 과욕을 한 탐관오리의 비참한 최후는 하늘의 응징

이다.

　멀리서 안타깝게 지켜보는 이가 단 한명 있었으니 그는 바로 민겸호의 친누님 부대부인 민씨였다.

　마침 경기감영과 자신의 집까지 쑥대밭으로 된 것을 분하게 여긴 김보현이 대궐에서 군사들의 동태를 살피려고 여기저기를 기웃거리다가 무위영 군사들에게 발견되었다. 김보현을 본 군사들이 크게 소리친다.

　"저기, 김보현 놈이 있다."

　"저놈 잡아 죽여라!"

　순식간에 화들짝 놀란 김보현이 허겁지겁 뒷걸음으로 도망치다가 돌부리에 걸려서 넘어진다. 더구나 무위영 군사들이 경기감영을 습격하면서 경기관찰사 김보현을 찾아 죽이지 못하여 분을 참지 못하고 있었는데, 이제 김보현이 스스로 걸려든 꼴이 되었다.

　숨어서 민겸호의 죽음을 지켜보았던 김보현으로서는 하늘이 노랗고 얼굴은 벌써 반 제정신이 아니었다.

　분노한 군사들은 김보현을 보자마자 바로 달려들어 무자비한 칼부림을 하지 않고, 넘어져 있는 김보현에게 웃는 얼굴로 서서히 다가선다. 그것도 화승총을 겨누지 않고 시퍼런 창칼을 들이대면서였다. 군사들이 자신을 바로 공격하지 않자 김보현은 있는 힘을 다하여 일어서서 빠른 걸음으로 도망쳐 본다. 그러나 다리가 후들후들 거리고 앞이 노랗게 보이니 그는 몇 걸음 못가서 다시 넘어진다. 이를 지켜 본 군사들은 오히려 김보현을 걱정하며 말한다.

　"아이고 관찰사 나리, 왜 빨리 도망을 못가시오?"

　"우리들의 고혈을 짜서 얼마나 잘 먹고 잘 살았소?"

　"관찰사 대감, 우리가 많이 찾았소."

　"여기에 숨어 계실 줄은 진짜 몰랐소. 으, 하~ 하~ 하~ 하."

　죽음이 너무 두려운 김보현은 본능적으로 말을 한다.

"네 이놈들, 하늘이 무섭지도 않느냐. 감히 천한 것들이 백주대낮에 범궐하여 조정의 고관을 살해한 네놈들이 그러고도 살기를 바라느냐!"

"네 이놈, 김보현! 그래 이놈아, 우리는 하늘이 무섭지 않으니라, 하늘이 너 같은 악랄한 탐관오리를 척살하라고 명하였다. 네놈의 말대로 우리는 하늘의 뜻에 따라 네놈을 난도질하여 토막 내어 주겠다."

김보현은 있는 힘을 다하여 군사들에게 소리친다.

"네 이놈들!"

그러자 군사 한 명이 김보현의 머리를 단번에 창으로 찍자, 순식간에 김보현은,

"퀘"

소리와 함께 그의 머리에서 검붉은 피가 솟구치면서 땅바닥에 꼬꾸라진다. 군사들은 넘어져 있는 김보현을 발로 지근지근 밟고 그의 목을 천천히 창칼로 찌르며 말한다.

"김보현, 네 이놈! 네 놈은 민겸호보다 더 나쁜 악질 놈이다. 네 놈이 우리들의 군료를 몽땅 빼돌려서 얼마나 잘 처먹고 잘 살았느냐. 오늘 네 놈을 천천히 난도질 할 것이다."

이미 김보현의 머리에서는 선혈이 낭자하였고, 목에서도 피가 줄줄줄 흐르고 있었다. 그러나 아직까지 분을 삭이지 못한 군졸들의 창칼은 김보현의 몸 아무 곳에나 마구 찔러댄다.

"어~ 억, 퀘~ 퀘."

김보현이 서서히 죽어가자, 군사들이 소리친다.

"김보현, 이놈은 돈을 무척 좋아하는 놈이니 돈이나 실컷 처먹이자."

군졸들이 우르르 달려들어 김보현의 주둥아리를 강제로 벌려 목구멍으로 엽전을 무지막지하게 집어넣고 발로 팍팍 밟아 버리고는 바로 화승총을 마구 쏘아댄다. 김보현은 바로 절명하였고, 그의 목구멍과 옆구리에서는 검붉은

피와 함께 엽전들이 막 쏟아져 나온다. 흉측하게 변한 김보현의 시신도 민겸호처럼 금천교에 던져졌는데, 밤부터 비가 많이 내려 그 둘의 시체는 퉁퉁 불었다.

흉적 2명을 응징한 군졸들은 화승총을 마구 쏘면서 마치 오랑캐나 왜적을 무찌른 승리감을 맛보듯이 환호하며 봉기의 기세를 세차게 올리고 있었다.

최익현의 상소로 실각한 지 9년 만에 흥선대원군이 중희당에 들어서자 매캐한 목소리의 내관이,

"대원위 대감, 듭시옵니다."

삼공육경을 비롯하여 어전회의에 참석하고 있는 모든 중신들이 일어나서 흥선대원군을 맞고 있었고, 고종도 친히 일어나서 흥선대원군을 맞이한다.

"아버님, 어서 오십시오."

고종은 흥선대원군의 손을 잡는다. 흥선대원군은 고종의 손을 놓고 엎드려 아뢴다.

"전하, 그간 옥체 강령하셨사옵니까?"

"아버님, 소자가 불민하여 오늘 조정과 왕실이 이렇게 되었사옵니다. 부디 못난 소자를 도와 이 어려운 난국을 수습하여 주시옵소서."

"전하, 신이 비록 전하의 사친이오나 신은 일개 야인이자 전하의 신하이옵니다. 어찌 신하가 국권을 행사할 수 있겠사옵니까? 전하, 통촉하여 주시옵소서."

"아버님, 지금의 이 사태는 오직 아버님만이 해결할 수 있는 것이옵니다."

고종이 흥선대원군에게 간청하자 흥선대원군도 못이기는 척 말하기를,

"전하, 그럼 신이 비록 미약하오나 혼신을 다하여 전하의 고귀하신 성지를 받들어 뫼시겠나이다."

"예, 고맙습니다. 아버님, 소자의 부덕으로 백성들은 도탄에 빠져있고 종묘

사직은 누란지계에 처해 있사옵니다. 모두가 소자의 잘못입니다."

"그게 어찌 주상의 허물이겠소. 권세를 농단한 척족들의 전횡이 아니옵니까?"

홍선대원군의 힐책에 고종은 대꾸를 못한다. 그러나 고종은 홍선대원군에게 국권을 위임하는 어명을 내린다.

"경들은 들으시오! 과인이 무력하여 오늘과 같은 국난을 당하였소. 내 백부께서 변을 당하셨고, 지금 막 궐내에서도 두 중신이 난자당하였소. 과인의 무능함이 하늘에 닿아 종사가 위태하게 되었으나, 천지신명의 보살핌으로 이제 국태공께서 입궐하시어 모든 사태를 진정시키고 계시니 지금부터는 국가의 모든 정무를 국태공께 품신하시오!"

고종도 홍선대원군에게 예를 갖추며 간청한다.

"아버님, 소자의 무력함을 엄히 꾸짖고 부디 이 나라의 종사를 반석 위에 올려놓아 주시옵소서!"

홍선대원군은 옛날 섭정의 자리처럼 고종 왼쪽 앞에 좌정하면서 중신들을 호령한다.

"경들은 들으시오!"

"예, 저하!"

"조정 중신들의 무능함으로 오늘 이렇게 군변이 발생한 것이요. 또한 신료들이 성심으로 전하를 보필하지 못하여 종사가 흔들리고 있소. 지금부터라도 대소신료들은 주상 전하와 나를 믿고 환골탈퇴의 심정으로 맡은 바 소임을 다 하여야 할 것이요. 내 말이 무슨 말인지 알아 들으셨소이까?"

"예, 저하."

섭정에서 밀려난 홍선대원군이 무위영 군사들의 숭고한 봉기를 등에 업고 확실하게 조정을 장악하는 이른바 홍선대원군의 재집권이다.

중전을 죽여라

두 역적을 응징한 무위영 군사들은 대궐을 마구잡이로 휘젓고 다니면서 더욱더 광분하여 중전을 찾고 있었다. 김장손이 군사들을 지휘하며 큰소리로 말한다.

"민가 년을 찾아라! 그년을 잡아 죽이지 못하면 우리가 나중에 다 죽는다. 또 우리 가족들도 모두 사지가 찢어지는 죽임을 당할 것이다."

그런데 불행하게도 무위영 군사들은 대궐 외곽을 경비하는 임무이니, 지엄한 왕비의 용안을 정확하게 한 번도 보지를 못하였으므로 중전의 얼굴을 알수가 없는 것은 어찌 보면 당연한 것이었다.

뿐만 아니라 실제 왕비가 어느 전각에 거처하는 것조차도 모르고 있는 군사들이었다. 군사들은 푸념이라도 하듯이 모두가 한 마디씩 한다.

"젠장, 이것 참 큰일이오. 민가 년이 살아 있으면 언젠가는 그 년이 복수할 것이 아니오. 검문을 강화해서 그 누구도 대궐을 함부로 나가지 못하게 해야 하오. 반드시 민 가 년은 잡아 죽여야 하오."

그야말로 대궐은 아수라장이 되었고 아비규환이었다. 군사들은 중전과 비슷해 보이는 상궁, 나인들을 중전으로 오인하고 죽였으나 힘없는 상궁, 나인들을 마구잡이로는 죽이지 않았다. 그리고 계속 중전의 행방을 쫓고 있다.

"중전은 어디에 있느냐!"

"모르오. 우리도 중전마마를 찾고 있을 뿐이오."

"틀림없는 사실이렷다. 거짓을 말하였다가는 살아남지 못할 것이야!"

광분한 군사들이 내관과 상궁들을 족치며 물어보았지만, 그 누구도 중전의 행방을 말하지 않았다. 무위영 군사들이 중전을 찾기 위하여 궁궐을 이리 뒤지고 저리 뒤지며 혈안이 되어 있었다. 군사들은 상궁, 나인, 내관 등에게 총칼을 들이대며 묻는 수 밖에 없었다.

"네가 중전이냐!"

"아니오."

"그러면 너는 뭐하는 년이냐!"

"수라간 나인이오."

"네년이 중전이냐!"

"아니오."

"네년은 뭐하는 년이야."

"대왕대비전 상궁이오."

"틀림없는 사실이렷다."

무위영 군사들이 아무리 상궁들과 나인들의 목에 총검을 겨누고 위협하며 중전을 찾고자 하였으나 그들로서는 정확하게 중전의 얼굴을 모르니 왕비를 찾기는 너무나 힘들었다. 지엄한 왕비의 용안을 안다는 게 애초부터 무리였다. 모든 상궁과 나인들을 마구 족쳐도 중전을 찾을 순 없었다. 할 수 없이 군졸들은 누구에게나 총검을 들이 대며 계속 물을 수밖에 없었다.

"중전은 어디에 있느냐!"

"모르오. 우리들도 찾고 있소."

"틀림없는 사실이렷다."

이번에는 내관을 붙잡고 중전의 행방을 물었다.

"네 이놈, 중전은 어디에 있느냐!"

"이런, 무엄한 놈들, 어디에서 감히 주둥아리를 함부로 놀리느냐, 당장 그 주둥아리 닥치지 못할까!"

군졸들이 우르르 달려들어 천지분간 못하는 내관을 난자하여 버린다. 내관은 비명도 채 지르지 못하고 절명하였다.

신임 무위대장 이재면은 궐내에 있는 무위영 군졸들을 해산시키기 위하여 김장손, 유춘만 등 핵심 군사들을 모아 놓고 훈시하기를,

"이제 국태공께서 조정의 모든 정무를 관장하게 되셨으니 너희들은 소망을

이루었다. 그러니 이제부터라도 병장기를 모두 제자리에 갖다 놓고 자신의 군영으로 복귀하라!"

무위대장의 해산 명령에도 군사들은 조금도 끄덕 하지 않으며 오히려 김장손이 무위대장을 똑바로 쳐다보면서 강하게 말한다.

"대감! 국태공 저하께서 국정을 맡으심은 실로 하늘이 조선을 버리지 않는 것이 분명하옵니다. 그러나 우리는 중전을 죽이지 않고는 절대로 이 화승총을 놓지 않을 것이오."

"무엄하다. 이놈아, 감히 뉘 앞에서 두 눈 크게 부릅뜨고 주둥아리를 함부로 놀리느냐!"

신임 무위대장이 아무리 흥선대원군의 장남이지만 한때는 중전의 주구가되어 아버지를 모질게도 핍박하였던 것을 모를 리 없는 김장손과 군사들이었다. 사실 군졸들이 봉기하였을 때에는 이재면도 살해 대상이었으나 차마 죽이지는 못하였다.

노련한 김장손이 그러한 이재면을 씁쓸한 표정으로 바라 보면서 무위영 군사들에게 지시한다.

"잘 들어라! 중전을 찾는 즉시 난자하라!"

"탕, 탕, 타, 탕."

"민가 년을 죽여라!"

군사들이 일제히 화승총을 쏘면서 소리 지르자, 아직까지 중전의 추종자인 이재면이 분노하여 말한다.

"아니, 이런 쳐 죽일 놈들이 있나. 네 이놈들 당장 그 총소리를 멈추지 못할까!"

신임 무위대장의 지시는 무위영 군사들에게 씨알도 먹혀들지 않으며 오히려 화승총을 맹렬하게 쏘면서 더욱 광적으로 설친다.

"탕, 탕, 탕."

"중전을 죽여라!"

"불여우 잡년을 죽여라!"

홍선대원군의 집권을 평계 삼아 무위대장이 군사들의 해산을 종용하여 보지만, 지금 군졸들이 무위대장의 진무로 해산되지 않는다는 것은 삼척동자도 아는 일이다. 할 수 없이 무위대장도 중희당으로 가서 사태를 해결코자 한다.

궐내는 계속 총포소리와 내관과 상궁들의 비명 소리가 울려 퍼지고 있었다. 급기야 군졸들의 원한 맺힌 함성이 중궁전까지 매섭게 울린다.

"중전을 죽여라!"

"불여우 잡년을 죽여라!"

이때 홍선대원군과 함께 입궐한 부대부인의 눈과 귀에도 중전이 군사들에게 잡히면 바로 죽임을 당할 것으로 보였다. 어떻게 하든 중전을 대궐 바깥으로 탈출시키지 않으면 위험해 보였다. 중궁전 홍 상궁에게 귀띔하여 자신의 가마로 중전이 대궐을 빠져나가게 하기 위하여 홍 상궁에게 가마를 전한다. 홍 상궁이 다급하게 아뢰기를,

"중전마마, 급하옵니다. 송구하오나 빨리 이 옷으로 갈아입으시고 쇤네를 따르십시오."

중전도 사태의 심각성을 깨닫고 홍 상궁의 말을 따른다. 홍 상궁은 중전을 상궁들과 나인들의 행렬과 함께 움직이게 한다. 그리고 만약을 대비하여 무예청의 별감인 친정 오라비 홍재희(洪在羲 ?~1895)를 준비시켜 두었다. 그리고 부대부인의 사인교로 대궐을 빠져 나가려고 하였다. 홍재희는 가마 뒤에서 바짝 긴장하며 언제든 칼을 뽑아 들 자세로 가마를 호위했다. 대궐 곳곳에서는 군사들이 진을 치고 검문검색을 하고 있었다. 마침 중전의 가마를 본 군사들이 소리친다.

"멈추어라! 누군데 대궐을 함부로 나가는 것이냐!"

군졸들은 총검을 들이대면서 가마를 멈추게 하고 그 안을 확 들춘다. 상궁

의 옷으로 변장한 중전은 가슴이 덜컹 내려 앉으면서 자신도 모르게 윗입술을 깨물어 입술이 찢겨졌다. 가마를 수행하는 교군들과 나인들은 군사들의 살벌한 태도에 모두 줄행랑을 쳐버린다.

중전으로서는 일촉즉발의 위기이었으나, 이때 홍재희가 칼을 뽑아 들고 군졸들에게 칼을 겨누며 대갈일성(大喝一聲)으로 말하기를,

"네 이놈! 감히 누구에게 반말이냐!"

너무나 당당하게 호통을 치는 홍재희의 기세에 눌려 버린 무위영 군사들은 조금은 위축되었지만,

"우리는 중전 민가 년을 찾고 있소. 그 년을 잡아서 반드시 요절내야 하오. 그러니 대궐을 나가는 사람은 모두 검문을 하는 것이니 너무 큰 소리 치지 마시오?"

모든 군사들의 눈은 혈안이 되어 얼굴에는 살기마저 감돌고 있었다. 그리고 무위영의 군사들이 창검과 총을 만지며 중전이 보이기만 하면 바로 요절을 낼 것 같은 살벌한 분위기였다. 이에 당황하지 않고 홍재희는 그래도 침착하게 말하기를,

"아이고, 이런 무지한 놈들아, 무예청 별감의 복장을 보면 모르느냐!"

그리고 무예청의 별감이라면 굉장한 품계는 아니지만, 국왕을 지적에서 호위하는 무관으로 모두가 종9품 이상이었으니 품계가 없는 무지렁이 같은 무위영 군사들로서는 함부로 대할 수가 없는 것이다. 조금 수그러진 목소리로,

"이보시오, 별감 나리. 가마 안의 여자는 누구요?"

"아이고, 이놈들아, 이 얘는 나의 누이 홍 상궁이다."

"혹, 중전이 아니오?"

"예끼, 이놈들아, 누이가 중전이면 내가 이렇게 별감이나 하면서 살겠느냐!"

옳은 소리였다. 자신의 누이가 중전이면 별감으로 살 사람은 조선 천지에 없는 것은 누구나 아는 사실이었다.

"나리, 송구하옵니다."

"그래 이놈들아, 내 누이는 어릴 때부터 대궐에 들어왔는데, 오늘 대궐이 이렇게 되었고, 마침 얘는 병이 들어서 내가 고향으로 데리고 가서 병이나 고쳐서 원한이나 없게 소실자리라도 시집 보내려고 한다."

그리고 중전을 사인교에서 끄집어내어 말하기를,

"아이고 이것아, 지금이 어떤 때인데 가마를 타고 다니느냐. 아무리 몸이 불편하여도 그렇지,"

홍재희는 또한 중전을 막 대하고, 사인교를 들어 땅바닥에 팽개친다. 가마가 반 이상 부서지면서 찌그러졌다. 군졸들도 약간 움찔하였다. 때를 놓치지 않고 홍재희가 중전의 얼굴을 손으로 가리키며 말하기를,

"이 얘의 얼굴 꼴 좀 보라고, 제대로 먹지도 못하고 고생만 하였느니라, 고향으로 데리고 가서 병이나 고쳐서 소실로라도 보내려고 한다."

그러자 무위영 군사들은 상궁으로 변장한 중전을 측은한 눈으로 보면서,

"쯧~쯧, 안 되었소. 고향으로 데리고 가서 병이나 고쳐 좋은 곳으로 시집이나 보내시오. 그런데 얼굴 생김새를 보아 소실 자리는 조금 아깝소."

중전은 대궐에서 호의호식으로 얼굴이 윤기가 나고 피부가 좋았으나, 너무나 갑작스럽게 놀래어 얼굴이 백지장처럼 야위었고 홍 상궁의 지혜로 옷이 조금 크고 남루하였다. 특히 조금 전 놀라면서 찢어진 입술에서 피가 나고 있었으므로 중전은 누가 보아도 영락없이 불쌍한 상궁의 얼굴이었다. 그리고 홍재희가 침착하게 말하기를,

"얘야, 뭐 하느냐, 얼른 업히지 않고!"

중전도 빠르게 눈치를 채며 홍계훈의 넓은 등에 얼른 업히며 몸이 많이 아픈 흉내를 하며 축 늘어진다. 이를 본 군사들은 한마디씩 한다.

"이보시오, 별감 나리, 부디 좋은 곳에 시집보내시오."

무위영 군졸들은 자신들이 그렇게 찾고 찾던 중전을 눈앞에서도 알아보지

못하는 천추의 한을 남긴다.

중전을 등에 업은 홍재희는 중전의 엉덩이와 등을 힘차게 껴안고 비몽사몽의 심정으로 사지의 창덕궁 돈화문을 빠져 나온다. 홍재희의 몸은 마치 땀으로 소나기를 맞은 것 같았다. 중전을 등에 업은 홍재희는 앞 뒤 가릴 것도 없이 달리고 달려 화개동 사복시 사어(司僕寺 司馭 궁중 말 관리)인 윤태준의 집으로 들어간다.

윤태준의 자택에 들어온 중전과 홍재희는 바로 쓰러지자, 윤태준은 단 번에 중전을 알아 본다.

눈앞에서 불구대천의 원수인 중전을 놓쳐버린 무위영 군졸들은 중전을 잡기 위해 혈안이 되어 있었다.

"중전을 잡아야 한다."

"그 년이 살아 있으면 우리는 결국 모두 죽는다."

"민가 년은 반드시 죽여야 한다."

그야말로 무위영 군사들은 뒷북을 힘차게 치고 있었다.

중희당에서 잠시 물러 나온 홍선대원군은 군사들의 동태를 살피는데 누가 보아도 군졸들이 봉기를 멈추게 하는 것은 오로지 중전을 죽이지 않고는 멈추어 지지 않는다는 것을 알고 있었다.

이때 허욱이 홍선대원군에게 다가와서 나지막하게 아뢴다.

"국태공 저하, 조금 전 부대부인 마님의 박살난 사인교가 발견되었습니다."

그러자 홍선대원군은 부대부인이 다친 것으로 생각하여 근심어린 눈으로 허욱에게 말하기를,

"그럼 부대부인께서 변을 당하였단 말인가!"

"?……?"

허욱이 허리를 숙이고 홍선대원군 옆으로 다가오자, 홍선대원군은 뭔가 눈치를 채며 군사들에게서 조금 떨어진 곳으로 가서 낮은 소리로 말하기를,

"그래 소상히 말해 보아라!"

"예, 국태공 저하, 부대부인 마님께서는 무탈하옵니다. 부대부인 마님의 가마를 중전마마께서 타고 나가셨는데, 조금 전 그 가마가 박살이 났고, 아뢰옵기 황공하오나 중전마마께서는 그 가마와 함께 변을 당한 것으로 사료되옵니다."

허욱은 홍선대원군이 겨우 들릴 정도의 낮은 목소리로 아뢰자, 홍선대원군은 짧은 신음을 내면서,

"중전께서 변을 당해서야 되겠느냐!"

홍선대원군의 얼굴은 동요의 빛이 역력하였지만, 허욱에게 무엇인가를 지시하자 허욱은 빠르게 사라진다. 이 와중에도 홍분한 군졸들은 중전의 행방을 찾으며 난동을 멈추지 않고 있었다.

"중전을 잡아라!"

"불여우 년을 죽여야 한다."

홍분하여 난폭하게 설치는 군사들을 바라보는 홍선대원군은 그들에게 근엄하게 말하기를,

"이제 너희들의 소망을 이루었으니 병장기는 모두 제자리에 갖다 놓고 군영으로 물러가라!"

"아니 되옵니다. 중전을 잡아 죽이지 못하였소."

"우린 어떠한 일이 있어도 중전을 죽여야만 물러갈 것이오."

"빨리 불여우 잡년을 내놓으시오?"

"어허, 무엄하다. 이놈들아!"

"빨리 중전을 내어 놓으시오?"

홍선대원군은 할 수 없이 비상 수단을 쓰게 되는데, 군사들에게 비통한 소리로 말한다.

"군사들은 들으라! 망극하옵게도 중전께서는 조금 전 정오에 승하하셨다."

"아니! 무엇이오?"

"믿을 수 없소."

"야, 이놈들아, 조정에서 거짓으로 국상을 발표하는 경우도 보았느냐! 너희 놈들이 중전께서 타시던 가마를 부수고 무엄하게도 국모를 주살하지 않았느냐! 이제 곧 국상을 발표할 것이다."

"아니! 뭐, 국상!"

"진짜 죽었소."

"그래, 이놈들아, 곧 국상을 발표할 것이다. 그래도 믿지를 못하겠느냐, 이제 물러 가거라!"

그리고 홍선대원군은 비통한 얼굴과 슬픈 어조로 승지에게 근엄하게 말한다.

"우승지, 불행하게도 중전께서 승하하셨으니 국상을 발표하시오. 비록 체백은 찾지 못하였으나 의대로 국상을 대행할 것이니 예조와 함께 서둘러 준비하여 주시오!"

"예, 국태공 저하, 삼가 명을 받들어 모시겠나이다."

우승지가 허리를 숙이며 홍선대원군의 명을 받들자 홍선대원군이 군졸들에게 준엄하게 말하기를,

"이제 되었느냐. 그러니 이제는 각자 군영으로 복귀하라! 지금부터라도 군영으로 복귀하는 자에게는 지금까지의 모든 일을 불문에 붙이겠다. 그러나 명을 어기고 난동을 부리는 자들은 국법에 따라 끝까지 처벌할 것이다."

홍선대원군은 군사들의 해산을 종용하자, 김장손이 군사들에게 말한다.

"여러분, 중전은 죽은 것이 분명하니 이제 우리는 여한을 풀었으니 군영으로 복귀합시다. 그러나 3개 부대는 계속 비상근무를 하고 나머지 군대도 비상 대기 하여야 합니다. 또한 국태공 저하를 호위하면서 역적의 잔당들을 처치합시다."

이제 어느 정도 분풀이가 끝난 군졸들이 군영으로 복귀하기 시작한다.

홍선대원군은 도당에서 중신들을 소집한 후 즉각 국상을 발포하고 고종에게도 통보하였다. 홍선대원군으로서는 중전의 가마가 박살났고, 혹 그녀가 살아서 궐내를 벗어났다고 해도 장례를 치러 버리면 중전의 근엄한 체면 때문에 다시 나타날 수 없다는 것을 확신하여 중전의 장례를 서두르고 있었다. 조정은 갑자기 때 아닌 국상 준비로 분주한 가운데 국모의 죽음을 애도하는 천아성이 울리면서 왕비의 붕어를 공식화하고 있었다.

중전의 피난길

윤태준의 집에 몸을 숨겨 일촉즉발의 위기를 넘긴 중전은 긴 호흡을 내쉬며 자신을 등에 업고 온 홍재희를 부른다. 홍재희가 엎드려 부복하자 중전은 떨리는 목소리로 말한다.

"경은 누구인가. 그리고 여기는 어느 댁인가?"

중전이 물어 보지만 홍재희는 고개만 숙이면서 아뢰기를,

"황공하옵나이다. 중전 마마!"

아직까지 홍계훈과 윤태준의 신분도 알지 못하는 중전이었으나 다만 이 두 사람이 자신을 해치지 않고 도와주는 사람이라는 것은 알고 있는 중전이었다. 그런 그녀가 차분한 옥음으로 홍재희에게 말하기를,

"괜찮으니 어려워 말고 말하라!"

"예, 마마, 소신은 무예청의 별감 홍재희라고 하옵고, 늘 마마의 가마를 뫼시었습니다. 신의 누이가 마마를 뫼시던 홍 상궁이옵니다. 그리고 이 댁은 소신이 잘 아는 윤태준의 자택이오니 심려 놓으시옵소서."

그러자 이제 돌아가는 상황을 감지한 중전은 홍재희를 똑바로 쳐다보고 약간의 냉정을 찾으면서 말하기를,

"오, 그래 홍 별감, 경이 홍 별감이었구나. 홍 상궁으로부터 홍 별감의 얘기

는 많이 들었네. 무예가 뛰어나고 의협심이 강하다고 늘 말하던 홍 상궁의 말이 실언이 아니었구나. 내가 살아남기만 하면 홍 별감의 공로는 하늘이 무너지고 땅이 꺼져도 잊지 않을 것이다."

홍 별감의 노고를 치하하고 격려하자, 홍재희가 머리를 조아리며 아뢴다.

"중전마마, 황공하옵나이다. 마마, 소신은 할 일을 했을 뿐이옵니다. 아뢰옵기 황공하오나 앞으로 어떤 어려운 일이 닥쳐와도 꿋꿋하게 참아내셔야 하옵니다. 그리하여야만 훗날을 기약할 수가 있사옵니다."

홍재희의 충정을 들은 중전은 조금 안심을 하며 안정을 찾는다.

밤이 되자 홍재희와 윤태준은 우선 세자익위사(世子翊衛司 왕세자 경호)의 소속인 익찬(翊贊 정6품) 민응식(閔應植 1844~?)과 민긍식(閔肯植) 형제를 이곳으로 불러 들이자 중전도 힘을 내고 있었다. 그리고 홍재희와 윤태준은 앞으로의 대책을 의논하면서 먼저 민응식에게 물어본다.

"나리, 아무래도 한양 근교에 있는 것은 위험하기 그지 없는데, 마마를 우선 고향인 여주로 뫼시는 것이 어떻사옵나이까?"

민응식이 근심어린 말투로 말하기를,

"마마를 여주까지 뫼시는 것이 문제가 아니라, 어떻게 여기를 빠져나가는 것이 문제 아닌가. 지금 도성 곳곳에 군사들이 검문검색을 강화하고, 수상한 자들은 무조건 포도청과 의금부로 압송하고 있는데 어떻게 함부로 움직일 수가 없지 않는가?"

그러자 홍계훈은 어떻게 하여서라도 이곳을 벗어나지 않으면 모두가 무사할 수 없다는 사실을 힘주어 말하였다.

그들은 의논 끝에 중전을 신행길의 새색시로 위장하고, 윤태준이 중인 신분의 집사로, 홍재희는 교꾼을 인솔하며 민응식, 민긍식 등은 뒤따르는 선비 행인으로 가장하여 한강나루터에서 강을 건너는 것으로 뜻을 모았다.

그런데 문제는 여주까지 가는 여비가 문제였다. 중전이 급하게 대궐을 탈출

하느라고 수중에 한 푼의 돈도 없었을 뿐더러 윤태준과 민응식 형제도 어유
돈이 없었다. 그들은 궁리 끝에 위험천만하지만 승지와 이조참의를 지낸 조
충희(趙忠熙 1849~?)에게 찾아가서 의논을 하였다. 그러자 조충희가 선뜻,

"내가 며칠 전에 마필을 처분한 오백 냥이 있는데 부족하지만 얼른 가지고
가시오."

두툼한 보자기를 내민다. 얼마나 급하였는지 윤태준이 조충희에게 고맙다
는 말도 하지 못하고 쏜살 같이 그의 집을 뛰어 나왔다.

오백 냥의 돈 중 절반의 돈으로 홍재희가 교꾼 4명을 사오는데, 그들은 다름
아닌 홍재희의 외거가노이었다. 확실한 호위를 위해서는 아무리 가노이지만
돈을 한 묶음 쥐어 주어야 하는 것을 모를 리 없는 홍재희였다. 또한 비록 그
들이 천한 신분이지만 무예도 출중하고 홍재희에게 충성 또한 남달랐다. 평
소 홍재희는 이 4명의 심복들에게 무예를 가르쳤으므로 그들은 웬만한 포졸
20여 명은 충분하게 상대하고도 남는 실력이었다.

그리고 민응식과 홍재희는 중전에게 내일 한강을 건너는 것을 상세하게 아
뢰면서 홍선대원군의 국상발표도 아뢰었다.

"뭐, 뭣이라고, 내가 이렇게 살아 있는데, 국상을 선포하였단 말이던가?"

"예, 마마, 황공하옵나이다."

홍재희 윤태준 등이 고개를 숙이고 있자, 무엇인가를 생각한 중전이 차분하
게 말한다.

"걱정하지들 마라. 대원군께서 날 죽은 사람으로 만들어 버리면 내가 국모
의 체면 때문에 나타나지 못할 것으로 생각하여 국상을 발표한 것이다. 그러
니 개의치 말거라. 오히려 내일 한강을 건너는 데는 더 쉬운 일이 될 것 이니
라!"

"!……!"

민응식과 홍재희를 비롯한 그녀의 측근들은 중전의 차분한 행동에 오히려

놀란다.

초조한 마음으로 밤을 지낸 중전과 민응식, 홍재희 일행 등은 중전을 신행길 아씨로 위장하고, 생사가 불분명한 한강 나루터로 무거운 발길을 돌린다. 행여 있을 검문이나 추격을 염려하여 홍재희와 그의 수하들을 비롯하여 교꾼까지도 옷 속에는 단검과 칼은 물론이고 수십 개의 표창(鏢槍)과 육혈포까지도 숨기고 있었다.

한강 주변에는 강을 건너려는 사람들이 여기저기 보인다. 어제 국상발표로 상복을 입은 선비들도 있고 평복차림의 백성도 보인다. 노를 만지며 머리끝이 허연 뱃사공은 사람을 태우지 않고 빈 배에 혼자 앉자있는데 무엇인가 못마땅한 표정이었다. 윤태준이 뱃사공에게 다가가서 말하여 본다.

"이보시오, 사공, 오늘 이 배는 언제 떠나시오?"

"예, 나리, 오늘 이 배는 떠나지 못합니다. 아니, 내일도 떠나지 못할 것입니다."

"아니, 이보시오, 사공, 왜 배가 떠나지 못한다는 것이오? 배에 무슨 문제가 생긴 것이오?"

"아이고 나리, 배가 무슨 문제가 있으면 수리하면 되지만, 포도청의 포교와 포졸들이 벌떼처럼 달려와서 허락 없이 배를 띄우면 목을 벤다고 하는데, 어찌 배를 함부로 띄우겠소."

윤태준이 태연스럽게 무슨 연유로 포도청에서 그러는지를 물어 보았다. 이에 뱃사공은 귀찮다는 뜻으로 말하기를,

"아이고 난들 알겠소. 난리 통에 포도청에서 명령하니 별 도리 없는 것 아니오!"

윤태준이 탄식하며 말한다. 그것도 뱃사공이 들리라고 큰 소리로,

"허,~ 허, 큰일이로구만. 신행이라 오늘 가지 못하면 큰 낭패인데, 이를 어찌 할꼬."

옆에서 듣고 있던 뱃사공은 별 대수롭지 않게 여기고 있을 무렵, 가마 안에서 중전은 자신이 끼고 있던 두툼한 금가락지를 홍재희에게 내민다. 홍재희가 즉시 뱃사공의 옆구리로 금가락지를 건네고, 윤태준이 뱃사공에게 말하기를,

"내, 훗날, 사례는 충분히 하겠네."

화들짝 놀라기도 하고 얼굴에 화색이 돌며 뱃사공이 말하기를,

"어느 댁, 아씨의 혼삽니까?"

"강 건너, 이 진사, 댁이라네."

뱃사공 평생에 그런 금덩이는 자신이 죽을 때까지 만져보지도 못하는 큰 재물이었다. 금반지를 받아 든 뱃사공은 주위를 살피니 보는 사람은 아무도 없었다. 뱃사공은 중전 일행을 재빠르게 태웠다. 이때 마침 주변에서 광경을 지켜보고 있던 행인 2명도 급하게 배에 오르는데 민응식, 민긍식 형제였다. 뱃사공은 젖 먹던 힘을 다하여 죽기 살기로 노를 휘젓기 시작하였다.

위험한 고비인 한강을 건넌 중전은 꼭 뒤에서 군졸들이 들이닥쳐 머리채를 잡을 것 같은 불안감은 벗어나게 되었다. 중전을 태운 가마는 한시라도 도성에서 멀리 벗어나려고 몸부림을 치며 달리고 또 달린다. 다행히 도성 외곽은 검문검색이 그렇게 많지 않았으므로 중전의 가마는 경기도 광주로 향하는데 별 어려움이 없게 되었다. 그들은 광주에 있는 이근영의 집으로 피신하고자 하였다. 이근영은 임천군수로 있었다.

광주 땅에 도착한 중전 일행은 주막에서 잠시 쉬면서 요기를 하기로 하였다. 국모도 먹어야 살고 중전을 호위하는 홍재희 등도 먹어야 가마를 수행하므로 그들은 쫓기는 몸이지만 요기를 하고 있었다. 이때 마을 아낙네들이 외지에서 온 가마를 보고 말을 붙여 오면서 말하기를,

"어여쁘신 아씨께서는 어디에서 오셨으며 어디까지 가십니까?"

"나는 한양에서 충주로 가는 길이오."

"아이고 참, 한양에서는 난리가 났다고 하는데, 중궁인가 무엇인가 하는 불여우 년 때문이라고 하는데 사실인가요? 그래서 아씨께서도 난리를 피해 고생을 하는구먼요. 중전인지 뭔지 하는 그 불여우 년은 이번 난리통에 훈련도감의 군사들에게 밟혀 죽었다지요?"

"!……!"

중전과 홍재희, 민응식 등에게는 분기탱천할 말로 들렸지만 그들은 모두 꾹 참을 수 밖에 없었다. 중전 일행은 주막에서 간단하게 요기하고 이근영의 집으로 들어가서 잠시 휴식을 취하며 앞으로의 대책을 또 생각하여 본다. 광주라고 하여도 안심할 수 있는 곳은 아니다. 이곳 광주는 도성과 지척이니 무위영 군사들이 정보만 입수하면 금방이라도 쳐들어 올 수 있는 곳이다. 민응식이 홍재희와 이근영에게 말한다.

"우리들이 처음에 의논하였듯이 중전마마를 고향인 여주로 뫼시는 것이 어떻겠소? 여주에는 민영위(閔泳偉 1818~? 명성황후의 13촌 조카) 대감이 있지를 않소."

다시 가마는 중전을 태우고 밤길을 나선다. 누가 보아도 도저히 국모의 가마라고 할 수 없는 형편이었다. 그 초라한 행색의 가마는 밤길을 달리고 달려 중전의 고향인 여주에 이르렀다.

고향인 여주라고 하여도 안전한 것은 아니었다. 또 중전의 가마는 밤길을 이용하여 충주로 향하였다. 가마는 촌각도 쉬지 않고 달리고 달려 지금의 행정구역으로 충청도 충주(옛 장호원) 국망산 골짜기로 옮겨졌다. 여기가 임오군란을 피해 중전이 줄행랑을 친 최후의 은신처인 민응식의 향제이다. 참으로 힘든 피난길이었다.

국상 강행

조정은 6월 11일 흥선대원군의 존봉 절차를 의정부가 계언하자 왕은 바로 비답을 내렸다.

"국태공께서 행차하실 때에는 8인교와 흰 바탕에 푸른 가장 자리를 한 일산을 사용할 것과, 대신급은 국태공 앞에서 시생, 보국 이하는 소인이라 칭해야 하오. 국태공의 흉배는 거북 무늬를 쓰며 부대부인의 품대는 청색의 가죽에 수정을 장식하시오."

그야말로 절치부심 9년 만에 화려하게 재기에 성공한 흥선대원군으로서는 주마가편이었다.

그리고 흥선대원군은 중전의 장례를 일사천리로 진행하기 위하여 국상에 필요한 임시 부서와 중신들을 임명코자 형식적이지만 고종에게 요청하자 고종은 중전의 국장을 며칠 미루어 줄 것을 간청하였다. 그러나 흥선대원군은 고종의 청을 일축하여 버리고 중신들에게 말한다.

"경들은 들으시오."

"예, 국태공 저하!"

"국장의 절차는 촌각도 지체할 수 없는 일이오. 그러니 지금부터 발표하는 대신들은 소임을 다하여 주시오."

"예, 저하!"

"먼저 영의정 홍순목을 총호사(總護使)에, 이재면, 조영하, 김병시를 빈전도감(殯殿都監) 제조로, 민영목, 정범조. 이회정을 국장도감(國葬都監) 제조에, 한경원. 이인명을 산릉도감(山陵都監) 제조로 임명할 것이며, 서장관에는 이건창(李建昌 1852~1898)을 임명하니 각자 맡은 중책을 성실하게 수행하시오!"

"예, 저하, 분부 받들어 뫼시겠나이다."

그리고 흥선대원군은 군사조직을 개편하면서, 우선 별기군을 혁파하였고, 무위영과 장어영을 폐지하여 종전 5영의 병영체제로 전환시켰다. 의흥삼군부도 부활하여 모든 군권의 지휘를 그곳에서 나오게 하였다.

대대적인 인사 개편도 단행하여 먼저 영의정 홍순목을 유임시키고, 이유원을 봉조하(奉朝賀)에, 신응조를 우의정에, 이재면을 훈련대장 호조판서 겸 선혜청 당상에, 신정희를 어영대장에, 조희순을 금위대장에, 이회정을 예조판서에, 임상준을 총융사에 김병국을 판중추부사에, 조영하를 병조판서에, 정범조를 이조판서에, 민영위를 한성부 판윤에, 사위인 조경호를 내의제조 겸 광주유수로, 조병호를 도승지로, 오하영을 포도대장으로 임명하였다. 또한 양헌수, 이경하, 신헌, 김병시 등도 중용하면서 새로운 문무의 내각을 편성하였으나 뭔가 모르게 불안하여 보였다.

그리고 정현덕, 이원준, 백낙관, 이만손, 손영로 등 형조와 의금부에서 정배, 수감 등의 죄인 890여 명도 석방하였다.

그러나 홍선대원군의 새로운 집권을 뒷받침할 만한 인사는 마땅치가 않았다. 자신이 10년 가까이 물러나 있었으므로 모두 파직과 유배되었고, 또한 자신들의 삶을 위하여 어쩔 수 없이 변질을 한 사람들도 많았다.

홍선대원군은 중전의 장례를 강행하기 위하여 6월 12일 미시(未時 오후 2시)에 중전의 의대로 소렴(疏簾)을 하였고, 14일 신시(申時 오후 4시)에 대렴(大斂)을 하게 되었다.

이때 영의정 홍순목, 김병국, 강노, 이회정, 도승지 등이 홍선대원군에게 국상의 신중론과 부당함을 읍주로 아뢴다.

"국태공 저하, 아뢰옵기 황공하오나 중전마마의 흥변이 발생했다고 하는 장소가 대궐 내외로서 불과 1백보도 되지 않는 곳인데 유해를 찾지 못하고 재궁을 봉안할 수는 없사옵니다. 옛 사람들도 난군 중에 부모를 잃어버리고 몇 해씩 노상에서 호곡하다가 유해라도 발견한 예가 얼마든지 있었던 것입니다. 이번에도 좀 시일을 두고 옥체를 널리 조사하고 찾아 본 연후에 국장의 절차를 밟아도 될 것이옵니다. 저하, 통촉하여 주시옵소서."

그렇지만, 홍선대원군의 강경방침에 급기야 18일에는 성복(成服)까지 입게 되면서 홍선대원군의 의향대로 국상은 순조롭게 흘러가고 있었다.

이때 홍선대원군은 허욱으로부터 급보를 받는데, 경기북부와 강원지방의 보부상들이 한양으로 쳐들어온다는 보고였고 그들의 수효는 수천이라는 소리도 들렸다.

깜짝 놀란 홍선대원군은 천, 하, 장, 안과 측근들로 하여 각 군영의 무기고를 열어 백성들을 무장시켜 자체 방어에 들어가게 하였고, 도성으로 들어오는 주요 곳곳에 검문을 강화하고 군졸들을 증강 배치하여 한양과 대궐 사수에 주력하였다.

그러나 보부상들의 한양 공격설은 소문만 무성할 뿐 흐지부지되면서 결국 헛소문이라는 것이 밝혀지면서 홍선대원군은 한시름 놓게 되었다. 위기를 넘긴 홍선대원군은 백성들이 무장하였던 병장기는 모두 자진 반납케 하고 맡은 바 생업에 종사토록 하면서 민심의 동요도 막았다. 보부상의 한양 침공은 비록 촌극으로 끝났지만, 9년 만에 재집권한 홍선대원군이 백성들의 신망을 받고 있다는 증표이기도 하다.

이러한 여세를 틈탄 노회한 정객 홍선대원군은 고종으로 하여 무위영 군대의 봉기를 어느 정도 인정하고 왕실의 과오를 뉘우친다는 뜻으로 임금의 윤음도 발표하게 하여 자신의 재집권도 정당화시키고 있었다.

중전의 계책

국망산 아래 중전의 은신처에는 민영위 윤태준, 홍재희와 민응식 형제 등이 앞으로의 대책을 의논하고 있던 중, 소문을 들은 민문의 일가친척들이 하나둘씩 민응식의 향제로 비밀리에 모여 들기 시작하였다.

특히 심상훈(沈相薰 1854~?)이 찾아오자 중전은 활기를 띤다. 1874년 증광별시 병과에 급제한 심상훈은 중전과는 가까운 인척이었고, 무엇보다 홍선대원군의 재집권을 가장 못마땅하게 여기는 사람이었으니 중전의 환대는 남달랐다.

심상훈은 민영익의 심복 이용익(李容翊 1854~1907)까지 데리고 왔으니 중전으로서는 더욱 힘을 내고 있었다.

고산 현감을 지낸 이병호의 아들인 이용익은 북청 물장수 출신으로 비천한 신분이었으나 그는 상전에 대한 충성심이 남다르고 과묵한 성격과 걸음이 무척 빨랐으며 특히 밤길에는 더욱 잘 달렸다.

국망산 아래 모인 중전과 측근들은 이용익의 빠른 걸음을 시험하여 보고는 모두 입이 떡 벌어지고 만다. 과히 상상을 초월하는 빠른 걸음에 중전은 이 이용익이야말로 자신의 충복 노릇을 충실하게 하여 줄 것으로 믿는다. 이용익은 현재 한양의 동태를 소상하게 중전과 그녀의 측근들에게 아뢰었다.

측근들의 가세로 어느 정도 안정을 찾고 있는 중전이었지만, 그녀는 아무리 생각하여 보아도 조선에서 흥선대원군을 물리치고 자신을 구원해줄 손길이 없다는 것을 뼈저리게 느꼈다. 그녀는 궁리와 궁리를 한 끝에 홍재희에게 말하기를,

"홍 별감, 청나라에 구원병을 요청하여 폭동을 일으킨 놈들을 진압하고, 그 몽매한 군졸들을 부추켜 정권을 탈취한 흥선대원군을 제거하는 것이 어떻겠느냐?"

중전은 앞으로 나아갈 모든 일의 주축은 홍재희를 중심으로 나아가고자 하였다. 그렇지만 감히 홍재희가 아무런 말을 하지 못함은 물론이고 중전의 측근들도 침묵하자, 중전이 논리를 내세우며 말하기를,

"주상 전하와 나는 청나라 황제 폐하의 책봉을 받아 왕과 왕비의 자리에 올랐는데, 흥선대원군이 부당하게 국왕을 유폐하고 나까지 쫓아낸 사실을 청나라 황제께 고하여 지엄한 황명으로 왕권을 되찾고자 하오. 그러니 여러분의 기탄없는 의견을 말해 보시오!"

중전의 일목요연한 논리에 그녀의 측근들은 이제야 중전의 뜻을 간파하게 되었다. 심상훈이 중전에게 아뢰기를,

"예, 마마, 지당하신 분부시옵니다. 두 분 마마께서는 상국 황제의 칙령으로 책봉하신 것이 분명하오니 홍선대원군이라고 하여도 함부로 폐출할 수 없사옵니다. 이는 황제에 대한 불충일뿐더러 황제께서 아시면 주상 전하와 중전 마마를 위하여 대군을 파병하여 주실 것이옵니다."

심상훈의 주청에 힘을 내고 있는 중전은 밀실에 모인 모든 측근들에게 말하기를,

"상국 황제께 아뢰기 전, 우선 주상 전하께 내가 이렇게 충주에 은거하고 있는 것을 극비리에 알려야 하오. 그런 연후에 주상께서 믿을 만한 사람을 비밀리에 청국으로 급파하여 조선의 폭동과 홍선대원군의 왕위찬탈을 아뢰어야 하오. 이 모든 일은 이용익을 도성으로 잠입시켜 내 조카 민영익을 만나 은밀하게 진행해야 할 것이오!"

그리고 중전은 이용익을 바라 보며 말하기를,

"이 주부, 내, 자네의 충성심은 믿어 의심치 않겠네. 그러나 한 가지만 물어 볼 것이 있네."

"예, 마마, 하교하시옵소서."

"주상전하께 품신할 서찰을 지니고 도성으로 향하던 중 만약 포교들의 기찰에 발각되면 어찌 하겠느냐!"

"혀를 물어 죽겠사옵니다."

"!……!"

당찬 이용익의 충정에 중전과 측근들 모두 놀라워 감탄하자, 중전이 계속 이용익에게 말하기를,

"민영익을 만나 조금 전 내가 한 말과, 이곳의 사정을 소상하게 알려 주어라! 그리고 극비리에 주상전하를 알현하여 아뢰어야 될 것이니라! 대궐 어디

에도 운현궁의 종복들이 일거수일투족을 감시하고 있다는 것을 민영익에게 꼭 상기시켜야 하느니라, 그리고 주상 전하를 은밀히 알현하여 빠르고 간단 명료하게 아뢰어야 된다고 꼭 민영익에게 전하라. 쥐도 새도 모르게 해야 될 것이야, 내 말 알아듣겠는가!"

"예, 마마, 황공하오나 소인이 비록 어리석고 무지몽매하나 마마의 명은 목숨을 바쳐서라도 봉행하겠나이다."

"그래 고맙다. 힘들지만 지금 즉시 떠나거라!"

"예, 마마!"

이용익은 밤길을 달리고 달려 새벽에 한양에 당도하여 은밀하게 민영익의 자택으로 들어왔다. 민영익은 최근 양근에서 돌아와 대궐에 가끔 입궐하고 있던 중 꼭두새벽에 자신을 찾아와서 중전이 살아 있다고 아뢰는 이용익의 말을 듣고는 깜짝 놀라 말하기를,

"아니, 뭣이, 그래 중전마마께옵서 충주에 은거하고 계신다는 말이 사실인가!"

"예, 대감."

이용익은 충주의 모든 사정과 중전의 지시를 민영익에게 보고하자 민영익은 두 주먹을 불끈 쥔다. 사실 민영익으로서는 심상훈의 수행원으로 이용익을 충주로 내려 보냈지만 설마 중전이 살아 있으리라고는 생각하지 않고 있었던 것은 사실이었다. 민영익은 아침 일찍 입궐하여 고종에게 중전의 소식을 품신하고 싶었으나 워낙 홍선대원군의 심복들이 감시하는 터라 기회만 보고 있었다. 마침 대전에 입시한 민영익을 본 고종이,

"경을 보고 있으면 중전의 생각이 더욱 나는 구려."

고종은 중전의 붕어를 더욱 슬퍼하고 있을 때, 대전에는 고종의 측근 환관 유재현만 입시하게 되었다. 그래도 민영익은 중전이 살아 있다는 소식을 아뢰지 못하고 임금의 용안만 쳐다보면서 무엇인가를 갈망하고 애틋해 하자,

고종도 뭔가를 간파하고 일어서면서 민영익에게 따를 것을 암시한다. 어찌 임금이 이제 이 정도 눈치가 없겠는가. 그래도 보위에 오른 지 벌써 19년이나 되지 않았던가.

창덕궁 후원 방향으로 고종과 민영익이 거닐면서 주변의 경계가 약간 느슨한 것을 느낀 민영익은 자연스럽게 유재현까지 따돌린다. 그리고 고종과의 거리가 약간 좁혀지게 되자 그는 나지막하게 아뢰기를,

"전하, 지금 중전마마께옵서는 충주 국망산 밑 민응식의 향제에 은신하고 계시옵고, 다행히도 마마께옵서는 강령하시다고 하옵나이다."

"!……!"

깜짝 놀란 고종이 자신도 모르게 무슨 말을 하려고 하자 민영익이 아뢰기를,

"전하, 아뢰옵기 황공하오나 신의 말만 계속 들으시옵소서. 지금 이 창덕궁에는 흥선대원군의 종복들이 도처에 도사리고 있사옵니다."

민영익은 고종에게 중전이 살아 있다는 것을 알리는데 성공하였고, 그는 중전의 소식을 고종에게 조금 더 소상하게 품신하기 위하여 저녁 수라 때 언문편지로 중전의 근황을 간략하게 아뢰었다. 고종은 힘을 내고 있었다. 다음날 입궐한 민영익에게 고종은 아무런 말을 하지 않았지만, 편지를 읽어 보았다고 눈으로 민영익과 말한다. 즉 이심전심이다. 고종의 어심을 알아차린 민영익은 급히 퇴궐 후, 이용익에게 말하기를,

"주상전하께옵서는 중전마마가 살아 계시는 것을 아시고 크게 기뻐하셨네. 그리고 충주에서 잘 지내시라는 말씀도 하셨네. 기찰들의 검문이 심하여 교지를 내리지 못하시니 자네가 마마께 잘 품신하시게."

"예, 대감!"

그리고 민영익은 조그마한 소장용 금송아지를 꺼내 주면서 말하기를,

"이것을 중전마마께 보이시면 아실 것이네!"

민영익이 이용익에게 건넨 금송아지는 소장용이지만 순금으로 제조한 것으로 상당히 값나가는 물건이었다. 전후사정을 설명하거나 듣지 않아도 그 둘의 마음은 통하였다. 이용익은 민영익이 하고자하는 말을 눈으로 알아차리고 조금도 지체하지 않고 비호처럼 충주로 달린다.

만 이틀 만에 도성에 잠입하여 고종의 어명과 민영익의 회답까지 받아온 이용익은 중전과 그녀의 측근들에게 민영익의 지시를 세세하게 아뢰었다. 그리고 이용익은 민영익이 건네준 금송아지를 중전에게 내민다. 중전이 단번에 그 금송아지를 알아보았다. 그 금송아지는 민영익을 민승호의 양자로 들일 때 자신이 직접 민영익에게 선물한 금송아지가 아니었던가. 중전은 임무를 완수한 이용익을 크게 치하하면서 민영익이 증표로 준 금송아지를 이용익에게 선물로 하사하였다.

충주에서는 계속하여 중전과 그의 측근들이 앞으로의 대책과 청나라의 구원병 파병을 논의한다.

참고로 중전이 청나라에 구원병 파병을 적극 추진한 것은 사실이지만 실제 중전이 청나라에 직접 구원병의 파병을 요청한 것은 역사에서도 증명되지 않고 있다.

몇 가지 예만 들어도 당시 중전이 청나라에 전보를 발송하여 청나라의 군대를 불러 들였다는 설이 있지만, 우리나라 전신의 개통은 1885년이니 신빙성이 많이 떨어지고, 또한 아무리 빨리 청나라 조정에 서신을 전달하려고 해도 목선으로 40일은 달려야 한다. 그것도 국왕의 시급한 공문을 다루는 것에 한하여.

일본의 강경책

한편 조선의 군변으로 6월 15일 구사일생으로 본국으로 탈출한 하나부사 요시모토는 나가사키에 당도하자마자 외무성의 수장 이노우에 가오루 외무경에게 즉각 보고하였다.

이노우에 가오루는 바로 이번 조선의 군변으로 지금까지 사망한 일본인의 피해를 알아본다.

하나부사 요시모토는 일본인의 피해는 아직까지 정확하게는 알지 못하지만, 가장 먼저 별기군을 교육하는 호리모도 레이조 육군소위와 육군 어학생과 다케다 등이 난군들에 의하여 가장 먼저 희생된 것을 보고하였다. 또한 공사관을 빠져나올 때 공관원 3명이 부상을 당하였고, 인천부에서 난군들과 치열한 교전을 벌이는 중 공관원 6명이 전사하고 5명이 부상을 입었다고 하였다. 나머지 일본의 피해에 대하여서는 사태가 급박하여 알아 보지 못하였고, 아직까지 조선의 군변이 진압되지 않고 있으니 거류민들의 생사를 정확하게 알지 못하므로 피해자가 더 늘어 날 수 있다고도 말하였다.

이노우에 가오루는 즉각 태정대신 산조 사네토미(三條實美 1837~1891)에게 품신하였다. 태정대신은 즉각 내무성에 지시하여 조선에서 사망한 유가족들을 정부의 책임자급 관료들이 직접 그 유가족들의 자택을 방문하여 충심으로 애도의 뜻을 전하고 정부가 충분하게 보상함은 물론이고 그들의 피맺힌 원수도 갚아 주겠다는 말을 전하라고 지시하였다.

특히 인천부에서 조선군과 교전 중 전사한 공관원들에게는 특별 위로금을 최대한 빨리 지급하도록 지시하기도 하였다.

태정대신의 지휘를 받은 이노우에 가오루는 내각의 영향력을 행사하는 참의 겸 육군경 대리(陸軍卿代理) 야마가타 아리모토(山縣有朋 1838~1922)와 긴급하게 협의하여 내각회의를 소집하고자 한다. 이때 육군경 오야마 이와오(大山巖 1842~1916)는 북해도 출장 중이었고, 육군경은 일본의 육군을 총괄, 지휘하는 장관급이다.

또한 이노우에 가오루는 하나부사 요시모토 일행을 태우고 온 플라잉 피시호의 함장 리차드 호스킨과 그의 부하들을 외무성 최고의 별장으로 초청하였다. 그곳에서 성대하게 연회를 베풀어 하나부사 요시모토 일행을 구원해 준 호의에 거듭 고마움을 표하였다.

이노우에 가오루는 리차드 호스킨에게 충분한 사례를 하고 그의 일행들도 극진히 대접하였고 그들 개개인 모두에게도 충분한 사례를 하였다. 일본으로서는 리차드 호스킨과 그 일행에게는 어떠한 것을 주어도 아깝지가 않는 것이었다.

뜻밖의 환대를 받은 리차드 호스킨과 그 일행들의 얼굴은 모두 함박웃음이었다. 리차드 호스킨이 곧 인천을 경유하여 본국으로 귀환하겠다는 소식에, 이노우에 가오루는 아주 공손한 태도로 리차드 호스킨에게 말하기를,

"함장 각하!"

"! ……!"

갑자기 각하라는 호칭에 리차드 호스킨은 깜짝 놀라지만 얼굴은 아주 만족스러웠다. 리차드 호스킨의 흡족한 얼굴을 본 이노우에 가오루가 말하기를,

"조선을 경유하는 각하의 측량선에 우리 외무성 관원 2명을 승선시켜 인천항에 좀 하선시켜 줄 수 있겠소?"

리차드 호스킨은 바로 승낙하였다. 플라잉 피시호가 출항의 뱃고동을 울리자, 이노우에 가오루의 지시를 받은 일본 외무성 관원 2명이 조선의 군변으로 인한 거류민의 피해를 알아보기 위하여 플라잉 피시호에 몸을 맡긴다.

뒤이어 또 일본 외무성에서 준비한 어마어마한 선물꾸러미들이 플라잉 피싱호에 실리면서 리차드 호스킨과 그 일행들의 현해탄 항해를 더욱 가볍게 하고 있었다.

6월 16일 조선에서의 군변에 관한 급보를 받고 달려 온 일본 정부의 주요 내각의 관료들은 그날 밤 태정대신의 집무실로 집결한 후 바로 대책회의에 들어 간다.

　이 내각회의에서 하나부사 요시모토는 조선의 군변사실을 보고하고도 흥분이 가라앉지 않는 목소리로 조선을 바로 정벌하자고 주장한다. 또한 부산과 원산에 거주하는 일본인들의 보호를 위하여 군함을 파견하여야 한다는 주장도 하였다.

　아직까지 조선의 군변을 정확하게 알지 못하고 있는 각료들은 하나부사 요시모토로부터 일본인의 피해와 조선의 군변을 듣고는 모두 흥분하기 시작하였다. 일본의 조야는 마치 벌집을 쑤셔놓은 것 같은 험악한 분위기로 내각의 회의장은 시끌벅적하였다. 그렇지만 일본 정부는 아직까지 무엇 때문에 조선 군사들이 폭동을 일으켰고, 무엇 때문에 일본 공사관이 조선 폭도들에 의하여 공격받았는지를 모르고 있었다.

　그러자 강화도 조약을 체결한 구로다 기요타카가 하나부사 요시모토에게 물어 본다.

　"공사, 그러면 왜 조선에서 군사들이 폭동을 일으킨 것이오? 무슨 연유가 있을 것이 아니오?"

　"조선 정부의 무능과 부패로 얼룩졌기 때문에 군졸들이 폭동을 일으킨 것 같소. 정확하게는 모르는 일이오나 대궐 외곽을 방어하는 무위영 군졸들에게 13개월의 군료도 지급하지 않았고 거기에다 하급관리까지 그들의 군료를 착복하여 군사들이 폭동을 일으킨 것 같소."

　하나부사 요시모토는 이번 조선 군변에 대하여 간략하게 설명하자, 구로다 기요타카가 약간 의아해하면서 말한다.

　"아니, 그럼 조선 군졸 놈들은 자기네 조정이나 정부에 항의할 것이지 왜 남의 죄 없는 공사관은 공격하고 지랄발광을 하는 것이오?"

강경, 온건노선 할 것 없이 모두가 군사적 행동으로 바로 조선을 정벌하자고 주장하였다. 특히 구로다 기요타카를 포함한 강경노선의 장군들은 대규모의 군함과 병력을 동원하여 즉각 개전을 주장하였다. 이노우에 가오루의 온건노선도 조선을 정벌하자는 데는 아무런 이의가 없었다. 다만 외교 담판교섭으로 조선을 굴복시킨 후 조선을 정벌하자고 하였다. 긴급 소집된 각의는 결론을 내리지 못하고 내일 정부 주재로 긴급 내각회의를 하기로 결론짓고 일단 오늘의 긴급각의를 마쳤다.

임시회의를 마치자 태정대신은 궁내부 대신, 이노우에 가오루, 하나부사 요시모토 등과 함께 궁성으로 들어가서 천황에게도 조선의 군변을 품신하였다. 메이지 천황은 크게 놀랐지만, 그래도 그는 침착하게 먼저 하나부사 요시모토의 용맹을 크게 치하하였고 강경, 온건노선을 모두 후원하며, 전사자의 유가족과 부상자들을 궁성으로 초청하여 진심으로 위문하고 많은 하사품도 내렸다.

또한 조선 침탈의 원흉이며, 1907년 10월 26일 만주 하얼빈 역에서 대한의용군 사령관 겸 조선의병 참모중장(大韓義勇軍 司令官 兼 朝鮮義兵參謀中將)이었던 안중근(安重根 1879~1910)에게 3발의 총탄을 맞고 이역만리 타국 땅에서 불귀지객이 된 이토 히로부미의 모습은 보이지 않는다. 그는 일본의 총리대신을 네 번이나 역임하고 중추원 의장을 거쳐 일본 최고의 작위인 공작이라는 호칭을 받기도 하였다. 그는 당시 내무경이었으나 자신의 임무를 측근에게 위임한 후 네 번째의 유럽 순방길에 올라 그곳을 시찰하고 있었다.

다음 날 동트기 무섭게 일본 정부는 내각의 주요 관료들을 소집하여 긴급각의를 계속하였다.

구로다 기요타카, 소에지마 다네오미(副島種臣 1828.10.17~1905.1.31) 등의 강경노선의 계열은 어제보다 더 흥분하여 즉각 조선을 정벌하자고 주장하였다.

반면 일본 내각의 주도권을 쥐고 있는 이와쿠라 도모미, 이노우에 가오루는 구로다 기요타카 등의 강경론을 적극 찬성하면서도, 개전보다는 우선 군대를 동원한 외교적 시위로 조선을 공포에 떨게 한 후 조선 정벌을 주장하면서 강경과 온건노선이 팽팽한 줄다리기를 하고 있었다.

내각의 긴급각의가 격양된 가운데 찬반양론을 펼치며 좀처럼 결론나지 않을 것 같은 상황에서, 긴급각의의 추이를 지켜보고 있던 하나부사 요시모토는 이노우에 가오루에게 말하기를,

"제가 비록 공관원들을 모두 살려서 데리고 오지 못한 것에 대하여는 책임을 깊게 통감합니다. 그렇지만 우리 공관원 28명은 조선 군졸들 수백 명과 무장한 조선 백성 수천 명을 상대하여 당당하게 물리치고 돌아왔습니다만, 많은 공관원들이 전사한 것에 대해서는 책임을 깊게 통감하며 그 유가족들에게 진심으로 사죄드립니다."

"공사! 공사는 조선에서 공사관을 탈출할 때 자신이 가장 앞장섰고, 부상자와 전사자들을 한 명도 남겨놓지 않고 사력을 다하여 모두 본국으로 데리고 온 의인입니다."

이노우에 가오루의 설명을 들은 내각의 관료들은 모두가 하나부사 요시모토에게 진심으로 경의를 표하고 있었다. 하나부사 요시모는 태정대신과 이노우에 가오루를 쳐다보면서 계속 말하기를,

"존경하는 태정대신 각하! 조선의 군사력은 있으나 마나입니다. 소관에게 군함 20척과 정병 3,000명만 지원하시면 소관이 조선으로 달려가서 조선국왕을 개처럼 질질 끌고 올 것이며 조선 팔도를 불바다로 만들어 버리겠습니다. 그리고 소관이 조선에서 패전한 것에 대하여 반드시 만회하고 싶습니다. 또한 소관이 거느렸던 부하 공관원들의 원수도 갚아 주고 싶습니다."

하나부사 요시모토는 아직도 흥분을 가라앉히지 못하며 흥분해 있자, 이노우에 가오루가 다시 나서면서 말하기를,

"공사, 누가 공사에게 패전하였다고 하겠소. 공사는 대일본제국의 명예를 드높인 열혈 충신이오."

그 말을 들은 하나부사 요시모토의 상기된 얼굴이 조금 가라앉자, 이노우에 가오루는 계속해서 하나부사 요시모토를 치켜세워 주면서 말하기를,

"공사, 공사는 위험에 빠진 공관원들을 구하고 부하들의 목숨을 자신의 목숨보다 더 소중하게 여기는 자애로운 지휘관으로 공사의 충절은 대일본국의 자랑이오."

하나부사 요시모토는 이노우에 가오루의 적극 지원에 힘을 내며 마지막 발언을 한다.

"존경하는 태정대신 각하, 소관의 마지막 간청입니다. 소관은 우리 정부가 버릇없는 조선 놈들을 응징하기 위하여 병력을 동원하여 조선 놈들의 방자함을 응징하는 군사적 행동을 강행하면 소관은 대일본제국의 명예를 걸고 선봉에 나설 것입니다. 또한 외교담판교섭으로 응징하고자 하여도 내각의 의결에는 어떠한 이의는 없습니다. 단 외교교섭으로 조선 놈들의 버릇을 고치고자 할 때에는 반드시 소관에게 전권을 위임하여 주십시오."

차분하게 듣고 있던 이노우에 가오루가 또 한마디 한다.

"공사, 공사가 아니면 조선 놈들의 버릇을 누가 고쳐 줄 것이며, 조선 땅에서 장렬하게 전사한 공관원들과 그 유가족들의 피맺힌 한을 누가 풀어 줄 것이오?"

이제 하나부사 요시모토의 얼굴은 매우 흡족하였다. 하루속히 최정에 일본군을 이끌고 조선의 궁성으로 쳐들어가서 조선 왕실을 공포의 도가니로 만들면서 자신이 받은 수모를 톡톡히 앙갚음하고자 하였다.

그렇지만 내각의 긴급각의에서 최종 결론을 지우지 못하고 계속 논쟁을 벌이자, 육군경 대리가 주도권을 잡고 있는 이노우에 가오루의 외교적 응징을 지지하면서 중재안을 내어 놓았다. 그 내용은,

구로다 기요타카의 강경론에 찬성하면서 우선 외교적 무력시위로 조선을 공포에 떨게 한 후, 대규모의 출병을 단행할 것이며, 그리고 모든 군사의 동원은 구로다 기요타카의 자문을 요청한다는 중재안으로 긴급각의의 최종 결정은 이노우에 가오루의 주장이 관철되었다.

그렇다고 하여 구로다 기요타카의 강경노선이 이노우에 가오루의 온건노선을 비판하는 게 아니고 한 발짝 뒤로 물러나서 대조선 보복을 감행하는데 적극 지원하겠다는 뜻이었다.

이로서 긴급각의는 결론을 내리고, 우선 외교담판에 관하여서는 하나부사 요시모토가 육군과 해군의 장교와 병력을 이끌고 조선으로 들어가고, 이노우에 가오루는 외무성의 수장으로 조선 군변의 전권을 총괄하면서 대조선 보복이 결행된 것이었다.

또한 내각의 각의에서는 이노우에 가오루와 하나부사 요시모토에게 아래와 같은 교섭방침과 훈령을 내린다.

1, 조선국에 대하여 국제법의 범위 내에서 배상을 요구한다. 다만 이번 조선의 군변이 새로이 개항한 동양 여러 나라가 함께 겪은 바와 같은 불가피한 사정에 의하여 일어난 것이었다면 호의적으로 대할 것.

2, 전권위원으로서 하나부사 요시모토 공사를 파견할 것.

3, 전권위원에게 유력한 육군과 해군의 엄중한 호위를 한다.

4, 외무경은 시모노세키까지 나와 전권위원을 지원한다.

5, 조선 군변의 원인과 그 성격이 아직까지 불분명한 만큼 미리 전반에 걸친 세목을 결정할 수 없는 이유로 현지에 출장하고 있는 이노우에 가오루에게 위임할 것.

6, 우선적으로 부산과 원산의 거류민 보호를 위하여 군함과 병력을 파견하여 거류민 보호에 힘쓸 것.

한편 청나라에서는

"뭐! 뭣이라고 하셨소!"

"예, 각하, 지난 6월 9일, 조선에서 무위영 군졸들의 폭동이 일어났다고 합니다."

주복은 직례총독 겸 북양대신 이홍장의 대리인 장수성에게 이번 조선의 군변에 대하여 자세하게 보고하였다. 이때 이홍장은 모친상을 당하여 장수성에게 자신의 모든 권한을 위임하고 향리에 돌아가 있었다. 일본에서의 모든 보고는 주일 주청공사 여서창(黎庶昌)의 전보로 속속 본국으로 들어오고 있었다.

주복과 장수성은 연일 계속되는 여서창의 전보를 받고 6월 20일 우선 여서창에게 지시하기를,

'조선에 그와 같은 폭동이 일어나고 있으니 본국은 마건충(馬建忠 1845~1899)과 함께 군함 2~3척을 조선에 파견하여 일본국과 조선의 문제를 협의코자 함.'

전문을 보내면서 우선 일본의 외무성과 협상할 것을 지시하였다. 본국의 훈령을 받은 여서창은 6월 21일 일본 외무성을 방문하고 외무경 대리 외무대보 요시다 기요나리(吉田淸成)를 만나 본국의 훈령을 전달한다.

"청국은 이번 조선의 변란에 황제의 군대를 파견하여 귀국과 조선의 문제를 중재할 것이오."

"아니, 무엇이오? 이번 조선이 우리 일본에게 부린 폭동의 변란을 청국이 중재하겠다는 말씀이란 말이오?"

요시다 기요나리는 얼굴이 붉으락푸르락하여 이노우에 가오루와 태정대신에게 득달같이 보고하였다.

태정대신과 이노우에 가오루는 이 문제를 놓고 머리를 맞대었다. 그들은 일본군이 빨리 출병하여 조선을 위협하여 청국 군대가 출병하여도 관여치 못하게 하는 것이 급선무였다.

그리고 여서창 주일 공사에게 공문을 보내는데, 그 내용은,

'귀국은 이번 조선의 군변 문제에 관하여 우리와 협상을 원하나 우리는 귀국과 조선 문제를 협상해야 할 하등의 연유가 없소. 그러니 귀국은 공연히 경비를 들여 번거롭게 개입할 필요가 없소.'

일본은 청국의 주장을 한마디로 일축하여 버렸다. 그렇지만 청국은 계속해서 조선의 문제를 종주국의 위상으로 관여하겠다는 내용의 공문을 수시로 일본 외무성에 보내고 일본과 첨예하게 대립하면서 신경을 건드리고 있었다.

24일 태정대신과 외무경은 육군경 대리, 해군경과 내무경 대리인 등을 태정대신의 관저로 불러 놓고 청국의 대조선 움직임을 상세하게 설명한 후 말하기를,

"우리 일본군의 병력 출동에 청국이 제동을 걸고 있어 청국과 군사적 충돌이 불가피하게 될지 모르오."

그리고 청나라에 보낸 전문의 내용까지 모두 설명하고 힘써 강조하기를,

"청국이 이번 조선 군변의 문제에 개입케 해서는 절대로 아니 될 것이오. 그러니 해군경과 육군경 대리께서는 휘하의 군대를 잘 점검하여 주시고, 내무경 대리께서는 치안유지에 각별히 신경을 써서 우리 일본군이 대조선 보복을 감행키 위하여 군대가 신속히 출병하는데 아무런 장애물이 없게 하여 주시오!"

"예, 각하!"

또한 일본정부는 대조선 보복의 압박의 수위를 높이고자 국내의 여론을 전쟁의 분위기로 몰고 가기 위하여 신문에서는 조선의 군사변란을 대대적으로 보도하였고, 국론을 조성하여 대국민 궐기를 촉구하기도 하였다. 일본 조야는 조선 정벌로 여론이 들끓기 시작하였고, 자진해서 군비를 헌납하는 국민과, 의용병에 자원입대하고자 병부성은 장정들의 출입으로 북새통을 이루기도 하였다.

태정대신은 이노우에 가오루와 함께 조선으로 출병할 하나부사 요시모토 전권 위원에게 특별 훈령을 내리는데 그 내용을 요약하면,

"외무성의 서기관 곤도 모토스케는 군함과 해군을 거느리고 신속히 인천으로 가서 한양의 정세를 탐지하고 그곳 인천부사와 예비교섭을 할 것.

하나부사 요시모토는 육군 300명을 호위 병력으로 삼아 군함과 수송선을 이용하여 인천으로 가서 조선 주재 전항(全港)의 육·해군과 합류하여 이들을 공사의 호위 병력으로 삼아 조선의 궁성으로 진격할 것.

인천에서 한양으로 진출하는 도중 만약에 조선 군대가 공격을 하면 임의로 처리하고, 만일 개전이 필요하면 즉시 본국 정부에 급보하여 지령을 받을 것"

외무경의 훈령을 받은 하나부사 요시모토는 바로 곤도 모토스케 서기관에게 지시한다.

"자네는 지금 즉시 군함 금강(金剛), 일진(日進)과 함께 일본군 1개 중대병력을 이끌고 인천으로 가서 해상권을 장악하고 청국 군대가 출동하면 그들의 동태를 잘 감시하시게."

"예, 각하!"

곤도 모토스케는 질풍노도와 같이 인천으로 향한다. 이틀 뒤 곤도 모토스케가 일본군 1개 중대병력을 이끌고 제물포에 출현하자, 인천부사의 급박한 장계와 파발은 수시로 조정으로 들어가고 있었다.

이때 인천부사 정지용은 한성부 좌윤(漢城府 左尹 종2품)으로 승차하였고, 신임 인천부사에는 윤성진(尹成鎭)이 부임하고 있었다. 그런데 다음 날 정지용은 일본과의 화친을 반대하는 상소를 올리고 자살하였다.

인천부사는 곤도 모토스케와 접촉하여 일본군의 출동 경위를 물으면서 어차피 일이 이렇게 되었으니, 우리도 상국에 품신하여 황제의 충성스러운 군대가 조선을 구원하여 줄 것을 요청하겠다는 말을 하며 은근히 청나라의 위엄을 과시한다.

그러자 곤도 모토스케는 곧 청나라에서도 군함과 병력을 출병시킨다는 말을 인천부사에게 전하자 부사는 이 내용도 조정에 보고하기도 하였다.

군대의 출병은 1급 보안에 해당되지만 곤도 모토스케가 청나라 군대의 출병도 서슴치 않고 조선 측 관원에게 통보한 것은 이제 일본은 청국을 두려워하지 않는 상대로 보고 있다는 증표이기도 하다.

일본 정규군의 출동으로 흥선대원군은 바짝 긴장하며 흩어진 군졸들을 수습하여 대궐과 중요 군사적 요새지를 포함하여 요소요소에 군졸들을 배치하였다. 그리고 흥선대원군은 윤성진의 급보로 청나라에서도 군함을 파견한다는 소식을 듣고는 조금 안도하고 있었는데, 흥선대원군의 생각으로는 청국 군함의 출병은 종주국으로서 조선을 지키기 위하여 출병하는 것으로 알고 있었다.

하나부사 요시모토는 육군경 대리와 해군경의 전폭적인 지원으로, 비예(比叡), 청휘(淸輝), 명치환(明治丸), 어용선(御用船), 화가포환(和歌浦丸) 등 조선으로 출병할 5척의 군함과 일본군을 점검하였다. 그리고 군의 주요 지휘관으로는 육군소장 다카시마 토모노스케와 훗날 일본의 해군대신을 역임한 해군소장 니레 가게노리(仁禮景範) 등을 참모로 삼아 육군과 해군 병력 총 1,500여 명을 거느리고 조선으로 군함을 세차게 몰았다.

청나라의 대조선 정책과 일본군의 출동

여서창에게 전문을 보내고 계속 일본의 움직임을 예의주시하고 있는 주복과 장수성은 일본의 대조선 보복까지도 세세하게 알고 있었다. 이때 주복이 장수성에게 보고하기를,

"직례총독 각하, 마침 조선에서 파견된 영선사 김윤식과 문의관 어윤중과 상의하여 그들과 함께 대처하는 것도 한 방편일 것입니다. 또한 우리 청나라가 일본보다 먼저 군대를 이끌고 가야합니다."

주복은 급히 김윤식과 어윤중을 서리 직례총독 집무실로 들게 하였다. 장수성과 주복으로부터 지금까지 고국의 군변과 일본군의 대대적인 출병 등에 관하여 상세한 설명을 들은 김윤식과 어윤중은 깜짝 놀라며,

"아니, 각하, 우리 조선에서 그러한 변이 발생한 줄은 몰랐습니다. 이는 분명 국왕 전하의 의지와는 상관없이 홍선대원군의 전횡이옵니다."

그리고 김윤식은 장수성과 주복에게 지난 가을 홍선대원군이 묵인한 이재선의 역모사건의 전말을 세세하게 아뢰었다.

"아,~ 조선에서 그러한 일이 있었소이까?"

"예, 각하, 아마 지금 조선의 변란은 홍선대원군이 이재선의 역모사건과 관련한 보복의 뜻이 농후합니다."

또한 김윤식은 주복과 장수성에게 머리를 조아리고 아뢰기를,

"존경하는 직례총독 각하, 조선의 사태가 그 지경에 이르렀으면 황제폐하의 군대가 출병하시어 난군을 평정하심이 마땅한 줄로 아옵니다. 소방의 사태는 황제의 군대가 해결해야지 일본군에게 맡기시면 조선의 미래를 보장할 수 없습니다. 조선은 일본군을 막아내지 못하면서도 홍선대원군은 군사를 크게 일으켜 일본과 대적할 것이며 그렇게 되면 조선은 일본의 지배를 받게 되옵니다. 황제께서 지금 조선을 구원하여 주시는 것이 수천년 이어온 교린지교의 정이 아니고 무엇이겠습니까? 총독각하, 시급히 황제의 군대가 조선으로 출병하시어 누란지계에 빠진 소방의 사직을 구하여 주시옵소서."

장수성과 주복은 김윤식의 말을 듣고는 크게 호응하여 황궁으로 사자를 보낸 후, 김윤식과 어윤중에게 말하기를,

"그럼 두 분께서도 우리 황제의 군대가 조선으로 출병할 때 함께 동승할 수 있겠소?"

"그야 당연하신 분부이옵니다. 저희들도 황제폐하의 군대와 함께 시급히 고국으로 돌아가고 싶소."

청나라 총리아문과 병부에서도 바쁘게 움직이기 시작한다. 내우외환을 겪고 있는 청나라이지만 아직까지 조선을 상대로 종주국의 행사를 할 수 있는 조그마한 힘은 남아 있는 것이었다.

청나라는 마건충, 통령수사제독(統領水使提督) 정여창(丁汝昌 1836~1895)과 함께 북양함대(北洋艦隊) 중 군함 위원(威遠), 초용(超勇), 양위(揚威)호와 함께 2개 중대의 병력을 거느리고 6월 27일 제물포에 입항하였다. 북양함대는 이홍장이 군비 증강의 계획으로 야심차게 창설한 해군이다.

그리고 그 청국 군함에는 김윤식, 어윤중이 승선하여 제물포에 함께 도착하였다. 그러나 제물포에 입항하니 일본 서기관 곤도 모토스케가 2척의 군함과 함께 일본군 1개 중대 병력으로 인천 해상권을 장악하고 있었다. 마건충과 정여창이 아무리 생각하여 보아도 자신들이 거느리고 온 병력의 위엄으로는 일본과의 회담이 만만치 않다는 것을 느꼈다.

마건충은 김윤식과 어윤중을 하선시켜 우선 조선의 정세를 살피게 하고 자신은 일본 군함을 방문하여 일본군의 동태를 살피고자 하였다. 예상대로 일본은 마건충을 의례적으로 대할 뿐 협상의 여지는 전혀 없어 보였다. 그뿐이 아니라 일본군 1,500여 명이 지금 막 일본을 출발하여 조선으로 출병하고 있다는 급박한 정보도 입수하였다.

결국 6월 29일 마건충은 본국의 병력 증강을 요청키 위하여 군함 위원호로 정여창을 천진으로 급거 회항시키면서 마건충이 정여창에게 말하기를,

"정 제독, 부디 대규모의 증원부대를 이끌고 와야 할 것이오. 일본군을 압도적으로 몰아 붙일 수 있는 황제폐하의 충성스럽고 용맹한 대군을 이끌고 와야 할 것이오."

또한 마건충은 직례총독 장수성에게 보낼 편지를 정여창에게 내민다. 그 편지의 내용은,

'조선 국왕과 왕비는 황제께서 책봉하신 것이다. 지금의 조선 사태를 관망

만 하여 오늘의 변란을 시급히 수습하지 못한다면 그 폐해는 헤아릴 수 없을 것이다.'

또한 총독께서 선조치 후보고의 품신으로 시급히 조선으로 군대를 출병시킨 후에라도 황제께 품신하여도 된다고 강력하게 주장하였다. 청나라로서는 그만큼 조선 문제가 시급한 것이었다.

계속해서 마건충이 장수성에게 보낸 편지 내용은 대략 이러하였다.

"육군과 해군 6영의 부대를 조달하여 위원, 미운(湄雲), 태안(泰安)호 등의 군함과 천진에 있는 초상국(超商局)의 기선 등으로 하여 조선으로 수송하게 하는 동시에 신속하게 움직여 조선의 왕도로 진입하여 반역 괴수를 체포하면 난당들도 포진하지 못하고 따라서 방어를 주선하지 못하여 메말라 붙은 나뭇가지를 꺾는 것과 다름 없이 해결될 것이다."

장수성은 정여창의 병력증강 요청과 마건충의 편지를 읽어 본 후 측근인 주복과 함께 총리아문의 주요 관료들 및 장수들과도 의논하여 시급히 조선으로 대규모의 병력을 파병하기 위하여 머리를 맞댄다. 장수성은 마건충의 조언대로 북양함대와 육군과 해군을 조선으로 출병시키기 위하여 군부에 공문을 보내며 분주하게 움직인다.

정여창이 떠난 직후 하나부사 요시모토는 1,500여 명의 육군과 해군을 이끌고 제물포에 입항하였다.

이때 하나부사 요시모토와 함께 김옥균, 서광범도 고국의 군변을 듣고 급거 고국으로 돌아왔다.

하나부사 요시모토는 이미 제물포에 정박하고 있는 영사 겸 서기관 곤도 모토스케가 이끄는 군함 2척도 함께 통솔하자 일본군을 총괄하는 하나부사 요시모토의 위세는 엄청난 것이었다.

그뿐만 아니라 일본군함에는 외무대서기관 다케조에 신이치로(竹添進一郎 1842~1917)를 비롯하여 일본의 주요 관원들도 함께 승선하고 있었다.

본국에서는 이노우에 가오루와 해군경, 육군경 대리가 직접 시모노세키에서 오까야마(岡山)에까지 나와서 군함 4척과 수 천여 명의 혼성 여단 병력을 지휘하며 언제든 조선으로 증원군을 파송할 태세를 취하고 있었다. 실로 일본은 조선과 개전은 물론이며 여차하면 청국과의 전쟁도 불사하겠다는 것이었다.

제물포에 일본 군함과 1,500여 명의 군대가 들어오자 인천부사 윤성진은 급박한 장계를 조정에 계속 띄운다.

인천부사의 장계를 접한 흥선대원군의 얼굴은 붉게 물들어 있었다. 그는 자칫하면 어렵게 잡은 권좌가 일본으로 인하여 실각할지 모를 위기에 처해 있기도 하였기 때문이었다. 조선 군졸들의 녹슨 화승총으로는 일본군 1개 중대 병력도 당해내지 못한 다는 것을 모를 리 없는 흥선대원군이었다. 다만 마건충이 거느리고 있는 청국 군함 2척이 그에게는 유일한 위안이었고 정여창이 본국에 대규모의 병력을 동원하기 위하여 급거 귀국하였다는 것이 흥선대원군에게는 백만대군이나 다름없었다. 어찌 되었든 흥선대원군으로서는 청국 군함이 대규모의 병력을 이끌고 와서 일본군을 축출하여 주기만을 학수고대하는 가운데 오늘도 중희당에서는 흥선대원군의 주재로 중신회의가 열리고 있었다.

영의정 홍순목이 흥선대원군에게 아뢴다.

"국태공 저하, 일본이 많은 군함과 병력을 거느리고 온 것은 실로 심상치 않은 일이오니 시급히 대관을 보내 영접함과 동시에 저들의 의향도 간파하여야 될 것으로 아옵니다. 저하, 통촉하여 주시옵소서."

흥선대원군은 영의정의 주청을 윤허하면서 지시하기를,

"병조판서 조영하와 호군 김홍집을 접견대관과 부관으로 임명할 것이니 제물포로 가서 하나부사 요시모토 공사와 일본군을 영접하시오!"

조영하와 김홍집은 초라한 화승총으로 무장한 군관과 군졸들의 호위로 부리나케 제물포로 향하였지만, 그 둘은 애초부터 흥선대원군의 재집권을 못마땅하게 생각하는 인물들이었다. 그런 그들이 제물포에 당도하여 하나부사 요시모토를 만나고 의례적인 인사가 끝나자 조영하는 하나부사 요시모토에게 말한다.

"공사, 홍선대원군이 정권을 탈취한 후 전횡을 일삼고 있으므로 우리 국왕의 의사는 전혀 반영되지 않고 있소. 전하께옵서는 공사가 그렇게 추방된 것과 일본인의 피해에 대하여 가슴 아프게 생각하고 있소. 다만 어심을 내보이지 못한 것은 모두 홍선대원군 때문이오. 그러니 공사께서는 속히 입경하여 홍선대원군을 제거하여 주시오. 그리고 공사께서 입경할 때에는 반드시 1개 대대 이상의 병력을 거느리고 와야 공사의 위엄도 설 것이며 무엇보다 홍선대원군이 벌벌 떨 것이오."

조영하의 설명을 들은 하나부사 요시모토로서는 의외로 조선 조정의 뜻을 빨리 간파하게 되었다.

미국을 비롯하여 영국, 독일도 조선과 수교를 하고 있었으므로 이번 조선 군변에 대하여 지대한 관심을 가지고 각 군함을 제물포에 파견하기도 하였다. 특히 미국은 군함 모노카시호가 일본군의 동태를 예의주시하고 있었다. 제물포는 청국, 일본, 미국, 영국 등의 군함으로 천지를 이루니 인천 앞바다가 술렁거리며 마치 전운이 감도는 것 같았다.

이와 함께 김옥균과 김윤식은 각각 일본군함과 청국군함 편으로 고국에 들어오게 되었다. 2년 뒤 있을 갑신정변에서도 그 둘은 지금처럼 친일과 친청으로 갈라지게 되었다.

김옥균은 작년 섣달에 서광범과 함께 일본에 건너갔다가 이번 고국의 군란을 접하여 하나부사 요시모토가 이끄는 군함에 편승하여 허겁지겁 들어온 것이다.

김옥균은 일본에서 체류하는 중 경응의숙(慶應義塾) 창립자인 후쿠자와 유키치(福澤諭吉 1835~1901)의 전폭적인 지원과 자상한 배려로 그의 별저에 유숙

하면서 그로부터 개화와 근대국가에 대하여 많은 가르침도 받았다. 후쿠자와 유키치는 메이지 시대의 계몽가이자 교육자이면서 지금 일본화폐의 1만원권 초상화의 주인공이고, 경응의숙은 지금의 사립대학이다.

후쿠자와 유키치의 후광으로 김옥균은 이노우에 가오루, 구로다 기요타카 등 일본의 고관대작들과 쉽게 접촉하면서 일본의 눈부신 발전을 돌아보고 조선도 하루 속히 개화의 꽃을 피우고 조국의 근대화를 앞당기기 위하여 고군분투하고 돌아오는 길이었다.

그러나 김옥균이 일본공사와 함께 왔다는 보고를 들은 홍선대원군이 가만히 있을 리 만무하였다. 일본공사가 항의로 조선에 들어오는데 김옥균이 그 하나부사 요시모토와 함께 군함을 타고 왔으니 홍선대원군으로서는 김옥균을 일본 공사의 앞잡이로 보고 있었다. 홍선대원군이 진노하여 말하기를,

"김옥균이 왜놈을 끌어 들인 것이 분명하다. 판의금 부사는 그 역적 놈이 입경하는 즉시 포박하라! 내 엄히 문초하여 역적 놈의 진상을 밝히겠다."

소식을 들은 박영효와 서재필은 유대치의 약국으로 가서 의논하였다. 유대치는 불문곡직 두 사람에게 말하기를,

"빨리 인천으로 가서 고균의 입경을 막아야 할 것이니라!"

박영효와 서재필이 급히 인천으로 김옥균을 만나기 위하여 떠난다. 제물포에 당도한 박영효와 서재필이 김옥균을 찾았으나 어쩐지 김옥균의 모습은 어디에서도 보이지 않았다. 일본 군함으로 가서 수소문하여도 김옥균의 행방은 알 수 없었다. 김옥균을 찾는 중 박영효와 서재필은 어마어마한 외국 군함을 보고 입이 떡 벌어진다. 증기선 한 척도 보지 못한 그들로서는 놀래는 것이 어찌 보면 당연한 일인지도 모른다.

창덕궁 중희당에서는 청국군과 일본군의 출동으로 연일 중신회의가 열리고 있었다. 고종과 대부분의 신료들은 지금의 사태를 관망하고 있었으나, 홍선대원군 혼자만 이리저리 분주하게 움직이고 있었다.

이때 한양의 정세는 곧 대규모의 일본군이 도성으로 진격한다는 유언비어
가 퍼져 민심이 흉흉하고 백성들의 동요가 심상치 않았다. 상인들은 상가를
철시한 후, 일찍 귀가하고 쌀을 비롯하여 생활필수품을 판매하는 상인들은
아예 상가의 문을 꽁꽁 걸어 잠그고 숨죽이고 있었다.

하나부사 요시모토의 입경

일본군의 입경 소식을 접한 흥선대원군은 경기관찰사 홍우창과 인천부사
윤성진을 하나부사 요시모토 공사에게 파송하였다. 청나라에서 대규모의 증
원군이 올 때까지만이라도 얄팍한 술수로 일본군의 입경을 지연시켜 보고자
하였다. 흥선대원군의 명을 받든 윤성진과 홍우창이 하나부사 요시모토를 만
나 말하기를,

"공사, 우리 국태공 대감께서 공사 일행의 숙소를 양화진에 있는 대원위 대
감의 별장 북파정(北坡亭)을 사용하시라고 하셨습니다."

하나부사는 일언지하에 거절하며 말하기를,

"아니, 우리가 무엇 때문에 대감의 별장을 숙소로 삼겠습니까. 우리는 이미
전 금위대장 이종승(李鍾承 1828~?) 장군의 향제를 숙소로 사용하기로 되어 있
습니다."

이종승은 흥선대원군 시절 황해도 병마절도사와 좌포도대장을 역임했으며
흥선대원군 하야 후에도 삼도순군통제사와 강화유수, 공조판서를 거쳐 1876
년 11월 12일에 금위대장에 임명되었다.

하나부사 요시모토로서는 흥선대원군과는 아예 상대도 하지 않겠다는 신
념으로 그들의 명을 받고 나온 두 사람을 아예 거들떠보지도 않고 있었다.

다급해진 흥선대원군은 일본군에게 군량이라도 지원하여 일본군의 도성
진입을 막아보겠다는 고육지책의 전략을 쓰기로 하였다. 도승지 조병호는 흥
선대원군의 명령으로 군량을 실은 우마를 이끌고 이종승 장군의 향제로 와서

하나부사 요시모토와 대면하게 되었다. 누가 보아도 흥선대원군의 알량한 처사가 눈에 보이지만, 조병호는 하나부사 요시모토에게 말하기를,

"공사, 이것은 우리 국태공 저하께서 공사께 보내는 조그마한 성의이오."

"이보시오, 도승지 대감, 우리는 국태공이 보낸 군량은 필요 없소이다. 저 군량은 지금 굶주린 조선 군졸들에게나 나누어 주시오. 조선 정부가 군졸들의 봉급도 지급하지 못하여 군변이 발생하였는데 우리에게 보낼 군량미가 어디 있겠소!"

하나부사 요시모토는 흥선대원군이 보낸 군량은 쳐다보지도 않을뿐더러 흥선대원군과는 아예 상대하지 않겠다는 확고한 태도였다. 7월 7일 아침 식사를 마친 하나부사 요시모토는 다카시마 토모노스케, 니레 가게노리와 곤도 모토스케 등의 참모들을 자신의 집무실로 집합시킨 후, 준엄하게 명령한다.

"지금부터 우리 일본군 전 병력은 창덕궁으로 진격한다. 그리고 그 누구든 일본군의 진격을 방해하는 자는 무조건 사살하라!"

하나부사 요시모토의 명령이 떨어지자 모든 참모들이 자신의 군대를 지휘하여 전 금위대장의 집을 나선다. 1,500여 명의 일본군이 착검한 소총을 메고 힘찬 구호와 함께 일사분란하게 행군하는 모습은 일견 보아도 막강한 위용이었다. 자욱한 먼지를 일으키며 행군하는 일본군의 뒷모습을 바라보고 있는 이종승의 얼굴에는 수심이 가득하였다.

그리고 하나부사 요시모토는 입경 도중 우선 일본군 2개 중대 병력을 조선의 군사적 요새지인 양화진에 배치시키면서 청국 군대의 준동을 견제하고 있었다.

청나라 역시 하나부사 요시모토의 도성 진격에 촉각을 곤두세우며 수시로 척후를 보내 일본군의 동태를 예의주시하게 살피고 있었다.

당당한 보무로 입경한 하나부사 요시모토는 도성 요소요소에 일본군을 배치하면서 녹슨 화승총으로 무장한 조선 군졸들을 압도하면서 손쉽게 도성을

장악하였다.

여세를 몰아 붙인 하나부사 요시모토는 일본군 1개 대대 병력을 이끌고 창덕궁 돈화문에 당도하여 휘하의 장졸들에게 큰 소리로 명령한다.

"창덕궁을 엄히 지키고 대일본제국의 군대에 도전하는 자들은 무조건 발포하라!"

아주 위압적인 자세로 조선의 수문장부터 기를 죽여 놓은 하나부사 요시모토는 자신이 직접 2개 중대의 호위 병력을 거느리고 돈화문을 지나 당당하게 중희당 앞에 이르러 고종의 알현을 요구한다.

고종도 하나부사 요시모토를 만나고 싶지 않았으나, 창덕궁이 일본군 1개 대대에 의하여 완전하게 포위된 것을 알고는 어쩔 수 없이 도승지를 통하여 하나부사 요시모토를 중희당으로 들게 하였다.

고종을 알현하는 하나부사 요시모토는 무엄하게도 고개를 빳빳하게 쳐들었으나 조정의 신하 중 누구하나 하나부사 요시모토의 무례함을 말하는 사람은 아무도 없었다. 고종은 의례상 하나부사 요시모토에게 말하기를,

"공사, 어서 오시오. 먼 길 오시느라 고생하시었소."

"예, 전하, 외신, 문안드리옵니다. 전하, 그간 옥체 강령하였나이까?"

"예, 공사, 짐은 공사의 염려로 잘 지내고 있소."

서로 의례적인 인사가 끝나자 하나부사 요시모토는 단도직입적으로 고종에게 말한다.

"전하, 외신이 입에 담기에는 민망한 일이오나, 지난 6월 9일 조선의 관군들이 난동을 일으킬 때 우리 공사관에 불을 지르고 외교관들을 강제로 추방한 것은 우리 일본국에 대한 선전포고와 다를 바 없습니다."

그리고 하나부사 요시모토는 중희당에 모인 신료들을 한 번 쭉 살펴 본 후, 계속해서 고종에게 말하기를,

"전하, 이에 우리는 의당 군사를 일으켜 그 책임을 추궁하여야 하오나, 전쟁

보다는 평화를 국본으로 하는 일본정부의 방침에 따라 이렇게 외신이 전하를 알현하옵나이다. 또한 외신은 조선국이 국상을 당하여도 문상할 엄두조차 못 내고 있습니다. 이는 실로 안타깝게 생각합니다. 어차피 사태가 이렇게 된 이상 우리 일본과 담판할 대신을 임명하여 사태를 잘 마무리할 수 있도록 깊이 성찰하여 주십시오."

하나부사 요시모토의 항의나 다름없는 말을 듣고 있는 고종은 힘없는 목소리로 그에게 말한다.

"알았소. 귀국의 피해에 대하여는 뭐라 할 말이 없소. 도당에서 처리하라고 명을 내리겠소."

그러자 하나부사 요시모토는 책자 하나를 대전내관 유재현에게 건네 주면서 말하기를,

"전하, 이 책자에 조선 군졸들의 폭동으로 입은 우리 일본의 피해이며 조선 정부가 우리 일본에게 배상하여야 할 목록이 기록되어 있사옵니다. 전하 부디 참조하시어서 3일 안에 답변을 주시기 바랍니다."

그리고 하나부사 요시모토는 일본의 국서도 고종에게 봉정(捧로 문서를 받들어 모심)하기 위하여 유재현에게 내민다.

"알았소. 공사, 먼 길 오시느라 고생하시었소. 이제 그만 물러가서 쉬도록 하시오."

"예, 전하, 외신은 물러가옵니다."

하나부사 요시모토의 물러가는 모습은 그 방자함이 도를 넘었는데, 대전에 입시한 외신들도 3~4 걸음은 뒤로 물러 난 후 물러가는 게 통상 예의이나, 하나부사 요시모토는 고종에게 인사하고 바로 뒤로 돌아서서 부관과 함께 거만한 모습으로 중희당을 힘차게 나간다.

어차피 고종으로서는 자신이 모든 정무를 처결하는 것이 아니기 때문에 하나부사와 요시모토와는 가타부타 말씨름하기도 싫은 것이었다.

중희당을 나온 하나부사는 그래도 흥선대원군과 협상을 하기 위하여 연현각으로 향한다. 흥선대원군은 하나부사 요시모토가 자신에게 먼저 와서 일본의 배상문제를 말하지 않고 고종을 알현한 것에 대하여 몹시 못마땅해 하면서 비꼰다.

"어서 오시오. 공사, 나는 공사께서 무사히 본국으로 귀환하였다는 말을 듣고 참으로 기뻤소. 우리 조선에서 변을 당하면 어쩌나 싶어 나는 노심초사 걱정을 많이 하였소."

"예, 저하, 저하의 배려로 인천에서 무사히 일본으로 돌아갔습니다. 그때의 일은 아무리 생각하여도 저하의 은혜는 잊지를 못할 것입니다."

하나부사 요시모토의 지껄이는 말을 가만히 듣고 있던 흥선대원군은 천연덕스럽게 말하기를,

"아니, 공사는 천신만고 끝에 살아 고국으로 돌아갔는데 무엇이 또 아쉬워서 이렇게 조선으로 건너 오셨소. 공사의 눈에도 우리 조선이 아름답기는 아름다운 나라임에는 틀림없구려."

예, 저하, 조선처럼 아름다운 나라는 세계 어디에서도 없을 것이옵니다.

하나부사 요시모토도 맞장구를 치자 흥선대원군이 정색을 하며 하나부사 요시모토에게 말한다.

"공사, 그런데 공사께서는 조선에 유람을 오는데 무엇 때문에 호위 병력까지 거느리고 왔는지 나로서는 도통 이해가 되지 않는구려."

"!……!"

흥선대원군이 노골적으로 하나부사 요시모토를 비방할 때 영의정 홍순목과 도승지가 들어온다.

홍순목은 하나부사 요시모토와 상호 인사를 나눈 후, 홍순목이 책자 하나를 흥선대원군에게 내밀면서 아뢰기를,

"저하, 아뢰옵기 황공하오나 이것이 일본이 우리에게 배상을 요구하는 내

용이 담긴 책자입니다."

홍순목은 대전 내관 유재현으로부터 하나부사 요시모토가 고종에게 봉정한 일본의 요구 조건 책자를 다시 받아서 흥선대원군에게 보고한 것이었다.

일본의 요구 조건을 읽어 본 흥선대원군의 얼굴은 붉으락푸르락하여 지면서 말하기를,

"공사, 이 책자에 쓰인 만큼 우리 조선이 일본 정부에 배상하여야 된다는 말씀이오?"

"예, 저하, 그것도 우리 일본에서 조선국의 사정을 특별히 감안한 최소한의 배상요구입니다."

"알았소. 그리고 공사, 이 책자에 기록된 일본의 배상문제를 포함하여 공사께서 모든 조선과 관계된 외교문제는 여기 계신 영의정과 상의토록 하시오?"

가만히 듣고 있던 하나부사 요시모토로서는 오히려 잘된 일이라고 생각하였다. 고리타분한 흥선대원군보다는 조선의 영의정이 더 쉬울 것 같아 하나부사 요시모토로서는 속으로 은근히 쾌재를 부르고 있었다.

그런 하나부사 요시모토의 내심을 모를 리 없는 흥선대원군은 하나부사에게 말하기를,

"공사, 먼 길 오시느라 고생하시었소. 물러가서 편히 쉬도록 하시오."

하나부사 요시모토를 돌려 보낸 후 흥선대원군은 영의정 홍순목과 함께 일본의 요구조건이 기록된 책자를 상세하게 읽어 보게 된다. 그 내용은 다음과 같다.

첫째, 조선 정부의 태만으로 일본이 큰 피해를 입었으니 이 모든 책임을 조선이 전적으로 지고, 문서로서 사죄하고 다음의 사항을 성실이 이행할 것.

둘째, 조선 정부는 이 요구 사항을 받은 15일 이내에 군란의 가담자를 체포하여 일본 정부가 만족할 만큼의 가혹한 형벌을 내린다.

셋째, 군란 중 일본인 피살자 유족에게 5만원의 보상금을 지불할 것. (군란으로 인한 일본인 사망자는 총 13명)

넷째, 군란으로 받은 일본 측의 손해와 이에 따른 일본군의 출병에 사용된 비용 일체를 조선 정부가 일본 금액으로 보상할 것.

다섯째, 조선 정부는 지금부터 5년 간 일본군의 군대가 경성에 주재하여 공사관 보호를 위해 증원군을 상주케 한다.

여섯째, 일본 상인들이 조선에서 마음 놓고 상업에 전념할 수 있도록 안전과 자유로운 통상 여건을 만들어 준다.

일본의 요구 조건 책자를 모두 확인한 홍선대원군은 우두커니 앉아 있는 홍순목에게 말하기를,

"영상, 영상께서는 지금부터 산릉도감의 제조까지를 맡아 보시오."

"아니! 저하?"

홍순목이 의아해하면서 뭔가를 말하려고 할 때, 홍선대원군은 준엄하게 말한다.

"대행왕비의 산릉을 살피는 것은 실로 중차대한 일이니 영상께서는 내일 날이 밝는 즉시 떠나시오."

홍순목과 조병호가 어리둥절해 하며 홍선대원군에게 여쭈어 보아도 그는 입을 굳게 다물어 버린다. 홍선대원군의 의향은 일본과의 협상을 지연하여 보자는 뜻에서 영의정을 산릉으로 보낸 것이었다. 그리고 그 협상이 지연되는 과정에서 청나라에서 대규모의 병력을 파병하여 주기를 기다리는 것이었다. 그야말로 홍선대원군 나름대로는 노회한 정객의 술수를 쓰고 있는 것이었다. 이제야 영의정과 도승지가 홍선대원군의 의향을 알고 연현각에서 물러나온다.

일본군이 도성에 입성하여 창덕궁을 포위하고 있자, 홍선대원군은 하루 속

히 청국 군대가 조선으로 출병하면 그 군대를 입경시켜 일본군을 저지하는 일만을 생각한다. 중희당에서 열리고 있는 중신회의는 흥선대원군을 지지하는 세력이 그렇게 많지 않았다. 사태를 관망하는 경우는 있어도 노골적으로 흥선대원군을 비판하지는 못하지만 신응조 처럼 아예 등청을 하지 않거나 사임하는 경우가 많았다.

창덕궁을 점령한 하나부사는 조선 왕실과 흥선대원군에게 통보한 날짜만을 기다리고 있었다. 드디어 3일이 되자 하나부사 요시모토는 대궐 도당으로 가서 영의정 홍순목을 만나고자 하였다. 그러나 조선 관료들이 하나부사 요시모토에게 말하기를,

"공사, 영상대감께선 산릉의 일로 떠나시고 지금 도성에 계시지 않습니다."

"뭐! 뭣이, 그렇다면 영상대감께서 아니 계실 때 영상대감을 대신하여 우리 일본과 협상을 대행할 조정 대신은 누구시오?"

하나부사 요시모토가 흥분한 목소리로 물어 보자, 조선 관원의 그 다음 소리를 들은 하나부사 요시모토는 크게 진노한다.

"예, 공사, 일본과의 외교문제는 아주 중요하므로 영상대감께서 오시지 않고는 그 누구도 대행할 수가 없습니다."

"아~차, 내가 이놈의 늙은이에게 속았구나!"

하나부사 요시모토의 얼굴이 붉으락푸르락하였다. 그는 분을 참지 못하고 있었지만 당장 어찌 할 수는 없었다. 하나부사 요시모토는 하는 수 없이 일본군의 모든 병력을 이끌고 창덕궁의 포위도 풀고 제물포로 향하였다.

청군의 출병

청나라는 여서창의 연일 급보와 마건충의 편지를 받은 직례총독 장수성과 주복은 머리를 맞댄다. 오직 군사력 이외에는 아무 것도 없는 것이었다.

장수성의 지휘로 청국은 정여창에게 육군과 해군 도합 6영의 병력 즉, 3,000

명과 광둥수사제독(廣東水使提督) 오장경(吳長慶 1833~1884), 황사림(黃士林), 원세개(袁世凱 1859~1916) 등의 장수를 참모로 삼아 북양함대 중 정여창이 회항하여 온 위원호, 보조함 태안호, 포함 진북(鎭北)호 등 3척의 군함과 초상국의 포함 진동(鎭東)호 등 5척의 군함을 이끌고 조선으로 출병할 것을 명하였다.

7월 4일 정여창은 휘하 장수와 참모들을 거느리고 조선으로 출병하였으나, 도중 풍랑을 만나 위해위(威海衛 북양함대의 기지)에 기항하여 머물게 되었다.

정여창은 풍랑이 잠잠해지자 7월 6일 위해도를 출항하여 7월 9일 인천 앞바다에 입항하여 마건충이 있는 제물포로 입항하려고 하였다.

이때 제물포에는 일본과 조선 문제를 중재하고 있는 마건충이 일본군과의 충돌을 우려하여 자신이 거느리고 있는 군함을 포함하여 모든 함대 중 수송선 1척과 1개 중대 병력만 제물포에 남겨두고 전 함대와 군사들을 거느리고 경기도 남양만 마산포로 입항하였다.

다음 날 청군은 바로 상륙하여 남양부와 수원부 근교에 진을 치고 곧 한양으로 진입할 태세를 취하고 있었다. 수원부와 남양부에서는 청국 군대의 대규모 출현으로 조정으로 파발과 장계를 올리느라 여념이 없었다.

여기에서 잠시 원세개를 살펴 보아야 한다. 그는 대통령에 해당되는 중화민국 초대 대총통을 지낸 인물이다. 허난성 상청지방 군인의 지주 가문에서 태어난 그는 먹는데 소질이 있어 어머님의 젖이 모자라 젖동냥도 많이 하였다. 또한 유년기부터는 머리를 쓰는 일은 잘 못하였으나 힘만큼은 누구에게도 뒤지지 않았다. 과거시험에서는 매번 낙방할뿐더러 지방 향시에도 입격치 못하였다. 그러던 중 오장경의 추천으로 장교 생활을 하면서 탁월한 리더십을 발휘하여 순식간에 그에게는 많은 군졸들이 따랐다. 그렇지만 그는 군율을 어기는 자는 추호도 용서치 않았고 때에 따라서는 선참후계를 하여 장수들은 물론이고 청나라의 실권자 이홍장의 신임도 대단하였다. 그런 그가 조선에 들어온 후 수원부에서 청군들이 조선의 민가로 내려가서 약탈하려고 하자 원세개는 불문곡직 권총으로 청군 병사 3명을 현장에서 사살한 후 오장경에게 보고하기도 하였다.

일본군이 물러간 후 흥선대원군은 한시름 놓은 마음으로 중희당에서 중신회의를 소집하고 있었다. 일본의 요구사항을 의논하기 위하여 회의는 진행되지만 중신들의 대책은 일본의 요구를 조금 수정하여 소용하는 것 이외에는 달라진 게 아무 것도 없었다. 다만 흥선대원군은 청국의 대규모 병력을 믿고 있는 것이었다. 이때 마침 좌부승지 윤상만(尹相萬)이 헐레벌떡 중희당으로 들어와서 흥선대원군에게 아뢴다.

"국태공 저하, 지금 남양만 마산포에 청국 군함 6척과 수천 명의 군대가 상륙한 후 남양부와 수원부 일대에 진을 치고 있다고 하옵니다."

좌부승지는 남양부사와 수원부사의 장계를 흥선대원군에게 품신하였다. 실로 이 보고는 흥선대원군이 얼마나 기다리고 기다리던 장계가 아니었던가. 단번에 흥선대원군은 두 주먹을 불끈 쥐면서 힘을 내고 있었다.

어전회의를 하고 있는 중신들도 일본을 견제키 위해 청나라에서 대규모의 군대를 파견하여 준 것에 대해서는 고맙게 느끼고 있었지만 흥선대원군처럼 가슴 깊이 와 닿는 것은 아니었다.

여하튼 청국 군대가 수천이라는 소리에 중신회의를 하고 있는 중희당은 갑자기 시끌벅적하여 진다. 무위대장 이재면이 흥선대원군에게 아뢴다.

"아버님, 청국이 많은 군함과 수천의 군사를 우리 조선에 파견한 것은 실로 중차대한 일이옵니다. 고관을 영접관에 임명하여 청국 병영에 파견하여 그들을 위문, 영접하심이 옳을 것으로 사료되옵니다."

"그야 이르다 뿐이겠는가?"

흐뭇한 심정의 흥선대원군은 중희당에 있는 중신들을 살펴 보았지만, 청군 진영으로 파송할 대신이 보이지 않는 것은 사실이었다. 지금은 무위대장이 청국 군대를 위문하는 것이 관례이나 아들인 무위대장이 도성을 비우기에는

무리였다. 할 수 없이 흥선대원군은 조영하를 쳐다보면서 지시하기를,

"병조판서 조영하를 청국 군대의 영접관에 임명하고 공조참판 김홍집을 부관으로 삼을 것이니, 두 대신은 지금 즉시 마산포로 가서 청국 군대를 위문하고 영접하라!"

9년 만에 재집권한 흥선대원군이 인재난을 겪고 있다는 것을 또 한 번 여실히 보여 주고 있는 장면이다.

그리고 흥선대원군은 경기관찰사 홍우창으로 하여 청나라 군대의 입경을 안내하라는 지시도 하였다.

조영하와 김홍집은 청나라 군대를 방문하여 지난번 일본공사 하나부사 요시모토에게 말하였던 것처럼 마건충, 정여창 등에게도 이번 조선 군변의 괴수는 흥선대원군이라고 지목하며 말하기를,

"마 장군, 흥선대원군은 황제께서 책봉하신 우리 주상전하를 밀어내고 권좌를 찬탈하였고, 국정을 전횡할뿐더러 많은 중신들도 죽였소. 또한 중전마마의 시신도 찾지 않았는데 중전마마의 장례도 치러버렸소. 중전마마께서도 엄연히 황제께서 책봉하신 것이 분명하지 않소. 지금 우리 조선은 흥선대원군이 국정을 농단하여 백성은 도탄에 빠졌고, 종묘사직은 풍전등화에 놓이게 되었소. 부디 황제의 군대로 흥선대원군을 축출하여 주시고 우리 조선을 지켜 주시옵소서."

조영하 자신은 마치 조선의 충신열사처럼 말한다. 듣고 있던 마건충이 말하기를,

"내 병조판서 대감과 조선의 형편을 모르는 것은 아니지만, 일단 우리는 일본과 조선 문제를 놓고 협상도 하여 보아야 할 것이며, 한양으로 진입하여 조선 국왕을 알현하고 국태공과도 면담하여 본 후에 조치하여도 늦지 않을 것이오. 그러니 너무 서두르지 않아도 됩니다."

마건충, 정여창 등은 오히려 청국 군대를 영접하러 온 조영하와 김홍집을

비롯하여 그를 수행하여 온 조선 관리들을 융숭하게 접대한 후 돌려 보낸다.

그리고 마건충은 제물포로 급히 군함을 몰았다. 하나부사 요시모토를 만나 청국이 조선의 문제를 중재하겠다고 나섰지만 하나부사 요시모토로부터 일언지하에 거절당하고 아무런 소득 없이 돌아 오게 되었다. 곤도 모토스케에 이어 두 번씩이나 일본으로부터 협상 거절을 당한 외교 전문가라도 자부하는 마건충의 자존심이 심하게 구겨졌다.

마건충은 군사적 행동으로 먼저 오장경에게 육군 300백 명을 내어 주어 한양으로 진입시켰고, 뒤 따라 자신도 대군을 이끌고 한양으로 들어오면서 요소요소에 군대를 배치하였다. 그리고 마산포에 정박하고 있는 청나라 북양함대 중 한 척만 남겨두고 모두 인천으로 이동시켰다. 일본군이 물러 간 후 청군은 신속하게 한양과 요새를 장악하였다.

하나부사 요시모토로서는 자신이 제물포로 철수할 사이 청나라 군대가 도성으로 진입하여 요새를 장악하여 버린 꼴이 되어 버렸다. 하나부사 요시모토로서는 닭 쫓던 개 지붕 쳐다본다는 식으로 이러지도 저러지도 못하게 되었다. 조선과 협상이 결렬되었을 때 창덕궁의 포위를 풀고 제물포로 온 것을 후회하고 있었지만 아무 소용 없었다. 그런 하나부사 요시모토가 이제 마건충의 병영을 찾아 가지 않을래야 않을 수 없게 되어 체면불구하고 마건충의 병영으로 찾아왔다.

마건충이 만면에 웃음을 머금고 하나부사 요시모토를 환대하기에 이른다. 하나부사 요시모토로서는 이유여하를 막론하고 마건충에게 말하기를,

"장군, 장군께서 저희 군영을 두 번이나 왕림하셨는데 제가 어찌 그냥 있겠습니까?"

"공사, 잘 오시었소. 저는 공사께서 반드시 우리 병영을 방문하여 주실 것을 확신하였소."

마건충은 하나부사 요시모토를 깍듯하게 맞이한다. 상호 인사를 마친 두 사

람은 조선의 문제를 의논하면서 조선의 입장은 전혀 고려치 않는 채 협상에 들어 간다.

그들의 협상 중 하나부사 요시모토의 요구는 우선 홍선대원군을 실각 및 제거, 구수이지만, 마건충은 당장 홍선대원군을 실각시킬 수는 없는 일이므로 그와 협상을 하여 본 후 결정하여도 늦지 않다고 말하였다.

하나부사 요시모토로서는 강력한 발언권을 할 수 없는 입장이 되었다. 일본군이 아무리 뛰어난 일당백의 정병이라고 하여도 수적으로 많고 요새를 장악하고 있는 청군을 상대로 개전하기에는 너무 힘들었다. 즉 주객이 전도되어 하나부사 요시모토와 마건충의 입장이 바뀌게 된 것이었다. 그러한 하나부사 요시모토의 속내를 간파한 마건충은,

"공사, 공사께서는 너무 걱정하지 마십시오. 제가 곧 홍선대원군을 만나 일본과 협상할 것을 종용하겠습니다."

"장군, 장군께서 그렇게만 하여 주신다면 더 바랄게 뭐 있겠습니까마는 그 늙은 영감이 계속 똥고집을 부리면 어찌 할 것입니까?"

"그렇게 되면 홍선대원군이 화를 면치 못할 것이니 그 점은 심려 놓으시오.",

"알겠소. 장군, 그러면 이번 폭동을 일으킨 조선 군졸 놈들을 귀국이 모두 진압하여 줄 수 있겠소?"

"허허허, 공사, 공사께서는 그 점도 심려 놓으시오. 폭동에 가담한 조선 군졸 놈들은 황상폐하게 불충한 놈들이오. 어찌 그놈들을 살려 줄 수 있겠소."

그 둘의 비밀 회담은 그런 형식으로 끝났다. 돌아 가는 하나부사 요시모토와 마건충 모두 만족하는 회담이었으니, 홍선대원군, 무위영 군사들의 운명은 불을 보듯 뻔하였다.

한편 홍선대원군은 청나라 군대가 도성 곳곳을 장악하고 일본군이 제물포

로 퇴거하자 한시름 놓게 된다. 그리고 입경한 청나라의 군대를 직접 노문, 영접하고자 훈련대장 이재면을 대동하고 마건충의 군영으로 찾아간다.

조선이 아무리 청나라의 속국이지만 조선의 집정자가 외국 군대의 병영을 방문하는 것은 그리 흔치는 않다. 그러나 지금은 국가 비상사태나 다름 없는 전시 시국이니 큰 결함은 아니며 무엇보다 홍선대원군이 의지할 곳은 청국 군대뿐이었다. 갑작스런 홍선대원군의 방문으로 청국군 진영은 분주하게 움직인다. 마건충은 모든 장수들을 물리치고 단독으로 홍선대원군을 맞이한다.

"국태공 저하, 어서 오시옵소서. 미리 연통이라도 주시지 않으시고……."

마건충의 말이 채 끝나기도 전에 홍선대원군이 청국 군대의 출병을 진심으로 고마워하며 말하기를,

"마 장군, 상국 황제폐하께서 보낸 군대를 방문하는데 연통은 무슨 연통이요, 마 장군, 아무튼 청군의 도성 입경을 감축하오. 정말로 잘 오시었소."

홍선대원군과 마건충은 청군의 출동과 군졸들이 봉기한 연유를 상호 설명하고 의논한 후 우선 협상 대상인 일본과의 문제를 거론하며 마건충이 홍선대원군에게 아뢰기를,

"국태공 저하, 아뢰옵기 황공하오나 일본과 협상하여 이번 군란으로 인한 일본국의 피해를 보상하여 주어야 될 것으로 사료되옵니다."

홍선대원군은 마건충의 충고를 뒷전으로 듣고 오로지 청국 군대의 막강한 위용을 믿으며 대일본 정책은 강경론으로 펼치면서 말하기를,

"마 장군, 우리는 왜놈 따위와는 회담을 하지 않을 것이오."

"국태공 저하, 일본과 회담을 하지 않으면 뭘 어찌 하자는 것입니까?"

마건충은 걱정이 되어 진심으로 말하자, 홍선대원군은 단호하게 말한다.

"마 장군, 이번 기회에 우리는 저 오만방자한 일본과 국교를 단절할 것이오."

"국태공 저하, 그러면 일본이 그냥 가만히 있겠습니까?"

"아니, 마 장군, 그럼 제깟 왜놈들이 가만히 있지 않으면 난동이라도 부린다는 것이오."

홍선대원군은 청국 군대를 믿고 일본을 얕잡아 보면서 말하자, 마건충이 말하기를,

"국태공 저하, 어디 일본이 난동으로만 그치겠습니까. 그들은 아마 조선과 선전포고를 할 것입니다."

"마 장군, 청국군은 3,000명이오. 한줌도 안 되는 왜놈들이 어떻게 설치겠소. 청국의 정예병과 우리 조선군이 합세하면 저 왜놈들을 충분히 물리칠 것이오."

홍선대원군은 청국 군대를 마치 조선의 관군처럼 생각하고 있었다. 그러자 마건충은 뭔가 못마땅하다는 기색을 하며 홍선대원군에게 아뢰기를,

"국태공 저하, 아뢰옵기 황공하오나 우리 청나라는 일본과 전쟁을 원하지 않습니다."

마건충의 말을 듣고 있던 홍선대원군의 실망은 이만저만이 아니었다. 청나라가 일본을 견제하기 위하여 대병을 조선으로 출병시킨 것으로 알고 있는데, 청군이 일본군을 막아 주지 않으면 자신은 물론이고 조선은 어찌 되겠는가. 불만이 가득 찬 목소리의 홍선대원군이 마건충에게 말하기를,

"마 장군, 그러면 청국 군대가 저 잔악한 왜놈들을 막아 주지 않으려면 무엇 때문에 출병하였으며 도성에 왜 청군을 입경시켜 머무르게 하는 것이오."

"국태공 저하, 우리는 조선이 일본과 원만하게 회담을 하게끔 주선을 하는 것이 최우선입니다. 저하, 부디 일본과 원만하게 협상하시어 우호를 다지옵소서."

오매불망 청국의 대병만을 고대하였던 홍선대원군은 크게 실망하였다. 아들인 무위대장 겸 훈련대장인 이재면을 거느리고 마건충의 막사를 나서는 홍선대원군의 발걸음은 천근만근보다 더 무거웠다.

홍선대원군이 물러가자 마건충은 정여창, 오장경 등과 대책을 논의한다. 먼저 마건충이 오장경과 정여창에게 홍선대원군과의 회담을 설명한 후 대범하게 말하기를,

"홍선대원군의 고집이 너무 완강하여 일본과는 국교를 단절한다고 하오. 또한 우리 청국군이 일본군을 막아 줄 것으로 확실히 믿고 있는데, 우리가 무엇 때문에 조선을 위하여 신흥 강국인 일본과 전쟁을 해야 되겠소."

두 제독들의 의향을 살피면서 홍선대원군의 고집을 꺾을 수가 없다는 전제로 회담을 한다. 정여창이 마건충에게 말하기를,

"장군, 홍선대원군을 그냥 두면 그는 군사를 크게 일으켜 일본과 전쟁을 치를 것이고, 조선은 금방 일본의 지배를 받게 됩니다. 길은 오직 하나, 국태공을 실각시키든 아니면 천진으로 데려 가는 것 뿐입니다."

깜짝 놀란 오장경이 말하기를,

"아니! 그럼 조선의 국태공을 해치자는 것이오?"

"아무려면 조선의 국태공을 해쳐서야 되겠소. 다만 조선의 정세가 안정될 때까지 우리 청나라에서 보호를 하는 것이 조선의 불행을 막고 우리에게도 큰 득이 됩니다."

그러나 홍선대원군의 납치에 대하여 아직까지 미온적인 태도를 하고 있는 오장경이 말하기를,

"그러면 홍선대원군을 무슨 명분으로 천진으로 데리고 갈 수 있겠소? 또한 조선 국왕의 허락도 있어야 할 것이며, 그가 우리들의 압송에 순순히 응하겠소?"

오장경이 조금 망설이지만 홍선대원군의 납치는 벌써부터 청장들의 공론이 되고 있었다. 그러자 정여창이 마건충에게 말하기를,

"장군, 조선 조정 내에서도 홍선대원군의 재집권을 원하지 않고 있습니다. 조정 중신들도 모두 국왕이 정무를 관장하여야 한다고 주장합니다. 그러니 오

늘 밤 창덕궁으로 가서 조정 중신들과 국왕의 뜻을 알아 보아야 할 것입니다."

그들은 청나라에 대하여 우호적인 조정의 중신들을 중심으로 조선 국왕과의 알현을 요청하고자 원세개를 창덕궁으로 급히 파송하였다.

그러나 소심한 성격의 소유자 오장경은 마지막으로 마건충에게 말하기를,

"장군, 장군의 말씀과 본국의 훈령을 모르는 것은 아니지만, 우선 일본과의 협상이 최우선입니다. 다시 한 번 일본과 협상을 한 후에라도 홍선대원군을 천진으로 데려 가도 늦지는 않을 것으로 보옵니다."

미온적인 태도의 오장경을 바라 보는 마건충의 얼굴이 붉으락푸르락하며 말하기를,

"오 제독은 조선이 일본에 의하여 괴멸된 후에도 우리 청나라가 조선에서 종주권을 행사할 수 있다고 생각하시오?"

어느 정도 홍선대원군을 천진으로 납치하려는 모의가 끝나 갈 무렵 창덕궁으로 갔다 온 원세개가 돌아 와서 조선 국왕이 청장들의 알현을 허락한다고 하였다.

계속해서 약간 머뭇거리는 오장경을 마건충이 상급자의 직급으로 일축하여 버리고 그들은 홍선대원군을 청국으로 압송하기 위하여 조선 국왕을 압박코자 창덕궁으로 향한다.

해질 무렵 마건충은 정여창과 오장경을 비롯하여 청군의 수뇌부와 1개 영의 군대 즉, 500여 명의 병력을 거느리고 이미 내응이 된 병조판서 조영하와 어윤중 등의 안내로 창덕궁 중희당에서 고종을 알현한다. 고종은 청장들이 군사를 거느리고 들어오자 그들을 우대하여 맞이한다. 중희당에는 고종과 청장들 조영하와 유재현만 입시하게 되자 마건충은 고종에게 아뢴다.

"전하, 조선의 군변이 점차 안정되어 가고 있으니 이 모두가 전하의 홍복이옵니다."

"예, 고맙소. 모두가 황제폐하의 성덕이오."

"전하, 그래서 저희 소장들이 우리 황상폐하께 주청을 하였사옵니다."

"아니! 황제폐하께 주청을 말이오?"

"예, 전하, 조선의 군변이 안정되는데 결정적인 공로를 하신 국태공 저하의 노고를 황제폐하께 품신하였나이다."

"오! 그렇소이까? 소방의 불민한 사건으로 황제폐하께 심려를 끼친 것도 송구스러운데, 국태공까지 염려해 주시니 황은에 감읍할 따름이오."

"예, 전하, 그래서 황제폐하께서는 친히 국태공의 노고를 치하하시겠다고 하옵나이다. 전하, 통촉하여 주시옵소서."

"아니! 황제폐하께서 아버님을,"

아직까지 흥선대원군의 압송 계획을 눈치 채지 못하고 있는 고종이었으나 뭔가 이상하다는 것을 느끼고 있을 때, 마건충이 나서면서,

"전하, 소장들이 국태공 저하를 천진으로 뫼시고자 하옵니다. 이는 지엄하신 황제폐하의 명으로 소장들도 거역할 수는 없사옵니다. 전하, 통촉하여주시옵소서."

이제야 고종은 알게 되었다. 흥선대원군을 청국으로 압송하기 위하여 청군의 수뇌부가 대궐로 들어오게 된 것을, 고종이 차마 무슨 말을 못하자 입시하고 있던 병조판서 조영하가 마건충에게 말하기를,

"장군! 장군께서 우리 조선과 국태공 저하를 위해서 그렇게 동분서주하고 계시는 것을 몰랐습니다. 장군, 고맙소. 또한 황제폐하의 지엄하신 황명을 받드는 것도 소방의 기쁨이오."

조영하는 고종을 대신하여 흥선대원군의 청나라 압송을 적극 지지한다.

그렇지만 마건충은 병조판서 조영하의 단독 발언으로는 엄청난 불궤를 도모할 수 없어서 고종에게 아뢴다.

"전하, 아뢰옵기 황공하오나, 국태공 저하를 천진으로 모셔 가는데 그를 수행할 노복과 종자를 비롯하여 의복을 준비하여야 될 것이옵니다. 전하, 통촉

하여 주시옵소서."

당당하게 주청하면서 고종을 압박하자 고종은 마지 못해 유재현에게 지시하기를,

"유 내관! 국태공께서 천진으로 행차하시는데 불편함이 없도록 하라!"

고종의 확답을 들은 마건충, 정여창, 오장경 등은 고종에게 예를 올린 후 창덕궁을 나온다. 그들이 나가자 조영하가 고종에게 아뢰기를,

"전하, 아뢰옵기 황공하오나, 국태공을 천진으로 뫼시는 것은 종사나 일본과의 국교로 보나 무엇 하나 소홀할 수 없사옵니다. 전하, 성심을 굳게 하시오소서."

"알았소. 모두 물러 가시오."

중희당에 혼자 있는 고종의 심정은 참참한 것 같았지만, 사실 그와는 정반대였다. 이제 군변도 안정되었고 중궁전도 충주에 잘 은신하고 있는 판국에 생부의 존재가 이제는 거추장스러운 걸림돌이 될 뿐이었다. 다만 지금 고종의 참참한 심정은 이 엄청난 불궤의 도모가 보안이 유지되느냐 마느냐 하는 것에만 촉각을 곤두세울 뿐이다.

김춘영의 통곡

그날 밤 동별영에서 번을 서고 있는 김춘영에게 유춘만과 동료들이 헐레벌떡 뛰어 와서 말하기를,

"형님, 큰일났소! 어머님께서 위중하시다고 합니다. 빨리 가 보십시오."

바로 직감한 김춘영이 왕십리로 죽기 살기로 달린다. 집으로 간 그는 바로 어머니의 방으로 들어서자, 명재경각인 서씨는 가쁜 숨을 몰아 쉬고 있었다. 김춘영은 노모를 부둥켜 안고 절규한다.

"어,~ 어머님, 정신 차리십시오."

"흐~ 흐~ 흑."

"이대로 가시면 아니 됩니다."

말을 못하는 서씨는 김춘영을 보자 무엇인가를 말하려고 하는데 입에서 말이 나오지 않고 신음 소리만 나오고 있었다.

"음~ 으~ 으."

이를 모를 리 없는 김춘영은 노모를 붙잡고 흐느낀다. 그러나 죽음이 임박한 서씨의 얼굴은 오히려 평온하였다. 고귀한 반상의 여식으로는 태어나진 못하였지만, 60년의 인생 중에서 아들과 함께 살아온 39년의 세월이 그녀에게는 누구 보다도 행복하였다. 단 한 가지 걱정이 되는 것은, 앞으로 살아갈 날이 창창한 아들 김춘영의 훗날이 염려스러울 뿐이었다.

지금 군졸들이 봉기하여 승세를 잡고 있지만 이 위세가 그렇게 오래 가지 못한다는 것을 어머니 서씨는 진작부터 익히 알고 있었던 것이었다.

그렇지만 김춘영에게는 그 모두가 소용없으며 이제 어머님께서 쾌차하지는 못하더라도 조금이라도 함께 더 살기를 바랄 뿐이었다. 붉게 충혈된 김춘영의 눈에는 뜨거운 피눈물이 하염없이 솟다져 내리고 있었다. 그는 노모를 붙잡고 계속 흐느낀다.

"어머님, 저를 두고 가시면 아니 됩니다. 불효한 자식을 두고 가지 마십시오."

마지막 숨을 헐떡거리는 노모이지만 마음으로 말한다.

"춘영아, 내 아들 춘영아, 저승에 가서도 너를 잊지는 못할 것이다. 모든 것을 버리고 속히 도망가거라!"

이러한 말을 하고 싶지만 서씨의 입에서는 말문이 터지지 않으니 서씨로서도 안타까울 따름이었다.

김춘영은 피눈물을 흘리며 흐느낀다.

"어머님! 가지 마세요."

"어머님! 가셔는 아니 됩니다."

"으~ 으."

신음 소리로라도 아들에게 도망갈 것을 권하는 어머니였으나 그 말이 터지지 않아 서씨 자신의 죽음보다도 더 안타까워하고 있는 어머니였다.

마지막 힘을 내어 절규에 가깝게 흐느끼는 아들은 바라 보고 있는 서씨는 가쁜 숨을 몰아 쉰 후, 미약한 힘으로 김춘영의 손을 잡는다. 그리고 힘겹게 아들의 등도 만져 보고 희미한 눈으로 김춘영을 쳐다보면서 뭔가를 말하려고 하지만 말문이 터지지 않는다.

"으,~ 으."

"드,~~ 드~ 흐,~ 오."

자식을 위한 모성애였던가. 노모는 죽음도 잊어 버린 채 김춘영에게 도망가라는 말을 하기 위해 안간힘을 쓰고 있는 것이었다. 마지막 말문이 터질 것 같은 노모는,

"드~~ 흐,~~ 드~~."

도망가라는 말을 하려는 노모의 신음이 김춘영으로서는 어머니께서 생을 마치는 숨결도 들리니 더욱 절규한다.

어머님! 가지 마세요.

"드,~~ 드,~~ 오~~."

또 가쁜 숨을 몰아 쉰 어머님 서씨는 인간으로서의 마지막 본능적인 힘을 내고 있었다. 통곡하며 흐느끼는 아들에게,

"도~ 마~ 앙~."

그리고 어머니는 오른 손으로 떠나가라는 손짓을 하고 마지막 숨을 거두었다. 노모는 아들이 걱정되어 모든 것을 버리고 도망가라고 마지막으로 말을 끝내 하고는 숨을 거둔 것이었다.

"어머님!"

"어머니~ 임!"

"흐, 흐, 흑,"

"어머니! 어머니, 이 아들이 그렇게 걱정되어서 도망가라는 말이 하고 싶었습니까? 불효자식을 용서하지 마십시오. 어머님~~~ 어머니, 어머니."

김춘영은 어머님의 싸늘한 시신을 끌어 않고 목 놓아 통곡하였다.

청군의 계략

7월 13일 오시(午時 12시) 마건충이 정여창, 오장경, 원세개 등을 대동하여 홍선대원군을 납치하여 청나라로 압송하고자 200여 명의 군사들을 거느리고 운현궁을 방문하였다. 중국에서 황제의 지엄한 명을 받은 칙사가 조선에 와도 운현궁을 방문하지 않는 것이 전례였다. 그러나 홍선대원군은 청군의 장수들이 운현궁을 방문하자 솟을대문까지 나와 들뜬 기분으로 그들을 맞이한다.

순식간에 운현궁은 청나라 군대의 깃발이 휘날리고 신식 소총을 맨 청군들이 분주하게 움직이면서 청국과 조선은 우방인 것 같은 분위기 속에서도 무엇인가 모르게 이상한 기류가 흐른다. 이에 아랑곳 하지 않고 홍선대원군은 청군의 수뇌부들에게 진지하게 말하기를,

"장군들, 원로에 얼마나 노고가 많으십니까? 대청제국의 현신들이 이렇게 운현궁을 방문하여 주시니 기쁘기 한량없습니다."

홍선대원군은 상당히 고무되어 있었다. 이에 마건충이 답례로 말하기를,

"예, 국태공 저하, 지난 번 소장의 병영을 방문하여 주신 보답으로 이렇게 염치불구하고 저하의 사저를 방문하게 되었습니다. 결례가 되었으면, 저하의 관대하신 아량으로 용서하여 주십시오."

"아니, 결례라니 거 무슨 당치 않은 소리이오."

홍선대원군은 들뜬 심정으로 청장들을 맞이하고 있으나, 정현덕은 마음 속으로 생각하기를,

'거~ 참, 이상하다. 청군의 수뇌부가 이 운현궁에 오다니······.'

뭔가를 의심하고 있을 때 운현궁 아재당에서는 홍선대원군이 청군의 수뇌부들과 덕담을 나누면서 화기애애한 분위기였다. 아재당에는 바로 산해진미의 진귀한 음식들과 상다리가 부러질 정도와 잘 차려진 술상이 나오면서 홍선대원군이 청장들을 최대한의 예우로 환영한다. 그러자 마건충이 홍선대원군에게 말하기를,

"국태공 저하, 정말로 고맙습니다. 소장들을 이렇게까지 환대하여 주실 줄은 몰랐습니다."

"장군들 비록 차린 것은 없지만 많이 드십시오. 술과 음식은 얼마든지 있으며 곧 기생들도 올 것이오. 사나이 대장부의 술자리에 기생이 없어서야 되겠소이까."

청나라 놈들의 음모도 모르는 홍선대원군은 마건충 등을 정중하게 대접하였다. 그리고 홍선대원군은 청장들에게만 대접을 하는 것이 아니고 청장들을 수행하여 온 군졸들에게도 연회를 베풀고자 하였다. 만약에 일본과 일전이 벌어지면 군졸들이 전투를 수행해야 하므로 그들에게도 아끼지 않고 큰 잔치를 열었다. 이를 본 청장들은 홍선대원군에게 한마디씩 한다.

"국태공 저하, 우리 군졸들에게까지 연회를 베풀어 주시니 황공할 따름이옵니다."

몇 술잔의 잔이 돌자 홍선대원군은 마건충, 오장경, 정여창 등에게 잔을 직접 따라 주면서 말하기를,

"마 장군, 아국의 병란으로 대청 황제폐하께 누를 끼치니 황공할 따름이오. 군변이 수습되고 장군들이 귀국하면 황제폐하께 잘 품신하여 주시오. 내, 마장군만 믿겠소."

이에 마건충은 기회는 이때다 하면서 창덕궁을 점령할 명분을 찾으며 홍선대원군에게 말한다.

"예, 저하, 여부가 있겠습니까, 그리고 저하, 왜놈들이 언제 어떻게 준동할지 모르니 우리 청국군이 조선 국왕께서 계신 창덕궁을 호위하여 만약에 있을 왜놈들의 준동을 원천봉쇄 하는 것이 어떻겠습니까?"

"마 장군, 그렇게만 하여 주신다면 더 바랄 게 무엇이 있겠습니까?"

홍선대원군은 청군을 전혀 의심하지 않는다. 바로 마건충이 오장경과 정여창에게 지시한다.

"정 장군, 원세개로 하여 1개 대대 병력을 이끌고 창덕궁으로 진입하여 주상 전하와 왕실의 호위에 만전을 기하고, 군율을 어기는 자는 지위고하를 막론하고 참하라!"

군령이 떨어지자 운현궁에 함께 왔던 원세개는 휘하의 장졸들을 거느리고 창덕궁으로 빠르게 달려 간다. 이 모습을 지켜 본 홍선대원군은 매우 흡족하여 마건충에게 말하기를,

"마 장군, 고맙소. 그리고 저 원세개는 어떤 사람이오?"

"예, 저하, 원세개가 비록 나이는 어리지만 대범하고 군율을 엄격히 하는 군관입니다. 저하께는 황공하오나, 원세개가 수원에서 진을 치고 머무를 때 우리 군졸들이 조선 백성들의 민가를 노략질을 하려고 하자 원세개는 바로 그들의 목을 벤 후 소장에게 보고하였습니다."

홍선대원군의 얼굴은 더욱 흡족하여 말하기를,

"어~허, 그렇소이까. 내 언젠가는 원세개를 꼭 한 번 만나보고 싶소"

운현궁의 연회는 절정에 달하며 더위도 잊고 있었다. 이때 마건충이 홍선대원군을 안심시키려고 말한다.

"국태공 저하, 오늘 이렇게 융숭한 대접을 받으니 그저 황공할 따름이옵니다."

"어~ 허, 마 장군! 차린 것이 없는데도 잘 드셔 주시니 너무 고맙소. 상국과 우리는 영원한 동맹이 아니오."

홍선대원군이 은연 중에 조선과 청나라의 혈맹을 이야기하자 이를 놓칠 리 없는 마건충이 음모를 드러내는데,

"국태공 저하, 이렇게 소장들이 환대를 받았는데, 답례의 차원으로 저하를 우리 병영으로 초청하여 연회를 베풀고자 합니다. 저하께서 우리 병영을 순시해 주시면 우리 병졸들의 사기도 충천할 것은 물론이고 설령 왜놈이 도발한다고 하여도 황제폐하의 충성스러운 장졸들이 모두 격퇴할 것이옵니다. 저하, 또한 꼭 우리 청나라 병영에서 저하께 상신할 군무도 있사옵니다. 저하의 방문을 영광으로 알겠습니다."

오장경과 정여창 등도 마건충과 함께 고개를 숙이며 모두 다시 아뢴다.

"저하, 저하의 방문을 영광으로 알겠습니다."

듣고 있던 홍선대원군으로서는 만사 시름을 더는 소리로 들렸다. 특히 왜놈들이 도발하면 상국 군대가 격퇴하여 준다고 하니 그로서는 백만대군을 얻는 기분이었다. 흡족한 얼굴을 한 홍선대원군이 흔쾌히 말한다.

"마 장군, 고맙소. 당장이라도 마 장군과 제장들의 병영으로 나가 보겠소."

마건충, 정여창 등이 홍선대원군에게 정중하게 말하기를,

"국태공 저하, 영광이옵니다. 소장들은 빨리 병영으로 가서 국태공 저하의 예방을 준비하겠나이다."

그들은 홍선대원군에게 군례를 올린 후, 그의 집을 나선다. 홍선대원군이 대문까지 나와 청장들을 배웅하자 청장들은 돌아가면서 서로 눈짓으로 말하기를,

'어~ 허, 이렇게 쉽게 걸려 들 줄이야.'

자욱한 먼지를 일으키며 총검을 높이 세우고 행군하는 청군의 뒷모습을 바라 본 홍선대원군은 뿌듯한 마음으로 아재당으로 들어간다.

홍선대원군도 기실 빨리 청나라 병영으로 가서 막강한 상국 군대의 위엄을 보고 싶었다. 오직 청나라만이 일본군을 물리쳐 주리라 믿고 있었는데, 청장

들이 언질까지 주지 않았던가. 힘이 솟구친 흥선대원군은 혼잣말로,

'이제 왜놈들은 이 땅에서 발붙이지 못할 것이다.'

그러나 흥선대원군만 유독 모르고 있었다. 자신이 엄청난 자충수를 두고 있다는 것을, 세상이 모두 아는 평범한 이치를 조선의 왕과 관료들만 모르고 있었다. 어느 나라도 조선을 위하여 피 흘려 주지 않는다는 것을……

흥선대원군이 아재당에서 청군 병영으로 출타할 준비를 하며 분주하게 설치자 그의 심복 정현덕은 흥선대원군에게 심사숙고해서 아뢴다.

"국태공 저하, 뭔가 수상합니다."

"정 집사, 뭣이 수상하단 말인가?"

"예, 저하, 지난 번 저하께서 마 장군의 병영에서 서로 논의한 것과는 너무나 틀립니다."

정현덕이 청군의 동태를 의심하기 시작하자, 흥선대원군이 정현덕에게 말하기를,

"정 집사, 어차피 가재는 게편이야. 청국과 조선은 사사로이 말하면 부자지간인데 청국이 조선을 도와주는 것은 당연한 것이 아닌가?"

그렇지만 정현덕은 흥선대원군의 청나라 방문을 적극적으로 만류하면서 아뢰기를,

"국태공 저하, 청나라 병영의 방문은 저 청나라 놈들이 파놓은 함정입니다. 저하께옵서는 어떠한 일이 있어도 청나라 병영에 가서는 아니 되옵니다."

정현덕은 흥선대원군에게 충심으로 직간하였으나, 오히려 정현덕을 측은한 눈으로 보면서 말하기를,

"어~ 허, 정 집사, 자네도 그 숱한 핍박과 서러움의 세월에 주눅이 들었구만."

오히려 정현덕의 어깨를 두드리며 출타 준비를 독촉한다. 정현덕이 다시 한 번 흥선대원군에게 고하기를,

"국태공 저하, 지금의 형세는 비상시국이므로 청군의 진영까지는 훈련대장

을 파송하시고, 저하께옵서는 군졸들을 통제하여 청군의 동태를 관망하시는 것이 유일한 대책이옵니다. 저하, 통촉하여 주시옵소서."

"어허, 이 사람, 정 집사, 너무 걱정하지 말게. 청나라는 대국이라 왜놈하고는 틀려. 그리고 이것은 또한 사내들 간의 약속이야!"

흥선대원군은 정현덕을 위로하지만 그는 계속하여 충심으로 흥선대원군의 청군 병영의 예방을 만류한다. 흥선대원군은 자상한 눈빛으로 정현덕을 바라보면서 말하기를,

"정 집사, 청나라 군대가 들어왔으니 이제 왜놈들은 곧 도망갈 것이 아닌가. 그러니 내 직접 청나라 군사들을 위로할 겸 청군의 위용도 살펴보아야 할 것이 아닌가. 그러니 정 집사는 너무 걱정하지 말게."

운현궁은 갑자기 흥선대원군이 청나라 병영으로 행차한다는 소식에 모두들 분주하게 움직인다.

흥선대원군을 납치하는 청군

그 날 오후 4시 무렵 흥선대원군은 정현덕의 충정어린 만류를 뿌리치고 수십 명의 호위군사만 거느리고 청나라의 병영으로 향하였다.

청나라 병영으로 들어선 흥선대원군은 깃발을 휘날리고 기치총검을 높이 세운 청군들의 모습을 보고는 흡족해 한다. 진짜 그렇게 보였다. 청군 진영은 마건충의 특명으로 그날 군기를 힘차게 세우고, 병영에는 군사들의 사열과 조련하는 모습을 비롯하여 막강한 전투력을 보여 주고 있었으니 흥선대원군의 눈에는 그렇게 보이기도 하였다.

'으~ 음, 이제 왜놈들은 저 청군의 위용만 보아도 혼비백산하여 줄행랑을 치겠지.'

흥선대원군은 혼자만의 생각이지만 가슴 뿌듯하고 보기만 해도 청군의 위세가 힘차게 보였다.

홍선대원군이 청나라 병영에 당도하자, 마건충, 정여창, 오장경, 황사림 등 청군의 주요 지휘관들이 군사들을 좌우로 도열시켜 놓고 홍선대원군을 뜨겁게 환영한다. 가마에서 바로 내린 홍선대원군은 청나라 장수들에게 말하기를,

"마 장군, 대단하오. 과연 대국의 군대답소."

마건충을 비롯한 청나라 장수들은 모두가 허리를 깊숙이 숙여 아뢴다.

"국태공 저하, 저하의 방문은 참으로 영광입니다. 이제 우리 청나라 군대는 사기가 충천할 것입니다. 그리고 우리 청국과 조선은 영원한 우방입니다."

"그야 당연한 것 아니오. 마 장군."

"국태공 저하, 여기부터는 군막이므로 소장들이 뫼실 것이오니 우선 호위 군사들을 여기에 머무르게 하옵소서. 우리 병영에서 조선의 국태공 저하를 뫼시는 군사들에게 조그마하게나마 연회를 베풀고자 합니다. 저하, 부디 허락하여 주십시오."

"허허허, 고맙소. 마 장군, 우리 군사들에게까지 그렇게 신경을 써주시니 역시 조선과 청국은 영원한 동맹이오."

홍선대원군은 일말의 의심도 없이 청나라 장수들의 말을 수용하였다. 그 와중에 병영을 지나 홍선대원군은 청군 수뇌부의 막사에 이르자 마건충이 말하기를,

"저하, 소장들의 군막입니다. 드시지요."

홍선대원군 혼자만을 막사로 들게 하자 홍선대원군의 통변을 담당하는 이조연과 이용숙 등이 나서면서 마건충에게 거칠게 항의한다.

"장군, 우리는 보통 수행원이 아니라 국태공 저하의 통변을 하는 수행원인데 우리가 들어가지 못하면 어떻게 통역이 됩니까?"

"허허, 너무 노여워 마십시오. 좀 은밀하게 필담으로 국태공 저하와 소통을 하고자 하니 통변은 없어도 무방합니다."

그러자 옆에 있던 홍선대원군은 고개를 끄덕이며 수하들에게 말한다.

"너희들은 여기에서 기다려라!"

"아니 되옵니다. 국태공 저하!"

"기다리라고 하지 않느냐! 저 간악한 왜놈들을 몰아낼 필담을 하는데 무슨 말이 그렇게 많으냐!"

"예,"

홍선대원군은 단신으로 마건충의 안내로 오장경 휘하의 황사림 막사로 안내되었다. 황사림은 정중하게,

"국태공 저하, 좌정하시지오."

홍선대원군이 의자에 앉자 황사림, 마건충 등이 앉으며 보편적인 필담이 오고갔다. 한쪽이 의향을 물어 문구로 적으면 다른 한쪽은 답을 써서 종이를 건네는 형식이었다.

군막 밖에서는 홍선대원군을 호위하여 온 군졸들이 홍선대원군과 청나라 장수들이 필담하는 곳에서 멀리 떨어진 병영에서 모두가 청군들이 베푼 잔치에 참석하여 무장을 풀고 기분 좋게 음식을 먹고 있었다. 다만 이조연과 이용숙을 비롯하여 홍선대원군의 가신들은 약간 긴장을 하며 가볍게 연회상만 받아 놓고 청군의 동태를 살피고 있을 뿐이다.

군막 안에서는 홍선대원군과 청나라 장수들의 필담이 오고가며 담소를 나누기도 하였다. 국내외 정세를 비롯하여 일본군의 출병과 관계된 보편적인 한담이었고 날씨에 관한 이야기 등 일상생활의 필담이었다. 그러다가 마건충이 조선의 군제에 관하여 글을 올린다.

"조선은 수군을 증강하고 수사를 많이 두는 것이 육군보다 나을 것 같소."

"나라의 재정 형편이 좋지 못하여 그렇게 되었으니 앞으로는 그렇게 할 것이오."

"조선은 매년 군함 한 척씩이라도 비치하여 3~4척만 되어도 좋지 않겠소."

"향후 생각하여 보겠소."

누가 보아도 운현궁에서 처럼 마건충, 오장경 등과 홍선대원군의 약속과도 같이 보였다. 그러자 마건충이 서서히 본색을 드러내기 시작하며 새로운 종이에 대수롭지 않다는 뜻으로 한 줄 쓰기를,

"조선국왕은 우리 황제폐하께서 책봉하시는 것을 국태공께서는 알고 있소?"

약간의 반말로 분위기를 험악하게 몰고 가려고 하는 마건충이었으나, 홍선대원군은 아직까지 그 눈치를 채지 못하고 즉답하였다.

"알고 있소."

그러자 마건충이 기다렸다는 듯이 얼굴이 붉으락푸르락하면서 일필휘지로 써 내려 간다.

"황제가 책봉한 조선 국왕은 모든 정령을 친히 내어야만 한다. 그러나 태공은 권력을 찬탈하여 반대하는 사람을 죽이고 자신들의 가까운 사람을 기용하고 황제의 책봉을 받은 조선 국왕을 허수아비로 만들었을 뿐 아니라, 황제가 책봉한 왕비도 시해하였으니, 이는 황상폐하를 능멸하는 불충으로 그 죄를 용서받을 수 없소. 그러나 태공은 국왕과는 부자지간으로 최대한 관용을 베풀어 포박하지 않고 우리가 천진으로 모셔갈 것이오. 이 또한 지엄한 황명이니 이제 속히 가마에 올라 마산포로 가서 군함으로 천진에 가서 황제폐하의 처분을 기다리시오!"

"아~차 내가 속았구나!"

홍선대원군은 앞이 캄캄하였다. 어떻게 하여 재집권하였는데, 청국으로 압송되어 간다고 생각하니 그는 얼굴이 하얗게 질리고 말이 나오지 않았다. 홍선대원군은 자리를 박차고 일어나면서,

"나는 어떠한 일이 있어도 천진으로 갈 수 없소!"

완강하게 거절하자 군막의 문이 열리면서 오장경이 군사들을 거느리고 들어오면서 말하기를,

"국태공 저하, 천진까지는 소장이 뫼시겠소이다. 부디 조선국왕의 생부로

서 체통을 지켜 줄 것이라 믿소."

홍선대원군을 위협하였다. 즉, 난동을 부리거나 압송에 응하지 않으면 아무리 조선국왕의 생부라도 용서하지 않겠다는 말이다. 문득 홍선대원군은 정현덕의 만류가 뇌리를 스치고 지나간다. 그렇지만 이제는 후회하여도 소용없는 일이었다. 그래도 홍선대원군은 자신을 호위하여온 군졸들이 대기하고 있을 것으로 생각하면서 큰 소리로 말한다.

"나는 천진에 갈 수 없다. 나에게 죄가 있고 없고의 판명은 우리 주상 전하께서 국문하실 문제이지 너희들이 관여할 일이 아니니라!"

홍선대원군이 사생결단으로 나오자 마건충과 오장경이 홍선대원군에게 위협적으로 말하기를,

"국태공 저하, 더 이상 이러시면 국왕의 생부로 대하지 않고 잡범으로 압송하겠소."

그러나 홍선대원군의 귀에는 아무 소리로 들리지 않았다. 오직 청나라로 압송되지 않는 것 말고는 다른 방법이 없었다. 다시 한 번 홍선대원군은 필사적으로 소리친다.

"내 직접 천진에 가서 지엄하신 황제폐하의 처분을 기다리고 싶어도 지금은 나라 안의 정무가 산적하여 떠날 수 없다. 그러니 국정의 처결을 끝내고서 내 발로 직접 청국으로 들어가서 황제폐하의 처분을 기다리겠다."

이는 홍선대원군이 마지막으로 항변을 하였으나, 마건충, 정여창 등은 들은 척도 하지 않고 오히려 홍선대원군을 핍박하는 한마디를 한다.

"지금 조선은 태공이 정무를 관장하니 나라가 어지럽소."

그야말로 홍선대원군의 항변을 일축하여 버린다. 이제 청나라 장수들이 홍선대원군을 강제로 끌고 나가려고 그의 두 팔을 낚아채자, 홍선대원군은 있는 힘을 다해 청나라 장수의 손을 뿌리치며 말한다.

"놔라, 이놈들아, 내 발로 직접 가겠다."

5척 단신의 흥선대원군이지만 그 마지막 위세는 대단하여 오장경 등도 움찔한다.

　"국태공을 뫼실 가마를 대령하라!"

　군사들이 바로 가마를 대령한다.

　"국태공 저하, 타시오."

　흥선대원군은 분노한 소리로 말한다.

　"난 내 가마가 아니면 절대로 타지 않는다. 내 가마를 대령하라!"

　이것은 흥선대원군의 마지막 자존심이었고, 오장경이 지시하자 청군은 바로 흥선대원군이 타던 가마를 갖다놓고 말한다.

　"이젠 되었소. 어서 오르시오."

　오장경이 재촉하자 흥선대원군은 힘없이 가마에 오른다. 그러면서 흥선대원군은 마건충에게 한마디 한다.

　"이보시오, 마 장군, 나를 수행하여 온 군사들과 통변들은 무사하리라 믿겠소."

　"저하께서는 걱정하지 않으셔도 되오."

　오장경과 정여창 등이 군사들을 지휘하여 흥선대원군이 탄 가마를 움직이기 시작한다. 흥선대원군을 포박한 청국 수뇌부가 남별영의 뒷문을 빠져나오자 그곳에는 총검으로 무장한 청나라 군사 100여 명이 대기하고 있었다.

　아! 누가 이 사실을 알 것인가. 조선의 집정자 흥선대원군이 내 나라 내 땅에서 남의 나라 군대에 의하여 납치되고 있는 것을 누가 알고 있겠는가? 그렇지만 흥선대원군은 일말의 희망을 가지고 있었다. 자신이 지금 청군에 의하여 납치되고 있으니 군사들이 추격하여 자신을 구해줄 것을 믿었다. 그러나 그 믿음은 꿈에 불과한 것이었다. 조선의 집권자를 청국 군대가 납치하여 간다는 사실은 그 누구도 생각하지 않았기 때문이었다. 날은 벌써 저물고 비가 내리고 있었다.

청나라 병영에서는 조선 군졸들과 통변은 이제나 저제나 홍선대원군이 나올 것으로 목을 빼고 기다리고 있었다. 그러던 중 청국 군관이 나오면서,

"국태공께서는 오늘 여기에서 주무시고 내일 가실 것이니 돌아갔다가 내일 모두 오시오."

군졸들은 무엇인가 조금 이상하였으나 설마 무슨 일이야 있겠느냐 하기도 하면서 청국 군관의 말을 믿을 수 밖에 없었다.

홍선대원군을 실은 가마는 촌각도 지체하지 않고 계속 밤길을 달리기만 하였다. 빗줄기는 더욱 거칠어져 청군들의 행군도 쉽지 않았으나, 어둠 속의 강행군으로 다음날 새벽 동이 트기도 전 홍선대원군을 태운 가마는 어느 주막집에서 멈췄다. 홍선대원군이 가마에서 내려도 어디가 어디인지를 알지 못하였다. 그곳 주막에서 청군들과 함께 아침을 먹은 후, 홍선대원군을 실은 가마는 다시 달리기 시작하였다.

다음날 운현궁에서 홍선대원군의 심복들이 군사를 거느리고 청국 군대의 남별영으로 가서 홍선대원군을 뫼시고자 하였으나 군졸들은 청군 진영에 붙은 방을 보고 모두 깜짝 놀란다.

"국태공이 왕비를 시해한 것을 우리 황제폐하께서 친히 하문하시고 곧 돌려 보낼 것이다."

이제야 군졸들도 홍선대원군이 청국군에게 압송된 것을 알았다. 국태공이 없으면 조선의 군졸들은 어떻게 되겠는가. 앞을 생각하여 보니 군졸들은 공포가 엄습하여 오고 있다는 것을 느꼈다. 군졸들이 청국군에게 항의한다.

"이 무슨 개수작이요. 빨리 저하를 돌려 보내 주시오."

군졸들이 화승총과 함께 창검을 뽑아 들자,

"탕~ 탕."

총을 쏘며 청군 200여 명이 군졸들을 포위하며 말하기를,

"저항하는 자는 무조건 사살할 것이다!"

우선 군졸들을 위협한 후,

"지금부터라도 순순히 돌아가는 자는 용서할 것이다. 그러나 경거망동하는 자는 용서치 않겠다. 그러니 애매한 목숨 버리지 말고 돌아가거라!"

청국 군대가 위협적으로 나오자 군졸 80여 명은 청나라 병영에서 물러 나오면서 운현궁으로 달려 가서 선후책을 마련한다.

군졸들의 보고를 받은 정현덕은 깊은 좌절감에 빠진다. 그는 홍선대원군의 심복인 천, 하, 장, 안들을 우선 소집하고 비장한 각오로 말하기를,

"청나라가 국태공 저하를 압송하였으니 다음 차례는 지난번 봉기한 군졸들 차례일 것이다. 지금 그대들은 목숨을 걸고 군졸들을 지휘하여 청군의 공격에 대비하여야 할 것이니라!"

홍선대원군을 대신한 정현덕이 다시 한번 군졸들의 봉기를 촉구한다. 그러나 이미 봉기를 멈춘 군졸들의 재봉기란 상당히 어려운 것임에는 틀림없는 일이었다. 무엇보다 군졸들이 믿고 따를 용장도 없을뿐더러 군비와 군량이 없다는 것이 큰 문제였다.

이때 중희당에서는 어전회의가 열리고 있는 가운데 홍선대원군의 소식을 훈련대장 이재면이 아뢴다.

"전하, 아뢰옵기 황공하오나 어제 오후에 국태공 저하께서 청나라 병영을 방문하셨다가 그곳에서 황명으로 청나라 군대에 의하여 천진으로 압송되셨다고 하옵니다."

사전에 홍선대원군의 압송 계획을 전혀 모르고 있는 이재면이 다급하게 아뢰었다. 훈련대장의 보고를 들은 고종은,

"뭐! 뭣이오. 아버님께서 청나라로 압송되셨단 말씀이오?"

고종도 놀란 척 하자 중희당에 모인 신하들도 웅성거리기 시작한다. 반 홍선대원군 계열은 속으로 환호하는 모습이었고, 홍선대원군 계열은 탄식하기

도 하였다.

영의정 홍순목이 고종에게 다급한 소리로 아뢴다.

"전하, 시급히 훈련대장과 군사들을 남양만으로 급파하여 국태공 저하를 구출하여야 하옵니다. 전하, 통촉하여 주시옵소서."

훈련대장 이재면이 홍순목의 주청에 반박한다.

"이보시오! 영상대감, 청국 군대가 3,000명인데 무슨 수로 군사를 움직일 것이며 또한 어찌 황명을 거역하겠다는 말씀이오."

황명을 앞세운 말에 중신들은 모두 함구할 뿐이었다. 이때 고종이 중신들에게 말하기를,

"어서 국태공의 행장을 수습하고 수행원과 종복들을 동반하여 국태공의 천진행을 돕도록 하시오."

고종이 어명을 내리지만 세상에 이러한 어명은 있을 수 없는 것이다. 자신이 왕이고 아버지가 외국 군대에 의하여 포박되어 끌려가는데도 임금이 실제 묵인을 하고 있는 것이었다.

권좌를 놓고 부자가 다투는 것이다. 마치 조선을 건국한 태조 이성계가 자신의 다섯 째 아들인 태종 이방원(李芳遠 1367~1422)에게 빼앗긴 왕위를 탈환하기 위하여 함흥 일대에서 조사의(趙思義 ?~1402)와 함께 군사를 일으켰다가, 이방원의 철벽같은 왕위방어로 왕좌 탈환을 못하는 것과 비슷한 꼴이 되어 버렸다.

그러나 홍선대원군에게는 그러한 어명이 전달되지 않았고, 그를 태운 가마는 달리고 또 달린다. 마침내 가마가 최종 멈춘 곳은 마산포였다. 홍선대원군이 가마에서 내려 보니 넓고 넓은 바다만 보이고 그 앞에는 어마어마한 군함 한 척이 떠 있었다. 이때 홍선대원군의 뇌리 속에는,

"아,~ 내가 저 배로 잡혀 가는 구나."

생각하고 있을 때 정여창이 홍선대원군에게 다가 와서 말하기를,

"국태공 저하, 저 군함에 오르시오. 조선 국왕께서 저하의 행장과 수행원을 파송하여 준다고 하니 그들이 올 때까지는 저 군함에서 숙식을 해야 합니다."

정여창과 오장경이 멍하니 서있는 흥선대원군의 몸을 부축하여 청나라 군함에 태운다. 청나라 군함에 억류된 흥선대원군이 뱃머리에 나와 답답한 심정으로 시를 읊는다.

정든 산천

고국은 의연한데

이것이 나의 집이라.

7월 18일까지 마산포에는 흥선대원군을 호종할 수행원은 나타나지 않고 있었다. 더 이상 기다리지 못 한 정여창은 흥선대원군에게 아뢰기를,

"국태공 저하, 소장들을 너무 미워하지 마십시오. 모두가 저하를 위하고 조선을 위하여 부득이하게 한 것이오니 심려를 굳게 하시옵소서."

어느 소리도 흥선대원군의 귀에 들릴 리가 없었다.

제5부 충주의 명성황후

처참한 최후

홍선대원군이 아직까지 청나라로 압송되지 않고 청국 군함에 승선하여 마산포에서 대기하고 있지만 이제 그는 죄수나 다름 없게 되었다. 그래도 홍선대원군은 고종이 조정 중신들을 파견하여 자신을 구원하여 줄 것으로 철석같이 믿고 있었다.

마건충은 기치총검을 높이든 장졸들을 거느리고 창덕궁 중희당에서 고종을 알현하고 군변을 일으켰던 무위영 군졸들의 진압에 관하여 아뢰기를,

"전하, 대청 황제폐하께서는 책봉하신 주상 전하를 능멸하고 왕실을 전복하려고 하였던 폭도들을 대청 황제폐하의 위엄으로 모두 척살하고자 하옵니다. 전하, 윤허하여 주시옵소서."

황명을 앞세운 마건충의 위세는 하늘을 찔렀다. 그 누구도 황명을 앞세운 마건충의 위세에 일언반구도 못하고 위축되었으나, 오히려 고종은 힘을 내면서 어명을 내리는데, 조선 조정의 신하가 아닌 청나라 장군 마건충에게 어명을 내린다.

"장군, 이번 군란에 가담한 역도들을 한 놈도 남김없이 모두 주살하시오."

"예, 전하, 소장은 전하의 성지를 받들겠나이다."

고종의 윤허를 얻은 마건충은 휘하 장졸들을 거느리고 창덕궁을 빠져나간다. 아무리 군변의 진압이 우선이지만 청국 군함에 유폐된 생부의 안부조차

묻지 않는 고종이었다.

7월 15일 마건충은 정여창, 원세개 등과 무위영 군졸들의 강경진압을 논의한 후, 우선 홍선대원군의 장자 훈련대장 겸 호조판서 이재면에게 통보하기를,

"대감, 우리 남별영으로 왕림하여 주시오. 군무에 관하여 긴히 의논드릴 일이 있소."

융통성이 없고 아둔하기로 소문난 이재면이었으나, 무엇인가를 수상하게 여기며 마건충에게 연통하기를,

"장군, 장군께서도 잘 아시다시피, 지금 현재 아버님의 일로 어머님의 병환이 깊어 갈 수 없소."

홍선대원군의 전철(前轍)을 밟지 않으려고 이재면이 회신을 하자, 마건충이 다시 통지하기를,

"대감, 대감은 국태공께서 영원히 우리 청나라에서 못 돌아 올 수도 있는데 어찌 자식된 도리로 우리와 상의하지 않겠다는 것이오?"

생부를 볼모로 하겠다는 마건충의 위협에 훈련대장 이재면은 할 수 없이 단신으로 청군의 병영을 방문한다.

마건충은 이재면과 함께 홍선대원군의 향배를 묻는 것으로 회담을 하였으나, 곧 이재면을 남별영에 구금시켰다. 그리고 마건충은 이재면에게 통보하기를,

"이 모두는 국태공과 대감을 위하는 것이니 대감께서는 너무 노여워하지 마십시오."

이재면의 구금은 그가 모든 군권을 잡고 있었으므로 청국군이 신속하게 무위영 군사들을 쓸어 버리기 위하여 잠시 그를 가둬 놓는 것으로 군졸들을 공격하기 전 그 장수를 먼저 제거하는 것은 병법의 기본이다.

다음날 마건충은 조정에 압력을 행사하여 전 무위대장 이경하와 장어대장 신정희까지 파면과 감사정배(減死定配 사형대신 유배) 시킨 후 대대적인 진압

계획을 세운다.

7월 16일 청나라 수뇌부들은 군변을 주동한 난군들을 진압키 위하여 장수 회의를 계속하고 있었다. 이때에는 이미 무위영 군졸들이 모두 군영으로 복귀하여 소요는 없었으나, 청군들이 공격한다는 첩보를 입수한 무위영 군졸들은 다시 무장하여 청군과 일전을 준비하기에 이른다.

청군의 기민한 움직임에 도성 곳곳은 한바탕 피바람이 일어 날 것 같은 험악한 분위기였다. 상인들은 상가를 모두 철시하였고 백성들도 모두 청군의 동태를 예의주시하게 살폈다.

조정도 청군의 무위영 군졸들의 강경진압에 갑론을박이 무성하였다. 반 홍선대원군 계열의 관료들은 무위영 군졸들의 가족까지도 처형을 주장하니 그들이 과연 조선 조정의 관료인지 의심이 갈 정도였다.

보다 못 한 영의정 홍순목이 공조참판 김홍집을 거느리고 마건충의 군막으로 행차하였다. 홍순목의 눈에 비친 청군의 위세는 무시무시하였다. 홍순목이 짧게 신음하기를,

'으~ 음, 저 청군의 막강한 화력 앞에 우리 백성과 군졸들이 모두 떼죽음을 당하게 되었구나.'

홍순목의 내왕을 접해들은 마건충은 휘하 장수들을 거느리고 홍순목을 깍듯하게 맞이한다.

"아니, 영상 대감, 이곳은 어인 행보이시옵니까, 미리 연통이라도 주시지 않고."

"장군! 이 사람이 무에 대단하다고 장군의 병영에 한 번 오는데 연통은 무슨 연통이오. 그냥 장군의 얼굴이나 보고 가려고 할 뿐이오."

마건충은 홍순목과 김홍집을 자신의 군막으로 안내하였다. 청군의 진영은 군사훈련과 곧 무위영 군졸들을 진압하기 위하여 분주하게 움직이고 있었고 누가 보아도 군기가 삼엄하였다.

우선 홍순목은 흥선대원군의 안부를 묻는데,

"장군! 국태공 저하의 일은 어떻게 처리할 것이오?"

"영상대감! 소장이 어찌 지엄하신 황상폐하의 어심을 알겠습니까만, 너무 심려하지 마시옵소서. 황상폐하께서 국태공을 심문한 연후에 바로 조선으로 돌려 보낼 것이오."

"아! 그렇소이까, 장군, 장군만 믿겠소. 그건 그렇고 실은 장군께 청이 하나 있어 왔소이다."

"영상대감, 청이라니요? 말씀하십시오."

"장군, 폭동에 가담한 군졸들을 황제폐하의 관용으로 자진해산 시켜 주었으면 합니다."

"아니 영상대감!"

"장군, 그렇게만 하여 주신다면 이 사람이 모든 것을 책임지고 폭동을 일으킨 수괴들을 모두 포박하여 극형으로 다스리고 다시는 이런 불상사가 발생하여 황제폐하께 심려를 끼치는 일이 없도록 약조할 것이오. 장군! 부디 불쌍한 조선 백성들에게 자애로우신 황제폐하의 은덕과 장군의 관용을 베풀어 주시옵소서!"

"영상대감, 대감께서 백성을 아끼시는 어지신 성품을 어찌 소장이 모르겠습니까. 대감! 대감께서는 심려를 놓으시옵소서. 우리 황제폐하의 충성스러운 장졸들은 저항하는 군졸들만 처치할 것이고 항복한 군졸들과 무고한 백성들이 다치는 일은 추호도 없을 것이옵니다. 이것이 황제폐하의 위엄이고 조선국 주상 전하의 어심이 아니옵니까,"

"믿어도 되겠소이까?"

"믿어 주시옵소서."

"장군, 고맙소. 장군만 믿을 것이오."

홍순목은 한시름 덜었다는 생각에 김홍집과 함께 마건충의 군영을 나와 빠르게 대궐로 향하였다.

군막 바깥에서 마건충과 홍순목의 회담을 자세하게 들은 청장들이 우르르 몰려 와서 마건충에게 말하기를,

"아니, 장군, 장군께서는 정녕 조선국 영상대감의 청을 들어 줄 것이옵니까?"

"제장들은 내가 황상폐하께 불충한 신하가 되기를 바라는가! 아무소리 말고 그대들은 휘하의 군사들을 잘 점검하라! 내일 새벽 먼동이 트기 전 무위영 놈들을 모두 도륙할 것이다."

마건충은 구태여 자신의 발로 여기까지 찾아온 조선의 영상대감과 입씨름하기 싫어서 홍순목의 청을 들어 주는 것처럼 말만하였을 뿐 청군의 강경진압에는 전혀 흔들림 없다고 다시 한 번 힘주어 설명하였다.

한편 청군이 대대적으로 공격하여 온다는 정보를 입수한 김장손, 유복만 등과 운현궁의 심복들이 청군과 일전을 치르기 위하여 왕십리와 이태원 등에서 다시 봉기하여 청군의 공격에 대비하고 있었다.

물론 군변을 주동하였던 김춘영, 유춘만 등 군의 핵심들은 몸을 피하기도 하였다.

김춘영도 군사를 지휘하며 청군과 목숨을 건 일전을 치르고 싶었으나, 상중의 몸이고 어머님의 간곡한 유언이라 동료들이 안전한 곳으로 피신을 시켰다.

그리고 다시 봉기한 1,000여 명의 무위영 군졸들은 비록 녹슨 화승총이지만 비장한 각오로 무장하고 왕십리를 중심으로 진지를 구축하고 삼엄한 군기를 세우며 되놈들과 일전불사를 외치고 있었다.

7월 17일 새벽 축시,

모든 작전회의를 마친 청군은 대포를 앞세워 신속히 무위영 군졸들을 진압하고자 하였다. 왕십리와 청량리 일대에는 원세개, 오조유, 장광전 등이 무위

영 군사들을 포위하였고, 마건충의 부대는 이태원 일대를 포위하면서 무위영 군사들의 본영을 공격하기 시작하였다.

"콱~ 콱."

포성이 천지를 진동하고 막강한 화력으로 청군들은 무위영 군사들의 예봉을 꺾어 놓기에도 충분하였다. 그러나 김장손, 유복만 등의 지도부가 군졸들을 독려한다.

"전열을 흩트리지 말라. 그리고 겁내지 마라!"

"불화살과 총을 쏴라!"

청군의 장수들도 군졸들을 지휘하며 말하기를,

"난군 놈들을 한 놈도 살려 두지 마라!"

청군의 무자비한 진압작전이 시작되었다. 낡은 화승총과 시위가 휘어진 활로 무장한 무위영 군사들은 청군의 적수가 되지 못하였다.

또한 청군들은 무위영 군사들만 공격하는 것이 아니고 불빛이 보이는 곳 건물, 창고 등 아무 곳은 물론이고, 어둠 속에 어떠한 표적만 보여도 무지막지하게 총포를 쏘아대면서 백성들도 공포에 떨게 한다. 그리고 분명하게 민가라는 것이 확인되어도 무차별 난사를 할 뿐이다.

"탕~ 탕."

"으~ 악."

무위영 군사들이 피를 흘리며 쓰러진다. 군졸들만 쓰러지는 것이 아니고, 어린 아이도 피를 흘리고 부녀자들도 총과 대포의 파편에 맞아 고통을 호소한다. 어린 자식이 총에 맞아 고통스러워하는 모습을 본 아낙들은 그 자식을 부둥켜안고 절규하며 오열한다. 약도 없고 치료도 없다. 오직 총과 대포 소리만 요란하게 울릴 뿐이다.

청군의 기습 공격에 많은 전사자를 낸 무위영 군사들이지만, 그들은 물러서지 않고 끝까지 청군과 혈전을 치른다. 운현궁의 심복들이 무위영 군졸들을 지휘하며 죽음으로 외세의 침투에 저항한다. 비록 외세 배척이 일본에서 상국으로 받들던 청나라로 전환되었지만 무위영 군졸들은 사생결단으로 맞서고 있었다.

"끝까지 싸워야 한다."

"이 땅에서 오랑캐를 몰아 내어야 할 것이니라!"

"우리는 이곳에 뼈를 묻어야 한다."

무위영 군사들이 처절한 저항을 하였으나, 정신력만 가지고는 막강한 화력의 청군을 당해 낼 수는 없었다. 청량리, 왕십리, 이태원 일대에는 무위영 군사들의 흘린 피로 산과 마을이 붉게 물들이고 있었다.

2~3시간의 포격을 당한 무위영 군졸들은 모두 전사하거나 큰 부상을 당하여 청군의 포로가 되고 이제 김장손이 거느린 50여 명이 전부였다. 그들은 화승총에 마지막 남은 탄환을 장전하고 각각 장검을 등에 차자 김장손이 명령한다.

"쏴라!"

무위영의 군졸 50여 명이 화승총을 맹렬하게 쏘아대며 불을 뿜자 청군들은 당황하면서 쓰러지는 자도 속출하였다. 이것을 두고 쥐도 막판에 몰리면 고양이를 물고 뜯는 다고 하는 말이었다. 화승총의 세례를 받은 청군들이 전열을 정비하며 무위영 군졸들을 공격코자 하였다.

때를 맞추어 무위영 군졸들은 화승총의 탄환까지 모두 소진된 상태가 되자 김장손이 명령하기를,

"저, 되놈들을 도륙하라!"

쩌렁쩌렁한 소리와 함께 무위영 군졸들은 모두 화승총을 버리고 날이 시퍼런 큰 칼을 뽑아 들고,

"와,~ 오랑캐 놈을 모두 죽여라!"

청군 진영으로 달려 들어 청군들과 최후의 백병전을 펼친다. 또 한 번의 무

위영 군졸들의 기습에 허를 찔린 청군들은 당황하기 시작하자 무위영 군졸들은 청군들을 닥치는데로 칼로 찌르고 베면서 종횡무진 청군 진영을 휩쓴다. 조선군의 죽음을 각오한 공격에 청군들은 팔이 떨어져 나가는 자와 머리통이 터져 뒹구는 자와 조선군의 칼에 복부를 난자당하는 자와 목이 떨어져 나가는 자도 있었다.

그러나 무위영 군졸들의 승세는 그렇게 오래가지 못하였다. 수적으로 부족한 무위영 군졸들은 청군에게 금방 포위되어 하나하나씩 목이 떨어지고 청군의 장총에 몸뚱어리는 벌집이 되면서 최후를 마친다. 김장손과 유복만 등은 자결로 생을 마치고자 하였으나 청군이 던진 그물에 걸려 남은 군사 20여 명과 함께 체포되었다. 청군은 그물로 우르르 달려들어 몽둥이로 조선 군졸들을 인정사정없이 개패듯이 마구 두들기면서 끌고 간다.

이로써 무위영 군사들의 봉건적, 외세에 저항하는 봉기는 청군의 막강한 화력 앞에 처참하게 진압되었다. 숭고한 백성들은 무위영 군졸들이 외세를 물리쳐 줄 것으로 믿고 있었으나, 흥선대원군의 압송으로 지도자를 잃은 무위영 군졸들의 봉기는 그렇게 허무하게 끝나 버렸다.

역사는 이 사건을 임오군란이라고 부르고, 임오군란은 비록 실패한 봉기이었지만, '동학농민혁명'을 유발하는 기폭제 역할을 하였다는 점에서 역사적 의의는 크다고 할 수 있다.

왕십리, 청량리, 이태원 일대에서는 무위영 군졸들의 시신 370여 구가 뒹굴면서 불쌍한 원혼이 구천을 떠돌아다녔고, 그 시신 속을 청군이 헤치면서 빈사상태에 있는 무위영 군졸 170여 명을 끌고 가는데 마치 소나 개, 돼지처럼 마구잡이로 두들기면서 질질 끓고 간다. 무위영 군사 540명의 희생자 숫자는 역사의 기록일 뿐이며 실제는 빙산의 일각이다.

누가 선량한 무위영 군졸들을 이렇게 폭도로 만들었으며 왜 그들이 내 나라내 고향에서 전쟁도 아닌데 외국 군대에 의하여 이렇게 비참한 최후를 맞이해야 하는가.

남편을 잃은 여인들의 피눈물을 누가 달랠 것이며, 아버지를 잃은 자식의 비통한 가슴은 무엇으로 위로할 것인가. 자식을 앞세운 노부모의 뼛속 깊이 파고드는 통한의 아픔을 누가 알 것인가.

어디 그것뿐이랴 살아 남은 가족들에게는 연좌제가 적용되어 부인과 자식, 부모의 가슴에 더 큰 상처를 주지 않았는가.

그리고 냉정하게 한 번 따져 보아야 할 사항으로, 무위영 군졸들의 봉기는 가혹한 봉건적 착취에 견디고 견디다 못 한 생존권을 위한 처절한 몸부림으로 봉기하였고, 비록 위력없는 화승총으로라도 외세의 침투를 온 몸으로 저지하겠다는 숭고한 백성들의 염원인 것이었다. 지금의 역사에서도 이들을 반란군이라고 돌을 던질 것이 아니라 이들을 이렇게 만든 위정자들에게 필자는 준엄하게 일침을 가한다.

이미 청군의 다른 군사들은 왕십리와 청량리 주변의 민가로 달려가서 약탈을 자행하고 있었다. 승전한 청군들이 이곳을 그냥 둘리 만무하였다. 그들의 목표는 부녀자였다. 승전가를 부르며 백성들의 민가로 내려간 청군들은 마치 욕정에 굶주린 이리떼와 같이 보이는 부녀자는 마구잡이로 강간, 윤간하였다. 이태원, 왕십리와 청량리는 청군들의 성대(盛大)한 승전 잔치가 성대(性代)하게 열리고 있었다.

아 ~ 가련한 여인 이순심

요란한 총포 소리가 차츰 수그러질 무렵 이른 새벽 이순심은 일찍 일어나서 부엌으로 향하였다. 부지런한 그녀로서는 빨리 밥을 지어 시어머님과 남편을 먹이고 오늘도 유대치의 약국으로 가기 위해서였다. 부엌으로 막 들어가려고 하는데, 청군 4명이 우르르 달려들어 이순심을 들쳐안고 입을 막고 뒷산으로 달린다. 창졸간에 일어난 일이라 이순심은 본능적으로,

"아,~ 악!"

"여보, 살려줘요!"

이순심이 소리치지만 그 소리가 남편에게 들릴 리가 없었다. 설령 남편에게 들린다 한들 무슨 소용이 있겠는가. 청군들은 몸부림치는 이순심을 꼼짝 못 하게 붙잡고 가까운 야산으로 끌고 가면서 그 중 20대 중후반으로 보이는 장교 한 놈은 벌써 이순심의 가슴과 아랫도리를 만지며 히덕거리고 있었다.

"으~ 악."

지르는 비명 소리도 외면한 채 청군들은 신속히 야산으로 올라왔다. 그리고 청군들은 바로 이순심을 풀숲에 팽개치듯 눕히고 장교 놈이 바로 이순심의 몸에 거칠게 달려들어 함께 몸을 포개면서 손으로 젖무덤을 마구 문지른다.

"으~ 악!"

"안~ 돼!"

이순심이 그 놈의 몸을 그 놈은 끄덕도 하지 않고 상기된 입술로 이순심의 작고 도톰한 입술에 입술까지 포갠다. 이순심은 얼굴을 돌리고 몸을 비틀었으나 아무 소용없었다.

자신의 몸에 깔려 발버둥치는 이순심을 바라보는 그 놈의 얼굴은 환희로 가득차면서 이순심의 아랫도리에 손이 가면서 치마를 확 벗긴다.

"으~ 악."

비명과 함께 이순심의 속옷을 보자 그 놈은 속옷에 손을 넣고 막 문지르더니 그 속옷도 바로 벗겨 버린다. 이순심의 하얀 허벅지와 고귀하고 아름다운 새까만 숲이 달빛에 드러났다. 그 놈은 바로 이순심의 입술에 자신의 입을 짓 누르고 그녀의 숲 속에 우왁스러운 손으로 막 문지른다.

"으~ 악~."

이순심이 그 놈의 입과 손을 밀어 내려고 하였으나, 그놈의 몸과 손은 끄덕도 하지 않는다. 그렇지만 이순심은 악착같이 그놈의 얼굴과 손을 밀치기 위하여 몸을 비틀었다. 그 놈은 이순심의 몸이 비틀면 비틀수록 더욱 흥분하여 음흉한 얼굴로 이순심을 쳐다보면서 이순심의 고귀한 풀숲과 숲 속을 입으로 문지르기 시작한다. 순간 수치심을 느낀 이순심이,

"으~ 악."

엉덩이를 비틀고 손으로 그 놈의 머리를 밀어 내지만 그 놈은 끄덕도 하지 않고 이순심이의 풀숲을 더욱 세차게 입으로 문지른다. 그녀는 알았다. 이제 이 되놈에게 몸이 더럽혀 지는 것은 어쩔 수 없다는 것과, 자신이 몸을 비틀면 비틀수록 그 놈의 욕정을 더 채워준다는 것을 안 이순심은 비록 몸은 되놈에게 빼앗겨도 정신적 정절만큼은 지키겠다는 신념으로 모든 것을 체념하고 눈을 감고 가만히 있었다.

그 사이 청군 3명은 히죽히죽거리며 어둠속으로 유유히 사라지고 있었다.

가만히 있는 이순심을 본 그 놈은 이제 서두르거나 난폭하게 굴지 않고 천천히 이순심의 풀숲과 숲속에 입과 혀를 부드럽게 맞추며 조선 여인의 향긋한 체취를 온몸으로 느끼며 굶주린 욕정을 마음껏 채우기 시작한다.

한참을 이순심의 고귀한 숲속을 혀로 헤치던 놈은 이순심의 숲 속에서 나오는 신비로운 물을 입 속으로 꿀꺽꿀꺽 삼키면서,

"흐~ 흐~ 흐."

음흉한 소리를 내고 극도로 흥분하여 이순심이의 젖무덤을 감싸 쥐고 있는 윗도리를 살포시 벗긴다. 이순심의 하얀 속살과 아름다운 꽃봉우리 두 젖무덤이 새벽 달빛에 어른거린다. 젖무덤만 아름다운 이순심이 아니었다. 30대 중반의 완숙한 육체를 가진 이순심의 몸은 축 늘어져 있어도 여인의 향기가 물씬풍긴다. 그리고 고귀한 풀숲은 잘 정돈된 잔디밭 같고, 달빛에 비친 촉촉한 입술은 여자가 보아도 샘이 날 정도로 부러웠다.

그 놈은 이순심의 배 위에 자신의 몸을 포개고 두 손으로 젖무덤을 부드럽게 만지며 그녀의 입술에 입을 맞춘다. 이순심은 벌레가 기어가는 것 같았으

나 반항하지 않았다. 그 놈은 이순심의 입 속에 자신의 혀를 넣으며 그녀의 혀와 막 부딪히고, 이빨로 이순심의 혀를 자근자근 깨물고 비비기도 하고 신음소리를 내면서 그 놈의 가운데가 불끈해져 묵직하고 큼지막한 쇠말뚝이 되었다. 그 놈은 엉덩이와 몸을 마구 흔들며 자신의 큰 쇠말뚝을 이순심의 풀숲을 거칠고 난폭하게 헤치면서 그녀의 고귀하고도 촉촉한 숲 속에 들어갔다.

"흐~ 흐~ 흐."

그 놈은 극도로 흥분하여 엉덩이를 더욱 세차게 흔들어 이순심의 깊고 깊은 숲속 골짜기까지 파고든다. 이순심은 통증을 느꼈으나 신음을 내지 않는다. 입술을 포갠 채로 이순심을 꼭 끌어 안고 산이 진동하도록 엉덩이와 몸을 흔들며 괴성을 지른다. 그 놈의 몸에는 땀이 줄줄 흐르고, 이순심의 등 밑에 깔린 풀숲도 흐트러지고, 이순심의 고귀한 풀숲과 마구 흔들리면서 그녀의 몸도 땀으로 흥건하여 진다. 그 놈은 이순심의 이마와 목 줄기에서 흐르는 땀과 이순심의 젖무덤에서 흐르는 땀도 꾹꾹 삼킨다.

이순심은 축 늘어져 있으면서 머리에는 남편의 얼굴만 떠올린다. 남편이 건강해져 자신을 풀숲에 눕히고 사랑을 하자고 얼마나 속삭이고 속삭였던가. 남편의 입술을 포개면서 넓은 등도 꼭 껴안고 서로 뜨겁게 요동치며 사랑하고 싶었다. 남편을 자신의 몸 깊이깊이 받아들여 자신의 분비물도 남편에게 흠뻑 뿌려주고 싶지 않았던가. 둘이 하나가 되어 산신이 노할 만큼 풀숲에서 뒹굴고 뒹굴어 몸이 으스러지도록 사랑하고 싶었다. 한번만이라도 남편과 그런 사랑을 하여 보았으면 죽어도 여한이 없다고 생각하였다. 남편에게 죄책감이 들었다.

희미한 달빛에 비친 모습은 두 남녀가 뜨겁게 사랑을 나누는 것 처럼 보인다. 자신을 풀숲에 눕히고 배 위에서 요동치는 놈은 남편이 아니다. 남편이거나 꿈이면 얼마나 좋을까. 이순심의 애틋한 사랑에 아랑곳하지 않고 그 놈의 몸은 더욱 세차게 흔들어 댄다. 이순심은 괴로운 심정은 참을 수 없을 만큼 힘

들었지만 남편만을 생각하며 가쁜 숨소리도 참지만,

"아,~ 아.~"

자신도 모르게 신음을 내어 버렸다. 신음 소리뿐 아니라 하마터면 순간 남편인줄 알고 배 위에서 씩씩거리는 놈의 등을 확 껴안을 뻔하였다. 어쩔 수 없는 것이었다. 그 놈은 이순심의 신음소리를 듣자 얼굴이 붉어지면서 더욱 세차게 몸을 흔든다. 이순심의 온 몸을 손으로 쓰다듬으면서 마치 서로 사랑하는 사람처럼 이순심을 애틋한 눈으로 쳐다본다. 이제 그 놈은 마지막 정열을 쏟아내듯이 엉덩이와 몸을 세차게 막 흔든다. 속도가 엄청 빨라진다. 이순심을 꼭 끌어안고 땅이 꺼지도록 몸을 흔들자 이순심의 몸도 요동치고 바닥에 있는 풀숲도 또 휘어진다. 그 놈은 마지막으로,

"으~ 와,"

괴성을 지르더니 결국 광란을 멈춘다. 그리고 꼭 끌어 안고 있던 이순심과 그녀의 입술에서 서서히 입을 떼면서,

"후~ 우.~"

그리고 숨을 멈춘 후 그녀의 몸 위에서 옆으로 굴러 떨어지면서 그 놈의 몸은 땀범벅으로 숨을 헐떡거리지만 얼굴은 아주 흡족하였다.

중전의 회생과 박가 무당

7월 초 충주 국망산 아래 민응식의 향제.

중전이 은신하고 있는 이곳 민응식의 향제에는 그 동네 박가 무당이라는 여자가 자주 들락날락 거리고 있었다. 민응식의 내자는 박가 무당 때문에 여간 신경이 쓰이는 것이 아니었지만, 중전이 싫어하는 기색이 아니니 박대할 수는 없었다. 오늘도 박가 무당은 여느 때와 마찬가지로 민응식의 집으로 들어오면서 중전에게 말하기를,

"마님, 쇤네 문안이옵니다. 밤새 평안하였사옵니까?"

"그래, 어서 오시게나. 자네도 밤새 무탈하였는가?"

"예, 마님, 쇤네야 마님 덕분으로 잘 지내고 있사옵니다."

그 무당은 펑퍼짐한 엉덩이에 붙임성이 좋은 30대 중반의 여인이었다. 그 무당은 중전이 피신을 온 이후로 이곳 민응식의 집을 예의주시하고 있었다. 나름대로 뭔가를 느끼고 있는 무당이었다.

중전과 그의 측근들은 이용익을 통하여 도성의 상황과 청국 군대와 일본 군대의 충돌까지도 충주에서 훤히 꿰뚫어 보고 있었다. 중전과 고종의 연락은 민영익과 이용익을 통하여 계속 연결이 되고 있을 때,

중전은 박가 무당에게 조금 관심을 가지며 무료함과 불안감을 달래고자 부인에게 말하기를,

"부인, 그 박가 무당은 요즘 왜 오지 않는 것이오?"

"마마, 아뢰옵기 황공하오나 그 여편네가 혹시 마마께 주둥아리를 함부로 놀리는 것을 방지하기 위하여 제가 당분간 오지 못하게 하였나이다."

중전은 못내 아쉬워하며 부인에게 말하기를,

"구태여 자기 발로 오는 사람을 쫓아 낼 필요는 없지 않소."

그리고 중전은 민응식의 내자에게 박가 무당을 불러 줄 것 같은 말을 하자, 그녀가 중전에게 말하기를,

"마마, 그래도 그 여편네는 그냥 내버려 두면 제풀에 지쳐서 며칠이 멀다하고 이곳으로 옵니다."

"그 점쟁이가 그렇게 용하다고 하던데 사실이오?"

"아이고 마마, 그럼 자기 자신에게 용하지 않다고 하는 점쟁이도 있습니까. 그래도 그 여편네는 조금 용하기는 하옵니다. 그러나 그 천한 것을 마마께옵서 그리 가깝게 하여서는 아니 될 것이옵니다."

중전과 민응식의 내자가 그 박가 무당 이야기를 하고 있는데 마침 무당이 민응식의 집으로 온 것이다. 무당은 중전께 공손하게 인사한 후 아뢰기를,

"마님, 그간 강령하셨사옵나이까?"

은근히 왕실의 용어를 쓴다.

"그래, 어서 오시게나. 나야 뭐 어디 별일 있겠는가."

중전도 은근히 박가 무당을 반기고 있었다. 이것을 눈치 못 챌 무당이 아니었다. 무당이 중전께 아뢰기를,

"마님, 쇤네 비록 무지몽매하오나 존귀하신 마님의 점괘를 한 번 봐 올리겠사옵니다."

그러면서 중전의 용안과 몸 이곳저곳을 살피며 관상을 볼 때 중전이 말하기를,

"이보시게, 나는 일가친척에게 이렇게 얹혀 있으니, 자네에게 복채를 줄 형편도 되지 못하니 이를 어쩌나."

중전은 장롱 속에 있는 두툼한 금반지를 건네주면서 말하기를,

"내 형편이 이러하니 이것이라고 받으시게."

"!……!"

박가 무당은 금반지를 보자마자 바로 이 여인이 국모라는 것을 바로 예감한다.

"!……!"

무당 특유의 노련미로 이 여인이 한양과 도성에서 죽었다고 난리치고, 흥선대원군이 길길이 날뛰며 찾고 있다는 국모라는 것을 확신하며 빠르게 머리를 스친다.

'옳거니! 이 여인이 중전이야! 이제 내 인생도 용이 여의주를 물고 승천하는 그날이 오는구나!'

박가 무당은 회심의 미소를 짓는다. 어디 그 뿐이랴, 이곳 민응식의 집 주변을 정체모를 건장한 사내들이 지키고 있는 것을 간파한 무당이 아니던가, 그 사내들의 옷속에는 병장기도 숨겨져 있다는 것도 알고 있는 무당이었다. 그

건장한 사내들은 모두 별감 홍재희의 충복들이었다.

자신의 운명이 바뀔 것을 직시한 박가 무당으로서는 천재일우의 기회를 놓칠 리 없었다. 또한 중전은 대궐에서도 신당을 차려 놓고 각종 굿, 치성과 불공을 드린다는 것도 익히 알고 있었으므로 박가 무당은 단번에,

"중전마마!"

아주 침착하고 낮게 숨죽여 부르는 소리였다.

"!……!"

박가 무당이 중전이라고 부르는 소리에 깜짝 놀란 중전은 박가 무당을 예리한 눈초리로 쳐다본다. 이윽고 박가 무당은 중전에게 나지막한 목소리로 말한다.

"중전마마, 쇤네는 처음부터 알아 뫼시었나이다. 아뢰옵기 황공하오나 관운성황제의 여식이 어찌 존귀하고 지엄하신 이 나라의 국모를 몰라 볼 수 있겠습니까!"

박가 무당은 자신의 신통력을 은근히 과시한다. 가만히 듣고 있던 중전이 말하기를,

"말조심하시게!"

중전의 어투가 벌써부터 틀린다. 그런 중전의 심기를 알아차린 박가 무당이 당당하게 말한다.

"마마, 아뢰옵기 황공하오나 쇤네가 며칠 전부터 계속 점괘를 보아 왔사옵니다. 마마께옵서는 이번 갑인월(甲寅月)에 창덕궁으로 환궁하실 것입니다."

"갑인월? 그게 무슨 소리인가!"

"예, 마마, 갑인은 육십갑자(六十甲子)의 천간(天干)에서 51번 째의 간지(干支)이옵니다. 그래서 마마께옵서는 궁성을 떠나신 지 51일 되는 날 환궁할 것이오며, 그 날은 8월 초하루가 되옵니다."

"8월, 초하루라."

"예, 마마, 곧 대궐에서 큰 전갈이 올 것이며, 아뢰옵기 황공하오나 쉰네의 점괘가 한 번도 틀린 적은 없었사옵니다."

"그렇던가?"

"황공하옵나이다. 마마!"

그리고 박가 무당은 중전이 복채로 준 두툼한 금반지를 도로 중전 앞에 내밀자, 중전이 말한다.

"아니, 복채가 부족하여 그러한가?"

"아니옵니다. 중전마마!"

"그러면 어찌하여 그러는가?"

"중전마마, 아뢰옵기 황공하오나 금상전하와 중전마마의 증표인 이 반지를 쉰네가 받으면 쉰네는 관운성황제의 노여움으로 천벌을 받을 것이옵니다. 중전마마, 마마의 자애로움으로 가련한 쉰네를 굽어 살펴 주시옵소서."

권모술수를 쓰고 있는 박가 무당이었으나, 자신에게 환궁하는 날짜까지 알려준 무당을 경계할 형편이 되지 못하는 중전이었다.

곁눈질로 중전이 안심하는 얼굴을 확인한 박가 무당은 근엄하게 중전에게 아뢴다.

"중전마마, 쉰네는 이만 물러가서 계속 천의를 살펴야 하고 마마의 고귀하신 옥체를 위해 관운성황제께 빌고 또 빌어야하므로 이만 물러가옵니다."

박가 무당은 중전이 무어라고 말하기도 전 민응식을 집을 쏜살같이 나선다.

박가 무당이 물러가자 중전의 얼굴은 활기를 띠기 시작한다. 웬만한 점쟁이 같으면 이 정도의 금은 웬 떡이냐 하면서 받을 터인데, 그래서 중전은 박가 무당을 신임하게 되었고, 하루가 멀다 하고 그 박가 무당이 오기를 기다린다.

이용익이 빠른 걸음으로 한양의 동태를 살피고 중전에게 흥선대원군의 압송과 무위영 군졸들이 괴멸된 큰 소식을 빨리 전하기 위하여 죽기 살기로 달리고 있는 그였다.

"헉~ 헉."

달려오는 이용익은 가쁜 숨만 몰아쉬는 게 아니고 그의 온몸은 땀으로 범벅을 이루고 있었다. 아무리 걸음이 빠른 이용익이었지만, 턱밑까지 차오르는 숨을 겨우 고르고 구슬처럼 뚝뚝 떨어지는 땀을 닦으며 이용익이 중전에게 아뢴다.

"중전마마! 홍선대원군이 상국 황제의 지엄한 황명으로 청나라로 압송되었고, 폭동을 일으켰던 군졸 놈들도 모두 청나라 군대에 의하여 진압되었다고 하옵니다."

홍재희, 심상훈, 민응식 등 중전의 측근들은 깜짝 놀라지만 이미 박가 무당의 점괘를 믿고 있던 그녀는 아직도 숨을 헐떡거리고 있는 이용익을 측은하게 바라 보면서 말하기를,

"그래 수고했네."

"?······!"

홍선대원군의 압송으로 충주 민응식의 향제에 은거하는 중전과 그의 측근들은 새 희망의 국면을 맞게 되었다.

한편 조정에서는 무위영 군사들의 억울한 죽음의 영혼이 체 떠나가기도 전 7월 20일 고종은 자신의 부덕으로 군란이 발생한 것에 대하여 호소 호유하는 윤음을 반포하고 즉위 이래의 실정을 자책하며 방을 삼천리 8도 360 여 주 곳곳에 붙였다. 무위영 군졸들의 억울한 영혼이 구천을 떠돌고 있는 것 과는 아무런 상관없는 호소문은 대략 8가지로 이러하다.

1, 토목을 크게 일으키고 백성들의 재물을 늑렴하여 가난한 자와 부유한 자가 모두 곤궁하게 되니 이것이 과인의 죄이고,

2, 누차 전폐를 개주하고 무고한 자를 많이 죽였으니 이것이 과인의 죄이고,

3, 사원을 부수고 철폐하여 충현을 제사지내지 않았으니 이것이 과인의 죄이고,

4, 놀기를 좋아하고 이를 구하며 상사에 절제가 없었으니 이것이 과인의 죄이고,

5, 궁궐이 정숙하지 못하여 부녀자가 치성을 자주하니 이것이 과인의 죄이고,

6, 회뢰를 공공연히 행하고 이를 묵인하여 징계하지 않음으로써 곤궁한 백성들의 괴로운 정상이 막대하니 이것이 과인의 죄이고,

7, 저서들이 오랫동안 허하여 군리들이 먹을 것을 잃고 공물의 값이 잘못 되어 시정이 폐업하니 이것이 과인의 죄이고,

8, 따라서 신이 노하고 백성이 원망하여 변고가 속출하고 아랫사람이 웃어른을 능멸하며, 재앙이 6진에 미치고, 멀리에는 중국에 걱정을 끼치고, 아래로는 만민의 삶을 어지럽히며 이웃 나라에 신의를 잃고 천하의 웃음거리가 되었으니 이것 또한 과인의 죄이다.

보정부에 수감되는 홍선대원군

홍선대원군을 납치한 정여창 등이 7월 18일 남양만 마산포를 출발하여 20일 중국 태고를 거쳐 천진에 입항하였다.

29일 쯤에 모친상을 치르고 조정에 복귀하는 이홍장이 홍선대원군을 심문한다는 통보가 왔으므로 피수된 홍선대원군은 괴로운 나날을 보내며 자신의 심정을 토로하는 시를 을는다.

"차는 맛이 없고 향기도 없으며 밥에는 국이 오르지 않는다. 찬은 모두 처음 보는 것으로 하루 겨우 한 끼를 먹을 뿐이다. 게다가 복통이 나서 하루에 먹는 것도 겨우 네댓 숟갈이다."

그는 또 자신의 처지를 비관하며 한 수의 시를 읊는다.

하늘 끝 땅 모서리 3천리에서

달빛 속을 거닐며 구름을 바라보니 12시라.

조선 조정은 군변을 진압하여 주고 골칫덩이인 흥선대원군을 압송하여 준 보답으로 조영하를 사은 진주사로, 김홍집을 부관으로, 이조연을 종사관으로 삼아 천진에 파견하기로 하였다. 그리고 진주사는 모두 국왕과 왕비의 측근으로 흥선대원군을 오래도록 청나라에 억류시켜 줄 것을 간청하기 위하여 떠난 것이다. 물론 외면상으로는 국왕의 생부이니 조속한 환국을 요청하기 위하여 청나라로 들어 가는 길이었다. 그러한 사은 진주사는 7월 28일 천진에 도착하게 되었다.

조영하는 청나라 실권자인 이홍장에게 허리와 머리를 숙이고 아뢰기를,

"북양대신 합하! 소방의 군변을 진압하여 준 황제폐하의 황은에 머리 숙여 감읍하옵니다."

"먼 길 오시느라고 고생하시었소."

의례적인 인사가 끝나자 조영하 등은 흥선대원군의 장기 억류를 이홍장에게 청하는 방향으로 논의하게 되자, 이홍장이 말하기를,

"조선 국왕의 생부이자 국태공을 그렇게 할 수야 있겠습니까. 다만 군변에 관하여 진상조사를 한 연후에 합당한 조치를 취할 뿐이오."

듣고 있던 조영하 일행의 실망은 이만저만이 아니었다. 그들은 상국 황제의 명으로 오직 흥선대원군을 종신토록 수감하여 주기를 바라고 있었는데…….

7월 29일 이홍장은 화려한 비단 관복을 차려 입고 조정의 고관대작들을 거느리고 흥선대원군과 맞이하고 있었다. 그 둘의 차이는 엊그제까지만 하여도 비슷하였으나, 이제는 완연하게 구분이 된다. 흥선대원군과 이홍장의 기본적인 상호 인사가 끝나자 이홍장이 흥선대원군을 심문하기를,

"지난 6월 9일 무엇 때문에 변란이 일어났는가?"

"군료를 제대로 주지 않아 변란이 일어났다."

"그럼 그 군란의 수괴는 누구냐!"

"모른다."

"저하께서 모른다는 것이 말이 된다고 생각하시오?"

"나는 그 때 도성 밖 별장에서 은신하고 있다가 군변이 일어났다고 하여 집으로 돌아왔으니 이 사이의 사실과 기밀은 정말 모른다. 그날 소명을 받고 입궐한 후 처음으로 군료의 지급을 주장하는 군인들의 말을 들었다. 그들은 한 결 같이 자신들의 군료를 빼돌려서 팔아먹고 13개월이나 밀렸다는 말을 들었다."

"그럼 조선 정부는 이러한 탐관오리들을 숙청하지 않고 계속 등용하여 벼슬길에 놓아두었는가?"

"주상은 신하를 너무 믿고 의심하지 않아 이러한 변이 생겼다. 이제는 국왕이 크게 뉘우치고 각성하고 통분하게 여겨 농간자들의 집집마다 쌓아둔 재물을 환수하여 군사들의 밀린 군료를 지급하였다."

"그럼 농간자들의 죄상이 공개되었는데 왜 조정은 그들이 착복한 집물만 환수하여 군료를 주었는가. 의당 부정한 관료를 처벌하여야 되지 않는가?"

"가신에 의하면 조정의 의논은 농간자들도 장차 치탈(膾奪)의 처분이 있으리라고 말하였다."

"군민이 난을 일으켜 곤전을 핍박하고 나라의 재상들을 척살하였으나 그들의 죄를 징벌하지 않는 것은 무슨 불측한 의도인가? 또한 저하께서 난군의 괴수를 결코 모를 리 없으니 이제 칙지를 받들어 사문하는 자리에서 어찌 한 가지라도 숨길 것이냐?"

"대궐을 범한 자들의 죄상을 어찌 그냥 두겠는가. 많은 군민 중에 그 주모자와 추종자들을 가려낸다는 것은 실로 어려운 일이다. 그러나 조정에서는 좌변포도청과 우변포도청에서 비밀리에 조사를 하여 적극 가담자들을 군법으로 다스리고자 하는 중이었다. 이러한 일을 덮어둔대서야 어찌 우리나라가 2천 년의 전통을 이어온 동방예의지국이라 하겠는가!"

"저하께서는 왜 무위영과 기무아문을 혁파하였는가?"

"무위영이라는 것은 본래 있던 것이 아니며 기무아문도 역시 함부로 설치한 것이다. 뿐만 아니라 온갖 폐단이 그 곳에서 발생하므로 폐지하였다. 외국과의 통상을 의논하더라도 웬만한 처리는 예부에서, 국가적인 차원의 처리는 의정부에서 처리하는데 무슨 걱정인가?"

"그것은 그렇다 치고 이처럼 엄격하게 사문하는 자리에서 공연히 거짓을 꾸며댄다면 형부로 넘겨서 뜨거운 맛을 볼 것이다. 그때에도 이러하겠는가?"

"비록 기름 가마 앞이라 하여도 대장부가 한번 죽으면 그만이지 어찌 알지 못하는 사실을 함부로 지껄이겠는가."

"그날 변란 중 저하께서 직접 군졸들을 지휘한 것을 목격한 사람이 있는데 어찌할 것이냐!"

"그래 잘되었다. 그 사람이 지금 어디에 있는가. 당장 대질을 시켜다오."

"지금 그 사람은 천진에 없다."

"비록 형부로 넘어가서 혹독한 형벌을 받는다고 하여도 어찌 한편의 말만 믿겠는가. 그 사람이 지금 천진에 없으면 이름과 주소는 알고 있을 것이 아닌가?"

"저하가 변란의 괴수를 모른다 함은 이치에 맞지 않다. 두 차례나 저하의 문내를 들어가 호소한 바 있었는데 어찌 모를 리가 있겠는가."

"수 많은 잡인들을 어찌 알 수가 있겠는가. 나라의 군민 중 모반하지 않는 사람이 없었으니 어느 사람에게 명령하여 시행케 하겠는가."

"아무리 죄상을 이실직고 하지 않는다 하여도 면죄부를 받지는 못한다."

"내가 만약 그러한 마음이 있었다면 춘추군법이 진실을 밝힐 것이다. 하늘을 우러러 원하노니 나를 고발한 사람과 단 한번만이라도 대질을 해 볼 수 있다면 아무 여한이 없다. 만약 대질을 못하면 만고에 한이 될 것이다."

"오늘은 너무 늦었으니 일간에 대관을 보내 다시 묻겠다."

이홍장은 자리를 뜬다. 이홍장으로서는 아무리 흥선대원군을 심문하여도 별 소득이 없으니 자신은 심문에서 한 발짝 물러나고 측근들에게 맡기고자 한다. 기실 이홍장으로서도 홍선대원군을 심문하기에는 여간 힘든 게 아니었다. 심문을 마치고 관저로 돌아간 이홍장의 관복도 축축하게 젖어 있었다.

홍선대원군은 이홍장의 심문을 마친 다음 날 조선에서 온 진주사 일행과의 면담을 요청하였다.

홍선대원군이 자신들을 면담하겠다는 말을 들은 진주사 조영하는 펄펄 뛰며 청나라 예부의 관원에게 말한다.

"대인! 우리는 나라를 망친 홍선군을 만나러 온 게 아니오. 주상 전하의 친서를 황제폐하께 품신하러 온 사신이오."

이홍장의 심문을 받은 3일 뒤 즉, 8월 2일 북양대신의 대관으로 파견된 주복과 원보령 등이 위관으로 나와 다시 홍선대원군을 심문한다. 상호 인사가 끝나자 주복이 홍선대원군에게 말하기를,

"이처럼 조용하게 사문하는 자리에서 반드시 실제로 듣고 또한 아는 것을 말해야만 죄를 면한다. 만약 한 치의 거짓이라도 고할 때에는 형부로 넘기어 목과 손발에 항쇄를 채울 것이니 스스로 알아서 잘 하라!"

주복의 태도는 처음부터 아주 위협적이었다. 그러나 홍선대원군이 말하기를,

"그래 잘 되었다. 얼른 형부로 넘겨라. 형부로 가서 나를 고발한 자와 같은 자리에서 심문을 받게 하라! 내가 만일 실정을 기만했다면 스스로 죄를 달게 받을 것이다. 또한 그가 무고를 하였으면 역시 그 자도 반대로 법의 다스림을 받을 것이니 속히 형부로 넘겨서 처리하여 주기 바란다."

"난군이 곤전을 핍박하여 홍거하게 하고 나라의 재상을 살육한 것은 모두 만고에 없었던 변이다. 귀국은 예로부터 예의지국이라고 하였는데 어찌하여 그에 대한 복수는 하지 않는가!"

"그 사실은 다른 사람이 논할 바가 아니다. 신인이 공노할 바이며 천하의 수치라 생각한다. 국상으로 말하더라도 나의 친형이라, 친형의 복수를 어찌 아

니할 것이며 왕비로 말할 것 같으면 공적으로는 만백성의 국모이고, 사적으로는 며느리이다. 며느리의 상을 어찌 말하지 않으랴! 창졸간에 벌어진 일이기 때문에 아직 충분하게 조사하지 못하였으나 복수하는 날에는 반드시 알려줄 것이다."

"이번의 변란은 주모, 설계가 모두 저하에게서 나온 것이라고 모두 말하는데, 이쯤 되었으면 명백하게 죄를 실토하고 관대한 처분을 받는 것이 어떻겠는가?"

"아직도 내가 그런 불경한 마음을 가졌다고 믿는가, 천지가 창조된 이래로 아들이 다스리는 나라에 아비가 모반을 하였다는 소리는 일찍이 들어보지도 못한 소리다. 이러한 수작은 입으로 말할 수도 없고 귀로 들을 수도 없을 것인데, 하물며 종이 위에 쓰겠는가! 민란의 변은 간혹 있을 수 있으나 부자지간의 오륜을 뒤집는 이러한 변은 짐승도 하지 않는다. 다시는 이따위 수작으로 지필을 더럽게 하지 마라!"

홍선대원군이 강경하게 나오자, 이때 마침 마건충이 심문하는 곳으로 들어와서 홍선대원군에게 말하기를,

"일이 여기에까지 이르렀으니 합하께서는 숨기지 말고 솔직하게 말하라!"

홍선대원군은 눈을 부릅뜨고 마건충을 바라 보면서 강경한 어조로 말한다.

"숨긴 것은 무엇이며 솔직하게 말할 것은 무엇이냐. 그대가 전날 오흠차의 장중에서 나에게 일을 잘못하고 외교를 그르치며 국병(國柄 통치권)을 버렸다고 하였는데 이러한 언설은 사실과 틀리다. 또한 내가 여기에 온 것은 황제의 칙지가 있었다고 하는데 이것이 사실이라면 내가 자진해서 왔을 것이다. 칙지가 광명하지 못하고 분명하지 않는 것은 어찌된 셈이냐!"

심문을 받는 홍선대원군이지만 너무나 당당하게 나오자 청국 관원들도 더 이상 심하게 심문을 못하고 그저 형식에 그치는 심문을 할 뿐이다.

홍선대원군은 심문을 마치고 진주사로 온 조영하와 그의 일행을 면회하였다.

청나라 조정도 빠르게 움직이고 있었다. 사실 청나라 황제의 칙지도 없이 거짓으로 흥선대원군을 납치하여 왔기 때문에 황제의 칙지가 급하였다. 물론 이홍장의 한마디이면 칙지는 바로 내려진다. 그러나 문제는 조선과 흥선대원군이 문제가 아니고 청나라에 주둔하고 있는 각국 외교사절들의 여론이 문제이기 때문에 서둘러 황제의 칙지를 받아낸다. 칙지의 내용은,

8월 16일 흥선대원군을 보정부로 수감한다. 그리고 8개 조목의 처벌 및 감시 규정을 언도하였다.

1, 흥선대원군을 영구히 안치하여 조선으로의 환국을 불허한다.

2, 본국인과 사적으로 접촉하는 것을 불허한다.

3. 중국인을 임명하여 호위하게 하고 호위 병사가 시중을 들며 외국인과 사적으로 내통하거나 접견하는 것을 불허한다.

4, 본국을 왕래하는 의복과 서함은 봉함을 불허하며 반드시 호위관을 경유하여 일일이 검열한 후에야 보내고 받을 수 있다.

5, 1개월에 한 두 번은 거동할 수 있다. 그러나 정해 놓은 한계선을 넘는 것은 불허한다. 이때에도 역시 병정 약간 명을 수행하게 한다.

6, 음식과 물, 땔감을 비롯하여 생활에 필요한 물품은 넉넉하게 지급한다. 그러나 정부에서 지급한 물품 이외의 어느 것도 공급을 불허한다.

7, 금, 은, 옥 등의 패물을 지니거나 사용할 수는 없다.

8, 병이 나면 호위관이 유위하여 치료하게 한다.

위 조항으로 흥선대원군은 이역만리 보정부에서 꼼짝 못하게 되었다. 이제 그에게는 조선국왕의 생부로서 국정을 총괄하는 집정자의 위엄은 어디에서도 찾아 볼 수 없는 5척 단구의 죄인일 뿐이다.

제물포 조약과 중전의 환궁

이 무렵 한양의 분위기는 험악하기 짝이 없었다. 청군 진영은 먼저 자신들의 부대를 계엄령을 발표하여 군사들의 무장을 한층 강화하였다. 이미 창덕궁은 청군들이 점거를 하고 있지만 병력을 증파하여 조선왕실의 호위를 더욱 군건하게 하겠다고 하였다.

이에 고종도 별 수 없이 병조판서를 접견대관에 임명하여 청군 진영으로 파견하여 마건충을 비롯한 청군의 장수들에게 국태공을 청국으로 압송한 것과 군변을 진압하여준 데 대하여 감사의 뜻을 전달하였다.

흥선대원군이 천진으로 압송된 후 고종은 서둘러 일본과 협상을 하기 위하여 7월 15일 봉조하 이유원을 전권대신에, 공조참판 김홍집을 전권 부관으로 임명하여 하나부사 요시모토와 회담을 재개하기로 하였다. 전권부사 김홍집은 일본에 수신사를 포함하여 대일외교에 어느 정도 눈을 뜬 것 뿐만 아니라 박규수의 가르침도 받았으니 나름대로는 별 큰 문제는 되지 않았다.

그러나 문제는 전권대신 이유원이었다. 그는 사신으로 청나라에 수차례 다녀왔고 영의정을 지냈으나 외교에 관한 능력뿐만이 아니라 국정의 수행에도 아주 치졸하게 하는 위인이었다. 이것을 일본이 모를 리 없고 일본에서도 그를 친청파로 보고 있었으므로 조약도 체결되기 전부터 난항에 부딪친다.

제물포에 정박한 일본 군함 비예호(比叡號)의 함상(艦上)에서 회담이 막 진행되려고 양국이 서로 인사하고 협상하기 전, 하나부사 요시모토의 부관격에 해당되는 수행원인 이시하타가 김홍집을 쳐다보면서 말한다.

"공조참판 각하! 어찌하여 조선은 이 중요한 조약을 체결하는데 유능하고 학식과 인품을 갖춘 전권대신을 파견하지 않고 병대신(病大臣)이 왔습니까? 이러고도 조선이 일본과 교린국이라 할 수 있습니까. 이는 전권대신에게 병이 없으면 그 병은 조선에 있을 것이오."

노골적으로 이유원을 폄하하며 희롱하자, 이유원은 얼굴이 붉으락푸르락하여 진다. 아무리 이유원이 무식하여도 그 말을 못 알아 들을 리 없었으므로 그는 하나부사 요시모토에게 항의한다.

"공사, 공사의 수행원이 일국의 전권대신에게 너무 지나친 망발을 하고 있지않소. 대신 공사가 사과하시든 아니면 저 자를 경고하시오."

듣고 있던 하나부사 요시모토의 말을 들은 이유원은 기절초풍하는데,

"봉조하 각하! 우리 수행원의 말이 틀리지 않았는데 내 어찌 그를 질책하겠소!"

이유원은 얼굴이 사색이 되어 회담장을 빠져 나가면서 그는 칭병을 이유로 회담에 응하지 않았다.

김홍집이 하나부사 요시모토와 합의하여 일본의 요구 중 몇 가지만 수정하여 조약체결을 마무리하고자 하였으나 이유원이 칭병으로 계속 나오지 않으니 문제였다. 하나부사 요시모토는 김홍집과 수행원들을 거느리고 이유원이 머물고 있는 제물포 별장영(別將營 정7품 무관의 집무실)으로 가서 이유원에게 말하기를,

"봉조하 각하, 각하께서 조약에 서명하지 않아도 우리 일본과 조선이 조약을 체결하는 데에는 아무런 문제가 없으니 각하께서는 서명의 가부만 말씀하여 주십시오."

할 수 없이 이유원이 최종 수결하여 이번 임오군란으로 인하여 피해를 입은 일본의 배상요구를 수용하는 조약을 체결하기에 이른다.

그 조약의 전문은 다음과 같다.

1, 지금부터 20일 이내에 귀국은 흉도들을 체포하여 일본 정부가 만족할 만큼의 형벌을 가한다. 단 기일 내에 폭도들을 체포하지 못하면 응당 일본국이 체포하여 처벌한다.

2, 일본국 관리로 피해를 당한 일본인에게 조선국이 우례로 예장하여 후하게 장례 치를 것.

3, 조선국은 5만 원을 지불하여 일본 관원의 피해자와 유족 및 부상자에게 체휼할 것.

4, 흉도들의 폭거로 일본국이 받은 손해 및 공사를 호위하는 군병 중에서 50만 원은 조선국이 전보할 것. 단 매년 10만 원씩을 5년 이내에 완납 청산할 것.

5, 일본공사관에 병정 약간 명을 두어 경비할 것. 병영의 설치와 수선은 조선국이 전적으로 비용을 부담한다. 만약 조선국의 군민이 수율한 지 1년 후에 일본 공사가 경비를 필요하지 않다고 인정할 때에는 병정을 철병시켜도 무방하다.

6, 조선국은 일본에 대관을 특파하여 국서를 보내 사죄할 것.

대일본국 메이지 15년 8월 30일

대조선국 개국 491년 7월 17일

대일본국 변리공사(辨理公使) 하나부사 요시모토(花房義質)

대조선국 개국 491년 7월 17일

대조선국 전권대신(全權大臣) 봉조하(奉朝賀) 이유원(李裕元)

대조선국 전권부관(全權副官) 공조참판(工曹參判) 김홍집(金弘集)

또한 조선과 일본은 제물포 조약에 이어 수호 조규 속약을 체결하게 되었다 그 속약은 2관으로 내용은 다음과 같다.

제1관 부산, 원산, 인천의 각 항구의 통행(通行) 이정(里程)을 이제부터 사방 각 50리로 넓히고 2년 후부터는 다시 각각 100리로 한다. 또한 지금부터 1년 뒤 양화진을 개시한다.

제2관 일본국 공사와 영사 및 그 수행원과 가족은 마음대로 조선의 내지 각 곳을 유력할 수 있다. 유력할 사람이 그 지방을 선정하면 조선 조정은 예조에서는 호조를 발급하고 해당 지방 관청은 호조를 확인하고 그 여행자를 호송한다.

이상은 양국 전권대신들이 각각 유지(諭旨)에 의하여 조약을 맺고 도장을 찍고 다시 비준(批准)을 정하여 2개월 내에 일본 도쿄에서 교환한다.

대일본국 명치 15년 8월 30일

대조선국 개국 491년 7월 17일

일본국 변리공사(辨理公使) 하나부사 요시모토(花房義質)

조선국 전권대신(全權大臣) 이유원(李裕元)

조선국 전권부관(全權副官) 김홍집(金弘集)

중전이 은거하고 있는 충주 잠어소(潛御所)는 이제 초라한 시골집이 아니다. 주변 고을의 관장들이 소식을 접하고 군마를 이끌고 와서 호위를 하며 벌써부터 줄대기를 하고 있었다. 그 뿐만 아니라 관장들이 여관(女官)과 고을 토호의 부인들을 파견하여 중전의 환궁을 돕도록 하며 갖은 아양을 떤다. 중전은 어느덧 충주의 여왕으로 군림하고 있었다.

저녁이 되자 중전은 홍재희를 자신의 처소인 내실로 들이라는 명을 내리는데, 거기에는 중전과 홍재희 뿐이었고 잘 차려진 술상과 먹음직스러운 고기와 안주들이 푸짐하고 가지런하게 잘 놓여 있었다. 아무리 독대이지만 여관 한 명 정도는 있는 게 관례이나 중전은 그런 것도 모두 하지 못하게 하였다.

여인의 향기가 그윽한 중전의 방에 들어와 있는 홍재희는 황공하여 몸 둘 바를 몰라 하고 있었다.

아무리 군란을 피해 피난을 와 있어도 이러한 일은 있을 수 없는 일이라고 하지만 중전으로서는 지금 격식을 따지거나 다른 사람의 눈치를 살필 겨를이 못 되었다. 이제 곧 환궁하면 언제 이런 자리를 마련하여 자신의 생명을 구해 준 홍재희의 노고를 치하할 것인가?

중전은 바깥에 있는 관원들도 모두 물리 치고 온화한 얼굴과 부드러운 목소리로 말한다.

"홍 별감, 내 오늘은 홍 별감에게 술을 하사하고자 하니 홍 별감은 개의치 말고 오늘 대취하도록 하라! 그리고 나는 지난번 윤태준의 사저에서도 말을 하였듯이 홍 별감의 은혜는 절대로 잊지 않을 것이다."

"황공하옵나이다. 마마!"

"잔을 들게나."

중전은 예쁘장한 손으로 홍재희의 잔을 직접 채운다. 깜짝 놀란 홍재희가 무릎을 꿇으며,

"마마, 마마……."

무슨 말을 계속하려고 하자 중전은 온화하게 말한다.

"내 오늘은 홍 별감의 대취한 모습을 보는 게 소망이니라. 명을 거역하고 멸문지화를 당할 것인가, 아니면 대취하여 나를 기쁘게 할 것인가?"

그야말로 중전은 홍재희를 최대한 편안하게 하여 주었다. 홍재희가 고개를 돌려 잔을 들어 마신 후 중전에게 고하기를,

"중전마마, 소신의 불충을 엄히 다스려 주시옵소서."

"아~ 암, 다스리지. 오늘 뿐이 아니라 환궁하면 주상 전하께 모든 사실을 아뢰어 금상과 함께 밤새도록 대취하게 할 것이다."

사실 중전으로서는 홍재희에게 영의정과 함께 봉조하의 직위를 내려도 아깝지가 않았다. 그런 중전이 홍 별감에게 자상하게 말한다.

"그래, 홍 별감, 내가 홍 상궁에게 듣기로는 아직 후실이 없다고 하던데, 사내 대장부가 큰일을 하려면 그렇게 해서야 되겠는가. 내 환궁하면 홍 별감에게 꼭 맞는 후실 두 셋은 구해주겠네. 이제 홍 별감은 조선의 모든 군권을 맡아야 할 막중한 몸이 아닌가?"

듣고 있던 홍재희로서는 바위 같은 황금이 하늘에서 뚝 떨어진 것이었으나, 홍재희는 차분하게 아뢴다.

"마마, 못난 소신을 그렇게까지 살펴 주시는 마마의 은덕은 사해를 덮고도 남사옵니다."

홍재희는 자신의 몸을 바짝 낮추며 중전의 확실한 신임을 받게 되었다.

"물론 홍 별감이 나를 호위하고 주상전하를 위해 목숨도 두려워하지 않는 홍 별감의 충정을 내 어찌 모르겠는가."

"황공하옵나이다."

"어~허, 잔이 비었구만. 잔을 받게나."

"황공하옵나이다. 중전마마!"

"어서 잔을 비우고 빨리 받으시게."

"예, 마마! 황공하옵나이다."

그날 홍재희가 밤늦게까지 얼마나 많은 술을 마셨는지 말술을 마시는 술고래인 홍재희도 중전이 무지막지하게 내리 붓는 술 폭탄에 취기가 많이 오르고 있었다.

디디어 중전 앞에서도 횡설수설하면서 술주정을 하기 시작한다.

"주~ 중전마마, 소신은 이제 죽어도 여~ 여한이 없사옵니다."

"아니, 뭔 소리인가, 홍 별감이 죽다니!"

"예, 마마, 아뢰옵기 화,~황공하오나, 고귀하신 중전마마를 소신 같은 무지렁이가 등에 업고 한 시간을 다, 달렸으니 너무나 과,~ 과분한 광영이옵니다."

"오, 그래서 죽어도 여한이 없다고 하였는가?"

"예, 마마!"

"그래, 홍 별감, 조선의 국모를 등에 업은 심정이 그렇게 기뻤더냐!"

"예, 마마 소,~ 소신은 끄~ 끝까지 마마를 호위하며 살기를 바라~ 나~ 나이다."

중전은 홍재희의 술주정이 기쁨으로 들리고 있었다. 중전은 술에 취해 흐느적거리며 술주정을 하는 홍재희에게 다가가서 그의 등을 두들겨 주면서 위로한다.

"그래, 홍 별감! 부디 오늘의 그 충성심이 변하지 마시게, 그리고 그 사내의 의협심으로 나와 주상 전하를 끝까지 지켜 주리라 믿겠네. 난 이제 홍 별감만 믿겠네."

"화, 황공하옵나이다. 주~ 중전마마!"

사실 어느 누가 감히 젊고 아름다운 국모와 함께 내실에서 둘이서만 술을 마실 수 있겠으며, 거기에다 국모가 직접 따라주는 술을 마시고 함부로 술주정을 하겠는가? 목숨이 100개라도 할 수 없는 일이다. 오직 군왕만이 하는 일이 아니던가. 또한 아무리 대취하여도 그것을 모를 리 없는 홍재희가 아니었던가.

별감으로 자신 앞에 수줍어하고 황공해 하는 홍재희를 중전이 또한 모를 턱이 없었다. 중전은 큰 잔을 들고 연거푸 홍 별감의 잔을 채우며 그의 노고를 치하한다. 홍재희는 중전이 내리는 술을 마실 때마다,

"마마, 화,~ 황공하옵나이다. 황, 황공,~ 황공하옵나이다."

결국 술고래 홍재희도 인사불성이 되어 더욱 심하게 흐느적거리며 말한다.

"주,~ 중전마마, 소,~ 소신은 끄~ 끝까지 마~ 마마를~~."

홍재희는 그만 술상 앞에 푹 쓰러지더니 일어나려고 하지만 다리가 이미 풀렸으므로 그대로 큰 대자로 벌러덩 누워 버린다. 그리고 본능적으로 외치는데,

"주~ 중전~ 마마 소신은"

"중~ 주~ 중전~ 마~ 마"

가지런하게 차려진 술상이 뒤 엎어지고 술병에서 술들이 막 솟아지고 내실은 약간 어지럽게 되었지만, 중전은 용안은 기쁨으로 가득하였다.

결국 바깥에서 대기하고 있던 사람들이 중전의 내실로 우르르 달려와서 홍재희를 등에 업고 나오는데 몸에서 술 냄새가 진동하였으나 그의 얼굴은 기쁨이 넘쳐 보였다. 홍재희의 술주정을 모두 듣지 못하여 아쉬워하는 중전이었지만 사람들에게 업혀 나가는 홍재희를 흐뭇하게 바라보는 중전이었다.

가을로 접어드는 선선한 초가을 밤, 중전에게는 이 계절이 더욱 아름다웠

다. 지난날을 되새기며 차분히 국망산을 바라보는 중전의 얼굴은 훤한 보름 달과도 같았다.

조정에서는 흥선대원군을 태운 청국 군함이 마산포를 출발하였다는 소식이 접해진지 벌써 일주일이 지났다.

민영익이 궁리를 하여 중전의 환궁을 논의하기 시작한다. 그러나 아직까지 항간에 떠도는 소문만으로 중전이 살아 있을 뿐, 국왕이나 조정이 공식으로 선포한 것은 아니었다. 중전의 환궁은 아무래도 조정 중신들이 나서기에는 뭔가 이상하였다.

의당 왕실의 일이니 종친부를 동원하려고 하였다. 영리한 민영익이 이를 놓칠 리 없었다. 그는 봉상시정(奉常寺正 정3품 국가 제사 및 시호 담당) 서상조(徐相祖 1830~1905)와 형조판서를 역임한 지종정경(知宗正卿 종친부 1품) 이인응(李寅應) 등에게 엄청난 선물 공세를 한다. 그들은 25일 중전의 환궁을 주청하는 상소를 올린다.

"전하, 지난 6월에 발생한 군변은 천고의 변으로, 중전마마께서 급히 피하실 적에 호위하는 사람들은 모두 혼비백산하여, 망극하옵게도 국모의 행방조차 몰랐습니다. 이제 비록 늦었으나 중전마마의 은신처를 알고 있으니 의장과 예를 갖추어 속히 환궁케 하시어 종사를 보존하시옵소서."

상소는 즉시 가납되어 그날 바로 빈전도감, 국장도감, 산릉도감을 포함하여 국상과 관계된 모든 기구는 폐기되었다. 고종은 중전이 생존하여 있음을 대내외에 선포한다.

"천지신명의 보살핌으로 중궁이 지금 충주 국망산 아래에 은신하고 있으니 모든 백성들과 중신들은 상복을 벗으라. 그리고 영의정 홍순목을 봉영대신에 임명하여 중궁을 환궁케 할 것이니 경은 소임을 다하라!"

다음날 26일에는 청나라 진영에서 원세개가 100여 명의 중무장한 군사들을 거느리고 창덕궁 대전으로 와서 고하기를,

"전하, 충주 잠어소에 계신 중전마마의 환궁은 저희 청나라 군대가 호위토록 하겠습니다."

고종은 흡족한 어심으로 말한다.

"그렇게만 하여 주신다면 더 바랄 게 무에 있겠소."

조정도 얼마 전 청나라 병영에서 풀려난 훈련대장 이재면을 판종정경(判宗正卿 정1품 종친 총괄)에, 이재원(李載元 1831~1891)을 종정경(宗正卿 종2품 왕과 왕비의 의복 담당)으로 삼아 총융사 군졸 60여 명을 거느리고 중궁을 호위하라고 명하였다. 영의정 홍순목은 좌·우의정과 육경을 비롯하여 많은 문무백관들을 거느리고 청나라 군대의 삼엄한 호위 속에 충주로 향한다.

한양에 있던 이용익이 민영익의 도움으로 조정의 동태를 파악하여 비호처럼 빠른 걸음으로 아침 일찍이 충주에 내려 와서 중전에게 아뢴다.

"중전마마, 지금 대궐에서 영의정 홍순목 대감을 비롯하여 삼공육경의 신료들과 당상관 이상의 중신들이 마마를 봉영코자 한양을 출발했사옵니다."

"오,~ 그래, 영의정께서 직접 오신다는 말씀이지."

중전은 함박얼굴로 사대부 부녀자들의 도움으로 치장을 하느라 여념이 없었다.

이윽고 홍순목이 충주 잠어소에 당도하여 모든 대소 신료들을 대표하여 중전에게 아뢰기를,

"중전마마, 신, 영의정 문안이옵니다. 그간 얼마나 고초가 크셨사옵나이까?"

"오, 어서 오시오. 영상, 고초랄 게 뭐 있겠소. 원로에 오시느라 수고하시었소."

"망극하옵나이다. 중전마마!"

"그리고, 영상, 주상 전하께옵서는 강령하옵지요?"

"예, 중전마마, 주상 전하께옵서 상심하셨던 어심을 어찌 신들이 다 알겠나이까만, 마마께서 이곳 충주에 임어하고 계신다는 말을 듣고 크게 기뻐하였

나이다."

"주상께서 기뻐하셨다니 성은이 망극하오."

이때 이재면과 이재원이 중전께 아뢴다.

"중전마마, 소신 문안이옵니다. 그간 얼마나 고생하셨나이까? 주상 전하께서 내리신 의복입니다. 속히 갈아 입으시고 전하의 교지를 받으시옵소서."

"예, 대감! 수고하시었소."

"황공하옵나이다."

그리고 이재면은 홍 상궁에게 큰 소리로 지시한다.

"홍 상궁은 신속히 마마께 의대를 갈아 입히고 주상 전하의 교지를 받도록 하라!"

중궁전 홍 상궁이 중전 앞에 근 50일 만에 나타나게 되었다. 홍 상궁을 본 중전과 홍 상궁은,

"홍 상궁!"

"예, 중전마마!"

"홍 상궁!"

중전은 홍 상궁의 손을 잡고 눈시울을 적시며 말한다.

"내, 홍 상궁과 홍 별감이 아니었으면 어찌 이렇게 대명천지 밝은 날은 다시 볼 수 있겠는가?"

"황공하옵나이다."

"그래 홍 상궁 들어가자, 들어가서 천천히 이야기 하세."

중전은 마치 홍 상궁을 친 여동생을 대하듯 하면서 내실로 들어간다.

"중전마마, 절 받으시옵소서. 신첩 문안이옵나이다."

홍 상궁이 중전에게 예의를 갖춘다.

"홍 상궁! 정말로 반갑구나. 이렇게 살아 있으니 다시 만나는 구나."

"망극하옵나이다."

"그래, 난 홍 상궁과 홍 별감의 보필로 이렇게 목숨을 부지하고 있는 것을 촌각도 잊지 않고 있느니라!"

"마마, 천부당만부당 하옵고 분부 받들기 민망하옵나이다. 거두어 주시옵소서."

"그래, 대궐로 가자. 대궐로 가서 밤을 새워 이야기하고 이야기해도 부족할 것이니라!"

중전은 고종이 내린 왕비의 의복을 갖추어 입고 고종의 교지를 받으며, 고종이 있는 대궐을 향하여 사은숙배 후 다시 왕비에 자리에 화려하게 복귀하였다.

때를 맞추어 영의정 홍순목을 비롯하여 모든 대신들이 일제히 중전께 하례를 올린다.

"중전마마, 감축 드리옵나이다."

"오, 고맙소!"

중전은 홍순목을 비롯하여 봉영 신하들이 자신께 하례인사를 마치자마자 중전은 더위에 달려온 그들에게 숨 돌릴 틈도 주지 않고 바로 환궁할 것을 명한다.

7월 29일 봉영행렬은 주변 고을에서 모여 든 백성들이 지켜 보고 있는 가운데 중전을 태운 가마는 떠날 채비를 서두른다. 봉영행렬의 맨 앞에는 총검을 높이 든 청군이 호위를 한다.

영의정이 초헌을 타고 출발하자 말끔하게 차려입은 신하들과 상궁, 내관, 나인 등이 봉영행렬의 뒤를 따르고, 이재면이 지휘하는 총융청의 군졸들도 삼엄한 경비를 펼친다.

홍재희는 융복에 주립과 큰 칼을 차고 별감을 거느리며 중전의 가마 가장 가까운 곳에서 그녀를 호위한다.

또한 홍재희의 가노로 한강 도하부터 민응식의 향제를 주야로 지켰던 네 명의 사내는 중전의 특명으로 면천됨과 동시에 모두 별감에 임명되었다. 그들은 이제 비천한 천첩의 굴레를 벗어나 새로운 세상을 맞게 되면서,

"중전마마, 만세!"

"중전마마, 천천세!"

소리 높여 외치며 상전인 홍재희의 명을 목숨처럼 따르고 오로지 중전의 호위를 위해서는 살신성인하겠다는 충성 맹세도 하였다.

49일 만에 환궁길에 오르는 중전의 심회는 남달랐다. 얼마나 힘들었는가, 바로 한양에서 군사들이 들이 닥쳐 자신의 머리채를 휘어잡고 개처럼 질질 끌고 나갈 것 같은 불길한 생각이 하루도 떠나가지 않았던 것은 사실이었다.

또한 중전의 머릿속에는 은은하게 박가 무당을 되새기면서 생각하기를,

'거~ 참, 신통도 하지. 날짜도 틀리지 않는 8월 초하루에 대궐로 들어 가는 구먼.'

봉영 행렬 맨 끝에는 박가 무당도 가마를 타고 중전의 뒤를 따르고 있었다. 사실 중전 보다 박가 무당의 기쁨은 필설로 형용할 수 없었다. 그녀는 동가식 서가숙하며 떠돌이로 점을 봐 주며 복채로 살아왔다. 때에 따라서는 점을 봐 준다는 핑계로 은밀한 곳에서 몸을 팔기도 하고, 마음에 드는 사내가 오면 유혹하여 정을 통하고 돈도 듬뿍 우려내기도 하였다. 젊은 사내에게는 술과 여인의 육체로 유혹하여 신나게 분탕질하는 바람기 철철 넘치는 음탕한 계집이었다. 그런 박가 무당이 충주로 흘러들어 온 후 군란이 발생하여 벼락출세를 하게 되었다. 중전의 비호로 벌써부터 당상관 이상의 행세를 하며 종5품이나 되는 상궁들의 시중을 받으며 대궐로 가는 것이었다.

중전은 살벌한 한양을 빠져 나온 지 51일 만인 1882년 8월 1일 창덕궁으로 환어하였다. 중전이 고종과 신정왕후에게 사은숙배하고 세자를 만나고 중신들의 하례를 받자, 그간 산간벽지로 꽁꽁 숨어 도피, 은신하였던 척족들이 누가 요청하지 않는데도 속속 조정으로 들어오고 있었다. 때를 함께하여 개

화 세력들도 활기를 찾기 시작하였다.

어느 정도 안정을 찾은 중전은 자신의 도성 탈출과 환궁 등에 관하여 논공행상과 보복을 논의하기 전 가장 먼저 고종에게 아뢰기를,

"전하! 저 무엄 방자한 강화유수 민태호를 지금 즉시 극형에 처하소서!"

"!······!"

중전의 목소리는 서릿발 같았다. 고종, 세자, 세자빈, 조정 중신들은 물론이고 반 중전 계열과 흥선대원군의 측근들도 모두 깜짝 놀란다. 민태호야 말로 중전에게는 가장 가까운 측근 중에 측근이 아니던가?

하권으로 계속.

참고 문헌

국사편찬위원회 조선왕조실록 전400권 중에서.

국사편찬위원회 한국사 전53권.

신봉승 조선왕조 오백년 전48권.

이이화 한국사 이야기 전22권.

이이녕 대한국인 전20권.

이선근 대한국사 전12권.

강준만 한국 근대사 산책 전10권.

정소성 (소설)대동여지도 전5권.

민경삼 오원 장승업 전3권.

강신재 명성황후 전3권.

정비석 (소설)명성황후 상·하권.

유홍종 명성황후 이야기.

이수광 명성황후.

최동희 조선의 외교정책.

한일공통 역사교재 제작팀 조선통신사.

백승종 정감록 역모사건의 진실게임.

연민수 일본역사.

두우스, 피터 일본근대사.

시미즈 이사오 풍자 만화로 보는 근대 일본.

박경희 연표와 사진으로 보는 일본사.

허우 이제 원세개.

윤효정 대한제국아 망해라.

황현 매천야록.

한울아카데미 한국 근대사 강의.

한국근대사연구회 한국 근대 개화사상과 개화운동.

신용하 한국 근대사회의 구조와 변동.

이현희 이야기 한국 근현대사.

이윤섭 다시 쓰는 한국 근대사.

김재엽 100년 전 한국사.

아카데미 한국사 대계.

전국 역사교과서 모임 (교과서)살아 있는 한국사.

김용규 임오군란과 갑신정변.

조익순 이용익의 재평가.

박은숙 김옥균 역사의 혁명가 시대의 이단아.

장영숙 고종 44년의 비원.

이상각, 이경 고종황제.

이영춘 조선의 청백리.

이완재 박규수 연구.

이종호 신이 내린 혁명가 김옥균.

이택휘 서재필.

(임 오 군 란 과 갑 신 정 변)
봉기의 화승총과 삼일천하 (상)

2012년 10월 29일 발행
2012년 11월 5일 1쇄

지 은 이 / **김상락**
펴 낸 이 / **윤현호**
펴 낸 곳 / **뿌리출판사**
홈페이지 / **www.rootgo.com**
E-mail / bp1115@naver.com / root1115@daum.net / rootgo@dreamwiz.com
주   소 / 서울시 성동구 성수 2가 3동 275-29 대군인더스타운 802호 우편번호 / 133-835
전   화 / (代)2247-1115, 466-4516, 팩 스 / 466-4517
출판등록 / 서울시 등록(카) 제 1-551호 1987.11.23

값 / 14,000원
ISBN 978-89-85622-82-0-03910